MW01599403

金聖鍾 추리소설 ⑦

비밀의 연인

해냄

金聖鍾 추리소설 下

비밀의 연인

비밀의 연인

차 례

(본문삽화 : 金榮泰)

애증의 조건

애증의 조건

서 귀포 바닷가에 세워진 그 호텔은 흰 회벽에 주황색 기와를 얹은
나지막한 건물들로 이루어져 있어서 마치 지중해에 온 듯한 기분
을 느끼게 해주고 있었다. 멀리서 보면 중세의 수도원같이 보이기도 하
는 것이 겉보기에는 수수한 모습이지만, 일단 문을 밀고 안으로 들어서
면 그 고급스런 분위기에 처음 와보는 사람들은 눈이 휘둥그래지고 만
다.

서귀포시에서 저녁 식사를 하고 나서 최 교수와 남지가 그 지중해풍
의 호텔인 〈태양의 집〉에 도착한 것은 밤 9시가 조금 지나서였다.

짐 하나 없이 홀가분한 모습으로 들어서는 그들을 호텔 직원들은 지
나다 커피 한 잔 마시려고 들른 뜨내기 손님쯤으로 생각했는지 그냥 무
표정하게 쳐다보기만 했다.

「아주 멋있는 호텔이에요.」

남지는 로비로 들어서자마자 눈을 휘둥그렇게 뜬 채 두리번거렸다.

그들은 로비 한쪽에 멋지게 꾸며놓은 커피숍으로 들어가 커피를 주문
했다.

커피숍은 신혼여행을 온 것으로 보이는 젊은 남녀들과 주말 관광객들

로 거의 자리가 메워져 있었다.

「아주 멋있어요.」

남지는 주위를 둘러보면서 분위기에 만족한 듯 멋있다는 말을 몇 번이고 했다.

한쪽에서는 남자 가수가 생음악에 맞춰 노래를 부르고 있었다. 목소리가 저음이면서도 감미로운 느낌을 주는 가수였다.

「여기서 자고 갈까?」

최 교수가 넌지시 묻자 남지는 당연하다는 듯 고개를 끄덕였다.

「어차피 제주도에서 자야 하잖아요. 이왕 잘 바에는 우리 여기서 자요.」

「그러지. 프런트에 갔다 올 테니까 여기 앉아 있어. 술 한 잔 마시고 싶으면 마시라구.」

「고맙습니다.」

깍듯이 말하는 그녀의 태도가 이제는 오히려 부자연스러워 보인다.

커피숍을 나와 프런트 데스크로 다가간 최 교수는 바다가 잘 보이는 방을 하나 달라고 말했다. 방값은 비싼 편이었다. 그러나 그는 숙박카드에 인적사항을 기록한 다음 열쇠를 받아들었다.

그가 커피숍에 돌아와 자리에 막 앉자 한 사내가 그들 쪽으로 성큼성큼 다가왔다.

「아이구, 안녕하십니까?」

최 교수는 자기한테 인사하는 줄 알고 그 사내를 올려다보았다. 그러나 그 사내는 남지를 보고 웃고 있었다.

「여기는 웬일이십니까? 이런 델 다 오시구?」

사내의 목소리는 주위 사람들의 시선을 끌 정도로 우렁우렁 했다.

그를 올려다보는 남지의 안색이 금방 흐려졌다.

「안녕하세요.」

그녀는 조금도 반갑지 않다는 듯 무표정하게 말하면서 고개를 까닥해 보였다.

「아니, 여기는 웬일이십니까?」

사내의 찢어진 두 눈이 그녀와 최 교수를 번갈아 쳐다본다.

최 교수는 그 시선이 불쾌했다.

「김 사장님은 웬일이세요?」

「아, 난 볼일이 좀 있어서 왔어요.」

김창대가 당황해서 말했다.

「저도 볼일이 있어서 왔어요.」

최 교수가 듣기에도 민망할 정도로 그녀는 퉁명스럽게 내뱉었다.

김창대에 대한 그녀의 감정은 지긋지긋하고 구역질나는 남자라는 느낌 외에 특별히 다른 것은 없었다.

「언제 오셨나요? 오늘 오셨나요?」

물러가지 않고 계속 거기에 버티고 서서 묻는다.

「네, 오늘 왔어요.」

「그럼 여기서 주무시겠군요?」

수상쩍다는 듯이 그녀와 최 교수를 번갈아 쳐다보는 눈빛이 번들거리고 있었다.

「글쎄요.」

「여기 잠깐 앉겠습니다. 실례하겠습니다.」

뭐라고 말할 사이도 없이 김창대는 빈자리에 비집고 앉았다. 그러고는,

「초면에 실례합니다. 김창대라고 합니다.」

하면서 명함을 꺼내 최 교수에게 불쑥 내밀었다.

최 교수는 몹시 불쾌했지만 잠자코 그것을 받아서 들여다보았다.

명함 가득히 자신의 신분을 과시하는 내용들이 적혀 있었다.

「김창대라고 합니다.」

이번에는 한술 더 떠서 손까지 내밀면서 악수를 청한다. 최 교수는 하는 수 없이 그의 손을 잡았다.

「최종오라고 합니다.」

일부러 분명치 않은 발음으로 중얼거리듯 말했다.

김창대는 최 교수의 손을 꽉 움켜잡고 흔들었다. 자신의 힘을 과시하려고 일부러 힘주어 움켜잡은 것 같았다. 그 크고 우악스런 손에는 증오감 같은 것이 배어 있는 듯했다.

최 교수는 탁자 밑으로 손을 내려 통증을 풀기 위해 주먹을 쥐었다 폈다 했다.

「명함 한 장 있으면 주십시오.」

「명함이 없습니다.」

「아, 그렇습니까. 유남지 씨 하고는 잘 아는 사이입니다. 결혼문제로 몇 번 만나다보니까 친숙해졌지요. 제주도에서 이렇게 우연히 만나니까 아주 반가운데요. 우리 이럴 게 아니라 합석을 하는 게 어떻겠습니까? 저쪽에 가서 한 잔 하시죠. 아니면 제가 이쪽으로 올까요?」

그는 자기가 앉았던 자리를 가리켰다.

그리고 남지를 쳐다보면서,

「마담뚜도 함께 있어요.」

하고 말했다.

남지가 얼른 고개를 돌려보니, 저쪽 구석진 자리에 마담뚜가 앉아 있는 것이 보였다. 그녀는 남지 쪽을 향해 이리 오라는 듯 손짓을 해보였다. 그러나 남지는 그녀를 묵살한 채 김 사장에게 이렇게 말했다.

「자리 비켜주세요. 합석해서 술 마실 마음은 추호도 없어요. 두 분이
나 다정하게 즐거세요.」

김 사장은 머쓱해진 얼굴로 그녀를 쳐다보다가 어색한 분위기를 누그
러뜨리려는 듯 껄껄거리고 웃었다.

「미스 유는 언제 봐도 표현이 솔직하고 당돌하단 말입니다. 그 점이
참 매력적이란 말입니다.」

최 교수를 보고 하는 말이었지만 그는 불쾌한 표정으로 잠자코 앉아
있기만 했다.

「미스 유가 그렇다면 최 선생님한테 말씀을 드려야겠군요. 어떻습니
까? 우리 여기서 만난 것도 인연인데 술 한 잔 함께 하는 게…….」

최 교수는 고개를 천천히 내저었다.

「말씀은 고맙지민 사양하겠습니다.」

김창대의 표정이 굳어지고 있었다.

「호의를 무시하는군요. 뭐 정 그렇다면 할 수 없죠.」

「이젠 됐잖아요. 마담이 부르는데 가보세요.」

남지가 이맛살을 찌푸리며 말했지만 그는 여전히 죽치고 앉아 할 말
은 모두 하고야 말겠다는 듯이 계속 말을 걸어왔다.

「갈 테니까 걱정하지 말아요. 실례지만 최 선생님은 무슨 일을 하십
니까?」

최 교수보다 먼저 남지가 나섰다.

「이런 실례가 어딨어요? 그런 건 알아서 뭐 할려고 그러는 거예요?」

그녀가 날카롭게 쏘아붙이는 바람에 주위에 있던 사람들의 시선이 일
제히 그들 쪽으로 쏠렸다.

김창대는 위협적으로 눈알을 굴렸다.

「이봐요. 내가 모른 체 할 수 있게 됐어? 사람 마음을 그렇게 뒤집어

놓고 온전할 것 같아?」

최 교수가 잔기침을 했다. 그는 담배에 불을 붙이고 나더니 처음으로 김창대를 향해 입을 열었다.

「이건 너무 지나친 실례가 아닙니까? 방해하지 말고 가주십시오. 할 말이 있으면 두 사람이 따로 가서 하든지 하세요. 남의 자리에 와서 이러지 말고.」

김창대는 적의에 찬 눈으로 최 교수를 쏘아보더니 참을 수 없다는 듯이 말했다.

「아, 네, 실례하고 있다는 것은 잘 압니다. 하지만 유양은 저하고 결혼 이야기가 오가고 있는 아가씨입니다. 더구나 지금 학생입니다. 그런 아가씨가 이 밤중에 그것도 제주도까지 와서 호텔에서 나이 많은 남자와 함께 앉아 있는데 저보고 모른 체하라는 겁니까? 그건 말도 안 되는 소리잖아요.」

「흥, 기가 막혀서……. 뭐가 결혼 이야기가 오가고 있다는 거예요? 선 한 번 본 걸 가지고 왜 그러는 거예요? 아저씨하고는 추호도 결혼할 마음이 없다고 제가 몇 번이나 말했어요? 왜 그렇게 말을 못 알아들으세요? 어린애도 아니고 다 큰 어른이 도대체 왜 그러는 거예요? 이게 무슨 행패예요?」

주위에서 킬킬거리는 소리가 들려왔다.

김창대의 얼굴은 붉으락푸르락 해지고 있었다.

「미스 유, 그렇게 말하는 거 아니야.」

어느새 다가왔는지 마담뚜가 팔짱을 끼고 서서 고개를 흔들고 있었다.

「사람들 앞에서 나이도 어린 아가씨가 사장님한테 이렇게 창피를 줘도 되겠어? 도대체 네가 잘나면 얼마나 잘났다고 그러는 거니? 할 이야기 있으니까 이리 좀 와봐.」

마담뚜는 도도한 걸음걸이로 자기 자리로 돌아갔다.

김창대는 남지가 가지 않으면 자기도 움직이지 않겠다는 듯이 여전히 자리에 버티고 있었다.

그대로 있다가는 최 교수까지 봉변을 당할 것 같아 남지는 발딱 일어섰다. 그러나 창대는 따라 일어서지 않고 그대로 뭉기적거리고 있었다.

「더 이상 여기에 있을 필요 없잖아요. 일어나 주세요.」

창대는 그녀를 빤히 올려다보다가 헛웃음을 한 번 웃어보인 다음 슬그머니 몸을 일으켰다.

남지가 마담뚜의 자리로 다가갔을 때 그녀는 기세등등한 표정으로 앉아 있었다.

김창대가 마담뚜의 옆자리에 앉자 남지는 그들을 마주 보고 자리를 잡았다.

「야, 너 왜 그렇게 건방져?」

그녀가 자리에 앉기가 무섭게 마담뚜가 턱을 앞으로 내밀었다.

「할 이야기란 게 뭐예요?」

남지는 상대방을 빤히 쳐다보면서 물었다. 마담뚜가 눈을 부라렸다.

「이게 정말 마빡에 피도 안 마른 것이 왜 이렇게 건방져? 너, 얼굴 좀 이쁘다고 얼굴값 하는 거니?」

「전 얼굴값 한 적 없어요.」

쌀쌀맞은 대꾸에 마담뚜는 분을 이기지 못해 한숨을 내쉬더니 담배를 꺼냈다. 그것을 보고 김 사장이 재빨리 라이터불을 켜주었다.

「누님, 참으세요. 뭘 몰라서 그러는 거니까 참으십시오. 우리가 참아야죠 뭐.」

「참긴 뭘 참아! 이 기집애가 뭔데 그렇게 모욕을 당하고도 참느냐 말

이야! 남자가 그러니까 딱지 맞지! 내가 남자라면 가만 안 둬! 당장
에 작살내고 말지.」

양쪽 손가락에 반지를 다섯 개나 끼었고, 귀걸이도 안경알만한 것을
끼어서 덜렁거리고 있다. 머리는 파마를 해서 볶아놓은 모습이었고, 얼
굴은 진한 화장 때문에 흡사 가면을 쓴 것 같다. 남지는 역겨워서 시선
을 돌렸다.

「할 말 없으면 가겠어요.」

「너 이제 보니까 뒷구멍으로 호박씨 까고 있구나. 선볼 때는 숫처녀
인 체 콧대만 세우더니, 이제 보니까 유부남하고 놀아나고 있잖아. 제
주도까지 날아와서 말이야. 김 사장, 이런 아가씨하고 결혼 안 하기
정말 잘 했어. 이런 걸레 같은 애한테 연연할 것 없잖아.」

시선을 돌리고 있던 남지는 얼굴을 홱 돌리면서 그녀를 노려보았다.

「내가 걸레라면 당신은 공중화장실이에요!」

「뭐가 어째!」

두 여자는 서로 무섭게 노려보았다.

「아, 왜들 이러지?」

창대가 말리는 척하는 순간 마담뚜의 손이 휙 소리를 내면서 날아가
남지 뺨에 가서 철썩하고 부딪쳤다.

「건방진 년!」

남지는 마치 강한 전류에 감전되기라도 한 듯 충격에 흔들리다가 석
고처럼 꼼짝하지 않고 마담뚜를 쏘아보았다.

「참으세요, 누님. 그만하면 됐으니까 참으세요.」

창대의 그 말은 오히려 싸움을 부추기는 소리처럼 들렸다.

마담뚜는 더욱 기세 등등하게 나왔다.

「개쌍년 같으니! 뭐 공중화장실이라고? 하, 기가 막혀서! 세상 살다

보니까 대가리에 피도 안 마른 기집애한테 별소릴 다 듣네.」

「먼저 나한테 걸레라고 했잖아요.」

남지의 목소리는 의외로 나지막했다. 그것은 마치 태풍의 눈 같은 느낌이 드는 목소리였다.

「걸레니까 걸레라고 했지.」

「나도 마찬가지에요. 공중화장실 같으니까 공중화장실이라고 한 거예요.」

「유양, 나이 많은 사람한테 그러면 못써.」

창대가 제법 엄숙하게 말렸다. 그의 말이 끝나기 무섭게 마담뚜의 손이 다시 한 번 남지의 뺨을 철썩 후려갈겼다.

「이 쌍년이. 뭐가 어째!」

실내가 조용해지면서 사람들의 시선이 일제히 그들 쪽으로 쏠렸다.

남지는 벌겋게 달아오른 뺨을 손으로 만지면서 차갑게 미소를 지었다. 그러다가 갑자기 탁자 위에 놓여 있는 술잔을 집어들었다. 잔에는 맥주가 반쯤 들어 있었다. 그녀는 조금도 망설임이 없이 그것을 마담뚜의 얼굴에다 끼얹었다.

전혀 예상하지 못했던 일이라 이문자는 기겁을 하고 얼굴을 흔들었다. 머리와 얼굴에서 흘러내린 술이 값비싸 보이는 연분홍 투피스 저고리를 흥건히 적시면서 계속 밑으로 흘러내리고 있었다.

그녀가 푸푸 하면서 어쩔 줄 몰라하는 것을 보고 여기저기서 사람들이 킬킬거리고 웃었다.

마담뚜는 괴성을 지르면서 몸을 벌떡 일으키는 것과 동시에 두 손으로 남지의 머리칼을 움켜잡았다. 남지도 따라 일어서면서 상대방의 옷자락을 잡아당겼다.

탁자가 밀려나고, 그 위에 있던 술병이며 컵 같은 것들이 쓰러지거나 탁자 아래로 굴러떨어졌다.

마담뚜는 남지의 머리칼을 잡아흔들며 고래고래 악을 써댔다.

「이년이 어디다가 대고 술을 끼얹어? 개 같은 년, 너 같은 건 죽여야 해! 사람을 뭘로 보고 까불어! 술을 끼얹어? 너 한번 죽어봐라.」

커피숍은 순식간에 수라장이 되고, 직원들이 달려왔다.

최 교수는 자리에서 일어서긴 했지만 먼 발치에서 그 소동을 멀거니 바라보고만 있었다.

직원들이 뜯어말리려고 했지만 마담뚜는 더욱 우악스럽게 남지의 머리칼을 틀어쥔 채 놓아주려고 하지를 않았다. 입에 담을 수 없는 욕을 퍼부어대면서 길길이 날뛰는 모습이 미쳐버린 여자나 다름없이 보였다.

남지는 고개를 쳐들 수가 없어 답답했다. 잔뜩 독이 오른 마담은 엄청난 힘으로 그녀의 머리를 내려누르고 있었다.

「이거 놔! 놓지 못해!」

억눌린 목소리로 소리치면서 남지는 손을 뻗어 상대방의 젖가슴을 꽉 움켜잡았다. 갈퀴처럼 손가락에 힘을 주어, 빠져나가지 못하게 움켜쥔 다음 쥐어비틀자 마담뚜는 비명을 지르면서 몸부림쳤다.

「놔! 놓으라구!」

젖꼭지가 떨어져 나갈 정도로 비틀어대면서 소리치자 머리칼을 움켜잡고 있던 손에서 힘이 빠지는 것 같았다. 고통을 이기지 못해 계속 비명을 질러대면서 마담뚜는 마침내 남지의 머리칼에서 손을 풀었다. 남지도 젖가슴을 놓아주면서 그녀의 옷을 힘껏 잡아챘다. 그 바람에 옷이 북 찢어지면서 그녀의 젖가슴이 드러났다. 박처럼 크고 묵직해 보이는 젖가슴이 밑으로 무겁게 처져 있었다.

마담뚜는 다시 비명을 지르면서 두 손으로 가슴을 가렸다.

여기저기서 킥킥거리는 소리가 들려왔다. 기막혀 하는 표정들도 있었지만, 거의가 웃음을 참느라고 애를 쓰고 있었다.

　마담뚜는 두 손으로 젖가슴을 가린 채 호텔이 떠나가라 하고 소리를 질러댔다. 호텔 직원들이 두 사람 사이에 끼어들어 기를 쓰고 말리고 있었기 때문에 다시 엉겨붙지는 못하고 악만 써대고 있었다.

　「너 이년! 니가 온전할 줄 아냐? 두고 봐! 내가 당한 열 배 스무 배
　이상으로 창피를 줄 테니까 두고 봐! 다시 만나기만 해봐. 씹어먹을
　거야!」

　「흥, 맘대로 해보시지.」

　남지는 코웃음을 쳤다. 머리가 헝클어진 채 허리에 두 손을 걸치고 서서 노려보고 서 있는 그녀의 모습은 마치 승리감에 젖은 투사같아 보였다.

　직원들은 소리를 질러대는 마담뚜부터 우선 끌고 갔다.

　악쓰는 소리가 점점 멀어져 가자 사람들은 그때부터 비로소 마음놓고 웃기 시작했다.

　남지는 극도의 흥분과 호흡 곤란으로 잠시 멍하니 서 있다가 최 교수가 앉아 있는 테이블 쪽으로 걸어갔다. 그러나 그의 모습은 보이지 않았다. 그녀가 최 교수의 모습을 찾아 두리번거리는데 웨이터가 그녀에게 메모지를 내밀었다.

　「손님이 이걸 전해드리라고 했습니다.」

　남지는 커피숍을 나서면서 급히 메모지를 풀어보았다.

　네가 이긴 것 같다. 승리를 축하한다. 309호실에서 샴페인을 놓고 기다리고 있겠다.

　남지는 픽 웃음이 나왔다. 격렬한 싸움 끝에 웃음이 나오다니, 이해가

되지 않았다.

그녀는 309호실로 뛰어들어갔다. 문은 잠겨 있지 않았고, 스탠드의 은은한 불빛이 방안의 분위기를 아늑하게 만들어주고 있었다. 욕실 쪽에서 물소리가 들려왔다. 탁자 위에는 샴페인 한 병이 얼음통 속에 들어 있었다.

그녀는 옷부터 훌훌 벗어버렸다. 완전히 벌거벗고 나서 창가로 다가가 밤바다를 바라보았다.

방안을 들여다보고 있는 달이 너무나 아름다워 보였다.

바다는 달빛을 받아 은빛으로 반짝이고 있었다. 앞에 보이는 섬은 검은 모습으로 바다 위에 떠 있었다.

둥근 달을 한참 넋을 잃고 바라보고 있는 동안 격렬하게 뛰고 있던 가슴이 가라앉으면서 조금 전 커피숍에서 소란을 피웠던 일이 한낱 부질 없었던 짓으로 생각되었다.

왜 나는 그렇게 도도하게 굴었을까. 상대가 아무리 막돼먹었다 해도 좀더 예의를 지키며 상대할 수 있지 않았을까. 왜 나는 남들에게 공손하지 못할까.

스탠드의 불이 꺼졌다. 그러나 그녀는 뒤를 돌아보지 않았다. 자신의 알몸을 정면에서 보여준다는 것이 쑥스러웠던 것이다. 한편으로는, 자신이 커피숍에서 한바탕 소동을 벌이고 있었는데도 끝까지 방관자적인 태도를 취한 그에 대한 무언의 항의이기도 했다. 달빛이 쏟아져 들어오고 있었기 때문에 방안은 그렇게 어둡지가 않았다.

뒤에서 인기척이 느껴졌다.

뒤에서 물기가 채 가시지 않은 남자의 축축한 몸이 가만히 와닿는다. 그녀는 그대로 가만히 서 있었다. 무슨 대화가 필요하겠는가. 그녀는 최 교수가 그녀를 안아주기를 기다리고 있었다. 최 교수도 옷을 모두 벗고

22

있음을 느낌으로 알 수가 있었다. 가장 분명히 느껴지는 것은 하체의 중심부분이었다. 그것은 단단히 발기해서 뒤에서 그녀의 엉덩이를 건드리고 있었다. 이윽고 그것은 최 교수가 더 가까이 접근해옴에 따라 그녀의 엉덩이를 지그시 찔러대기 시작했다.

그것은 전에 없던 대담한 짓이었다. 그와 같은 접근을 그녀는 은근히 기대해 왔는데, 그녀의 마음을 읽었던지 마침내 그가 새로운 시도를 보여주기 시작한 것이다.

그러나 그녀는 단순히 뒤에서 접촉하는 것만으로는 만족할 수가 없었다. 그 이상의 온몸을 전율케 하는 깊고 깊은 만족이 필요했다.

긴 팔이 허리를 끌어안더니 오른손이 밑으로 내려와 그녀의 다리 사이를 애무하기 시작했다. 조금 후 오른손이 젖가슴을 주무르기 시작했다.

최 교수의 숨소리가 거칠어지고 있는 것이 느껴졌다. 애무하는 솜씨도 다른 때 같지 않고 거칠고 노골적이었다. 그녀는 이런 애무가 더 자극적이어서 좋았다. 그래서 그의 손이 밑으로 들어올 수 있게 다리를 더 벌려주었다.

둥근 달이 갑자기 작아져 보였다.

고기잡이배로 보이는 배들이 불을 환히 켜고 지나가고 있었다.

「소란을 피워 죄송해요.」

그는 아무런 대꾸없이 입술로 그녀의 목을 핥았다.

그녀는 괜히 그런 말을 했다고 생각했다. 그래서 이제부터는 아무 말도 하지 말아야겠다고 생각했다.

최 교수가 뒤에서 그녀의 목을 지그시 눌렀다. 앞으로 상체를 숙이라는 표시였다. 그가 지금까지 그런 요구를 한 적은 없었다. 지난 두 달 남짓한 동안에 그들은 다섯 번인가 관계를 가졌었는데 언제나 정상적인 체위로 시작해서 같은 체위로 끝나곤 했던 것이다.

오늘은 특별한 날일 수밖에 없으니까 방법도 특별해질 수밖에 없을 것이라고 그녀는 나름대로 생각해 버렸다. 일단 그렇게 생각하고 나니 그녀 쪽에서도 대담할 정도로 특별한 행동을 취할 수가 있었다.

그녀가 허리를 굽히자 최 교수의 두 손이 엉덩이를 짚었다. 그리고 그는 곧장 그녀의 몸속으로 밀고 들어왔다. 그녀는 달을 쳐다보면서 창문틀을 꽉 잡았다. 바다 위로 부서지는 달빛이 유난히도 반짝거린다고 그녀는 생각했다.

최 교수는 집요하고 힘차게 그녀를 밀어붙이고 있었다. 그녀는 희열에 몸을 맡기면서 최 교수한테도 이런 데가 있었던가 하고 자못 놀라고 있었다.

「이제 넌 내 꺼야! 완전히 내 것이 됐어!」

최 교수가 아닌, 다른 목소리가 말했다.

「기분이 어때? 기막히게 좋지?」

힘차게 밀어붙이면서 사내가 말했다. 그것은 김창대의 목소리였다.

「어머나, 이럴 수가!」

속으로 외치면서 그녀는 상체를 일으켰다. 그러나 창대는 그녀의 목을 짓누르면서 몸놀림을 더욱 빨리 했다.

「안 돼!」

그녀는 부르짖으면서 주저앉아버렸다.

「그래 봐야 소용없어. 좋아하면서 뭘 그래. 이제 보니까 색골이던데 그래.」

창대의 목소리는 완전히 승리감에 도취되어 있었다.

남지는 고개를 홱 돌려 그를 노려보았다.

그는 악마처럼 웃으며 그녀를 내려다보고 있었다.

24

「자, 빨리 끝낸 다음 샴페인을 터뜨려야 하잖아.」

「나쁜 자식!」

그녀는 바들바들 떨면서 욕을 내뱉았다.

「좋은 게 좋은 거 아니야. 이왕 이렇게 된 거 즐기면 될 거 아니야.」

그는 남지의 어깨를 확 밀어 그녀를 뒤로 넘어뜨렸다. 그리고 그녀의 몸을 덮쳐 눌렀다.

「개자식!」

그녀는 욕을 퍼부으면서 필사적으로 그를 밀어냈다. 그러나 그는 여유있게 웃으면서 그녀의 다리 사이로 파고들었다.

「네가 아무리 발버둥쳐봐야 이미 끝난 일이야. 그러지 말고 유종의 미를 거두자구.」

「안 돼! 이 나쁜 놈!」

그녀는 몸을 뒤틀면서 그의 어깨를 깨물었다.

그는 고통스러워 하더니 〈이 기시나가 왜 까불어〉하면서 주먹으로 그녀의 턱을 후려갈겼다. 두어 번 후려갈기자 그녀는 더 이상의 반항을 멈춘 채 기절해버리고 말았다.

기절해버린 그녀를 놓고 창대는 마음대로 야욕을 채웠다. 그동안 당하기만 했던 모욕에 대해 분풀이라도 하듯, 그리고 그동안 쌓여왔던 그녀에 대한 그 주체할 수 없었던 욕망을 한꺼번에 쏟아버리려는 듯 무자비하게 그녀를 짓이겼다.

이윽고 욕심을 실컷 채우고 난 그는 그녀를 번쩍 안아들고 욕실로 들어갔다. 남지는 죽은 듯이 그의 품에 안겨 있었다.

창대는 그녀를 욕조 안에 내려놓았다. 뒤로 상체가 젖혀지게 앉힌 다음 잠시 그녀를 내려다보았다. 그녀가 조금씩 머리를 움직이면서 가늘게 신음소리를 내고 있었다.

「음…… 음…… 교수님…… 교수님…….」

아까 그 자식이 교수인 모양이구나. 교수라는 작자하고 놀아나는 걸 보니까 이 계집애도 보통은 아닌 것 같다. 그 교수 놈도 문제가 많은 것 같다. 제자를 데리고 제주도까지 와서 재미를 보다니, 망할 자식!

창대는 남지를 노려보다가 샤워기를 쥐고 수도꼭지를 틀었다. 끝까지 튼 다음 차가운 물을 남지의 얼굴에다 쏟아부었다. 가늘게 신음소리를 내고 있던 남지는 머리를 흔들면서 눈을 떴다. 창대는 뜨거운 물로 바꾸었다. 남지는 기겁을 하면서 욕조 밖으로 뛰쳐나갔다.

「이제 정신이 나나?」

창대는 그녀의 어깨를 붙잡고 손끝으로 그녀의 턱을 치켜올렸다.

「무슨 일이 있었는지 아나?」

「…….」

그녀는 말없이 그를 노려보기만 했다.

「내 정액이 네 몸속으로 깊이 들어갔어. 아주 대량으로 홍수처럼 쏟아져 들어갔단 말이야. 알았어? 흐흐흐…….」

그녀의 오른손이 높이 올라갔다. 그러나 그것이 창대의 뺨에 닿기 전에 그의 손이 먼저 그녀의 손목을 움켜잡았다.

「어디다가 함부로 손짓이야!」

손목을 잡아비틀자 그녀는 고통을 이기지 못해 신음소리를 냈다.

「까불지 마. 이제부터는 내가 시키는 대로 하라구. 그렇지 않으면 작살을 내버릴 거야.」

그는 남지의 손목을 움켜잡고 방으로 나갔다. 그리고 소파에 앉힌 다음 자신도 자리에 앉아 얼음통에서 샴페인병을 집어들었다.

「축배를 해야지 않아? 얼마나 어렵게 이루어진 사랑인데 축배를 하지 않고 되겠어.」

26

펑 하고 코르크 마개가 튀어오르더니 천장에 가서 부딪친 다음 바닥으로 떨어졌다.

거품이 넘쳐흐르는 술병을 먼저 남지 앞에 놓여 있는 잔으로 가져가 술을 가득 따랐다. 그런 다음 자신의 잔에도 술을 채웠다.

「자, 건배하자구. 이걸 마시고 난 다음에 다시 한 번 사랑을 하는 거야. 이렇게 어렵게 만났는데 한 번만 하고 헤어지면 너무 싱겁잖아. 자, 들어요. 아무도 올 사람 없으니까 마음대로 들어요.」

창대를 노려보는 남지의 두 눈에 분노의 눈물이 어리고 있었다.

그녀는 그렇게 그를 노려보고만 있었다.

「자, 그렇게 노려보지만 말고 잔을 들라구. 그래야 건배할 거 아니야.」

창대는 그녀의 손에 잔을 쥐어준 다음 자신의 잔을 쳐들면서,

「우리의 영원한 사랑을 위해!」

하고 소리쳤다.

이어서 잔과 잔이 거칠게 부딪치는 소리가 쨍그렁 하고 났다. 남지는 그대로 얼어붙은 자세로 잔을 들고 있었고, 거기에다 창대가 일방적으로 자기 잔을 부딪친 것에 불과했다.

창대는 단숨에 잔을 비웠다. 그러고는 움직일 줄 모르는 남지에게 빨리 잔을 비우라고 독촉했다.

「그러고 있지 말고 빨리 마시라구. 빨리 마셔야 또 사랑을 해줄 거 아니야. 자, 쭉 마셔요.」

잔을 들고 있는 그녀의 손을 잡아 입에다 갖다대는 순간 남지는 사내의 얼굴에다 술을 확 끼얹었다.

「더러운 새끼!」

그녀의 입에서 증오에 찬 욕설이 튀어나왔다.

「어?」

얼굴에 술을 뒤집어쓴 창대는 그것을 닦으려고도 하지 않은 채 한참 동안 그녀를 노려보다가 이윽고 천천히 손등으로 얼굴을 닦았다. 그러다가 갑자기 넓적한 손바닥으로 그녀의 뺨을 후려갈겼다.

「망할 기집애 같으니!」

철썩 하는 소리와 함께 남지의 얼굴이 한쪽으로 홱 돌아갔다.

「어디다가 함부로 술을 끼얹어? 아주 못된 버릇을 가지고 있잖아. 나한테는 그런 거 안 통해.」

그는 다시 한 번 그녀의 따귀를 후려쳤다. 그녀가 씩씩거리며 달려들자 세 번 네 번 연거푸 후려갈겼다.

「나한테는 안 통한다고 했잖아. 앞으로 또 건방지게 굴거나 달려들면 그때마다 적절한 대가를 치를 테니까 그렇게 알라구. 버릇을 고쳐놓고 말 거야. 난 너 같은 애, 수십 명을 거느리고 있어. 그 애들은 내 앞에서 눈도 제대로 못 떠.」

창대는 주먹으로 그녀의 가슴을 쳤다.

남지는 가슴을 싸안으면서 몸을 뒤틀었다. 너무 고통스러웠기 때문에 눈물도 나오지 않았고, 숨도 제대로 쉴 수가 없었다.

폭군으로 변한 그는 이 기회에 아예 그녀를 완전히 손아귀에 넣겠다고 작심했는지 그녀를 일으켜세우더니 다시 주먹으로 그녀의 복부를 갈겼다.

그렇게 심하게 맞아보기는 난생 처음이었기 때문에 그녀는 공포의 눈으로 그를 바라보면서 허리를 굽혔다. 소리를 질러 구원을 청하고 싶었지만 이상하게도 그런 소리는 입 밖으로 나오지가 않았다.

창대는 잔인한 미소를 떠올리면서 가까이 다가서더니 무릎을 꺾은 채 복부를 움켜쥐고 있는 그녀의 등짝을 무릎으로 내질렀다. 남지는 짧게 비명을 지르면서 앞으로 엎어졌다. 개구리처럼 뻗으면서 경련을 일으키는 그녀의 몸을 사내는 발로 두어 번 떡 치듯이 찍어댔다.

「개 같은 년!」

비로소 직성이 풀렸는지 사내는 자리에 돌아가 앉아 잔에 술을 따랐다.

「고발할 테면 얼마든지 고발하라구! 강간에다 구타까지 했다고 고발하라구! 이왕 고발당할 거 재미나 더 봐야겠어. 엉금엉금 기어다니게 만들 거야. 살려달라고 빌 때까지 말이야.」

술을 쭉 들이켜고 나서 굴리는 두 눈이 잔인하게 번득이고 있었다. 병에 남아 있는 술을 자기 잔에다 마저 따르고 나서 그는 그녀에게 또 퍼부어댔다.

「얼마든지 고발하라구! 난 독신이니까 창피할 것도 없어! 하지만 넌 다를 걸. 강간사건의 경우 가해자인 남자보다도 피해자인 여자 쪽에서 더 창피를 당하고 혼사길도 막히기 때문에 대개 고발을 안 하고 덮어둔다구. 난 한두 번 강간해본 게 아니야. 헤아릴 수 없이 많은 아가씨들을 먹어치웠어. 하지만 하나같이 돈 좀 쥐어주면 물러나더라구. 여자린 다 마찬가지야. 그 중에는 못 잊어서 만나자고 전화를 걸어오는 계집애들도 있어. 강간당하기는 했지만 내가 해준 것이 기가 막힌데 날 잊을 수 있겠어. 너도 마찬가지일 걸. 지금은 강간당하고 얻어터져서 억울하다고 생각하겠지만, 좀 지나면 내 생각이 날 거야. 내 생각이 나면 언제라도 연락하라구. 언제라도 즐겁게 해줄 자신이 있으니까. 가만 있자. 이럴 게 아니라 마담뚜를 이쪽으로 불러야겠어. 지금쯤 방안에서 분을 이기지 못해 씩씩거리고 있을 텐데 이쪽으로 부르면 볼 만할 거야. 마담이 보는 앞에서 너를 또 강간하면 화가 좀 풀릴 거야. 그 년도 변태적인 데가 많아서 남이 하는 것을 구경하기를 좋아한다구. 구경하다가 정 견딜 수 없으면 달려들어 함께 그룹 섹스를 하는 거야. 그룹 섹스 해봤어? 그것처럼 기막힌 게 없어. 마담뚜한테 전화를 걸어 당장 이쪽으로 오라고 해야겠어.」

창대는 몸을 일으키더니 전화기가 놓여 있는 쪽으로 슬슬 걸어갔다.

그때 죽은 듯이 누워 있던 남지가 갑자기 몸을 일으켰다. 그녀는 두리번거리더니 탁자 위에 놓여 있는 샴페인병을 집어들었다.

「아, 누님, 접니다.」

창대의 말이 떨어지기 무섭게 마담뚜가 악을 썼다.

「아니, 지금 어디 있는 거야? 도대체 뭐 하고 있는 거야?」

「누님, 기막힌 거 보여줄 테니까 이쪽으로 오십시오.」

「거기가 어디야?」

창대가 방 호수를 말하려는 순간 남지는 샴페인병으로 그의 뒤통수를 내려쳤다.

펑 하는 소리와 함께 사방으로 유리조각이 튀었다.

창대는 아무 소리도 지르지 못한 채 슬그머니 무릎을 꺾더니 뒤로 천천히 쓰러졌다.

「김 사장! 김 사장!」

마담뚜의 악쓰는 소리가 수화기를 통해 고스란히 들려오고 있었다.

남지는 떨어져 있는 수화기를 집어서 전화기 위에다 올려놓은 다음 바닥에 쓰러져 있는 김창대를 내려다보았다.

김창대는 두 눈을 까뒤집은 채 천장을 보고 벌렁 드러누워 있었다. 눈의 초점은 풀려 있었고 입은 멍하니 벌어져 있었다. 병에 얻어맞은 머리에서는 피가 흐르고 있었다.

남지는 그때까지도 깨진 병을 들고 있었다. 술병은 주둥이 부분만 남고 모두 날아가 버리고 없었다.

그녀는 깨진 병을 급히 내던지고 나서 뒤로 주춤주춤 물러섰다. 창대한테서 시선을 떼지 않고 있었지만 그는 기절했는지 죽었는지 꼼짝도 하지 않고 있었다. 그녀는 건장한 사내가 병에 얻어맞고 흡사 통나무처럼 쓰러진 것이 도무지 믿어지지가 않았다. 창대가 지금 겁을 주려고 장난하고 있는 것만 같았다.

그러나 눈앞에 벌어져 있는 사태를 찬찬히 살펴보니 결코 장난은 아닌 것 같았다. 산산조각이 나 흩어져 있는 병조각과 사내의 머리를 적시고 있는 검붉은 피가 사태의 심각성을 말해 주고 있었다.

믿어지지 않는 것이 또 하나 있었다. 자신이 병으로 사람의 머리를 후려칠 정도로 무자비한 데가 있었던가 하는 점이었다. 그것은 전혀 새로운 발견이었지만, 아무래도 받아들일 수가 없는 점이었다. 나에게는 그런 잔인함이 있을 리 없다. 순간적으로 이성을 잃고 술병을 휘둘렀던 것에 지나지 않는다.

어쩔 줄 모르고 창대를 바라보고 있다가 그녀는 급히 옷을 입고 열쇠를 찾아 챙긴 다음 밖으로 나갔다. 문을 잠그고 나서도 제대로 잠겼는지 거듭 확인하고 나서 급한 걸음으로 아래층으로 내려갔다.

커피숍에 들어가보니 최 교수 혼자 자리에 우두커니 앉아 있는 것이 보였다. 문 닫을 때가 되었기 때문에 커피숍은 조명이 어두워져 있었고, 종업원들은 피곤한 모습으로 실내를 정리하고 있었다.

최 교수는 말없이 그녀를 쳐다보기만 했다. 그러나 그의 두 눈은 많은 것을 묻고 있었다.

「죄송해요.」

남지는 자리에 앉으면서 가만히 말했다.

「이상한 밤이군.」

최 교수가 표정이 없는 얼굴로 말했다.

「드릴 말씀이 있어요.」

그녀는 떨기 시작했다.

「피곤해 죽겠어. 좀 자야겠어.」

최 교수의 얼굴빛이 흐려졌다.

종업원이 다가와 문 닫을 시간이라고 말했다.

그들은 커피숍을 나와 최 교수가 잡아놓은 방으로 가려다가 건물 밖으로 나갔다. 최 교수가 바람을 좀 쐬고 싶다고 말했기 때문이었다.

그들은 건물 뒤로 돌아가 키 큰 소나무들 사이로 나 있는 오솔길을 걸어갔다. 바다에서 불어오는 바람이 스산한 느낌을 주고 있었다.

「아까 할 말이 있다고 했는데 무슨 말이지?」

최 교수가 그녀의 손을 잡으며 물었다.

「아, 아무것도 아니에요.」

그녀는 당황해서 말했다.

「지금까지 어디 가 있었지?」

그가 걸음을 멈추면서 그녀를 쳐다보았다.

달빛과 가로등 불빛 때문에 소나무에 둘러싸인 오솔길은 그렇게 어둡지가 않았다. 최 교수는 그녀의 손을 잡은 채 넙적한 바위 위에 걸터앉았다.

「춥나? 떨고 있는 것 같은데…….」

남지는 그의 어깨에 머리를 기댔다.

최 교수는 더 이상 그녀가 어디에 가 있었는지 묻지 않았다.

그는 한두 번 묻고나서 상대방이 대답하지 않으면 더 이상 캐묻거나 추궁하지 않는다.

남지는 사실대로 털어놓고 싶었지만 그럴 수가 없었다. 그녀는 입술만 깨물고 있었다.

사실대로 털어놓을 경우 창대에게 강간당한 일까지 모두 이야기하지 않으면 안 된다. 그녀는 그것이 죽기보다 싫었다. 모두 털어놓을 경우 최 교수가 어떻게 그녀를 받아들일지 그것이 무엇보다도 제일 걱정스러웠다.

「아까 그 뚱보 여자는 누구지?」

「중매 서준 여자예요. 아까 그 남자를 소개시켜 줬어요. 미용실을 경영하고 있어요.」

「그런데 두 사람이 왜 여기에 와 있는 거지? 제주도에 사는 사람들인가?」

「아니에요. 모두 서울에서 살고 있어요.」

「그렇다면 이상한 사람들이군. 하긴 우리도 이상하지만…….」

중얼거리고 나서 그는 담뱃불을 켰다.

불빛에 잠깐 드러난 그의 얼굴은 창백해 보였다.

「아까는 정말 잘 싸우더군.」

남지는 그의 품속에 얼굴을 묻으면서 속삭였다.

「키스해 줘요.」

최 교수가 그녀를 껴안고 입맞춤을 하려는데 두 사람이 걸어오는 것이 보였다. 신혼부부로 보이는 한 쌍이었다. 그들이 지나가기를 기다렸다가 최 교수는 담배를 비벼끄고 나서 남지의 입술 위에 자신의 입술을 가만히 포갰다.

남지는 온몸에서 힘이 모두 빠져나간 사람처럼 흐물흐물해져 있었다. 여느때의 그 열정적인 태도는 간데없고 그가 하는 대로 몸을 내맡기고 있었다.

「아까 싸우는 거 보고…… 많이 실망하셨죠?」

입맞춤이 끝났을 때 그녀가 눈을 뜨면서 물었다.

「천만에. 아주 근사했어. 남지의 새로운 면을 발견했지.」

「절 놀리시는군요.」

그녀가 비감스러운 목소리로 말했다.

「아니야. 놀리는 게 아니야.」

그가 몸을 일으켰다.

솔밭을 벗어나자 조그만 다리가 나타났고, 그 다리를 건너자 거기서 부터는 야외 카페였다.

단층짜리 흰 건물 앞에 정원이 조성되어 있었는데, 바다에 면한 쪽으로는 굵은 통나무 난간이 설치되어 있었다. 난간 저쪽은 망망한 바다였고, 난간 아래는 직각으로 뻗어내린 절벽이 밀려오는 파도를 가로막고 있었다.

정원에는 흰색의 테이블과 의자들이 놓여 있었고, 밤늦은 시간인데도 테이블은 거의 손님들로 차 있었다.

웨이터가 거품이 흐르는 생맥주를 들고 가는 것을 보고 최 교수는 생맥주 두 잔을 주문했다.

「너무 멋있어요.」

남지가 밤바다를 바라보며 말했다.

바다 위로 부서져 내리는 달빛은 다른 쪽으로 이동해 있었지만 밤바다의 아름다움은 여전했다.

「서울에 올라가고 싶지 않은데.」

「올라가지 말아요.」

「그럴까.」

웨이터가 생맥주를 날라왔다.

맥주를 두어 모금 마시고 난 남지는 방안에 쓰러져 있는 김창대가 걱정이 되어 더 이상 마실 수가 없었다. 술이 목으로 넘어갈 때마다 목에 통증이 느껴졌다.

만일 그가 깨어났다면 지금쯤 그녀를 찾아 돌아다니고 있을 것이다. 호텔 구내에 있는 한 그에게 발견되는 것은 시간 문제이다. 다시 만나게 되면 틀림없이 나를 죽이려 들 것이다. 그렇게 되면 문제가 시끄러워지겠지. 만일 그렇지 않고 그가 아직 깨어나지 않았다면? 아니, 그가 영영 깨어나지 않는다면? 그대로 방치해 두면 영영 깨어나지 못하는 게 아닐까? 빨리 병원에 데리고 가면 살릴 수도 있는데 내가 이러고 있는 게 아닐까? 시간을 끌면 끌수록 그의 목숨이 위태로워질지 모른다. 이러고 있을 때가 아니다. 잘못하다가는 그는 죽고, 나는 살인자가 될지도 모른다.

그녀는 맥주잔을 집어들었다가 손이 너무 떨리는 바람에 도로 내려놓고 말았다.

「왜 그래?」

최 교수가 의아한 눈으로 그녀를 쳐다보았다.

테이블 위에 놓여 있는 조명등에 비친 그녀의 얼굴빛은 유난히도 창백해 보였다.

「왜 그러는 거야? 어디 아파?」

남지는 그를 쏘아보면서 몸을 일으켰다. 가슴이 막히는지 두 손을 가슴에다 대고 뒷걸음질치는 그녀를 보고 최 교수도 따라 일어섰다.

최 교수가 계산을 치르고 돌아섰을 때 남지는 이미 저만큼 달려가고 있었다.

「남지! 어디 가는 거야? 거기 서봐!」

최 교수는 뒤따라가면서 소리쳤다.

「따라오지 마세요!」

그녀는 계속 뛰어가다가 돌부리에 발이 걸렸는지 비틀거리면서 쓰러졌다.

　최 교수는 재빨리 뛰어가 그녀를 안아 일으켰다.

「다치지 않았어?」

　그녀는 고개를 흔들더니 와들와들 떨면서 그의 품에 안겨왔다.

「왜 그래? 무슨 일이 있어? 추운데 방으로 들어갈까?」

　그녀는 또 고개를 흔들었다.

「먼저 들어가세요. 전 가볼 데가 있어요.」

　감정과는 달리 목소리는 메말라 있었다.

「그게 무슨 말이야? 이 시간에 어디를 간다는 거야?」

「병원에 가야 해요.」

　밑도 끝도 없이 지껄이는 말에 최 교수는 영문을 몰라 또 물었다.

「병원에는 왜? 어디가 아파?」

　그녀는 고개를 흔들었다.

　최 교수는 더욱 궁금증을 느끼면서 그녀를 응시했다.

「아프지도 않으면서 이 시간에 병원에는 왜 간다는 거야? 누가 병원에 입원해 있나?」

　그녀가 또 고개를 내저었다. 그리고 마침내 조그만 목소리로 입을 열었다.

「입원시켜야 할 사람이 있어요.」

「뭐라구? 다시 한 번 말해 봐.」

　목소리가 너무 작았기 때문에 그는 그녀의 말을 잘 알아들을 수가 없었다.

「입원시켜야 할 사람이 있어요.」

　그녀는 더욱 작은 목소리로 말했다. 그러나 최 교수는 가까이 귀를 대고 있었기 때문에 두 번째에는 알아들을 수가 있었다.

「그 사람이 누구지?」

「아까 그 사람이에요.」

「그 여자 말이야?」

「아뇨. 남자 쪽이에요.」

최 교수는 어둠 속에서 무엇인가를 탐색하려는 듯 잠시 묻는 것을 중지한 채 그녀의 얼굴을 살피기만 했다.

「빨리 가봐야 해요.」

그녀가 최 교수의 시선을 피하면서 초조하게 말했다.

「그 사람, 많이 아픈가? 어디 다쳤나?」

「제가 병으로 머리를 때렸어요.」

그녀는 다시 떨기 시작했다.

「뭐라구?」

어둠 속에서 그의 두 눈이 번쩍하고 빛났다.

「그, 그럴 수밖에 없었어요.」

그녀는 울먹이는 소리로 말하고 나서 그의 품에서 빠져나왔다. 그러고는 지금까지와는 다른 또렷한 어조로 말했다.

「제가 알아서 할 테니까 교수님은 걱정하지 마세요. 교수님이 끼어드시면 공연히 문제만 복잡해지니까 방에 들어가 주무세요.」

물러서는 그녀의 팔을 최 교수가 낚아챘다.

「자세히 좀 말해봐. 남지가 병으로 그 남자 머리를 때렸다는 거지?」

「네, 그랬어요.」

「그래서 어떻게 됐어?」

「지금 방에 쓰러져 있어요.」

남지를 바라보는 최 교수의 두 눈이 놀라움으로 커지고 있었다.

「몇 호실에 있지?」

남지는 망설이다가,

「309호실에 있어요.」

하고 말했다.

「그 여자도 함께 있나?」

「아뇨.」

「빨리 가보자구.」

이번에는 최 교수가 앞장서서 뛰다시피 걸어갔다.

309호실 앞에 이르자 최 교수는 남지로부터 열쇠를 빼앗아들고 자물쇠 구멍에다 그것을 밀어넣었다.

이윽고 문이 열리자 최 교수가 먼저 조심스럽게 안으로 들어섰고, 그 뒤를 남지가 겁에 질려 따라들어갔다.

김창대는 처음 쓰러져 있을 때 그대로 천장을 향해 사지를 벌린 채 누워있었다.

벌거벗은 채 누워 있는 그의 모습이 방안에서 무슨 일이 벌어졌었는지를 말없이 증언해 주고 있었다.

남지는 왜 309호실에 들어갔으며, 왜 벌거벗은 남자의 뒤통수를 병으로 갈겼을까? 사내처럼 벌거벗은 남지가 사내와 뒤엉킨 모습이 눈앞에 어른거리는 것 같았다. 그 밖에는 다른 것은 상상되지 않는다.

최 교수는 잠자코 사내 앞으로 다가서서 무릎을 굽히고 그를 내려다보았다. 동공을 열어보고 가슴에 귀를 대보고 맥을 짚어보고 나서 그는 무겁게 고개를 가로저었다.

「어떻게 됐어요?」

남지는 와들와들 떨어대면서 물었다.

「너무 늦었어.」

고개를 더 세게 흔들면서 최 교수는 비틀비틀 일어섰다.

「죽었나요?」

그녀는 들릴 듯 말 듯한 목소리로 물었다.

「병원까지 데리고 갈 필요가 없게 됐어.」

그는 구두 끝으로 유리조각을 건드렸다.

「불이 너무 밝아.」

그는 천장의 불을 끄고 스탠드의 불만 켜놓았다.

남지는 자신이 죽인 남자 사체를 힐끗 쳐다보았다.

약한 불빛 때문인지, 아니면 일단 죽었다는 것을 알았기 때문인지 사체의 모습은 무시무시해 보였다.

그녀는 최 교수 쪽으로 시선을 돌렸다.

그는 창가에 서서 밤바다를 바라보며 담배를 피우고 있었다. 마치 방 안에서 혼자 사색에 잠겨 있는 것 같은 그런 모습이었다.

그녀는 더 이상 서 있다가는 쓰러질 것만 같아 소파로 다가가 털썩 주저앉았다. 그리고 다시 최 교수의 뒷모습을 바라보았다. 그의 뒷모습이 낯설게 느껴졌고 바위같다는 생각이 들었다. 이제는 사체보다도 최 교수의 뒷모습이 더 무섭게 보였다. 분명히 알고 싶은 것이 많을 텐데 묻지를 않는다. 그녀는 대답할 준비가 되어 있었지만 그는 아무것도 알려고 하지를 않는다.

숨막힐 듯한 침묵이 한동안 흐른 뒤 최 교수가 움직였다. 남지는 기회를 놓치지 않고 말했다.

「나가 주세요. 교수님은 이 방에 계시면 안 돼요.」

그러나 최 교수는 밖으로 나가는 대신 그녀를 마주 보고 자리에 앉았다.

「혼자서 어떻게 하겠다는 거야?」

최 교수는 담배 꽁초를 재떨이에 비벼끄고 나서 새 담배에 불을 당겼다. 그러고 나서 그녀에게 담배를 내밀었다,

「피울래? 마음을 달래는 데는 담배가 제일이야.」

그녀는 침착하게 담배를 받으려고 했지만 손이 떨려 제대로 그것을 받을 수가 없었다. 손끝을 떨면서 두어 모금 담배를 빨아대자 비로소 가슴이 조금 가라앉는 것 같았다.

그녀는 머뭇거리다가 종이 쪽지를 그 앞에 가만히 내밀었다. 그것은 마담뚜와 한바탕 싸우고 난 뒤 커피숍의 웨이터한테서 받았던 메모 쪽지였다. 그것만 아니었더라면 일이 이렇게까지 확대되지는 않았을 것이다.

최 교수는 미동도 하지 않은 채 메모지를 뚫어지게 들여다보고 있었다. 마치 거기에 적혀 있는 내용이 무슨 뜻인지 잘 모르겠다는 듯이.

최 교수는 그 내용보다도 남지가 그에게 그것을 보여준 이유를 아직 이해할 수가 없었다. 〈네가 이긴 것 같다. 승리를 축하한다. 309호실에서 샴페인을 놓고 기다리고 있겠다〉 누가 누구를 기다리고 있겠다는 말인가?

「이게 뭐지?」

그는 진정하려고 애쓰면서 물었다.

「저 사람이 쓴 거예요.」

그녀는 사체 쪽을 턱으로 가리켰다.

그녀를 쳐다보는 최 교수의 두 눈에 의혹의 빛이 서렸다. 남지는 그 의혹을 풀어주지 않으면 안 된다고 생각했다. 그럴려면 그동안 있었던 일들을 사실대로 모두 이야기해 주지 않으면 안 된다.

「아까 두 시간 넘게 보이지 않았을 때…… 그때 그럼 309호실에서 저 사내와 함께 샴페인을 마시고 있었나?」

최 교수는 대놓고 묻지는 않았지만 그녀를 쳐다보는 그의 두 눈은 이렇게 묻고 있었다.

「마담하고 싸우고 나서 자리로 돌아왔을 때 교수님은 어디로 가셨는지 보이지 않았어요. 그때 웨이터가 저한테 이 메모지를 전해줬어요. 손님이 전해드리라고 했다면서…….」

그녀의 손끝에서 타들어가고 있는 담배 꽁초가 마치 살아 있는 생물처럼 떨고 있었다. 그녀는 그를 마주 쳐다볼 수가 없어서 시선을 밑으로 떨어뜨렸다.

최 교수가 메모지를 탁자 위에 가만히 내려놓았다.

「전 교수님이 써놓고 간 메모인 줄 알았어요. 그래서 앞뒤 생각해보지도 않고 이 방으로 달려왔어요.」

숨막힐 듯한 침묵이 찾아왔다. 그녀는 재빨리 담배를 재떨이에다 눌렀다.

「내 글씨하고는 완전히 다른데…… 그것도 구별 못 했다는 거야?」

그가 처음으로 추궁하듯 물었다.

남지는 그가 입에 담을 수 없는 욕이라도 퍼부어줬으면 하고 바랐다. 그러니 그는 더 이상의 말은 삼가하고 있었다.

「마담하고 싸우고 난 끝이라 너무 흥분해 있었어요. 거의 제정신이 아니었기 때문에 글씨 같은 것은 눈여겨 보지도 않았어요.」

그녀는 치밀어오르는 감정을 억제하기 위해 숨을 깊이 들이마셨다가 내뱉었다.

「이 방에 도착했을 때 출입문은 잠겨 있지 않았어요. 방안에 들어오자 아무도 보이지 않고 욕실 쪽에서 샤워하는 소리만 들려왔어요. 그래서 저도 샤워하려고 옷을 모두 벗었어요.」

「알았어. 그만해. 무슨 일이 일어났는지 충분히 알겠어.」

최 교수는 조용히 일어났다. 그가 밖으로 나갈 줄 알고 남지는 긴장했지만, 그는 밖으로 나가는 대신 창가로 다가가 밤바다를 바라보았다.

남지는 그의 뒤로 가만히 다가섰다. 그가 이제는 더없이 두려운 존재로 다가와 있었기 때문에 그를 상대하기가 여간 조심스럽지가 않았다. 다른 때 같으면 그의 어깨에 매달리겠지만 지금은 그렇게 하지 못하고 뒤에서 머뭇거리기만 했다.

「제 말을 끝까지 들으셔야 해요.」

그녀는 떨리는 목소리로 말했다.

그가 성냥불을 켰다. 창문에 그의 일그러진 얼굴이 잠깐 나타났다가 사라졌다.

「무슨 일이 없었다면 이렇게까지 되지는 않았을 거예요…… 발버둥 쳤지만 그를 이길 수가 없었어요…… 주먹으로 마구 때리는 바람에 전 기절하고 말았어요…… 그리고 정신을 차렸을 때는 모든 게 끝나 있었어요…… 그는 악마나 다름없었어요…… 마담까지 불러들여 그 짓을 하려고 했어요…… 마담한테 전화 거는 것을 보고 전 참을 수가 없었어요…… 그래서 저도 모르게 병으로 머리를 때렸어요…….」

「마담이 여기 왔었나?」

최 교수가 홱 돌아서서 물었다. 그의 사팔뜨기 눈이 보기에 민망할 정도로 뒤틀려 있었다.

「오지 않았어요. 그 여자하고 통화하기 직전에 제가 병으로 때렸어요.」

최 교수는 창문을 활짝 열었다.

시원한 바닷바람이 몰려들어왔다.

그는 한숨을 내쉬고 나서 사체를 바라보다가 갑자기 침대 쪽으로 다가가 시트를 걷어냈다. 그리고 그것으로 사체를 덮었다.

머리에서 흘러내린 피가 아직 채 굳지를 않았기 때문에 흰 시트를 검붉게 물들이기 시작했다.

「나도 이런 일은 난생 처음이야. 어떻게 해야 할지 모르겠어.」

「교수님은 이 일에 끼어드실 필요가 없어요. 그래서도 안 되구요. 제가 알아서 처리할 테니까 여기 계시지 말고…….」

「쓸데없는 소리 하지 마!」

최 교수가 신경질적으로 쏘아붙였다.

「혼자서 어떻게 처리하겠다는 거야?」

「지금부터 생각해 보겠어요.」

「엉뚱한 생각 같은 거 하지도 마. 경찰에 신고하면 그 사람들이 알아서 처리해주니까 그 방법이 제일 간단하고 좋아.」

「싫어요!」

남지는 날카롭게 소리치면서 머리를 흔들었다.

「경찰에 신고하는 건 싫어요! 그렇게 되면 전 감옥에 갈 거예요! 감옥에서 제 인생을 보내라는 거예요? 교수님은 제가 그렇게 되기를 바라세요?」

그녀는 눈물을 글썽이면서 원망어린 눈으로 그를 쏘아보았다.

최 교수는 딱하다는 듯이 그녀를 쳐다보다가 침대에 가서 걸터앉았다.

「잘 생각해보라구. 경찰에 신고하지 않고 무사히 빠져나갈 것 같아? 경찰은 허수아비인 줄 알아? 빠져나갔다가 잡히면 죄가 더 커진다는 거 몰라? 사람이 죽었단 말이야!」

「네, 그래요! 제가 죽였어요! 제가 죽였단 말이에요!」

그녀는 자기도 모르게 주먹을 불끈 쥐고 소리쳤다.

최 교수는 멀거니 그녀를 쳐다보았다.

「저런 인간은 죽어 마땅해요! 저런 인간은 이 사회에 존재할 필요가 없어요! 벌레보다 못한 인간이에요!」

남지는 시트에 덮여 있는 사체를 손으로 가리키면서 계속해서 소리쳤다.

그런 남지를 바라보고 있는 최 교수의 얼굴에 한심하다는 듯한 표정이 나타났다.

「살인은 최고의 악이야. 아무리 상대가 악마 같은 인간이라 해도 살인은 최고의 악이야. 변명할 필요 없어.」

「전 그렇게 생각하지 않아요! 악마를 제거한 것은 최고의 선이라고 생각해요!」

「진심으로 하는 말이야?」

최 교수가 분노를 참으며 노려보자 그녀는 대답을 못 하고 머뭇거렸다.

「넌 악마를 제거하려고 병을 휘두른 게 아니었어. 제거하기 위해 병으로 때렸다면 그건 분명히 살인행위야. 하지만 넌 아무 생각 없이, 너무 화가 난 나머지 병으로 때렸을 뿐이야. 물론 증오감을 품고 때렸겠지. 하지만 죽일 생각으로 때리지는 않았어. 그건 살인이 아니야. 결과적으로 사람이 죽긴 했지만, 법적으로 말하면 그건 살인이 아니고 과실치사야. 과실치사는 죄가 그렇게 무겁지 않아. 더구나 넌 실신 상태에서 당했기 때문에 정상참작이 될 거야. 그렇게 되면 아주 가벼운 처벌을 받게 될 거야. 정당방위가 인정될 수도 있지. 그렇게 되면 넌 무죄로 풀려날 수도 있어. 그러니까 경찰에 신고하는 것을 두려워할 필요는 없어. 내가 뒤에서 봐줄 테니까 걱정하지 말고 자수해. 모든 것은 너한테 유리하게 돼 있어. 아무 걱정하지 마. 넌 살인범이 아니야.」

마치 팔팔 끓던 물이 갑자기 식어버린 듯 남지는 움직임을 멈춘 채 숨을 죽이고 있었다.

「너무 죄의식에 사로잡힐 필요도 없어. 하지만 아무튼 원인이야 어떻든 사람이 죽었으니까 죄의식을 느끼고 참회는 해야겠지.」

  최 교수는 바닥에 떨어져 있는 병꼭지를 집어들었다. 병이 깨져나간 면에는 칼끝처럼 날카로운 유리끝이 삐쭉삐쭉 남아 있었다.

「하지만 자수하게 되면…… 세상에 모두 알려지지 않아요?」

「그거야 할 수 없지. 소문이 나지 않게 해야겠지만, 최악의 경우 신문에 보도되어도 할 수 없지.」

「싫어요! 그럴 수는 없어요!」

  그녀는 울 듯한 표정으로 머리를 흔들었다.

「만일 자수하지 않고 도망쳤다가 붙잡히면, 정상 참작 같은 건 일절 없어. 신문과 방송에서도 신나게 떠들어댈 거고…… 여러 가지로 불리하게 돼. 틀림없이 센세이셔널하게 다룰 거야.」

「붙잡히지 않으면 될 거 아니에요?」

  그녀의 두 눈이 더욱 검게 빛나고 있었다.

  최 교수는 한심하다는 듯이 그녀를 쳐다보았다.

「왜 이렇게 어리석지?」

  깨진 병꼭지를 탁자 위에 올려놓고 나서 그는 팔짱을 끼고 창가에 기대섰다.

「붙잡히지 않으면 괜찮을지도 모르지. 하지만 하루도 못 가서 붙잡힐 거야. 경찰이 그렇게 어리숙한 줄 알아? 생각해 보라구. 넌 신분이 노출되어 있어. 커피숍에서 한바탕 싸웠고, 웨이터가 메모지까지 전해줬어. 그 마담이 살인범으로 너를 지목할 게 뻔하고, 웨이터도 너한테 메모지를 전해줬다고 증언할 거야. 만일 웨이터가 메모 내용을 읽었

을 경우 네가 309호에 갔을 거라는 것을 알고 있을 거란 말이야. 너에
게 결정적으로 불리한 증언을 해줄 사람들이 이렇게 대기하고 있다는
것을 모르나? 경찰이 너를 범인으로 지목하고 뒤쫓는데도 도망다니
겠다는 것은 아니겠지? 외국으로 도망갈 거야? 외국에서 평생을 방황
하겠다는 거야?」

최 교수의 신랄한 질책에 남지는 몸둘 바를 몰라 하다가 소파에 털썩
주저앉으며 두 손으로 얼굴을 감쌌다. 그리고 울음을 터뜨렸다.

최 교수는 담배에 불을 당긴 다음 그녀의 흐느끼는 모습을 내려다보
다가 돌아서서 바다를 바라보았다.

바다 위로 부서져내리던 달빛은 이제 거의 스러져서, 바다는 캄캄한
어둠 속에 조용히 잠겨 있었다. 배들도 다니지 않고 있었고, 바람도 자
고 있었다.

「모든 게 내 책임이야. 제주도에 와서는 안 되는데 괜히……. 결국
너한테 불행을 안겨준 꼴이 되고 말았어.」

최 교수의 중얼거리는 말에 남지는 얼굴을 가리고 있던 손을 내렸다.

「아니에요! 교수님한테는 아무 책임이 없어요! 이건 저하고 관계된
일이에요! 그렇게 생각하시면 안 돼요!」

남지는 발딱 일어섰다. 그리고,

「저 자수하겠어요!」

하고 소리쳤다.

최 교수의 입에 꽂혀 있던 담배 꽁초가 카펫 위로 굴러떨어졌다. 최
교수는 얼른 그것을 집어든 다음 재떨이에다 비벼껐다. 그리고 가만히
남지의 움직임을 지켜보았다.

남지는 백을 집어들었다. 그것을 어깨에 걸친 다음 두 권의 책도 집어
들어 가슴에 안았다.

「가겠어요.」

그녀는 고개를 꾸벅 숙이고 나서 손등으로 눈물을 훔쳤다.

「어딜 간다는 거지?」

「경찰서에 가겠어요.」

출입문 쪽으로 다가가 문을 열려는 그녀를 보고 최 교수는 다급하게 불렀다.

「남지야, 잠깐 기다려!」

남지는 돌아서서 최 교수를 바라보았다. 최 교수는 두 팔을 벌렸다.

「이리 와. 가지 말고 이리 와.」

남지의 몸에서 백과 책들이 바닥으로 굴러떨어졌다. 그녀는 최 교수 쪽으로 뛰어와 그의 품에 와락 안기면서 다시 울음을 터뜨렸다.

최 교수는 그녀를 꼭 끌어안고 등을 쓰다듬어 주었다.

남지는 온몸을 떨어대면서 서럽게 울었다. 최 교수의 가슴은 금방 그녀의 눈물로 축축히 젖어들었다.

모든 것을 따져볼 때 그녀가 자수하는 것은 너무도 당연한 일이었고, 그래서 그는 그녀에게 잔인하게도 자수를 권했던 것이다.

그러나 그의 감정은 솔직히 말해 그녀의 자수를 바라지 않고 있었다. 생각 같아서는 그녀를 경찰의 손이 닿지 않는 곳에 영원히 숨겨두고 싶었다. 그러나 그럴 수 없는 것이 몹시 안타까웠다. 어떻게 남지를 숨길 수 있을까? 이 지구상의 어디에다 그녀를 과연 안전하게 숨길 수가 있을까? 아무리 생각해도 그런 데는 없을 것 같았다. 어디를 가나 경찰의 손길은 따라올 것이고, 그들은 끝없이 도망다녀야 할 것이다. 도망자의 괴로움과 외로움……. 하지만 도망간들 과연 어디까지 가겠는가?

그는 머리를 설레설레 흔들었다. 좋은 방법이 없을까? 있을 것도 같은데…… 확신이 서지 않는다. 자신감이 서지 않는다.

남지의 흐느낌이 조금 가라앉자 그는 그녀의 손을 잡고 소파에 가서 앉았다.

두 사람은 떨어지지 않으려는 듯 서로 꼭 끌어안은 채 한동안 말없이 앉아 있었다.

남지는 그의 품에 안겨 있다가도 불안한 듯 출입구 쪽에 시선을 던지곤 했다. 금방이라도 누가 방안으로 들어올 것만 같아 불안해서 견딜 수가 없었던 것이다.

한편 그 시간에 이문자는 509호에서 안절부절 못 하며 서성거리고 있었다.

창대에게 보다 섹시하게 보이게 하려고, 허벅지가 드러나고 속살이 훤히 비치는 짧은 란제리 차림으로, 오늘밤에 벌어질 둘만의 섹스 파티를 생각하며 이제나 저제나 하고 그를 기다리고 있었지만 그는 자정이 훨씬 지났는데도 들어오지 않고 있었다. 어디서 술집 계집애 끌어안고 술 퍼마시고 있는 게 아닐까. 샤워하고 있는 사이에 도둑 고양이처럼 소리도 없이 빠져나가더니 지금까지 나타나지 않고 있는 것이다.

「개새끼!」

그녀는 이를 갈면서 담배에 불을 붙였다. 남지에게 당한 것까지 합쳐서 분이 머리끝까지 치밀어올랐다. 너무 화가 나서 머리가 터져버릴 것만 같았다.

「개 같은 년!」

창대에게 향하던 분노가 남지 쪽으로 바뀌면서 증오감으로 변했다.

「걸리기만 해봐라. 찢어 죽일 거야!」

그녀는 전화기 앞에 멈춰섰다.

그년하고 그 머저리 같은 중년사내하고는 지금쯤 열심히 홀레를 하고 있겠지. 요것들, 어느 방에 들어 있을까.」

그녀는 아까 걸려왔던 창대의 전화가 생각났다.

그 전화는 중간에 끊어지더니 다시는 걸려오지 않았다. 조금 이상한 생각이 들기는 했지만, 창대가 그녀를 놀리려고 그런 것 같기도 해서 그녀는 더욱 화가 치밀었었다.

누님, 기막힌 거 보여줄 테니까 이쪽으로 오십시오. 창대는 이 말만 하고 더 이상 말하지 않았다. 전화는 바로 끊어지지 않았고, 수화기를 통해 펑 하는 소리와 함께 무엇이 부딪치는 소리 같은 것이 들려온 다음에야 끊어졌었다. 전화가 끊어지기 전에 그녀는 김 사장을 몇 번 소리쳐 불렀지만 그한테서는 아무런 대답도 없었다.

전화가 끊어진 뒤에 그녀는 김창대가 호텔 밖에서 계집을 옆에 끼고 앉아 술을 마시다가 전화를 건 것이라고 생각했었다. 그런데 지금 가만 생각해보니, 호텔 안에서 전화를 걸었을 수도 있었다. 그것은 얼마든지 가능한 일이었다. 혹시 다른 방에서 계집애를 끼고 재미보고 있는 게 아닐까.

그 생각을 하자 그녀는 더 이상 가만 있을 수가 없었다. 그래서 수화기를 들고 교환을 불렀다.

「아가씨, 나 뭐 좀 알려고 그러는데…… 아까 말이에요, 이 방으로 전화가 왔었는데…… 그 전화 어디서 온 건지 알 수 없을까?」

「언제쯤인가요?」

「두 시간쯤 됐을 거예요.」

「잠깐 기다려 보십시오.」

교환 아가씨는 싹싹했다.

잠시 후 그녀가 말했다.

「309호에 계신 분이 건 전화였습니다.」

「틀림없나요?」

「네, 틀림없습니다.」

마담뚜는 서둘러 옷을 입었다. 망할 자식, 개자식……. 가만 두나 봐라.

정신없이 309호를 찾아간 그녀는 초인종을 눌러댔다.

그 시간에 최 교수와 남지는 택시에 막 오르고 있었다.

「어디로 모실까요?」

초로의 운전사가 물었다.

「경찰서로 가주세요.」

최 교수가 행선지를 말하기 전에 남지가 재빨리 말했다. 최 교수는 그녀를 한 번 쳐다본 다음 밖으로 시선을 돌려버렸다.

어둠 속으로 뻗어 있는 아스팔트 길에는 거의 다니는 차들이 보이지 않았다. 적막 속에 싸여 있는 차도는 마치 미지의 세계로 향하는 길처럼 보였다.

최 교수와 남지는 택시가 경찰서 앞에 이를 때까지 아무 말도 나누지 않았다.

「조금 더 가서 세워주세요.」

차가 바로 경찰서 정문 앞에 멈춰서려고 하자 최 교수가 주머니에서 돈을 꺼내면서 말했다.

택시는 경찰서 정문 앞에서 이십여 미터쯤 더 가서 멈춰섰다.

택시에서 내린 그들은 길을 건너갔다. 최 교수가 앞장 서서 걸어갔기 때문에 남지도 뒤따라갔다고 할 수 있었다.

바로 뒤돌아서서 경찰서 앞으로 걸어가면 되는데 그렇게 하지를 않고 최 교수는 길을 건너갔던 것이다.

길을 건너간 그들은 경찰서 정문 맞은편 쪽으로 천천히 걸어갔다.

마침내 정문 맞은편에 이르자 그들은 걸음을 멈추고 경찰서를 바라보았다.

정문 앞에는 입초 순경 한 명이 서 있었다.

경찰서 건물은 여기저기에 불이 켜져 있는 것이 밤을 새워가며 일들을 하고 있는 것 같았다.

남지는 숨이 멎는 것 같았다. 경찰서 안으로 들어서는 순간부터 자신은 영영 밖으로 못 나올 것만 같은 생각이 들었다. 최 교수는 정당방위가 인정되어 금방 풀려나올 거라고 말했지만 그것은 예측일 뿐 그녀는 더럭 겁이 나서 다리가 후들거려왔다.

「들어가겠어요. 안녕히 계세요.」

그녀는 차도로 내려서면서 최 교수에게 고개를 깊이 숙여 인사했다. 침착하려고 애를 썼지만 목소리는 울먹이는 소리로 변해 있었고 두 눈에서는 걷잡을 수 없이 눈물이 흘러내리고 있었다.

「사랑했어요, 교수님.」

하고 말했지만 그 말은 입가에서 맴돌기만 했을 뿐 밖으로 나오지는 않았다.

가로등에 비친 최 교수의 얼굴은 유난히도 창백해 보였다. 그는 아무 말도 하지 않은 채 고개를 끄덕이기만 했다.

가슴이 찢어지는 것 같은 참담한 기분으로 그는 남지의 뒷모습을 바라보고 있었다.

경찰서 정문을 향해 차도를 가로질러 가던 남지가 중간에서 멈춰서면서 뒤돌아보았다. 부르면 금방이라도 달려올 듯 최 교수를 바라보던 그녀는 그가 아무 말도 하지 않자 고개를 돌려 힘없이 걸어갔다.

마침내 차도를 건너간 그녀는 정문 쪽으로 조심스럽게 걸어갔다. 그

모습이 마치 도살장에 끌려들어가는 소 같았다.

「무슨 일로 오셨습니까?」

입초 순경이 그녀를 가로막으면서 물었다.

「저…… 저기…… 자수하려고 왔는데요.」

그녀의 목소리는 너무 작아 잘 들리지가 않았다.

「네? 뭐라구요?」

순경이 앞으로 고개를 빼며 물었다.

「남지야!」

그때 뒤에서 최 교수의 부르는 소리가 들려왔다.

「남지야! 이리 와! 잠깐 기다려!」

최 교수가 빨리 건너오라고 손짓을 하고 있었다.

남지는 뒷걸음질을 쳤다. 그것을 보고 순경이 따라오려는 몸짓을 해 보였다.

「무슨 일입니까?」

「아, 아무것도 아니에요. 실례했습니다.」

그녀는 미소를 지어 보이고 나서 재빨리 차도를 건너가 최 교수의 품으로 뛰어들었다.

「자수하지 마.」

최 교수는 그녀를 끌어안으며 속삭였다.

남지는 갑자기 그의 품에서 빠져나오더니 몸을 돌려 빠른 걸음으로 걸어가기 시작했다.

최 교수가 그녀의 뒤를 바삐 따라갔다.

갑자기 그녀가 뛰기 시작했다. 최 교수도 뛰어갔다.

「남지야, 거기 좀 서봐!」

「따라오지 마세요!」

그녀는 기를 쓰고 달려갔지만 얼마 못 가 최 교수에게 붙잡히고 말았다.

두 사람은 숨을 헐떡거리면서 서로를 쳐다보았다.

「왜 그러는 거야?」

「제가 너무 초라하고 비겁한 생각이 들었어요. 그래서 교수님을 볼 수가 없었어요.」

최 교수는 그녀의 손을 잡아주면서 고개를 흔들었다.

「지금 자수하지 않아도 돼. 좀더 생각해 보고 나서 해도 늦지 않아. 남지가 다치지 않고 해결되는 방법이 있을 거야.」

「이대로 어디로 떠나버리고 싶어요.」

「나도 그래. 우리 파리로 가버릴까?」

「네, 그래요!」

한 번 해본 말인데 그녀는 마치 탈출구를 발견한 듯 민감한 반응을 보여왔다.

그들은 길가의 낮은 돌담 위에 걸터앉았다.

「우리 파리에 가서 살아요!」

그녀가 그의 어깨 위에 턱을 올려놓으면서 말했다.

「그럴까. 파리에 가서 함께 살면 재미있을 거야. 가난하겠지만 재미있을 거야.」

「교수님, 우리 파리에 가서 살아요! 가난 같은 건 아무것도 아니에요. 그런 건 아무래도 좋아요. 교수님하고 함께 살 수만 있다면 전 지옥에 가서라도 행복하게 살 수 있어요.」

그녀는 최 교수의 팔을 잡아흔들며 들뜬 목소리로 말했다.

황당한 이야기인 줄 알면서도 최 교수는 그것을 그만두고 싶지가 않았다.

「여기서 무사히 빠져나가는 게 문제야. 무사히 빠져나가더라도 가명을 써서 살아야 할 거야. 망명할 수도 없는 거고. 정치적 망명이라면 몰라도 수사대상에 오른 도망자의 경우 아마 붙잡히면 추방당할 거야.」

들떠 있던 남지의 표정이 굳어지는 것 같았다.

「한국을 떠나는 것이 그렇게 어려운가요?」

「수배인물이 아니라면 자유롭게 나갈 수가 있지. 하지만 우리는 달라. 그 남자의 시체가 발견되면 제일 먼저 남지가 수배대상이 될 거야. 그리고 나 역시 경찰이 찾을 거야. 남지하고 동행이었으니까.」

「그럼 공항에서 붙잡히겠군요?」

최 교수는 고개를 끄덕였다.

「그럼 결국 빠져나갈 수 없다는 말씀이군요?」

바람에 그녀의 머리칼이 흩어져 얼굴이 반쯤 가려졌다.

「방법이 전혀 없는 건 아니지. 위조여권을 가지고 빠져나가면 되지.」

마치 그런 일에 능숙한 범죄자처럼 그는 말했다. 그럴 때의 그는 학생들을 가르치는 교수의 모습과는 사뭇 동떨어져 보였다.

남지는 그 이야기를 더 이상 계속할 수가 없었다. 최 교수의 입에서 위조여권 운운하는 말이 나온다는 것 자체가 바로 불가능하다는 것을 의미하는 것이기 때문이었다.

그리고 그것도 그것이지만 최 교수가 위조여권을 가지고 제자와 함께 도망다닌다는 것도 말이 안 되는 소리였다. 남지가 볼 때 최 교수는 차라리 죽음을 택하지 그런 짓을 할 위인은 결코 아니었다.

그런데 남지의 예상을 뒤엎고 최 교수는 이런 말을 했다.

「위조여권 구하는 건 그렇게 어렵지 않을 거야. 내 친구 중에 그런 계통에서 오래 일한 자가 있으니까 부탁하면 들어줄지도 몰라.」

남지는 거기에는 대꾸하지 않고 수평선을 가리켰다.

「날이 새려나 봐요. 수평선이 뚜렷이 보이기 시작하고 있어요.」

「음, 4시 반이 지났어.」

「교수님…….」

남지는 수평선을 바라보면서 최 교수를 나직히 불렀다.

「날이 새기 전에 가겠어요. 교수님, 우리 여기서 헤어져요.」

「어딜 가겠다는 거지?」

「더 이상 지체한다는 것은 아무 의미도 없어요. 경찰서에 가겠어요.」

「그럴 필요 없어.」

최 교수는 이제 노골적으로 반대하고 나왔다.

「경찰에 자수하나 체포되나 결과는 마찬가지일 것 같아. 경찰에 체포되더라도 충분히 정상 참작이 되고도 남아. 걱정할 것 없어. 그에게 강제로 당한 게 사실이지?」

남지는 시선을 떨어뜨리면서 고개를 끄덕였다.

최교수는 허공에 잠시 시선을 주었다가 다시 말했다.

「기절시켜놓고 강간을 했다면…… 그런 놈은 죽어 마땅해. 네 행동은 정당한 거야. 정당방위가 인정되고도 남아. 다만 목격자가 없다는 게 아쉽긴 하지만…….」

「어떻게 목격자가 있을 수 있겠어요. 목격자가 있으면 그 자가 그런 짓을 할 수 있겠어요?」

「그렇긴 해. 더구나 마담까지 불러들여 그짓을 하려고 했다니까 그놈은 동정의 여지가 없어. 넌 충분히 정당방위가 인정되니까 경찰이 찾아올 때까지 두 다리 쭉 펴고 잠이나 자두라구.」

「저는 그렇다치고 교수님한테 좋지 않은 일이 생길 것 같아 걱정이에요.」

「나는 괜찮아. 내 걱정은 하지 마.」

「그렇지 않아요. 경찰이 저를 조사하게 되면 전 어차피 교수님과의 관계를 말하지 않을 수 없어요. 교수님을 빼놓고는 아무 이야기도 성립되지 않아요. 교수님과의 관계는 이미 학교에서도 알고 있고, 지금 학생들 사이에 한창 화젯거리일 텐데…… 경찰의 귀에 그것이 안 들어갈 리가 없어요. 더구나 마담이 우리를 목격했어요. 따라서 경찰은 이번 사건에 교수님이 아무런 관계가 없다고 보지는 않을 거예요. 어떻게든지 함께 연관지어 스토리를 꾸미려고 들 거예요. 교수님이 이번 사건에 직접적인 관계가 없다는 것이 밝혀지더라도 교수님의 명예는 돌이킬 수 없을 정도로 상처를 입게 될 거예요.」

「내 걱정은 하지 말라니까. 난 괜찮아.」

그들은 길을 건너 나지막한 돌담을 끼고 나 있는 좁은 길을 걸어갔다. 십 분쯤 걸어가자 바닷가가 나왔고, 거기서 보이는 수평선은 한결 선명해 보였다.

그들은 서로를 껴안은 채 밝아오는 수평선을 바라보고 있었다.

「첫 비행기로 제주도를 떠나는 게 좋을 것 같아. 수평선이 아름다운데…….」

최 교수는 남지의 머리칼을 쓰다듬다가 거기에다 얼굴을 부볐다.

「머리냄새가 너무 좋아.」

남자를 취하게 만드는 그 냄새를 그는 특히 좋아했다.

남지가 그의 품에서 빠져나가더니 구두와 양말을 벗고 물가로 걸어갔다.

거기에는 이백 미터쯤 되는 모래밭이 펼쳐져 있었고, 모래밭 안쪽으로는 조그만 마을이 자리잡고 있었다.

바닷물에 발을 적시면서 걸어가는 그녀의 뒷모습을 바라보면서 그는 그녀가 정말 사람을 죽였을까 하고 생각했다. 그녀가 사람을, 그것도 건장한 남자를 죽였다는 사실이 아무래도 믿기지가 않았다. 그러면서도 한편으로는 누구라도 사람을 죽일 수 있는 게 아닐까 하고도 생각했다.

그녀가 상체를 구부린 채 무엇인가 줍고 있는 것을 보고 최 교수는 그쪽으로 다가갔다.

그녀는 조가비를 줍고 있었다.

「보세요. 눈처럼 하얘요.」

그녀의 손 위에는 몇 개의 조가비가 놓여 있었다. 그녀의 말대로 그것들은 유난히 하얗게 보였다. 그녀는 모래를 한줌 쥐어서 펴 보였다.

「자세히 보세요. 이건 모래가 아니에요. 조가비가 모래처럼 잘게 부서진 거예요. 엄청나게 많은 조가비 가루가 쌓이는 바람에 모래하고 섞여서 이렇게 된 것 같아요.」

「음, 정말 그런데.」

남지가 그의 손에 조가비를 쥐어주었다. 그는 그것을 보고 나서 주머니 속에 집어넣었다.

「발바닥에 와닿는 감촉이 너무나 좋아요. 맨발로 걸어보세요. 물은 좀 차갑지만 아주 기분이 상쾌해요.」

최 교수는 구두와 양말을 벗고 밀려오는 파도에 발을 적셔 보았다.

그들은 바닷물에 발을 적시면서 모래밭을 거닐었다.

모래밭 왼쪽 끝에는 바위들이 있었고, 그 뒤에는 높은 벼랑이 병풍처럼 서 있었다.

남지가 벼랑 끝에 서 있는 소나무를 가리켰다.

「저 나무 보세요. 너무 외로워 보여요.」

「소나무는 외롭게 서 있을 때 멋이 있지.」

이제 날은 완전히 밝아 있었다.

바위들이 몰려 있는 곳에 폐선이 한 척 버려져 있었다. 폐선은 썩고 부서져서 여기저기에 구멍이 나 있었다.

「우리 사진 찍어요. 배 앞에 기대서 보세요.」

남지는 카메라를 바위 위에 올려놓고 초점을 맞춘 다음 자동 셔터를 눌렀다. 그러고 나서 재빨리 뛰어와 최 교수의 품에 안기면서 카메라를 향해 환하게 웃어 보였다.

뜬눈으로 밤을 지샌 이문자는 날이 완전히 밝아진 뒤에도 안절부절 못 하며 방안을 서성거리고 있었다. 그동안 그녀는 309호실에다 여러 차례 전화도 걸어보고 직접 거기까지 가서 미친 듯 초인종을 눌러 보았지만 안에서는 아무런 응답이 없었다. 분명히 어떤 계집과 함께 방안에 있으면서도 응답을 안 하고 있다고 생각하자 그녀는 견딜 수가 없었다. 잠자리에 누웠어도 잠이 올 리 없었고, 창대와 계집이 침대 위에서 뒤엉켜 나뒹구는 모습만이 눈앞에 어른거릴 뿐이었다.

엊저녁부터 내내 재수없는 일만 계속되고 있었다. 가만 생각해보면 발단은 유남지 때문이었다. 그 건방진 계집애 때문에 모든 것이 뒤죽박죽 되어 버리고 만 것이다. 창대와 함께 제주도로 날아올 때에는 앞으로 벌어질 섹스의 향연을 생각하고는 마치 신부처럼 가슴이 뛰기까지 했었다. 그런데 그 계집애가 이 호텔에 나타나는 바람에 모든 것이 산산조각이 나버리고 만 것이다. 그 계집애만 아니었으면 지금쯤 창대의 품에 안겨 새벽 잠을 즐기고 있을 텐데…….

「아침 식사 좀 갖다 주세요.」

그녀는 구내 전화로 룸 서비스에게 식사를 주문했다.

「뭘 드시겠습니까?」

「아무 거나 갖다줘요.」

58

「토스트와 계란 후라이를 갖다 드릴까요?」

「네, 좋아요.」

「커피도 한 잔 드릴까요?」

「좋아요.」

「이인분 입니까?」

「아니에요. 일인분만 가져오세요.」

그녀는 모욕을 당한 듯 쏘아붙이고 나서 전화를 끊었다.

그동안 그녀는 309호실 문을 열려고 시도해 보았지만 마음대로 되지가 않았다. 호텔 직원에게 309호실 문을 열어달라고 부탁하자 담당자가 모두 퇴근했기 때문에 아침이 되어야 가능하다는 대답이었다. 말도 안되는 소리였지만 참고 기다리는 수밖에 없었다. 호텔측으로서는 방의 주인도 아닌 사람에게 함부로 방문을 열어줄 수도 없는 노릇이었다.

프런트에 알아본 결과 309호실 투숙자의 이름은 김창민이었고, 방문 열쇠는 프런트에 없다고 했다. 열쇠가 프런트에 없는 것으로 보아 방안에 사람이 있는 것이 분명했다. 김창민이라는 이름은 창대가 가명으로 지어낸 이름일 것이라고 그녀는 생각했다.

그녀는 얼른 옷을 벗고 나서 욕실로 들어갔다.

밤새 몸속에서 끓어오르기만 한 욕정을 누군가에게 풀어버리지 않고는 몸살이 날 것 같았다. 룸서비스맨에게 추파라도 보내야 직성이 풀릴 것만 같았다. 그녀는 머리를 제외한 몸뚱이에다 샤워물을 뿌리면서 초인종이 울리기를 기다렸다.

이윽고 차임벨소리가 들려왔다. 그녀는 젖은 알몸에다 타월을 두르고 나서 밖으로 나가 방문을 열었다.

쟁반에다 아침 식사를 받쳐든 채 문 앞에 서 있던 남자 종업원은 그녀의 모습을 보고는 안으로 들어서는 것을 망설였다.

「들어오세요. 샤워하던 중이었어요.」

그녀가 웃으며 말하자 그는 실례한다고 하면서 방안으로 들어왔다.

탁자 위에는 재떨이며 담배, 술병, 컵 같은 것들이 너절하게 널려 있었다.

「탁자 위에다 놓아주세요.」

소파에 털썩 주저앉으면서 그녀가 말했다.

서비스맨은 쟁반을 한켠에 내려놓고 나서 탁자 위를 치우기 시작했다.

이문자는 손끝 하나 까닥하지 않은 채 그의 움직임을 지켜보면서 오른쪽 다리를 쳐들어 왼쪽 무릎 위에다 포갰다. 타월로만 아슬아슬하게 가려져 있었기 때문에 다리를 포개자 하체가 거의 드러나 버렸다. 비계살로 뭉쳐진 마흔 살 여인의 육체는 늘씬한 것과는 거리가 멀었지만 그 대신 풍만하고 기름져 보였다.

서비스맨은 탁자 위에 쟁반을 올려놓으면서 그녀의 하체를 힐끗 쳐다보았다. 골짜기를 이루고 있는 허벅지 사이로 금방이라도 시커먼 치모가 보일 것만 같았다.

서비스맨은 글라스에다 물까지 따라놓았다. 그녀는 글라스를 집어들다가 일부러 커피잔을 툭 쳤다. 커피잔이 엎어지면서 쟁반 위로 커피가 쏟아졌다.

「어머! 이를 어쩌지?」

그녀는 놀란 듯 포갰던 다리를 풀면서 상체를 앞으로 숙였다. 그 바람에 시커먼 음모가 드러났다가 사라졌다. 그와 함께 가슴 위에 여미고 있던 타월이 풀리면서 박처럼 생긴 두 개의 젖무덤이 드러났다. 그녀는 그것을 모르는 척 내버려둔 채 휴지로 쟁반에 쏟아진 커피를 열심히 닦아 냈다.

60

서비스맨은 애인의 조그만 젖가슴만 보다가 이처럼 엄청난 양감을 지닌 유부녀의 묵직한 젖가슴을, 그것도 금방이라도 손에 잡힐 듯한 거리에서 대하자 그만 심장이 멎는 것만 같았다.

「어머, 나 좀 봐.」

그녀는 뒤늦게 타월이 풀린 것을 안 듯 곱게 눈을 흘기면서 다시 타월을 몸에 둘렀다.

「다 봤죠?」

「네?」

서비스맨은 부끄러운 듯 얼굴을 붉혔다.

서른이 채 안 돼 보이는, 피부가 깨끗한 중키의 청년이었다.

「혼자 계십니까?」

「네, 혼자예요. 내 몸 다 봤죠?」

「아뇨. 조금밖에…….」

「보고 싶어요?」

「아, 아닙니다.」

그는 당황해서 가려고 했다.

「그대로 거기에 좀 앉아요. 남자가 왜 그렇게 숫기가 없어요.」

서비스맨이 엉거주춤 자리에 앉자 그녀는 몸에서 천천히 타월을 걷어냈다.

「내 몸 어때요? 아직 쓸 만해요?」

청년은 벌겋게 달아오른 얼굴을 끄덕였다.

「너무 멋집니다.」

「그래요?」

묵직하게 처진 젖가슴을 두 손으로 감싸쥐면서 그녀는 말했다.

「이 세상에 공짜는 없어요. 내 몸을 감상했으니까 그대신 내 부탁을

들어줘요. 내 부탁 들어주면 내 몸에 손대도 좋고…… 내 몸 가져도
좋아요.」

그녀는 몸을 일으키더니 서비스맨 앞으로 바싹 다가섰다.

그는 시커먼 음모를 유심히 쳐다보고 나서 고개를 쳐들었다. 얼굴에
닿을 듯이 큼직한 젖가슴이 눈앞에서 흔들리고 있었다.

「무, 무슨 부탁입니까?」

「우리 일행이 309호실에 있는데 아무리 전화를 걸고 초인종을 눌러
도 대답이 없어요. 안에서 무슨 사고가 났는지, 아니면 외출중인지 알
수가 없어요.」

그녀는 하체를 앞으로 내밀면서 그의 머리를 쓰다듬어 주었다.

「프, 프런트에 알아보시죠?」

「프런트에 알아봤는데 잘 모른다는 거예요. 열쇠도 프런트에는 없대
요.」

「그렇다면 제가 한 번 알아보겠습니다.」

말이 끝나는 것과 동시에 그는 더 이상 참지 못하고 그녀의 젖가슴에
얼굴을 묻었다. 미친 듯 거기에다 얼굴을 부비다가 검은 빛을 띠고 있는
포도송이 같은 젖꼭지를 빨기 시작했다.

그녀는 금방 달아오르면서 신음소리를 내기 시작했다.

「침대로 가요.」

남자의 머리를 쓰다듬어 주고 나서 그녀는 얼른 침대로 가서 누웠다.
한쪽 다리를 벌리면서 남자를 향해 두 팔을 벌렸다.

「자, 빨리! 이리 와요. 시간을 아껴요.」

서비스맨은 머리를 흔들었다.

「시간이 없습니다. 가봐야 해요. 오후 2시에 교대하는데 그때 만나면
어떨까요? 여기 말고 다른 곳에서 말입니다.」

62

「오 분이면 되는데 뭘 그래. 빨리 와요!」

그녀는 몸을 뒤틀면서 그를 불렀지만, 남자는 그녀를 피해 출입구 쪽으로 이동했다.

「309호실에 안 가보실 겁니까? 십 분 후에 309호실 앞에서 만나요.」

서비스맨이 밖으로 사라지자 그녀는 벌떡 일어났다.

「바보 같은 자식!」

모든 것이 마음대로 되지 않는다.

그녀는 토스트에 계란 후라이를 얹은 다음 단숨에 그것을 먹어치웠다.

옷을 걸친 다음 3층으로 내려가자 그 서비스맨이 복도 저쪽에서 급히 걸어오면서 열쇠를 흔들어 보였다.

「309호실 열쇠에요?」

「아닙니다. 어느 방이나 열 수 있는 마스터키입니다.」

309호실 앞에 이르자 그는 먼저 차임벨을 눌러 보았다. 서너 번 누른 다음 여자가 재촉하자 마침내 마스터키를 자물쇠 구멍에다 꽂았다.

방안은 어둠침침했다. 서비스맨이 불을 켰고, 이문자는 안으로 급히 들어가 보았다. 유리조각들이 발밑에 밟히고 있었다.

그녀는 더 이상 안으로 들어가려고 하지 않았다. 벌거벗은 사내가 앞에 가로누워 있었기 때문이다.

천장을 향해 두 눈을 부릅뜨고 있는 얼굴을 보는 순간 그녀는 악 하고 낮게 소리치면서 서비스맨의 팔을 움켜잡았다.

「아, 아는 사람입니까?」

서비스맨이 떨리는 목소리로 물었다.

이문자는 숨이 막혀 말소리가 나오지 않았다. 그래서 고개만 끄덕였다.

천장을 보고 두 눈을 부릅뜨고 있는 사람은 김창대가 분명했다. 그의 머리가 닿아 있는 카펫은 흘러내린 피로 검게 물들여져 있었는데, 이미 여러 시간이 지났기 때문에 핏자국은 거의 말라가고 있었다. 그리고 핏자국이 넓게 퍼져 있는 것으로 보아 피를 아주 많이 흘린 것 같았다.

「죽은 것 같아요.」

용기를 내어, 허리를 구부리고 창대를 내려다보던 청년이 말했다.

「죽은 지 오래된 것 같아요.」

백납처럼 굳어 있는 얼굴빛이 죽은 지 꽤 여러 시간이 지났음을 말해 주고 있었다.

「그런 줄도 모르고…….」

마담뚜는 뒷걸음질을 하다가 벽에 등이 닿자 쭈그리고 앉았다. 그리고 사체를 보지 않겠다는 듯 두 손으로 얼굴을 가렸다.

「누, 누가 죽인 것 같아요.」

서비스맨의 말소리가 귓속을 후비고 들어왔다.

「신고를 해야 합니다. 하필이면 왜 벌거벗고 죽었을까…….」

「경찰에 신고할 건가요?」

그녀가 얼굴을 가리고 있던 손을 내리면서 물었다.

「먼저 지배인한테 알려야죠.」

「난 내 방에 가 있겠어요.」

그녀가 겁에 질려 말했다.

「무서워서 여기 못 있겠어요.」

그녀는 밖으로 뛰쳐나갔다.

「여보세요!」

서비스맨이 뒤따라 나와 불렀지만 그녀는 정신없이 복도를 뛰어갔다.

509호실로 돌아온 그녀는 급히 소지품을 챙겼다. 얼른 호텔을 빠져나가야 한다는 생각에서였다. 그런다고 해서 경찰이 그녀를 못 찾아낼 리 없겠지만, 아무튼 사건현장에서 멀어지고 싶었던 것이다.

그러나 그녀는 문 앞에서 한 발짝도 밖으로 나갈 수가 없었다. 문을 열자 문 앞에는 이미 호텔 직원 두 명이 버티고 서 있다가 그녀가 밖으로 나오는 것을 가로막았다.

「나오시면 안 됩니다. 경찰이 도착할 때까지 그대로 방안에 계십시요.」

「너희들이 뭔데 그래!」

그녀가 고래고래 악을 써댔지만 건장한 그들은 끄덕도 하지 않았다.

경찰이 나타난 것은 한 시간쯤 지나서였다. 그들은 이미 309호실에 들렀다가 509호실로 찾아온 것이다.

방안으로 들어서는 사복 차림의 형사들은 무례할 정도로 거칠고 차가워 보였다.

「서울서 왔어요?」

두꺼운 안경알 때문에 얼굴이 흐려 보이는 형사가 물었다.

「네, 그, 그렇습니다.」

그녀는 침착하려고 했지만 목소리가 사뭇 떨려나왔다.

그녀가 가장 걱정하는 것은 이번 살인사건이 보도되는 과정에서 자신의 이름도 밝혀지지 않을까 하는 점이었다. 만일 그렇게 될 경우 남편과 아이들도 알게 될 것이고, 그 결과가 참담해질 것이라는 것은 불을 보듯 빤하다.

「309호실에 죽어 있는 남자와 일행이라면서요? 서 있지 말고 자리에 좀 앉으세요.」

룸서비스 맨이 이미 형사들에게 모든 것을 이야기한 것 같다. 이제 와서 부인한들 아무 소용도 없는 일이다.

「네, 그렇습니다.」

그녀는 자리에 조심스럽게 앉으면서 끄덕였다.

「일행이 또 있어요?」

「어, 없습니다.」

「그럼 둘이 함께 서울서 내려왔나요? 언제 내려왔어요?」

「어제 내려왔습니다.」

그녀는 숨쉬기도 거북했고, 피가 바짝바짝 마르는 것 같았다.

노크소리가 나더니 지배인 명찰을 단 남자가 다른 직원 두 명과 함께 안으로 들어왔다.

「509호실 숙박카드입니다.」

형사가 카드를 가져오라고 부탁했던 모양이다.

「309호실 카드는?」

「여기 있습니다.」

호텔 직원이 또 한 장의 카드를 내놓았다.

안경 낀 형사는 두 장의 카드를 비교해 보고나서 입을 열었다.

「509호실 투숙자는 김창대로 되어 있고 309호실은 김창민으로 되어 있어요. 글씨체가 같은 것으로 보아 동일인이 적은 것 같은데, 어떤 게 진짜죠?」

「김창대가 본명이고, 김창민이라는 이름은 가명으로 적은 것 같아요.」

이문자는 조심스럽게 말했다.

광대뼈가 튀어나오고 눈이 움푹 들어간 형사가 점퍼 속에서 검정 가죽으로 된 지갑을 꺼내더니 그것을 손바닥에다 탁탁 두드려댔다.

「이건 피살자의 지갑이에요. 이 안에 주민등록증이 있는 것 같던데

66

…….」

그는 지갑 속에서 주민등록증을 꺼내더니,

「음, 여긴 김창대로 되어 있는데. 이거 맞아요?」

하면서 주민등록증을 이문자에게 보였다.

그녀는 그것을 받아서 잠깐 들여다보더니 고개를 끄덕였다.

「그럼 김창대가 맞구먼. 이거 그 사람 명함인데, 여기에 적혀 있는 거 맞아요? 대산실업 사장에다 관광회사, 온천, 클럽 등등 꽤 요란스러운 명함인데, 이거 진짜예요?」

코앞에 디밀어진 명함을 힐끗 쳐다보고 나서 그녀는 또 고개를 까닥거렸다.

「네, 그런 걸로 알고 있습니다.」

「그럼 꽤 돈이 많은 사람이구먼. 나이는 아직 마흔도 안 됐잖아. 아주머니는 몇 살이세요?」

광대뼈의 말투는 무척 빠르면서도 날카로웠다.

이문자는 얼굴을 붉히면서 머뭇거리다가,

「마흔입니다.」

하고 말했다.

「그럼 연하의 남자하고 놀러오셨구먼?」

빈정거리는 투로 묻자 그녀는 안절부절 못 하면서 옷깃만 만지작거렸다.

「증명 있어요? 주민등록증 좀 봅시다.」

「아, 안 가져왔는데요.」

「신분증도 안 가지고 다녀요?」

광대뼈의 시선이 화장대 위에 놓여 있는 핸드백으로 향했다.

「핸드백 뒤져봐.」

그가 턱짓을 보내자 안경이 화장대 쪽으로 가서 핸드백을 열더니 그것을 탁자 쪽으로 가져와 거꾸로 엎어 흔들었다. 그러자 그 안에 있는 것들이 탁자 위로 쏟아져 나왔다.

이문자는 파랗게 질려서 형사들의 거친 움직임을 지켜보기만 했다.

광대뼈가 탁자 위에 널려 있는 물건들 속에서 주민등록증을 집어들었다. 그는 거기에 붙어 있는 사진과 이문자의 얼굴을 비교해 보더니 독수리처럼 사나운 눈으로 그녀를 노려보았다.

「주민증 가지고 왔으면서 왜 안 가져왔다고 거짓말했지? 이문자 씨, 처음부터 이렇게 거짓말하기야?」

반말로 위압적으로 추궁하자 그녀는 고개를 숙였다. 핏기 하나 없는 입술이 떨리고 있었다.

「안 가져온 줄 알았습니다.」

「이거 그러고 보니까 형편없는 여자 아니야!」

「죄송합니다.」

그녀는 옷깃으로 눈물을 찍었다.

「왜 김창대 죽였어?」

그녀는 깜짝 놀라 고개를 쳐들었다.

「헤어지자고 해서 죽였나? 아니면 괴롭혀서 죽였나?」

「아, 아닙니다.! 제가 죽이지 않았습니다! 제가 죽였다면 왜 그 사람을 찾으러 다녔겠습니까!」

그때까지 주눅이 들어 떨고만 있던 그녀는 자신을 범인으로 오해하고 있는 것 같은 형사들의 말에 비로소 강하게 부정하고 나섰다.

「이거 보십시오.」

안경이 조그만 종이갑을 한 주먹 쥐어 광대뼈 앞에 늘어놓았다.

「이게 뭐야?」

「콘돔입니다. 핸드백 속에 들어 있었습니다.」

광대뼈는 여러 개 중에서 하나를 집어들면서 이문자를 힐끗 쳐다보았다.

자신을 방어하기 위해 기가 되살아나는 듯하던 그녀는 다시 고개를 밑으로 떨구었다.

광대뼈는 냉소를 흘리면서 갑 속에 들어 있는 내용물을 꺼냈다. 안경의 말대로 콘돔이 나왔는데 모두 두 개였다.

「한 갑에 두 개씩 들어 있으니까 모두 해서 열두 개이군. 많이도 사셨군. 정력이 강하신가 보지?」

그녀는 모욕감으로 붉어진 얼굴을 보이지 않으려고 고개를 더 깊이 숙였다.

「연하의 남자하고 제주도에 온 이유를 이제 알겠구먼. 남편은 뭐 해요?」

「……」

문자는 고개를 푹 숙인 채 입술을 깨문다.

「김창대가 남편은 아니겠지? 남편이에요?」

계속 빈정대며 묻는다. 놀려댈 수 있는 한 놀려대고 모욕을 줄 대로 줘서 완전히 기를 꺾어놓을 셈인 것 같다.

「남편이면 이러고 있겠어요. 지금쯤 부둥켜안고 통곡하고 있겠지요.」

안경이 맞장구를 치면서 그녀를 흘겨본다.

「남편이 알면 작살나겠구먼. 남편은 뭐 해요?」

「……」

「갑자기 벙어리가 됐나?」

「……」

그녀는 무슨 말인가 해야 한다고 생각하면서도 입이 굳어져서 아무 말도 할 수가 없었다.

「남편 없어요?」

「……..」

「이 여자 안 되겠구먼.」

그때 안경이 지갑 속을 뒤적이더니 명함 몇 장을 꺼냈다. 그것은 같은 명함들이었다.

「이 여자 명함 같은데 한 번 보십시오.」

안경이 명함 한 장을 광대뼈에게 내밀었다. 광대뼈는 그것을 받아 들여다보더니,

「헤어 뷰티 살롱 이문자…….」

하고 큰소리로 읽었다.

「헤어 뷰티 살롱이 뭐지?」

「요즘은 미장원을 그런 식으로들 많이 쓰죠. 우리 말보다는 영어를 좋아하니까요.」

「참, 웃기는군. 미장원이 어때서 그래? 도대체 왜들 그렇게 영어를 좋아 하는 거야?」

「미장원보다는 그래도 헤어 뷰티 살롱이 더 고급스러운 느낌이 들지 않습니까. 티셔츠에도 차에도 영어로 떡칠을 해놓고 다니는 애들 보십시오. 왜들 그렇게 영어라고 하면 환장을 하는지 모르겠어요. 헤어 뷰티 살롱하면 고급스러워 보이니까 요금을 터무니없이 많이 받아도 당연한 걸로 안다구요. 그런데 가서 머리 손질 한 번 하려면 아가씨들 팁이다 뭐다 해서 돈 십만 원은 그냥 날라갑니다. 사모님 한 번 모시고 가보시죠.」

광대뼈는 눈을 흘기면서,

「우린 죽었다 깨어나도 그런데 안 가.」

70

하고 쏘아붙였다.

「우리 여편네도 마찬가집니다. 이문자 씨, 미장원 하고 있어요?」

그녀는 고개를 가만히 쳐들더니 끄덕이고 나서 한숨을 길게 내쉬었다.

「왜? 한심스러워요? 한심스러운 건 우리에요.」

안경은 명함 뒷면에 있는 약도를 보더니,

「흠, 이른바 로데오거리에 가게가 있으면 돈은 많이 벌겠군요. 가게가 꽤 큰가 본데요.」

하고 말했다.

「음, 여기 집 전화번호도 있군. 집에 전화 한 번 걸어볼까?」

광대뼈의 말에 그녀는 숙이고 있던 고개를 얼른 쳐들었다. 그리고 당황해서 어쩔 줄 모르는 표정으로 그를 쳐다보았다.

「집에 전화 걸어서 여긴 제주도인데 살인사건 용의자로 조사중이기 때문에 영원히 집에 못 들어가게 될지도 모른다고 남편한테 말해줄까? 그리고 제주도로 면회와 달라고 할까?」

「안 돼요! 제발 전화만은 삼가해 주세요.」

「삼가해 달라고? 흥, 웃기는군. 남편이 있긴 있는 모양이지. 남편이 그렇게 무서워?」

「네…….」

그녀는 들릴 듯 말 듯한 소리로 대답했다.

「전화하지 말라고 하면 안 할 수도 있어. 그거야 어렵지 않아. 그 대신 당신도 우리 말을 잘 들어야 하잖아. 당신이 비협조적으로 나오면 우리도 얼마든지 당신을 괴롭힐 수가 있어. 내 말 알겠어요?」

「네, 알겠습니다.」

그녀는 모기소리만하게 말했다.

「김창대하고는 어떤 사이야? 그렇고 그런 사이인가?」

그녀는 다시 고개를 숙였다. 그러나 이내 고개를 쳐들고 말했다.

「특별한 관계는 아니고…….」

그녀는 말끝을 흐렸다. 대답은 해야겠는데 뭐라고 설명을 해야 할지 난감하기 짝이 없었다.

「콘돔을 열 개씩이나 가지고 제주도에 함께 내려올 정도라면 특별한 관계가 아니고 뭐야? 김창대는 결혼했어 안 했어?」

「아직…… 미혼인 걸로 알고 있습니다.」

「그럼 연하의 총각이군. 연하의 총각하고 재미보고 다닐 정도라면 보통 솜씨가 아니군. 내연의 관계 아니야?」

「아, 아닙니다.」

「아니긴 뭐가 아니야!」

안경이 갑자기 소리를 지르면서 탁자를 치는 바람에 그녀는 깜짝 놀라 바르르 떨었다.

「솔직히 말하지 왜 거짓말하는 거야. 아주머니, 그렇게 자꾸 거짓말만 하면 신상에 좋지 않아요.」

「거짓말하는 게 아니고…… 우리는 오누이처럼 지내는 사이로…… 오랫동안 가까이 지내왔는데…… 이번에 함께 제주도에 오게 된 건 …… 제주도에 좋은 땅이 하나 있다고 해서…… 그걸 보려고 온 겁니다…… 그 사람하고 제 사이를 오해하시는가 본데…….」

「아하, 그러니까 부동산 투자를 해보시려고 함께 오신 거구먼. 그럴 듯한데. 아주 그럴 듯해요. 거짓말도 그 정도면 아주 단수가 높은데.」

「거짓말이 아니에요. 내연의 관계라면 왜 방을 하나만 얻지 두 개를 얻었겠어요. 우린 그런 사이가 아니에요.」

그녀는 서서히 정신을 차리고 반격할 준비를 갖추기 시작하고 있었

72

다.

　형사들이 그런 그녀를 내버려둘 리 없었다.

「그럼 서로 내외하시느라고 방을 두 개 얻으셨나? 그렇다면 열두 개
　의 콘돔을 뭣 하러 가져오셨지? 고무풍선 만들어 바다에 띄우려고 가
　져오셨나?」

　광대뼈가 포장을 뜯더니 끈적거리는 기름이 묻어 있는 콘돔을 꺼냈
다. 그리고 거기에다 입을 대고 후 하고 불었다.

　바람이 들어가자 그것은 풍선처럼 부풀어올랐는데, 전체가 둥그렇게
부풀지가 않고 끝부분이 혹처럼 불거진 것이 조금 우스꽝스러워 보였
다. 광대뼈가 거기에다 담뱃불을 갖다대자 그것은 펑 하고 터졌다.

「혹시나 해서 이런 것을 가져오셨나?」

　광대뼈는 그녀의 눈앞에다 구멍난 콘돔을 흔들어보였다.

「아니면 콘돔 장사를 하시나?」

「집에다 두고 온다는 게 깜박 잊었어요.」

「아, 그럼 집에서 사용하시는가 보군. 난 그런 줄도 모르고.」

　광대뼈는 전화기를 끌어다놓더니 이문자의 명함에 적혀 있는 집 전화
번호를 보면서 숫자판을 눌렀다.

「집에다 전화를 걸어 남편한테 물어 봅시다. 잠자리에서 부인과 함께
　사랑을 할 때 콘돔을 사용하는지 안 하는지…… 여보세요!」

「아, 안 돼요!」

　이문자는 새파랗게 질려, 광대뼈가 들고 있는 수화기를 빼앗으려고
했다.

「왜 이래?」

　광대뼈가 눈을 부라리자 그녀는 두 손을 마주 비비면서 애걸했다.

「제발 전화만은 걸지 말아주세요. 부탁합니다. 전화만은…….」

「그럼 왜 자꾸 거짓말을 하는 거야! 거짓말하니까 전화를 걸어 확인
해 보려는 거 아니야!」

안경이 버럭 화를 내면서 소리치자 그녀는 또 바르르 떨었다.

「우리가 당신 거짓말 들으려고 여기에 온 줄 알아! 누가 봐도 내연의
관계가 분명한데 그걸 잡아떼면 돼! 사실은 내연의 관계인데 잘좀 봐
달라고 솔직하게 시인하고 부탁하면 우리도 인간이니까 봐줄 수 있다
이거야. 뻔한 걸 아니라고 잡아떼면 돼!」

이문자는 다시 수그러들면서 고개를 떨구었다.

「죄송합니다.」

「내연의 관계 맞지?」

「내연의 관계는 아니고, 가끔씩 만나서…….」

「가끔씩 만나서 몸을 푼다는 건가?」

「…….」

「그게 그거지 뭐. 그게 내연의 관계가 아니고 뭐야!」

「죄송합니다.」

「왜 죽였어?」

「네?」

그녀는 얼굴을 쳐들었다. 그녀의 두 눈에 공포의 빛이 서렸다.

「김창대를 왜 죽였느냐 말이야?」

「전 죽이지 않았습니다.」

「거짓말 하지 마! 죽여놓고 나서 그걸 위장하려고 그 사람을 찾으러
다니는 척 한 거 다 안단 말이야! 우리가 그런 것도 모르는 바보인 줄
알아!」

그녀는 사색이 되어 멀거니 형사들을 바라보다가 어처구니없다는 표
정으로 〈기가 막혀서……〉하고 중얼거렸다.

74

「뭐가 기가 막히다는 거야?」

광대뼈가 긴 턱을 내밀었다.

「그럼 기가 막히잖구요. 죽이지도 않았는데 죽였다고 하니까 그렇지요. 바람은 피웠지만…… 사람을 죽이지는 않았어요.」

형사들을 외면한 채 그녀는 냉랭한 어조로 말했다.

「바람 피운 거 인정하시는구먼. 자, 일단 현장에 가서 당신이 어떻게 그 남자를 죽였는지 한번 보시도록 하지. 벌거벗고 죽어 나자빠져 있는 시체를 보면 감히 잡아떼지는 못하겠지.」

그들은 이문자를 앞세우고 309호실로 내려갔다.

309호실은 수사관들과 호텔 직원들로, 마치 장터처럼 붐비고 있었다.

많은 사람들을 보자 이문자는 더욱 위축되었다.

「자, 여왕님 들어가시니까 좀 비켜줘요.」

「아이구, 여왕폐하 오시는구먼. 자, 이리 앉으시죠.」

형사 한 명이 자리를 내주며 말했다.

형사들은 왜 이렇게 하나같이 빈정거릴까 하고 그녀는 생각했다.

김창대의 사체는 흰 시트에 덮여 있었다. 시트 위로 드러난 사체의 윤곽을 보자 그녀는 소름이 쪽 끼쳤다.

형사들은 마치 희한한 구경거리라도 되는 듯 그녀를 둘러싸고 쳐다보면서 저마다 그녀의 생김새에 대해 한마디씩 하기 시작했다.

「아주 섹시하게 생기셨는데……. 이봐요. 몸무게 몇 킬로예요?」

「60은 되겠는데. 볼륨이 아주 그만이야.」

「보통 여자 같지는 않은데 그래.」

「그러니까 연하의 남자하고 제주도에까지 와서 재미를 보지. 그런 다음 병으로 쳐서 죽이고 말이야.」

「이봐요, 부인, 당신 혹시 새디스트 아니야?」

「그거 좋아하게 생겼어.」

「가는 청춘 붙잡으려고 한창 발악할 때지. 쯔쯔쯧…….」

「그만들 해둬.」

우렁우렁한 목소리가 구석 쪽에서 들려왔다.

한 사내가 창턱에 두 발을 올려놓고 상체를 뒤로 잔뜩 젖힌 채 소파에 길게 늘어져 있었는데, 머리 위로 신문지가 덮여 있어서 얼굴을 알아볼 수가 없었다.

소란스럽던 실내는 우렁우렁한 목소리에 놀란 듯 금방 조용해졌다.

이문자는 피살체가 있는 방안에서 저렇게 잠을 잘 수 있는 사내는 과연 어떻게 돼먹은 사람일까 하고 생각했다. 아마 대단한 사람인 모양이다. 그리고 이 사람들에게 명령을 내릴 수 있는 상급자인 것 같다.

안경 낀 형사가 시트를 홱 젖히자 벌거벗은 사체의 모습이 모두 드러났다. 그것을 보자 문자는 얼른 얼굴을 돌려버렸다.

「얼굴 돌리지 말고 잘 보라구요. 그래도 그동안 사랑을 나눴던 애인인데 죽었다고 해서 금방 그렇게 매정하게 얼굴을 돌리면 돼요.」

방안이 더운 데다 죽은 지 여러 시간이 지났기 때문에 사체에서는 벌써 썩는 냄새가 풀풀 나고 있었다.

「고개 돌리지 말고 자세히 좀 보라니까.」

형사가 그녀의 턱을 잡더니 사체 쪽으로 얼굴을 강제로 돌렸다.

그녀는 하는 수 없이 사체를 다시 내려다보았다. 끔찍하다는 느낌밖에 오는 것이 없었다. 머리에 피가 엉겨붙어 있는 것이 보였고, 천장을 향해 두 눈을 부릅뜨고 있는 모습은 소름끼치는 전율을 느끼게 했다. 그의 주검에 대해 비통한 느낌이 든다거나 그런 것은 전혀 없었다. 눈물한 방울 나오지 않았고, 어떻게 이 질식할 것 같은 상황에서 벗어날 수 있을까 하는 생각만이 머리 속에 가득 차 있었다.

「감상이 어때요?」

안경이 턱으로 사체를 가리키며 묻는다.

「잘 모르겠어요.」

그녀는 얼른 고개를 흔들었다.

「잘 모르겠다고?」

여기저기서 형사들의 비웃는 소리가 들려왔다.

「김창대가 분명해요?」

「네, 그래요.」

「그런데 왜 비싼 방을 두 개나 얻었지? 이유가 뭐지?」

「모르겠어요.」

그녀는 정말 창대가 왜 방을 두 개나 얻었는지 알 수가 없었다. 그가 309호실까지 얻어놓은 줄은 전혀 모르고 있었다.

「남의 눈에 띌까봐 따로따로 방을 쓴 거 아니야? 따로 투숙했다가 한 방에서 만나 재미본 거 아니야?」

「아니에요. 전 309호실까지 얻은 줄은 모르고 있었어요.」

「509호실에 투숙한 것은 어제 오후 5시경이었고…… 309호실에 투숙한 것은 밤 11시경이었어요. 밤 11시경에 함께 있지 않았어요?」

이문자는 잠시 생각해보고 나서 대답했다.

「그 시간에 저는 509호실에서 이 사람을 기다리고 있었어요. 아무리 기다려도 오지 않기에…….」

「이 여자, 정말 안 되겠어. 시종일관 거짓말만 하고 있잖아!」

광대뼈가 신경질을 내며 쏘아붙였다.

「거짓말하면 데리고 가서 조지라구.」

신문지로 얼굴을 덮고 있는 사람이 우렁우렁한 목소리로 말했다.

문자는 놀라서 그쪽을 쳐다보았지만 그 사람은 여전히 신문지로 얼굴을 가린 채 누워 있었다.

「309호실 얻은 걸 모르고 있었다고 잡아떼시는데…… 그럼 왜 종업원에게 309호실을 열어달라고 간청을 했지? 309호실에 일행이 있다고 하면서 열어달라고 하잖았어?」

광대뼈가 눈을 부라리면서 물었다.

「그건…… 전화가 걸려 왔었기 때문이에요. 어디라고 밝히지는 않고…… 이 남자가 전화를 걸어왔는데…… 기막힌 거 보여줄 테니까 이쪽으로 오라고 했어요. 그래서 거기 어디냐고 하니까 펑 하는 소리가 나더니 더 이상 얘기를 안하고는 곧 전화가 끊어졌어요.」

「홍, 아주 그럴 듯하게 꾸며대는군. 거짓말도 한번쯤은 들어볼 만하겠지. 그래서?」

「이건 절대 거짓말이 아니에요. 맹세코 정말로 말씀드리는 거예요. 펑 하고 병 같은 게 깨지는 소리가 나고 전화가 끊어지더니 그 뒤로는 두 번 다시 전화가 걸려오지 않았어요. 아무리 기다렸지만 김 사장한테서 전화는 오지 않았어요.」

「그게 언제였지? 김창대한테서 전화가 걸려온 게?」

「정확한 시간은 잘 기억 못하지만…… 아마 자정 가까운 시간이었을 거예요. 그러고 나서 아무리 기다려도 전화도 걸려오지 않고 사람도 나타나지 않기에 교환양한테 그 전화 어디서 걸려온 거냐고 물어보았어요. 전 처음에는 그 전화가 호텔 밖에 있는 어느 술집 같은 데서 김 사장이 술을 마시다가 건 전화인 줄 알았어요. 그래서 알아볼 생각도 못 하고 마냥 기다리고만 있었는데…… 나중에 가만 생각해보니까 혹시 호텔 내에서 건 전화인 줄도 모른다는 생각이 들어 교환양한테 물어보았던 거예요. 그랬는데 교환양이 309호실에서 건 전화라고 알려주지 않겠어요. 그래서 309호실에 달려와 아무리 문을 두드리고 초인종을 눌러대도 응답이 없는 거예요. 하는 수 없이 프런트에 부탁해서 문을 좀 열어달라고 했지만 프런트맨은 그럴 수 없다고 거절했어요. 제 말이 거짓말인지 정말인지 프런트에 한번 물어보세요.」

광대뼈가 호텔 직원들 쪽을 쳐다보았다.

「이 여자 말 정말이에요?」

「네, 그렇습니다. 309호실을 열어달라고 부탁했습니다. 하지만 한밤중에 방안에 주인이 있건 없건 주인의 허락도 없이 문을 열어준다는 것이 뭣했기 때문에 문을 열어주지 않았던 겁니다.」

프런트맨이 말했다. 그 말에 이문자의 표정에 핏기가 돌면서 그녀는 자신감 넘치는 시선으로 형사들을 쳐다보았다.

「보세요. 이래도 제 말을 믿지 못하시겠어요?」

「일단 속는 셈치고 믿어보기로 하지. 그런데 어떻게 해서 이 방에 들어 오게 됐지? 결국 소원대로 당신은 이 방에 몰래 들어와본 거 아니야?」

「네, 그건 프런트에서 열어준 게 아니고…… 아침 식사를 가져온 룸서비스맨이 제가 하도 부탁하니까 마지 못해서 열어주었던 거예요. 바로 이 총각이에요.」

다른 사람들의 뒤에서 몸을 숨기듯이 하고 서 있던 룸서비스맨이 그녀에게 못마땅해 하는 눈길을 한 번 던지고 나서 당황한 표정을 지었다. 그는 호텔 내규를 어기고 방문을 열어주었기 때문에 앞으로 회사로부터 모종의 징계를 받을 것이 분명했다. 그래서 그는 잔뜩 위축되어 있는 판인데 그녀가 또 지배인까지 있는 앞에서 그에게 불리한 말을 했던 것이다.

광대뼈가 룸서비스맨에게 가까이 오라는 듯 손가락을 까닥거려 보였다. 서비스맨은 그 앞으로 다가서면서 다시 한 번 이문자를 흘겨보았다.

「이 여자 말대로 자네가 309호실 문을 열어주었나?」

「네, 일행이라고 하면서 하도 309호실 문을 열어달라고 하기에 할 수 없이……. 그리고 아무리 초인종을 눌러도 응답이 없기에 한편으로 걱정도 되고 해서 열어줬습니다. 다른 뜻은 없었습니다.」

「음, 문을 열어준 건 잘한 짓이야. 그렇지 않았다면 살인사건 현장이 더 늦게 발견되었을 테니까 말이야. 그런데 열쇠는 어디서 났지?」

「룸메이드가 마스터키를 가지고 있어서 거기서 빌렸습니다.」

「룸메이드는 뭐 하는 사람이야?」

「간단히 말씀드리면 청소를 맡고 있는 여직원을 말합니다.」

「청소 아줌마를 말하는 건가?」

「네, 그렇습니다.」

「그럼 청소 아줌마라고 하면 쉽게 알아들을 텐데 룸메이드가 뭐야. 앞으로는 나하고 이야기할 때 영어 쓰지 말고 순수한 우리 말로 하라구. 난 영어 섞어 쓰는 거 질색이니까.」

「알겠습니다.」

「자기가 무식하다는 말은 안 하는군. 그렇게 무식해 가지고 어떻게 형사질을 하겠다는 거야.」

신문지를 덮고 있는 형사가 말했다. 광대뼈는 그쪽을 흘겨보고 나서 룸서비스맨에게 청소 아줌마를 불러오라고 지시했다.

룸메이드는 삼십대 중반의 가무잡잡하게 생긴 여인이었다. 잔뜩 겁에 질려 방안으로 들어온 그녀는 사체를 보더니 흠칫 놀라면서 얼른 고개를 돌려버렸다.

그녀는 룸서비스맨의 증언대로 자신이 그에게 마스터키를 빌려주었노라고 말했다.

「그 전에 이 방에 들어오지 않았나?」

광대뼈는 그녀에게 겁을 주려는 듯 무서운 눈으로 그녀를 노려보면서 물었다. 그는 거의 아무한테나 반말로 질문을 던지곤 했는데, 아마 그렇게 하는 것이 상대방의 기를 꺾어놓는다고 생각한 것 같았다.

「아아뇨. 들여다본 적도 없어요.」

룸메이드는 펄쩍 뛰었다.

광대뼈의 날카로운 시선이 다시 룸서비스맨 쪽으로 향했다. 그는 턱으로 이문자를 가리키면서,

「그래서 이 여자하고 함께 이 방문을 따고 들어왔나?」

하고 물었다.

「네, 그렇습니다.」

「그때 뭘 발견했어?」

「시체를 발견했습니다.」

「이 시체 말인가?」

「네, 그렇습니다.」

「다른 사람은 없고 이 시체만 있었나?」

「네, 그렇습니다.」

「사람이 누워 있다고 해서 다 시체인가? 시체인 줄 어떻게 알았어?」

안경이 담배를 꼬나문 채 물었다.

「보는 순간 시체라는 생각이 들었습니다. 두 눈은 천장을 보고 있었고…… 머리에는 피가 엉겨 있었고…… 몸은 이미 굳어 있는 것 같았습니다. 그리고 썩는 냄새도 나는 것 같았습니다. 그래서 직감적으로 시체라고 생각했던 겁니다.」

「보는 게 전문가 못지 않군. 방안에 들어와서 시체에 손을 댔다거나 그 밖에 다른 것에 손을 대지 않았나?」

「하나도 손대지 않았습니다. 놀라서 그대로 나왔습니다. 이 여자 분

은 자기 방으로 돌아가고 저는 지배인님을 찾아갔습니다.」

그때 얼굴에 신문지를 덮은 채 누워 있던 형사가 신문지를 치우면서 몸을 일으켰다.

그는 하품을 길게 하면서 기지개를 켰다. 방안에 누워 있는 피살체나 다른 사람들은 전혀 안중에도 없는 그런 태도였다.

그는 작달막한 체구에 운동선수처럼 머리를 짧게 기른 사십대 초반의 사내였다. 턱이 튼튼하게 발달되어 있는 데 반해 위로 올라갈수록 머리통이 좁아지는 바람에 얼굴형이 삼각형을 이루고 있었고, 좁은 이마에 깊이 잡혀 있는 주름살은 뭔가 기분나쁜 듯한 표정을 띠고 있었다. 길게 찢어진 두 눈은 사나운 느낌을 주면서 마치 검투사 같은 인상을 풍기고 있었다. 얼굴빛은 검고 거칠어 보였다. 거기다 하필이면 오른쪽 이마에 큰 흉터까지 있었다.

구겨진 점퍼를 털어서 편 다음 그는 담배부터 꺼냈다.

「시끄러워서 원 잠을 잘 수가 있어야지.」

그는 투덜거리면서 찡그린 눈으로 이문자와 호텔 직원들을 쳐다보았다.

「몹시 피곤하신 것 같습니다.」

안경이 그에게 라이터불을 켜주면서 말했다.

「밤을 꼬박 샜어. 빌어먹을…….」

삼각형 얼굴은 고개를 전후좌우로 흔들다가 다시 길게 하품을 했다.

광대뼈가 그동안 알아낸 것들을 삼각형 얼굴에게 자세히 이야기해 주었다. 삼각형은 고개를 끄덕이면서 무슨 물건을 보듯 이문자의 아래위를 살펴보다가 병주둥이와 유리조각 몇 개를 집어들고,

「이거 샴페인병 아니야?」

하고 말했다.

「네, 그런데요.」

형사들은 새로운 사실을 발견한 듯 그것들을 들여다보았다.

「이 방에서 축하할 일이 있었던 모양이지? 아니면 파티가 열렸던가? 잔이 두 개 있는 거 보니까 둘이서 마신 모양인데⋯⋯?」

그의 시선이 이문자 쪽으로 이동하자 다른 형사들도 일제히 그녀를 의심스러운 눈으로 바라보았다.

「그 샴페인 누가 터뜨렸습니까?」

인상과는 달리 점잖은 말투로 삼각형이 이문자에게 물었다.

「전 잘 모르겠어요. 이 방에서 무슨 일이 있었는지 전 아무것도 몰라요.」

삼각형의 시선이 호텔 직원들 쪽으로 옮겨갔다.

「지배인, 지난밤에 이 방에 샴페인을 갖다준 사람이 누군지 알아볼 수 있을까요?」

삼각형은 윽박지르거나 하지도 않고 부드럽고 점잖게 말했다. 그러나 그런 투의 말이 더 잘 먹혀들어가는 것 같았다.

지배인은 즉시 알아보았다. 이문자의 부탁을 받고 309호실 문을 열어주었던 룸서비스맨은 자기가 샴페인을 갖다주지 않았다고 증언했기 때문에 나머지 다른 서비스맨들이 조사를 받게 되었다. 샴페인을 갖다준 서비스맨은 금방 밝혀졌다. 그것은 굳이 숨길 일도 아니었기 때문에 그 서비스를 맡았던 직원은 자진해서 자기가 309호실에 샴페인을 날라다 주었다고 증언했던 것이다.

「그때가 몇 시경이었나?」

삼각형의 얼굴은 연달아 담배를 태우면서 부드럽게 물었다.

여자처럼 고운 피부를 가진 강이라는 룸서비스맨은 근무일지를 들여다보고 나서 대답했다.

「309호실에서 전화로 주문이 온 것은 밤 10시 30분경이었습니다.」

「주문한 사람은 여자였나 남자였나?」

「남자였습니다. 목소리가 남자였습니다.」

「뭘 주문했었나?」

「샴페인 한 병을 주문했습니다.」

「이 남자가 주문했었나? 잘 좀 보라구.」

삼각형이 사체를 손으로 가리키자 강은 그것을 흠칫 보고 나서 고개를 흔들었다.

「주문한 남자 얼굴은 보지 못했습니다. 술만 방안에 넣어주고 나서 나왔기 때문에 보지 못했습니다.」

「그래? 주문한 사람이 화장실에 들어가 있었나? 아니면 이불이라도 뒤집어쓰고 있었다는 말인가?」

「그게 아니라 방안에는 아무도 없었습니다.」

「그게 무슨 말이야? 아무도 없는데 샴페인을 갖다줬다는 건가?」

형사들은 긴장해서 강을 쳐다보았다.

「그게 아니고…… 전화로 주문이 오기를…… 샴페인을 한 병 309호실에 갖다놓으라고 했습니다. 방안에 아무도 없으니까 그렇게 알고 갖다놓으라고 하면서 계산은 다음에 하겠다고 했습니다. 그래서 마스터키로 방문을 열고 들어가서 샴페인을 놓고 나왔습니다.」

「처음부터 그렇게 말할 것이지.」

광대뼈가 못마땅한 듯 눈을 흘기고 나서 맥빠지는 듯한 표정을 지었다.

그때 문이 열리더니 가운 차림의 검시의가 히죽이 웃으며 들어왔다.

「또 만나는군요.」

검시의가 웃으며 손을 내밀자 삼각형은 무뚝뚝하게 그 손을 받았다.

검시의는 예순이 넘은 사내로 볼이 홀쭉하게 들어가고 이마가 훌렁 벗겨진 데다 도수 높은 안경까지 끼고 있어서 누구한테나 추하게 늙어가고 있다는 인상을 주기에 충분한 그런 사내였다.

「한 방에 나갔구먼.」

대충 사체를 살펴보고 난 검시의가 사체의 뒤통수를 가리키며 대수롭지 않다는 듯 말했다.

「다른 데는 상처가 없어요. 이런 덩치가 한 방에 나간 걸 보면 힘깨나 쓰는 놈이 때렸겠는데. 부검을 해봐야 알겠지만 뇌출혈 같아. 다른 데는 이상 없으니까 부검도 간단하게 끝나겠는데. 약을 먹은 것 같지도 않아. 체격도 아주 건장하고 물건도 아주 좋은데 그래. 여자들이 좋아할 타입이야. 흐흐…….」

검시의는 음산하게 웃으면서 이문자를 힐끗 쳐다보았다. 아무도 그를 따라 웃지 않았다.

「사망 시간은 언제쯤입니까?」

안경이 흘러내린 안경 너머로 그를 쳐다보느라고 턱을 치켜들었다.

「여덟 시간 남짓 되었겠는데. 그러니까 에또…… 지난밤 12시 전후해서 사망했어요.」

그는 고무장갑을 낀 손으로 사체의 성기를 이리저리 만지면서 들여다보기도 하고, 거기다 코를 가까이 대고 흠흠하면서 냄새를 맡아보기도 하더니,

「정액이 허옇게 말라붙어 있는 걸 보니까 죽기 전에 실컷 한 모양인데.」

하고 말했다.

그런 다음 감식반원들이 정리해놓은 증거물들을 살펴보더니 알 만하다는 듯 고개를 끄덕였다.

「그렇다니까. 정사를 벌인 흔적이 이렇게 많잖아. 대단했군. 치정살
인 아니야? 치정……?」

「시트 덮어!」

삼각형이 검시의의 말을 깔아뭉개듯이 큰소리로 말했다.

현장이 너무 어수선했기 때문에 수사관들은 바로 옆방인 310호실을
빌려 그쪽으로 용의선상에 있는 사람들과 참고인들을 불러들여 계속 심
문을 벌여나갔다.

310호실은 방이 두개로 되어 있었기 때문에 수사관들은 조사 대상자
들을 분리해서 심문할 수가 있었다.

심문은 주로 이문자를 상대로 집중적으로 진행되었는데, 그녀가 부인
하면 할수록 형사들은 쉽게 포기하려 들지 않고 집요하게 붙잡고 늘어
졌다. 그들의 목적은 이문자로부터 김창대를 살해했다는 자백을 받아내
는 것이었다. 이문자는 너무 억울하다는 듯 울면서 하소연했지만 형사
들은 그녀가 룸서비스맨을 앞세워 309호실 문을 따고 들어간 것마저도
일종의 위장전술이라고 하면서 그녀를 몰아붙였다.

수사관들로부터 시달림을 받으면 받을수록 처음부터 그녀의 입가에
맴도는 이름이 하나 있었다. 바로 유남지였다.

유남지는 이문자가 처음부터 용의자로 점찍어 놓았던 인물이었다. 그
러나 그 이름을 선뜻 입 밖에 꺼내지 못한 것은 혹시 잘못 건드려 오히
려 사태가 자신에게 불리하게 돌아가지 않을까해서였다. 얼른 판단을
내리기가 주저스러웠기 때문에 지금까지 그 이름을 밖으로 꺼내지 못한
채 입 속에서만 굴리고 있었던 것이다.

그 시간에 유남지는 최 교수와 함께 서울로 올라가는 비행기에 타고
있었다.

그들은 누가 보기에도 연인들처럼 나란히 앉아 다정한 모습으로 속삭이고 있었다.

남지는 최 교수의 팔짱을 낀 채 그의 어깨에 머리를 기대고 있었다.

밤을 꼬박 샌 데다 충격적인 사건을 겪었기 때문에 그녀는 몹시 피로했다. 그러한 상태에서 그녀가 또 무슨 일을 저지를지 알 수 없기 때문에 최 교수는 그녀가 최대한 휴식을 취할 수 있도록 신경을 썼다.

비행기는 구름 위를 날아가고 있었다. 구름에 가려 대지는 보이지 않았다. 구름 속에서 비행기가 나타났다가 사라지는 것이 보였다. 시야에 보이는 것은 흰 뭉게구름뿐이었다. 구름 위로 햇빛이 반사되어 시야는 눈이 부셨다.

「아름다워요.」

그녀가 눈을 가늘게 뜬 채 창 밖을 바라보며 중얼거렸다.

「이 아래는 바다일 거야.」

최 교수는 김포 공항을 과연 무사히 빠져나갈 수 있을까 하고 생각했다.

경찰이 빨리 손을 쓴다면 그들이 공항을 빠져나가기 전에 김포 공항 출구에서 그들을 체포할 수 있을 것이다. 수배가 늦어지면 그들이 공항을 빠져나간 뒤에야 법석을 떨게 될 것이다. 손목시계가 아침 7시 26분을 가리키고 있었다.

「자유로울 때는 이 세상이 넓다는 생각이 들었는데…… 불편해지니까 이 몸 하나 숨길 데도 없는 아주 좁은 곳이라는 생각이 들어요.」

예쁘게 생긴 스튜어디스가 서빙카트를 밀고 와 무엇을 마시겠느냐고 물었다. 그들은 똑같이 커피를 주문했다.

안경 낀 형사가 옆방에서 나오더니 이문자를 날카롭게 응시했다.

「이문자씨, 어젯밤 커피숍에서 한바탕 했다면서요?」

새로운 사실을 발견한 듯 안경의 목소리는 의기양양해져 있었다.

그녀는 마침내 올 것이 왔다고 생각했다. 이제는 더 이상 유남지의 이름을 숨기고 있을 필요도 없게 되었다.

「네, 돼먹지 못한 기집애 하나 때문에…… 본의 아니게 커피숍에서 큰소리로 싸웠어요.」

「왜 그 사실을 지금까지 숨겼지요?」

「창피해서 그랬어요. 그렇지 않아도 말씀드리려던 참이었어요. 너무 창피해서 말하기도 부끄러워요.」

「그 아가씨 이름이 뭐에요? 연락처 알아요?」

「네, 알고 있어요. 이름은 유남지이고…… 대학생이에요.」

이문자는 백 속에서 수첩을 꺼내 유남지의 집 전화번호를 알려주었다.

「어느 대학 학생이에요?」

「Y대 불문과 4학년이에요.」

「그 아가씨, 동행한 남자가 있었다던데 그 사람은 누구에요?」

「잘 모르겠어요. 처음 보는 사람이었는데…… 마흔댓 살쯤 되어 보였어요.」

「그 사람들은 몇 호실에 투숙했죠?」

「그건 잘 모르겠어요. 커피숍에서 우연히 만났어요.」

「우연히 만났는데 한바탕 싸웠어요?」

이문자는 입술을 깨물었다. 유남지에게 당한 것을 생각하면 지금도 속이 부글부글 끓어올랐다.

이왕 이렇게 된 것 어떻게든 그 계집애를 끌어들여 쓴맛을 보여주어야 한다. 그 계집애에게 유리하게 증언해 줄 생각은 눈꼽만큼도 없다.

가능한한 불리하게 증언함으로써 철저히 복수할 생각이다.

「그 기집애, 사실은 저보다 먼저 김 사장하고 싸웠어요. 아주 못된 기
집애에요. 그렇게 못되고 고약하고 건방진 기집애는 처음 봤어요. 전
싸움을 말리려다가 말려들어 그 기집애하고 한바탕 하게 된 거예요.」

독기어린 표정으로 말을 내뱉는 그녀를 형사들은 뚫어지게 쏘아보고
있었다.

피살자가 죽기 전에 누군가와 싸웠다는 것은 수사관들한테는 아주 고
무적인 사실이 아닐 수 없었다.

「유남지가 김 사장하고 싸우고 있었는데 당신이 달려들어 말리다가
싸움에 말려들었다 이 말인가요?」

「네, 그랬어요.」

「그 말 틀림없겠지?」

「제가 왜 그런 거짓말을 하겠어요. 확인해보시면 금방 드러날 텐데
요.」

「그런데 호텔 직원들은 당신하고 그 여대생하고 심하게 싸웠다는 말
만 하고, 김창대가 여대생하고 싸웠다는 말은 하지 않던데?」

「그럴 수밖에요. 김 사장이 체면이 있지 호텔 커피숍에서 다른 사람
도 아닌 어린 여대생하고 어떻게 큰소리로 싸울 수 있겠어요. 그 기집
애한테 일방적으로 당하기만 했기 때문에 남들이 얼른 보기에는 싸우
는 것 같지 않았죠. 하지만 분명히 두 사람은 싸웠어요. 그 기집애가
김 사장한테 입에 담을 수 없는 욕들을 퍼부어댔으니까요.」

지금까지 주눅만 들어 있던 이문자는 일단 유남지가 도마 위에 오르
자 기다렸다는 듯 침까지 튀기며 말을 쏟아내기 시작했다.

「김창대와 유남지가 싸운 이유가 뭐야?」

광대뼈가 퉁명스럽게 물었다.

「그거야 뭐 질투 때문이죠. 요즘 젊은 것들은 눈에 보이는 것이 없어요.」

「질투 때문이라니? 자세히 좀 말해봐.」

「그러니까 어젯밤 커피숍에서 우연히 만났는데…… 제가 김 사장하고 데이트하는 걸 보고 질투가 난 거죠. 우리 자리로 오더니 김 사장한테 치사하다느니 야비하다느니 하면서 창피를 막 주는 거예요. 김 사장은 손님들 때문에 맞대꾸도 하지 못한 채 고스란히 당하고만 있는 거예요. 그래서 보다 못해 제가 나섰죠. 나이도 어린 아가씨가 어른한테 그게 무슨 말버릇이냐고 타일렀죠. 그랬더니 기다렸다는 듯이 저한테 막 퍼붓는 거예요. 걸레 같다느니 구더기 같다느니…… 하여간 일일이 다 말할 수 없을 정도였어요. 딸 같은 기집애한테 그런 말을 듣고 가만 있을 여자가 세상에 어디 있겠어요. 그래서 저도 같이 퍼부어댔지요. 손찌검까지 할 생각은 없었는데 그 기집애가 저한테 술을 끼얹지 않겠어요.」

그녀는 자기한테 유리한 쪽으로 적당히 꾸며대기까지 하면서 열심히 지껄여댔다. 그런 그녀를 형사들은 냉정한 눈으로 지켜보면서 필요할 때마다 질문을 던지곤 했다.

「유남지가 김 사장한테 그렇게 창피를 준 이유가 뭐야?」

「질투 때문이라고 말씀드렸잖아요.」

「왜 질투를 느낀 거지? 질투를 느낄 만큼 두 사람 사이가 심각했었나?」

「한때 그 애하고 김 사장은 좋아지내는 사이였어요. 서로 좋아했다기보다는 그 애가 일방적으로 김 사장을 따라다녔다고 볼 수 있어요. 김 사장이 젊은 나이에 엄청난 재력을 가진 총각인 것을 알고는 어떻게든 그와 결혼해보려고 갖은 애교를 다 떨고 자진해서 몸까지 준 모양

이에요. 얼굴이 반반한 애가 유혹하는 데야 노총각이 배겨날 재주가
있겠어요. 한두어 번 데리고 잔 모양인데, 그게 실수였어요. 그때부터
고 기집애는 책임지라고 하면서 물고 늘어지는 거예요. 하지만 정이
떨어질 대로 떨어진 김 사장이 그렇다고 해서 그 애하고 결혼할 리가
있겠어요. 그 애를 떼어놓는 대가로 그 애한테 수천만 원을 준 걸로
알고 있어요. 그렇게 돈을 받아갔으면서도 그 뒤에도 심심하면 김 사
장을 불러내서는 돈을 뜯어가곤 했나봐요. 나이도 어린 것이 어쩌면
그렇게 악랄한지 모르겠어요. 제주도에서 김 사장이 저하고 있는 걸
보고 눈이 뒤집힌 거지요. 짝도 없이 혼자 왔다가 마주쳤다면 또 몰라
도 자기도 남자를 달고 왔으면서 어쩌면 그렇게 사람들 면전에서 철
면피하게 달려드는지 모르겠어요.」

「유남지와 김창대 사이를 어떻게 그렇게 잘 알고 있어요? 당신, 유남
지하고는 어떤 사이야?」

「좀 알고 지내는 사이지 특별한 사이는 아니에요.」

「언제 어디서 어떻게 알게 됐어요?」

이문자는 재빨리 머리를 굴렸다. 그녀의 머리 속에는 이미 다음에 해
야 할 거짓말이 기다리고 있었다.

「그 애를 안 지는 일 년쯤 됐어요. 제가 하는 미용실에 처음에는 손님
으로 왔었는데…… 얼굴도 예쁘고 몸매도 괜찮아서…… 미인대회에
내보낼 생각으로 돈 같은 거 따지지 않고 그 애 뒤를 돌봐주게 됐어
요. 김 사장은 그 진부터 지를 누님이라고 따르면서 제 가게에 잘 놀
러오곤 했어요. 그러다 보니까 자연히 유남지와 김 사장이 제 가게에
서 서로 어울리게 되고…… 그게 발전돼서 결국은 두 사람이 한때 붙
어다니게 된 거예요. 두 사람 관계는 김 사장이 저한테 숨김없이 이야
기해 주었기 때문에 비교적 자세히 알게 된 거예요.」

갑자기 형사들은 그녀에게 아무것도 묻지 않았다. 그 바람에 방안에는 한동안 침묵이 흘렀다. 그 침묵을 깨고 삼각형 얼굴이 물었다.

「지금 하신 말씀을 들으니까 유남지라는 여대생이 김 사장을 살해했을 가능성이 제일 큰 것 같은데…… 이문자 씨는 그 점을 어떻게 생각하십니까?」

정곡을 찌르는 질문에 이문자는 얼른 대답을 하지 못하고 머뭇거렸다. 생각 같아서는 유남지가 살인범이 틀림없다고 소리치고 싶었지만 형사들 앞에서 대놓고 그렇게 말할 수는 없었다.

「글쎄요. 그 애 말고는 여기서 김 사장을 살해할 만한 사람이 없잖아요. 제 생각에는 그 애를 데려다가 조사해 볼 필요가 있다고 보는데요.」

「만일 유남지가 용의자라면…… 결국은 309호실에서 김창대와 따로 만나 정사를 갖고 샴페인까지 마셨다는 말이 되는데…… 그렇게 싸우고 난 사람들이 과연 그럴 수가 있을까요?」

「열길 물 속은 알아도 사람 속은 모른다는 말이 있잖아요.」

「그렇긴 합니다만…….」

삼각형 얼굴은 고개를 끄덕이고 나서 생각난 듯 다시 물었다.

「유남지와 동행인 남자가 있었다고 했는데…… 혹시 그 남자와 김창대 씨가 다투지는 않았나요? 그리고 부인도 그 남자와 다투지 않았나요?」

「아뇨. 그 남자는 가만 보고만 있었어요. 마치 자기하고는 전혀 상관없는 사람들이 싸우고 있는 것처럼 구경만 하고 있었어요.」

「그 남자하고 유남지를 빨리 찾아봐!」

삼각형은 부하들한테 말할 때는 표정이 딱딱해지면서 목소리까지 거칠게 변했다.

형사들은 먼저 프런트로 몰려가 투숙객들 가운데 유남지라는 이름이 있는지 알아보았다. 그러나 그런 이름은 투숙객 명단에 올라 있지 않았다.

「남녀가 호텔에 함께 투숙할 경우 남자 손님 이름만 카드에 적지 않나요?」

「네, 사실은 두 사람 다 적어야 하는데…… 거의가 한 사람만 적습니다. 다 적으라고 할 수도 없고 해서 그냥 내버려둡니다만…….」

「그 남자 이름을 모르니 방을 찾을 수가 있나.」

형사들은 프런트 앞에 몰려 서서 프런트계 직원들이 문제를 해결해주기를 바라는 듯 그들을 쳐다보기만 했다.

「어젯밤 9시 이후에 투숙한 것으로 알고 있는데…… 남자는 사십대이고 여자는 이십대 미인이니까 웬만하면 기억할 수 있을 텐데…… 잘들 좀 생각해봐요.」

이미 고참 프런트맨과 지배인은 수사관들한테 불려가 귀가 따갑도록 질문을 받고 아는 대로 대답을 했기 때문에 경찰이 찾는 인물들이 누구인지는 대강 짐작하고 있었다. 그래서 거기에 맞는 인물을 찾기 위해 카드를 꺼내놓고 열심히 들여다보고 있었다.

「여기서 방을 알아내지 못하면 방을 하나하나 뒤질 수밖에 없어요.」

형사의 말에 고참 프런트맨은 고개를 끄덕이면서 잠깐만 기다려달라고 말했다.

이윽고 그는 카드 한 장을 집어들었다.

「이 사람 같은데요. 어젯밤 10시 10분경에 투숙한 남자인데…… 동행이 누구인지는 모르겠습니다. 외 1인으로 되어 있는 거 보니까 동행은 있는 것 같은데…….」

안경 낀 형사가 그의 손에서 재빨리 카드를 채갔다.

카드에 적혀 있는 투숙자의 이름은 최종오였다. 나이는 46세. 주소는 서울로 되어 있었다. 직업란에는 아무것도 적혀 있지 않았다. 주민등록 번호란에는 번호가 기입되어 있었다.

「이 손님에 대해서 기억나는 대로 말해 봐요.」

고참 프런트맨은 생각을 더듬어보고 나서 입을 열었다.

「특별히 기억나는 것은 없고…… 짐도 없이 투숙하는 것 같았습니다. 조금 큰 키에 마른 편이었고…… 짙은 회색 양복 차림에 코트를 들고 있었습니다. 사람은 아주 점잖아 보였습니다.」

「방값은 어떻게 됐어요?」

프런트맨은 계산서를 살펴보더니,

「이미 지불했습니다.」

라고 대답했다.

「그럼 이미 떠났나요?」

「아직 체크아웃 하지 않았습니다. 열쇠도 여기에 없습니다.」

「일단 한 번 만나봐야겠군. 비상열쇠 있어요?」

「네, 있습니다.」

「열쇠 가지고 따라오시오.」

최종오가 투숙한 방은 415호실이었다.

이윽고 415호실 앞에 도착한 형사들은 문 양켠으로 몸을 숨기고, 대신 고참 프런트맨이 차임벨을 눌렀다.

여러 번 벨을 눌렀지만 안에서는 아무런 응답이 없었다. 프런트맨이 형사들을 돌아보자 광대뼈가 더 기다릴 수 없다는 듯,

「문을 열어요.」

하고 말했다.

프런트맨은 비상 열쇠로 문을 열었다.

94

방안에는 아무도 없었다. 욕실 문도 열어보고 옷장도 들여다보았지만 사람은 보이지 않았다. 방 열쇠는 탁자 위에 놓여 있었다.

「열쇠를 방안에 둔 채 나갔는데요.」

하고 지배인이 말했다.

형사들은 방안을 유심히 살펴보았다.

방안은 거의 사용하지 않은 듯 깨끗이 정돈되어 있었다. 침대도 흐트러짐이 없이 처음 정돈했던 그대로 있는 것으로 보아 거기서 잠을 잔 것 같지는 않았다. 여자와 함께 투숙했다면 침대가 흐트러짐은 말할 나위 없고 정사의 흔적이 남아 있기 마련이다. 그런데 어디에도 그런 흔적은 없었다.

「담배만 잔뜩 피우다 간 모양인데요.」

재떨이에 수북하게 쌓여 있는 담배꽁초를 가리키며 안경이 광대뼈에게 말했다.

「열쇠를 방안에다 둔 채 나간 걸 보니까 프런트 몰래 빠져나간 것 같아. 이미 도망쳤어.」

형사들은 다시 아래층으로 내려가 프런트데스크 뒤편에 있는 사무실로 들어갔다.

사무실 한쪽은 칸막이가 되어 있었는데 지배인이 전용으로 사용하고 있는 방이었다. 형사들은 지배인에게 양해를 구한 다음 그 방을 점령하고 앉아 여기저기에다 전화를 걸어대기 시작했다.

그들이 가장 먼저 확인해본 것은 최종오와 유남지가 제주도를 이미 빠져나갔는가 하는 점이었다.

「오전 7시에 출발한 서울행 탑승자 명단에 들어 있습니다.」

아시아나 항공의 여직원이 말했다.

「두 사람 다 들어 있나요?」

「네, 두 사람 다 들어 있는데요. 좌석도 나란히 배정받았군요. 최종오 씨 좌석은 D25이고 유남지 씨 좌석은 E25입니다.」

안경은 손목시계를 얼른 들여다보았다. 8시 36분.

「그 비행기…… 서울에 도착됐나요?」

「그럼요. 벌써 도착했습니다.」

「탑승자의 주소를 알 수 있지요?」

「네, 알 수 있습니다.」

항공사 여직원은 최종오와 유남지의 주소를 일러주었고, 안경은 그것을 수첩에다 급히 받아적었다.

「한 가지만 더 알아봅시다. 어제 서울에서 제주도로 온 탑승자들 가운데 방금 말한 두 사람이 있었는지 알아봐 주십시오.」

「몇 시 비행기인가요?」

「그건 잘 모릅니다.」

「그럼 아시아나에 탑승한 건 분명하나요?」

「그것도 분명치 않습니다.」

「그렇다면 시간이 좀 걸리겠는데요. 탑승자들을 모두 체크해봐야 하기 때문에…….」

「얼마나 기다려야 합니까?」

「삼십 분 정도는 걸리겠는데요.」

삼십 분 후에 다시 전화를 걸기로 하고 안경은 전화를 끊었다.

「뭐라고 그래?」

광대뼈가 물었다.

「7시 비행기로 이미 제주도를 빠져나갔습니다. 유남지하고 나란히 앉아서 서울로 향했습니다. 최종오가 유남지와 동행한 남자가 틀림없습니다. 두 사람 주소는 알아냈습니다.」

안경은 두 사람의 주소를 광대뼈에게 보였다.

「모두 서울입니다.」

「서울행 비행기표를 예약해!」

「몇 장이나 할까요?」

「여덟 장은 해야 하잖아.」

안경은 공항으로 전화를 걸어 서울행 비행기표를 예약했다.

한쪽에서는 뚱뚱하게 생긴 형사가 최종오의 주민등록번호를 경찰 컴퓨터터미널에 알려주고 나서 그 조회 결과를 기다리고 있었다. 잠시 후 뚱보 형사는 그 결과를 광대뼈에게 보고했다.

「전과는 없습니다. 본적은 서울이고 주소도 서울입니다.」

광대뼈는 컴퓨터에 입력되어 있는 최종오의 주소와 안경이 공항에 전화를 걸어 알아낸 그의 주소를 대조해보았다. 양쪽 주소는 다행히 서로 일치했다.

삼십 분쯤 지나 안경은 아시아나 항공에다 다시 전화를 걸어보았다.

「어제 탑승자 명단에는 그런 이름이 없습니다.」

「모두 조사해봤나요?」

「네, 모두 체크해봤는데 그런 이름은 없었습니다. 아마 다른 항공을 이용하셨나보지요.」

다른 항공사에 직접 가서 알아보기 위해 형사들은 아직 출발시간이 많이 남아 있는데도 서둘러 공항으로 향했다.

삼각형 얼굴만은 호텔에 그대로 눌러앉아 있었다.

이문자 역시 아무 데도 가지 못한 채 남은 형사들과 함께 수사 결과에 신경을 곤두세우고 있었다. 그녀는 허락없이는 제주도를 떠날 수 없는 입장이었던 것이다. 자신에 대한 혐의가 아직 완전히 벗어지지 않은 상태였기 때문에 집에 보내달라고 요구할 수도 없는 처지였던 것이다.

최종오와 유남지가 어제 김포 공항에서 탑승한 제주행 항공편은 금방 밝혀졌다. 그것은 KAL항공으로, 오후 4시 10분에 출발하는 비행기였다. 그들의 좌석은 예상했던 대로 나란히 잡혀져 있었다.

「유남지와 최종오가 같은 일행이라는 것은 이제 의심할 여지가 없습니다. 그들은 어제 오후에 함께 제주도로 날아와 지내다가 밤 10시 전후해서 태양의 집에 투숙했습니다. 그리고 한바탕 싸우고 난 뒤에 …… 새벽녘에 호텔을 몰래 빠져나와 서울로 줄행랑을 쳤습니다. 한바탕 싸우고 난 후 호텔을 빠져나갈 때까지 어디서 무슨 짓을 했는지 그것만 밝혀 내면 됩니다.」

여덟 명의 형사들은 서울행 비행기를 타기 위해 출구를 빠져나갔다. 오전 10시 40분에 출발하는 비행기였다.

광대뼈와 안경은 나란히 자리에 앉아 비행기가 출발하기를 기다렸다. 이윽고 비행기가 활주로 위를 질주하다가 대지를 박차면서 공중으로 떠오르자 광대뼈가 담배를 피우고 싶은지 입맛을 다시며 두리번거리다가 입을 열었다.

「유남지한테 너무 기대를 걸지 않는 게 좋아. 그 애가 김창대를 살해했다는 증거가 아직 없잖아? 직접적인 증거 말이야!」

「전 그렇게 보지 않습니다. 유남지가 김창대를 죽였던가, 최종오가 죽였던가 둘 중의 하나입니다. 아니면 둘이 합작해서 죽였을지도 모릅니다. 아무튼 그들이 가장 유력하다고 봅니다. 몰래 내뺀 것 자체가 그들에게 결정적인 혐의가 있다는 것을 말해주고 있는 겁니다.」

안경은 흥분을 누르며 말했다.

비행기는 고도를 잡았는지 흔들림이 없이 조용히 날아가고 있었다.

스튜어디스들이 서빙카트를 밀고 나와 탑승객들에게 음료수를 한 잔씩 주기 시작했다.

「그들이 순순히 자백을 하면 몰라도 그렇지 않고 부인하면 증거를 제 시해야 해.」

「증거 확보는 별로 어렵지 않을 겁니다. 음모와 지문만 대조해 봐도 누가 그 방에 있었는지 금방 드러날 겁니다.」

「제발 골치 아프게 돌아가지 않았으면 좋겠는데…….」

서빙카트가 다가오자 광대뼈는 콜라를, 안경은 커피를 주문했다.

고독과 굴욕

고독과 굴욕

「**다**리가 아파요.」
남지가 최 교수의 팔에 매달리며 말했다.

그들은 무작정 걷고 또 걷고 있었다. 마땅히 갈 곳이 있는 것도 아니었기 때문에 서울에 도착하자 걷기만 했던 것이다.

「배고파 죽겠어요.」

「킬리만자로에 갈까?」

그녀는 잠깐 생각해보았다. 그곳의 바텐더는 더 이상 마음에 들지가 않는다. 그러나 지금 그런 것 저런 것 따져서 뭘 하겠는가 하는 생각에 그녀는 고개를 끄덕였다.

남지가 최 교수와 함께 나타나자 김강은 얼굴 가득히 미소를 지으면서 그들을 맞았다. 남지를 보자 속으로는 좋아 어쩔 줄을 모르면서도 겉으로는 미소만 짓고 있었다.

남지는 미소도 짓지 않은 채 고개만 까닥해 보이고는 창가의 자리로 가서 앉았다. 그전 같으면 스탠드 바에 가서 앉겠지만 지금은 그러고 싶지가 않았다. 바텐더는 마음에 들지 않지만 카페 분위기는 더없이 마음에 든다. 마지막일지도 모른다는 생각에 그녀는 실내를 찬찬히 살펴보았다.

두 사람은 먼저 커피를 한 잔씩 마시고 나서 식사를 시켰다. 아침 겸 점심이었지만 막상 식사가 나오자 두 사람은 조금 입을 대다가 말았다. 그대신 맥주만은 기갈이 들린 듯 마셔댔다.

「교수님, 이제 우리 헤어져요.」

남지가 최 교수의 두 눈을 빤히 들여다보며 말했다.

「헤어지면 어디로 갈려고 그래?」

「집으로 가겠어요. 엄마가 보고 싶어요.」

「아이 같군.」

그는 맥주잔을 입으로 가져갔고, 그녀는 담배에 불을 당겼다.

그녀는 줄담배를 태우고 있었다. 불안한 마음을 조금이라도 가라앉히기 위해서였다.

「언제까지고 함께 있을 수는 없잖아요.」

「집에 가면 낯선 남자들이 기다리고 있을지도 몰라.」

「낯선 남자들이라니요?」

그녀는 묻고 나서 낯선 남자들이 누구인지 알아차리고는 표정이 굳어졌다.

「벌써 와 있을 거야. 마담뚜가 남지 이야기를 했다면 말이야.」

「그렇다면 피할 수 없잖아요. 피한다고 되는 일도 아니고…….」

「있는 데까지 함께 있는 거야. 내일 당장 지구가 망한다 해도 우리는 함께 지내는 게 좋아. 다른 생각은 하지 않는 게 좋아.」

「너무 초라하잖아요.」

「그건 생각 나름이야. 난 그렇게 생각하지 않아.」

「집에 전화 걸어 보고 오겠어요.」

그녀는 자리에서 일어나 공중전화기가 있는 쪽으로 걸어갔다.

104

「이 전화 쓰세요.」

바텐더가 카운터에 있는 전화를 가리키며 말했다.

공중전화에는 기다리는 사람이 두 명이나 있었다. 그녀는 카운터로 다가가 송수화기를 집어들었다.

「집에 전화했더니 안 계시더군요.」

바텐더가 재빨리 속삭였다.

그녀는 도로 송수화기를 내려놓았다. 그리고 바텐더를 노려보았다.

「전화번호는 어떻게 알았어요?」

「수첩을 보고 알았어요. 함께 지내던 날 밤…….」

「몰래 꺼내봤군요?」

그녀는 욕이 튀어나오려는 것을 간신히 참았다.

「미안해요. 그만큼 남지 씨에 대해 관심이 많기 때문에 전화번호를 알고 싶었고…….」

「전화는 왜 걸었어요?」

「만나고 싶어서 걸었어요.」

「언제 걸었어요?」

「어제 오후에 걸었어요. 동생이 받더군요.」

「앞으로는 집에 전화 걸지 마세요.」

「오늘밤에 좀 만나요. 할 얘기가 있어요.」

「안 돼요.」

「그럼 내일은?」

「내일도 안 돼요.」

「모레는?」

「안 돼요.」

「왜 안 된다는 거예요?」

「시간도 없고…… 개인적으로 만나기는 싫어요.」

그녀는 다시 송수화기를 집어들었다.

전화를 받은 사람은 금지였다.

「별일 없니?」

「없어.」

「혹시 나 찾아온 사람 없었니?」

「없었어.」

「전화는?」

「귀찮을 정도로 많이 걸려왔어. 학생회에서도 오고, 낙방생한테서도 오고…… 〈킬리만자로의 눈〉이라는 데서도 오고…… 집에 없다니까 이름도 밝히지 않고 끊은 사람이 세 명이나 있었어. 차라리 집에 들어오지 말지 그래. 아예 안 들어와버리면 기다리지 않을 테니까 말이야.」

「난 잘 있으니까 걱정하지 마.」

「난 조금도 걱정하지 않아. 문제는 엄마야. 엄마는 뜬눈으로 밤을 지새고 출근하셨어. 전화 연락이라도 했으면 그렇게 걱정하시지 않았을 거야. 난 엄마가 딸의 외박에 그렇게 걱정하시는 걸 보고 숙명 같은 걸 느꼈어. 그래서 난 자식 같은 거 낳지 않고 혼자 살기로 했어.」

「잘 생각했어.」

「오늘도 집에 안 들어올 거야?」

「몰라. 다시 연락할께.」

남지는 송수화기를 내려놓은 다음 바텐더의 뜨거운 시선을 묵살한 채 최 교수가 기다리고 있는 테이블로 돌아갔다.

최 교수는 멍하니 창 밖을 바라보고 있다가 남지가 돌아와 앉자 고개를 돌려 그녀를 쳐다보았다.

「아무런 직업도 갖지 않고 이렇게 한가롭게 시간을 보내고 싶어. 이렇게 앉아 있으니까 더없이 행복한 느낌이 들어.」

「교수직이 부담이 되시는가 보죠?」

「음, 요즘은 정말 학교에 나가기 싫어. 학생들한테서 희망보다는 실망을 느낄 때가 더 많아. 똑같은 내용의 강의도 신물이 나고 말이야.」

남지는 탁자 위에 올려져 있는 최 교수의 두 손을 내려다보았다.

그의 두 손은 조금 앙상한 편으로 손가락은 길어 보였고, 손등에는 시커먼 털이 자라 있었다. 그녀는 그 손등 위에 갑자기 입을 맞추고 싶었다. 아무도 보는 사람이 없다면 그녀는 거기에다 입을 맞추었을 것이다. 최 교수도 똑같이 그녀의 두 손을 내려다보고 있었다.

그녀의 오른손은 맥주잔을 잡고 있었고, 왼손은 탁자 위에 덮여 있는 시트를 만지작거리고 있었다. 희고 섬세하게 생긴 손이었다. 그 역시 그 손에 입을 맞추고 싶은 욕구를 느끼고 있었다.

생맥주를 서너 잔씩 마시고 난 뒤 그들은 〈킬리만자로의 눈〉을 나섰다.

바텐더 김강은 문 밖까지 따라나와 잘 가라고 인사했다. 최 교수에게 인사할 때 그의 두 눈은 웃고 있었지만, 남지를 쳐다볼 때만은 질투로 이글거리고 있었다.

「일단 헤어졌다가 이따가 저녁때 다시 만나기로 해요.」

남지는 김강의 시야에서 벗어나자마자 최 교수의 팔짱을 끼면서 말했다.

「어디 가려구?」

「학교에도 가보고 싶고…… 집에도 가보고 싶어요.」

「거긴 안 돼. 이미 형사들이 와 있을지도 몰라.」

남지는 입을 다물었다.

그들은 한참 동안 말없이 걸어갔다.

「이 세상에서 영원히 숨어버릴 수 있으면 좋겠어요.」

「다시 산에나 들어갈까? 산에 들어가서 한동안 지내다올까?」

「네, 그래요. 우리 산에 들어가요. 지난 겨울 산행은 정말 평생 잊지 못할 거예요.」

최 교수는 내가 왜 이럴까 하고 생각했다. 생각하는 것이 십대 소년이 생각하고 있는 수준이나 별로 다를 게 없다. 경찰의 수배를 피해 산에 들어가서 어쩌자는 것인가. 산에 들어가서 과연 언제까지 버틸 수 있다는 것인가.

그러나 그는 시간이 흐를수록 남지와 함께 있고 싶었고, 그녀를 경찰의 수배로부터 보호하고 싶은 보호 본능을 강하게 느끼고 있었다.

「이번에 산에 들어가면 좀 오래 있을 거야. 그리고 고생스러울 거야.」

「고생스러워도 좋아요.」

「이리 와.」

그들은 어느 호텔 앞에 와 있었다.

다른 때 같으면 주위의 시선을 의식해서 따로 떨어져 들어간다거나 했겠지만, 지금은 그렇지가 않고 보란 듯이 당당한 모습으로 그들은 호텔 안으로 들어가 프런트 데스크로 다가갔다.

열쇠를 받아들고 엘리베이터를 탔을 때까지도 그들은 아무런 대화를 나누지 않았다. 더 이상의 대화가 필요 없었던 것이다.

이미 예정되어 있는 스케줄대로 움직이고 있는 것처럼 그들은 엘리베이터를 나와 복도를 걸어갔다.

방안에 들어가서도 그들은 아무 말 없이 잠자코 옷만 벗었다. 그리고 옷을 모두 벗고 나자 침대 위로 올라가 급하게 몸을 섞었다.

그들은 서로가 절박한 심정으로 열심히 상대방의 육체를 탐했다. 마치 그것이 마지막 관계이기나 하듯이.

　관계가 끝나자 최 교수는 남지를 세워놓고 한참 동안 그녀의 나체를 감상했다. 남지 자신도 최 교수가 찬탄의 눈길로 자신의 육체를 감상하는 것이 기뻤기 때문에 그가 요구하는 대로 각가지 포즈를 취해 주었다.

　「정말 멋진 육체야. 혼자 보기에는 너무 아까워. 하지만 다른 남자한테는 보여주고 싶지 않아.」

　「전 그렇지 않아요. 여러 남자들한테 보여주고 싶어요.」

　「그러고 싶겠지. 당연한 생각이야.」

　「아니에요. 저한테는 화냥기가 있나 봐요.」

　「뭐가 어떻든 난 이 육체가 너무 좋아.」

　그는 남지를 가까이 오게 하여 그녀의 육체를 어루만지고 쓰다듬었다. 그러다가 참을 수 없다는 듯 그녀의 가는 허리를 끌어안았다.

　「넌 아무 데도 가서는 안 돼. 항상 내 곁에 있어야 해.」

　「아무 데도 가지 않을 거예요. 항상 교수님 곁에 있을 거예요.」

　그녀는 그를 마주 보고 걸터앉아 몸부림치기 시작했다.

　남지가 최 교수와 함께 절박한 몸부림을 계속하고 있을 때 금지는 포르노 비디오를 감상하고 있었다.

　책벌레인 그녀는 학교 강의가 너무 시시한 생각이 들어 학교도 결석한 채 집에서 뒹굴면서 세계문학을 섭렵하고 있었는데 점심녘에 친구가 비디오 테이프를 하나 들고 그녀를 찾아왔던 것이다. 서민주라고 하는 그 친구는 고등학교 때부터의 친구로 연애박사로 통할 정도로 남자관계가 복잡한 편이었다.

　「나 말이야, 사실은 요즘 오십대 유부남하고 연애하고 있는데 아주 근사해. 총각들은 거기에 대면 아무것도 아니야. 나 앞으로는 유부남하고만 연애할 거야. 유부남이 그렇게 근사할 줄은 정말 몰랐어.」

집에 들어서자마자 연애이야기부터 꺼내 놓는 바람에 금지는 어리둥절했다.

「잘해 봐. 그것도 인생공부니까.」

「넌 책으로 인생공부를 하지만 난 실제로 몸으로 겪으면서 인생공부를 하고 있어. 내 쪽이 훨씬 실감나는 공부라는 건 인정하겠지?」

「그래. 인정해. 하지만 거기에는 함정이 많아. 함정에 빠지면 돌이킬 수 없는 상처를 입게 돼.」

「구더기 무서워서 장 못 담근다면 그 인생은 너무 측은해. 인생은 어차피 일장춘몽인데 말이야. 자, 이거나 보고 새로운 간접 경험이나 해 봐.」

민주는 가방 속에서 테이프를 하나 꺼냈다.

「무슨 테이프지?」

「아주 근사한 테이프야. 최고로 골라왔어.」

민주가 집에 찾아오기 전에 금지는 그녀로부터 전화 연락을 받았었는데, 그때 민주 말이 기가 막히게 재미있는 비디오 테이프가 있으니 함께 감상할 준비를 단단히 갖추고 있으라고 했었다.

「무슨 테이프인데 그래?」

대강 짐작은 가면서도 금지는 거듭해서 물었고, 민주는 거기에는 대답하지 않고 웃기만 하면서 테이프를 비디오 박스에 밀어넣고 버튼을 눌렀다.

「어머머, 난 또 뭐라고. 이건 너무 하잖아?」

느닷없이 벌거벗은 남녀가 나타나더니 노골적으로 성행위를 하는 것을 보고는 금지는 얼굴을 붉히면서 민주를 주먹으로 때렸다.

110

「놀라긴. 너 이런 거 처음 봤니?」

민주는 이해할 수 없다는 표정으로 천연덕스럽게 물었다.

「난생 처음이야.」

금지는 빨개진 얼굴을 손으로 가린 채 화면을 응시하고 있었다.

「세상에. 여대생이 돼가지고 지금까지 이렇게 좋은 걸 안 봤다니, 정말 안됐다. 넌 아직도 구석기시대에 살고 있구나.」

「어머, 징그러워. 어쩌면 저럴 수가…….」

이맛살을 찌푸리면서도 화면에서 눈을 떼지 않고 있는 그녀를 보고 민주는 마치 그 방면의 선배나 되는 듯 그럴 듯한 말로 그녀를 타일렀다.

「넌 남자하고 사랑하게 되면 저렇게 안 할 줄 아니? 저보다 더 하면 더 했지 절대 덜 하진 않아. 저 맛을 알게 되면 더 좀 힘차게 눌러달라고 남자한테 애걸하면서 매달릴 걸.」

「천만에. 난 안 그래. 난 누구도 사랑하지 않을 거야. 저건 인간 모멸이야. 너무 끔찍해. 수치스러워! 구역질이 나!」

금지는 화가 난다는 듯 화면을 꺼버렸다. 그것을 보고 민주는 실실 웃으면서 도로 화면을 켰다.

「넌 책벌레지만, 그런 책 아무리 봐도 소용없어. 이런 거 하나 보는 게 훨씬 자극적이고 충격적이야. 때때로 감동적인 장면도 볼 수 있다구. 단순히 포르노라고 비난할 게 아니라 섹스 테크닉을 배우기 위해서도 이런 건 많이 봐둘 필요가 있어. 사실 아무런 테크닉도 없는 섹스는 금방 싫증이 난다구.」

같은 동갑내기이면서 어쩌면 이렇게 나하고 다를 수가 있을까 하고 생각하면서 금지는 친구를 잠시 멍하니 쳐다보았다.

화면에는 장면이 바뀌더니 그럴 듯한 스토리가 전개되고 있었다.

「이제부터 재미있으니까 잘 좀 봐둬.」

민주는 볼륨까지 높이면서 금지의 시선을 화면 쪽으로 유도했다.

금지는 그럴 듯하게 전개되고 있는 스토리를 도저히 외면할 수가 없었다. 어쩔 줄 모르며 빨개지기만 하던 그녀의 얼굴은 어느새 핏기 하나 없이 하얗게 가라앉아 있었다.

화면에 새로 등장한 여자는 십대로 보이는 소녀였다. 몸매가 쭉 빠진 금발의 소녀는 별장으로 보이는 집을 나와 짧은 핫팬티 차림으로 숲속 길을 달리기 시작했다. 별장의 베란다에서는 그녀의 부모로 보이는 중년의 남녀가 딸을 향해 손을 흔들고 있었다.

숲속을 벗어나자 푸른 바다가 나타났다. 바닷가에는 아무도 없었다. 소녀는 큰 바위들이 몰려 있는 바닷가 끝까지 달려갔다. 그리고 집채만 한 바위들 사이로 들어가보았다. 거기서 그녀는 이상한 장면을 목격하고는 멈칫하고 서버린다. 한 쌍의 젊은 남녀가 벌거벗은 채로 정신없이 정사를 벌이고 있었던 것이다. 놀란 소녀는 놀라서 뒷걸음질쳤다가 호기심을 못 이겨 다시 살그머니 다가가 본다. 그리고 격렬한 정사의 모습에 자신도 모르게 자위를 한다.

마침내 소녀의 모습이 사내의 눈에 띈다. 사내는 정사를 계속하면서 소녀에게 가까이 오라고 손짓한다. 그러나 소녀는 고개를 흔들면서 뒷걸음질친다. 그리고 사내가 정사를 멈추고 다가오자 놀라서 도망치기 시작한다. 바닷가를 따라 필사적으로 도망치는 소녀와 그 뒤를 벌거벗은 채 맹렬히 쫓아가는 사내의 모습이 푸른 바다를 배경으로 오히려 아름다운 영상으로 다가온다.

소녀는 바닷가를 벗어나 숲속으로 뛰어든다. 그러나 나무뿌리에 걸려 넘어지고 만다. 그녀가 몸을 일으키려고 했을 때 그녀의 몸은 이미 사내의 두 다리 사이에 누워 있었다. 우람한 육체의 사내는 웃으며 그녀를

112

내려다보고 있었다. 그의 오른손에는 번쩍이는 칼이 들려 있었다. 소녀는 사내의 두 다리 사이에 늘어져 있는 장대한 물건을 넋을 잃은 채 올려다본다. 사내는 칼로 소녀의 턱밑을 한 번 훑어준다. 소녀는 기절할 듯 놀라면서 몸을 떨어댄다. 사내가 손가락을 까닥거리자 소녀는 얼른 일어나 앉는다. 사내는 그녀의 머리칼을 움켜잡고 얼굴에다 몸을 밀착시킨다.

그때 초인종소리가 들려왔다. 금지가 놀라서 화면을 끄려고 하자 민주가 말렸다.

「그대로 보고 있어. 내가 나가볼께.」

민주가 밖으로 나가자 금지는 안경을 고쳐끼면서 다시 화면을 응시했다.

오럴섹스를 즐기고 난 사내는 소녀를 바닥에 눕게 한 다음 칼로 그녀의 옷을 갈갈이 찢어냈다. 그리고 그녀를 강간하기 시작했다.

소녀는 처음에는 고통스러운 표정이다가 조금 지나자 환희의 표정을 지으면서 쾌감의 극치에 이른 신음소리를 내기 시작했다.

「금지야! 빨리 나와 봐! 이상한 사람들이 찾아왔어!」

민주가 뛰어들어오면서 소리치는 바람에 금지는 놀라서 얼른 화면을 끈 다음 밖으로 나가보았다.

현관 밖에는 인상이 별로 좋지 않은 남자 두 명이 서 있었다. 금지는 그 방해꾼들을 곱지 않은 눈으로 쳐다보았다.

「어디서 오셨어요?」

「경찰입니다.」

뒷주머니에서 신분증 같은 것을 꺼내 슬쩍 보여주고 나서 도로 집어넣어버린다.

금지는 의아해서 뚱보와 안경 낀 남자를 쳐다보았다. 두 사람 다 활동하기에 편리한 점퍼와 사파리복 같은 것을 입고 있었다. 행색은 초라해 보였지만 눈빛만은 무엇 하나 놓치지 않겠다는 듯 날카롭게 번득이고 있었다.

나는 죄 지은 거라곤 포르노 필름 본 것밖에 없으니까 불안해 할 필요는 없겠지. 금지는 이렇게 생각하면서 안경 너머로 괴상한 동물들을 바라보듯 눈을 반짝이면서 형사들을 바라보았다.

「여기가 유남지 씨 댁입니까?」

「네, 그렇습니다.」

「유남지 씨 집안에 있습니까?」

「없는데요.」

「허탕쳤구먼.」

이 집을 찾느라고 애를 먹었다고 하면서 안경 낀 형사가 한숨을 내쉬었다.

「어디 갔어요?」

「모르겠습니다.」

「언제 나갔어요?」

「어제 나가서 아직 안 들어왔습니다.」

도대체 무슨 일인지 얼른 판단이 안 섰기 때문에 그녀는 바른 대로 말할 수밖에 없었다.

「어디 갔어요?」

「그건 모르겠습니다.」

그녀는 또박또박 대답했다.

「아가씨는 유남지 씨하고 어떤 사이죠?」

「동생인데요.」

「저 아가씨는?」

뚱보가 턱으로 민주를 가리켰다.

「제 친구인데요.」

「안에 좀 들어가봐도 되죠?」

금지가 뭐라고 말하기도 전에 형사들은 집안으로 밀고 들어왔다.

「아저씨, 잠깐만!」

금지가 형사들을 불러세웠다.

형사들은 고등학생으로 보이는 조그만 아가씨를 쳐다보았다.

「무슨 일인지 용건을 말씀해 주실 수 없겠습니까? 용건도 말씀하시지 않고 이렇게 함부로 들어오신다는 건 이해할 수가 없어서 그럽니다.」

형사들은 어이없다는 듯이 그녀를 쳐다보다가 피식 하고 웃었다. 당돌한 아가씨이군. 그들의 표정은 이렇게 말하고 있었다.

「우리는 유남지 씨를 찾고 있어요. 중요한 형사사건에 관련되어 있기 때문에 찾고 있어요.」

「운동권 학생이기 때문에 그런가요?」

「그런 것 하고는 상관없어요. 언니는 운동권에서 일하고 있나?」

「잘 모르겠어요.」

「어떤 게 언니 방인가요?」

금지가 턱으로 남지의 방을 가리키자 그들은 거침없이 그 방으로 들어갔다.

뚱보가 방안을 뒤지는 동안 안경은 대강 집안을 살펴보고 있었다.

집이래야 20평 남짓 했기 때문에 여기저기 둘러볼 것도 없었고 숨어 있을 만한 데도 없었다.

그 집은 남지네의 유일한 재산이었다. 남지 아버지가 아무것도 남기지 않고 일찍 세상을 떠나는 바람에 남지의 어머니 허 여사는 월급을 한 푼 두푼 모아 이 집을 장만했던 것이다. 세 남매가 방을 하나씩 필요로

할 정도로 장성하자 그녀는 한쪽에 방을 하나 더 들여놓았고, 그래서 작은 방까지 합쳐 방이 모두 네 개나 되었다. 그런데 큰아들이 군인이 되어 집을 떠나는 바람에 지금은 방이 하나 남아돌고 있었다. 그렇다고 남에게 세를 주기도 마땅찮고 해서 세 식구가 그 집을 모두 사용하고 있었다.

「학생은 고등학교에 다니고 있나?」

안경이 갑자기 반말로 물었다.

금지는 불쾌한 표정으로 고개를 흔들었다.

「대학생이에요.」

민주가 곁에서 키득거리면서 말했다.

「그래요? 꼭 고등학생 같은데.」

「좀 어려보이는 데다 단발머리를 해서 그래요.」

「몇 학년이에요?」

「2학년이에요.」

「어느 대학에 다녀요?」

「S대에 다니고 있어요.」

민주가 뿌루퉁해 있는 금지를 대신해서 대답했다.

「그래? S대면 공부를 아주 잘 하는 모양인데.」

「네, 수재에요.」

「호오…… 무슨 과이지?」

「철학과예요.」

「철학? 아아, 철학을 전공하고 있단 말이지.」

안경은 의외라는 듯 고개를 끄덕이다가,

「언니는 어느 학교에 다니고 있어요?」

하고 물었다.

「Y대에 다니고 있습니다.」

금지는 퉁명스럽게 대답했다.

「무슨 과 몇 학년이에요?」

「불문과 4학년입니다.」

그것은 제주도에서 이문자가 말해준 유남지의 학적과 일치했다.

안경은 전화를 좀 쓰겠다고 하더니 어디론가 전화를 걸었다.

「안 형삽니다.」

「응, 어떻게 됐어?」

광대뼈의 목소리가 수화기를 울렸다.

「없습니다. 어제 집을 나가서 아직 안 들어왔답니다. 저흰 여기 있을 테니까 학교로 애들을 보내보십시오. Y대 불문과 4학년이 맞습니다.」

「알았어.」

「그쪽은 어떻습니까?」

「마나님이 목욕하고 있는 중이야.」

무슨 말인지 알쏭달쏭한 말을 한 다음 광대뼈는 전화를 끊었다.

금지를 대신해서 민주가 차를 끓여가지고 나왔다.

안경은 빨간 불이 켜져 있는 비디오 박스를 쳐다보았다. 텔레비전 화면은 꺼져 있었다. 그는 텔레비전 수상기 앞으로 다가가 스위치를 눌러 보았다.

「엇! 이거 뭐야?」

컬러 화면을 보는 순간 그는 깜짝 놀라 소리쳤다. 그 소리를 듣고 뚱보 형사가 거실로 급히 나와보았다.

「화면은 꺼져 있는데 비디오에는 불이 들어와 있더라구. 그래서 켜봤더니 이런 게 나오잖아. 이 여대생들이 신나게 보고 있는데 우리가 방해를 놓은 것 같아. 안 그래?」

안경이 고개를 돌려 쳐다보자 금지와 민주는 얼굴을 붉히면서 몸둘 바를 몰라했다.

「급히 끈다는 게 텔레비전만 껐나보군.」

뚱보가 비웃는 표정으로 쳐다보며 말하자 여대생들은 아무 대꾸도 못한 채 고개를 떨구었다.

「요새 여대생들 보통이 아니야. 포르노 안 본 여대생이 없다고 하던데 정말이야. 이래 가지고 시집들을 가니 결혼해서 더 이상 배울 거 없잖아. 안 그래?」

안경이 여대생들에게 묻자 금지는 아예 몸을 돌려버렸고, 민주는 불만스러운 듯 손톱을 물어뜯기 시작했다.

화면에서는 거한이 십대 소녀를 뒤에서 능욕하고 있었다. 남자의 큰 물건이 마치 피스톤처럼 규칙적으로 움직이고 있는 동안 소녀는 소리를 지르면서 나뭇잎을 쥐어뜯고 있었다.

「이봐, 학생은 이름이 뭐지?」

안 형사가 턱으로 민주를 가리켰다.

「서민주예요.」

「같은 학교에 다니나?」

포르노나 보고 있는 여대생들이니 경멸해도 좋다고 생각했는지 완전히 반말이다. 민주는 조그맣게 〈아뇨〉하고 대답하고 나서 입술을 깨물었다.

「그럼 어느 학교에 다니지?」

「H대에 다니고 있어요.」

「무슨 과야?」

「전 연극영화과예요.」

118

「그럼 앞으로 영화배우가 되겠구먼?」

「글쎄요.」

「영화배우가 되려면 이런 것도 많이 봐야지.」

뚱보가 음흉하게 웃으며 빈정거렸다.

「저 학생 이름은 뭐지?」

돌아서 있는 금지를 안경이 턱으로 가리켰다.

「유금지에요.」

「유금지, 나 좀 보자구. 그쪽 보지 말고 이쪽을 보라구.」

명령조의 말에 금지는 하는 수 없이 몸을 돌려 안경을 쳐다보았다.

뚱보가 짓궂게 볼륨을 높이는 바람에 실내에는 여자의 숨넘어가는 듯
한 신음소리가 가득했다.

「아버지는 무슨 일을 하고 있지?」

「안 계십니다.」

「그럼……?」

「어릴 때 돌아가셨습니다.」

「아, 그래. 그럼 생활비는 누가 벌지?」

「엄마가 벌고 있어요.」

「그래? 엄마가 무슨 일을 하시는데?」

「국민학교 교사이세요.」

「아, 그래? 대단하시군. 아주 훌륭한 어머님을 두셨군.」

안경은 허 여사에 대해 자세히 캐어물었고, 금지는 숨김없이 또박또
박 대답해 주었다. 안경은 필요한 것을 수첩에다 일일이 적었다.

「몇 시에 집에 돌아오시지?」

「보통 6시 좀 지나면 돌아오십니다.」

형사들은 그녀의 가족사항에 대해서도 꼬치꼬치 캐어물었다. 그들은

그녀의 오빠가 사관학교를 나와 장교로 군에 복무하고 있다는 말을 듣고는 조금 놀라는 표정을 짓기도 했다. 그러다가 결국은 남지에 대해서 다시 묻기 시작했다.

「우리는 제주도에서 왔어. 언니를 만나려고 제주도에서 일부러 비행기를 타고 왔어. 언니의 증언이 필요하기 때문에 빨리 언니를 만나지 않으면 안돼. 언니 있는 곳을 알면 숨기지 말고 빨리 말해줘야겠어. 숨는다고 해서 일이 해결되는 것도 아니니까 빨리 우리하고 만날수록 본인한테는 유리하다구. 언니 지금 어디 있지? 집에 왔었지?」

금지는 불안한 얼굴로 형사들을 쳐다보면서 가만히 고개를 흔들었다.

「안 왔어요.」

「그럼 있는 데는 알고 있겠지?」

「모릅니다.」

「거짓말하지 마!」

갑자기 뚱보가 소리치는 바람에 그렇지 않아도 불안해 하고 있던 그녀는 소스라치게 놀랐다.

「거짓말하면 잡아갈 거야!」

「저, 정말 모릅니다.」

「전화 오지 않았어?」

「오지 않았습니다.」

그녀는 가슴이 쿵쿵거려 아프기까지 했다. 비로소 언니가 혹시 자기 찾아온 사람 없었느냐고 물었던 것이 어떤 의미가 있는 말이었음을 알게 되었다.

「이 아가씨, 생긴 것은 그렇게 안 생겼는데 거짓말을 잘 하는군. 안 그래?」

뚱보가 금지의 어깨를 넓적한 손으로 툭 치면서 민주에게 말했다.

120

「아니에요. 이 애는 정말 착해요.」

「거짓말하지 마! 착하긴 뭐가 착해!」

민주가 손을 잡아주면서 말하자 금지는 어깨가 아픈지 거기에다 손을 갖다대면서 급기야 훌쩍거리기 시작했다.

그것을 보고 민주는 약이 오른 표정으로 말했다.

「전 친구니까 직접적으로 상관은 없지만…… 도대체 무슨 일로 그러시는 거예요? 남지 언니한테 무슨 일이 생겼나요?」

안경이 고개를 끄덕였다.

「형사사건에 관련되어 있다고 말했잖아. 그 정도로만 알고 있는 게 좋아. 별로 좋은 건 아니니까. 어차피 알게 될 거지만…….」

「형사사건이 뭐예요?」

민주의 당돌한 물음에 형사들은 어이없다는 듯이 웃어보였다.

「대학생이 형사사건도 몰라? 형사사건은 민사사건하고 달라서 형법의 적용을 받게 돼요. 위반한 사람은 입건이 되고 재판을 받아야 해. 감옥에도 가게 되고…… 심하면 사형까지 받는다구.」

민주는 사뭇 걱정스러운 얼굴로 고개를 끄덕이다가 금지를 대신해서 또 고집스럽게 물었다.

「남지 언니가 무슨 죄라도 지었나요?」

「죄를 지었는지 안 지었는지 그건 우리도 아직 몰라. 만나보면 알겠지. 그러니까 죄가 없으면 우리하고 빨리 만나서 의혹을 풀어야 한다구. 지금 자기 딴에는 피한답시고 피하고 있는 모양인데 그래 봤자 자기가 어디로 갈 거야? 아무리 도망쳐봤자 부처님 손바닥 안에서 노는 거라구. 도망칠수록 의혹만 사게 되니까 피곤하게 굴지 말고 빨리 집으로 돌아오라고 해요. 자수하는 것 하고 도망치는 것 하고는 같은 죄라도 그 질에 있어서 큰 차이가 난다구. 도망쳤다가 잡히면 정상 참작의 여지도 없기 때문에 중형을 받게 된다구. 언니한테서 연락이 오든가 연락이 되면 잘 말하라구. 잘못하다가는 학교도 못 다니게 되고…… 결국 인생을 망치게 된다구. 지금 훌쩍거리고 울고 있을 때가 아니라구. 대낮에 학생들이 포르노나 보면서 히히덕거리고 있을 때가 아니라구. 포르노 감상도 음란퇴폐물 단속법에 걸리는 거야. 이것만으로도 입건 대상이 돼. 이봐, 민주라고 했지? 민주 아버지는 직업이 뭐야?」

「변호사예요.」

「뭐라구? 변호사라구?」

형사들은 정색을 하고 민주를 쳐다보았다.

「네, 변호사예요.」

인형처럼 생긴 민주는 그들이 왜 놀라는지 이해할 수 없다는 듯 두 눈을 깜박거렸다.

「아버지 성함이 어떻게 되지?」

「그건 말씀드릴 수 없어요. 우리 아빠한테 전화 걸려고 그러시는 거죠?」

형사들은 의미있는 시선을 교환하고 나서 고개를 흔들었다. 그런 다음 남지의 방으로 다시 들어가 여기저기를 뒤지기 시작했다.

금지는 눈물을 닦고 나서 화면을 노려보았다.

화면에서는 상황이 바뀌어져 있었다. 소녀가 남자의 배 위에 올라앉아 열심히 엉덩방아를 찧고 있었다. 소녀는 재미있어 하는 표정으로 남자를 내려다보고 있었다.

금지는 텔레비전 수상기 앞으로 다가가 스위치를 껐다. 비디오까지 끄고 나서 테이프를 꺼내 민주에게 던지면서,

「앞으로는 이런 거 가져오지 마! 가져오기만 하면 화장실에 넣어버릴

거야!」

하고 쏘아붙였다.

「흥, 잘 감상하고 나서 뭘 그래. 아주 좋아하던데 그래.」

「뭐라고?」

「아, 아니야. 안 가져올게. 난 성교육 좀 시켜줄려고 했는데.」

민주는 손을 흔들고 나서 남지의 방으로 가보았다.

「얘, 빨리 가봐! 저 사람들이 막 뒤져! 뭐 훔쳐갈지도 모르잖아. 가짜 형사일지도 모르고.」

방에서 뛰쳐나온 민주가 귀에다 대고 속삭이자 금지는 형사들 대하기가 정말 싫었지만 하는 수 없이 언니 방으로 가보았다.

남지 방은 한마디로 난장판이 되어 있었다. 책상이며 침대, 방바닥은 온갖 것들로 널부러져 있어서 발디딜 틈이 없을 정도였다.

형사들은 미안해 하는 기색이라고는 조금도 없이 닥치는 대로 아무것이나 꺼내보고 있었다. 그리고 꺼내봤으면 본래대로 제자리에 돌려놓으면 좋으련만 무슨 심보들인지 그렇게 하지를 않고 아무 데나 던져놓는 것이었다. 그러니 방안이 뒤죽박죽 될 수밖에 없었다.

그들의 그 뻔뻔스러움에 화가 치밀었지만 금지는 한마디 항의도 못한 채 잠자코 그들의 하는 짓거리를 지켜보고만 있었다. 도대체 그들이 무엇을 찾고 있는지 그녀로서는 알 수가 없었다.

「야아, 이거 보라구.」

앨범을 넘기고 있던 뚱보 형사가 안경을 부르자 그는 어깨 너머로 그것을 넘겨다 보고는 아예 그것을 나꿔채서 들여다보았다.

「정말 미끈한데.」

「팔등신 미녀야.」

비키니 수영복 차림의 젊은 여자 사진들을 탐욕스러운 눈으로 쳐다보면서 뚱보는 군침까지 흘리는 것 같았다.

「금지, 이리 와봐.」

안경이 명령하듯 말했다.

금지는 방바닥에 널부러져 있는 물건들을 밟지 않도록 조심하면서 안으로 들어갔다.

「이거, 언니 앨범인가?」

그녀는 말없이 고개만 끄덕였다. 안경은 비키니 차림의 여자 사진들을 손가락으로 짚어 보였다. 그것은 한 인물의 사진들이었다.

「그럼 이 아가씨가 언니인가?」

그녀는 또 고개만 끄덕였다.

「남지란 말이지?」

뚱보가 두 눈을 반짝이며 물었다. 금지는 안경보다도 그가 더 밉살스러웠다. 그래서 대꾸도 하지 않은 채 다른 곳으로 시선을 돌려버렸다.

「남지가 친언니야?」

뚱보가 그녀의 팔을 나꿔채면서 물었다. 금지는 마지못해 조금 끄덕이기만 했다.

「이 아가씨가 갑자기 벙어리가 됐나. 질문을 하면 고개만 끄덕이지 말고 분명히 대답하라구. 알았어?」

뚱보가 두 눈을 부라리자 금지는 금방 겁먹은 표정이 되었다.

「네…….」

그녀는 모기소리만하게 대답했다.

「같은 형제라는데 왜 이렇게 달라보이지?」

형사들은 볼품없이 생긴 금지와 사진에 나와 있는 팔등신 미녀를 번갈아 비교해 보면서 아무래도 이해할 수 없다는 듯 고개를 갸우뚱거렸다.

금지는 그들 자매를 놓고 형제가 너무 달라 보인다는 말을 수없이 들어왔었는데, 그런 말은 그녀가 제일 싫어하는 말이기도 했다. 언니는 이렇게 잘생겼는데 너는 왜 그렇게 못생겼느냐…… 이것이 그들이 하고 싶어하는 말의 진짜 뜻이라는 것을 그녀는 잘 알고 있었던 것이다.

「야아, 굉장한 미녀인데. 언니가 이렇게 미인인 줄 몰랐어.」

뚱보는 거듭 감탄하면서 사진을 들여다보고 있었다.

그것을 보고 안경이 핀잔을 주었다.

「염 형사, 이런 거 처음 봤어? 노총각이 미녀 사진을 한번 보더니 환장을 하는구먼. 자, 아예 가지라구.」

안경은 앨범을 통째로 그에게 안겨 주었다.

염 형사는 히죽거리면서 앨범을 받아들더니 다시 또 그 사진들을 탐욕스러운 눈으로 들여다본다.

「그만 좀 보라구. 사진 닳아지겠어.」

「아니야. 보면 볼수록 아주 근사하고 멋진 아가씨야. 빨리 만나보고 싶은데 어딜 갔지?」

넓적한 손으로 사진을 쓰다듬는 것을 보고 금지는 더 이상 견딜 수가 없었다.

「사진을 소중히 다뤄주세요.」

염은 히죽 웃었다.

「내가 사진을 훼손했나? 언니가 아무리 예뻐도 사진까지 찢어먹지는 않을 테니까 걱정하지 말아요.」

그 사진은 대학 2학년 여름방학 때인가 남지가 친구들과 함께 강릉 경포대에 놀러가서 찍은 것이었다. 혼자 찍은 독사진으로 그녀는 짙은 녹색의 비키니 수영복을 입고 있었는데, 중요한 부위만 아슬아슬하게 가린 것이라 그렇지 않아도 뛰어난 몸매가 더욱 돋보이고 있었다.

크게 뽑은 사진 하나는 푸른 바다를 배경으로 활짝 웃고 있는 모습을 찍은 것이었다. 볼륨이 넘치는 늘씬한 몸매와 활짝 웃고 있는 얼굴, 바람에 날리는 머리칼, 그리고 그 뒤로 펼쳐져 있는 푸른 바다가 서로 조화를 이루어 좀처럼 눈을 뗄 수 없게 만드는 그런 사진이었다.

모래밭에 비스듬히 드러누워 눈을 감고 있는 사진도 있었고, 물 속에 서서 두 손을 높이 쳐든 사진도 있었다. 뒷모습을 보이며 바다 쪽을 향해 서 있는 사진도 있었는데 가는 허리와 풍만한 엉덩이가 더없이 육감적인 자태를 이루어내고 있었다.

「사진을 몇 장 가져가야겠어. 언니 사진이 없어서 수배하는데 애를 먹고 있는데 잘 됐어. 몇 장 골라내라구.」

안경의 말에 뚱보는 기다렸다는 듯이 앨범에서 사진들을 떼어내기 시작했다. 다른 사진들도 많은데 하필이면 비키니 차림으로 찍은 것들만 골라내고 있었다.

「다른 사진 가져갈 수 없습니까? 언니가 알면 가만 안 있을 텐데요.」

금지가 울상이 되어 말하자 안경이 뚱보에게 다른 사진들을 골라보라고 타이르듯이 말했다. 그는 마지못해 옷을 입고 찍은 사진 두 장과 비키니 수영복 차림으로 찍은 사진 두 장을 골라서 주머니 속에 집어넣었다.

「돌려줄 테니까 걱정하지 말아요.」

뚱보는 앨범의 뒷부분을 넘기다 말고 움직임을 멈췄다.

「이 사람, 누구지?」

뚱보가 사진을 손가락으로 짚어보이며 금지를 돌아보았다. 그녀가 가까이 다가오지 않고 먼 발치에서 쳐다보자 그는 버럭 소리를 질렀다.

「거기 서 있으면 이게 보이나? 가까이 오란 말이야!」

금지는 깜짝 놀라면서 뚱보 쪽으로 걸어갔다. 그리고 그가 짚어보이는 사진 속의 남자를 응시했다.

그것은 처음 보는 사진이었다. 산속에서 산장을 배경으로 찍은 사진이었는데, 함박눈이 쏟아지고 있는 가운데 남지가 어떤 남자와 팔짱을 낀 채 웃고 있었다. 두 사람 다 두툼한 파카에 털모자를 쓰고 있었고 몹시 다정해보이기까지 했는데, 남자 쪽은 꽤 나이 들어보이는 것이 중년은 된 것 같았다. 지난 겨울에 언니가 지리산에 다녀온 것은 알고 있었다. 누구와 함께 지리산에 갔었는지, 그것은 알 수 없었는데, 이제야 상대가 누구였는지 알 것 같았다. 고시파 애인은 분명 아니었다. 애인이 있으면서 다른 중년남자와 놀아나다니! 아무튼 언니의 바람기는 알아주어야 한다.

「이 사람 누구야?」

뚱보의 살찐 손가락이 중년남자를 가리켰다.

「모르겠습니다.」

언니를 괴롭히던 김 사장이라는 사람은 아닐 것이라고 금지는 생각했다. 그렇게 싫어하는 사람과 함께 산에 갔을 리는 없다.

「1월 1일에 찍은 사진이군.」

사진에 나와 있는 날짜를 가리키면서 안경이 말했다.

「다정해 보이는 것이 애인 같아. 남자는 나이가 들어보이는 것이 유부남 같고.」

「요새 여대생들, 유부남하고 연애하는 거 보통이지 뭐.」

「그런 말 하지 마. 나 같은 노총각은 그런 말 들으면 속이 뒤집힌다구.」

염 형사가 눈을 흘기자 안 형사는 실실 웃기만 했다.

「지난 1월 1일에 언니는 어디 갔었지? 어디 갔었는지, 그건 알 거 아니야?」

「지리산 간다고 했습니다. 아마 거기에 갔다왔을 겁니다.」

「누구하고 간다는 말 못 들었나?」

「학교 서클 애들하고 간다고 했습니다.」

안경은 안경을 고쳐 끼고 나서 뚱보의 귀에다 대고 속삭였다.

「이 남자 말인데…… 남지하고 제주도에 함께 간 자 아닐까? 프런트 맨이 말한 인상하고 비슷하게 생겼다구.」

「글쎄, 그런 것 같은데.」

「반장한테 보여줘야겠어. 지금 최종오의 집에 가 있으니까 그쪽으로 가봐야겠어.」

안경은 금지 쪽으로 시선을 돌렸다.

「최종오라는 이름 들어봤나?」

「못들어 봤습니다.」

「이 사진도 수사가 끝날 때까지 우리가 좀 보관해야겠어. 사진은 틀림없이 보내줄 테니까 걱정하지 말라구.」

안경은 앨범에서 사진을 거침없이 떼어낸 다음 다시 차례대로 앨범을 넘기기 시작했다.

「어? 여기도 함께 찍은 사진이 있는데…….」

안경이 가리키는 사진을 보고 뚱보는 의미심장하게 고개를 끄덕였다.

「보통 사이가 아닌 게 분명해.」

그 사진 역시 남지가 그 중년남자와 함께 찍은 것으로, 두 사람은 등산 때 찍은 것보다 더 다정한 포즈를 취하고 있었다.

역시 겨울에 찍은 듯 눈이 내리고 있었고, 그들이 서 있는 뒤로 절이 보이고 있었다.

두 사람은 코트 차림이었고, 남지는 중년신사의 팔짱을 꼭 낀 채 웃고 있었다. 아마 산사(山寺)가 있는 곳으로 놀러갔다가 찍은 듯했다. 사진에 찍혀 있는 날짜를 보니 1월 28일이었다.

중년남자는 지적인 분위기를 보여주고 있었다. 생김새로 보아 평범한 월급쟁이는 아닌 듯했다.

금지는 안경이 그 사진까지 떼어내는 것을 잠자코 지켜보기만 했다. 안 된다고 거절할 용기도 없을 뿐 아니라 거절한다고 해서 그들이 들어줄 것 같지도 않았기 때문이다.

앨범의 마지막 장을 넘기고 난 안 형사는 광대뼈에게 전화를 걸었다.

광대뼈가 유난히 튀어 나온 조 반장은 인상이 독해 보였다.

휴대용 전화기의 벨이 울리자 그는 얼른 안테나를 잡아뽑으면서 그것을 귀에다 갖다댔다.

「반장님, 안 형삽니다!」

「무슨 일이야?」

「아직 그 집에 계십니까?」

「음, 목욕하고 있어서 아직 만나지도 못 했어.」

「안 됐군요. 지금 그쪽으로 가겠습니다. 보여드릴 게 있습니다.」

「뭔데 그래?」

「유남지가 어떤 중년신사하고 찍은 사진이 두어 장 있는데…… 아무래도 최종오 같습니다.」

「그래, 그럼 그거 가지고 빨리 오라구. 한 사람은 거기 있어야지.」

「염 형사를 대기시키겠습니다. 거기 위치가 어떻게 됩니까?」

조 반장은 위치를 대강 일러주고 나서 전화를 끊었다.

거의 한 시간 가까이 그는 부하 형사와 함께 최종오의 집 거실에 앉아 있었다. 중년의 가정부 말에 의하면 주인 아주머니가 지금 목욕중이니까 기다려달라는 것이었다.

삼십 분이 지났을 때 광대뼈는 더 참지 못하고 가정부에게 빨리 좀 주인 여자를 불러달라고 재촉했다. 가정부는 2층으로 올라갔다가 내려오더니 더 기다려야 한다고 말했다. 그리고 또다시 반 시간 가까이 지나고 있었던 것이다.

그 집은 빌라였는데, 90평이나 되기 때문에 엄청나게 넓은데다 복층으로 되어 있었다. 주인 여자는 2층 욕실에서 목욕을 하고 있는 것 같았다.

「아주머니, 이 집 식구가 몇이나 됩니까?」

「단 두 식구예요. 딸은 미국에 유학가 있고, 두 부부만 살고 있어요.」

형사들은 두 눈을 휘둥그렇게 떴다.

「아니, 이렇게 큰 집에서 그래 단 두 식구만 살아요? 세도 주지 않고 말인가요?」

「세가 어딨어요. 이 집도 작다고 그러는데요.」

가정부는 위층으로 올라가는 계단 쪽을 힐끗 쳐다보면서 목소리를 낮추어 말했다.

「도대체 이 빌라는 몇 평짜린가요?」

「90평이라고 그러던데요.」

「어휴, 그래요? 이건 완전히 운동장인데 그래. 구 형사는 집이 몇 평이지?」

광대뼈가 부하 형사 쪽을 쳐다보면서 물었다.

「건평이…… 한 20평 될 겁니다. 주택인데…… 대지는 50평쯤 되구요.」

「가족은 몇 명이지?」

「아홉입니다. 아주 오래 된 집입니다. 삼십 년 넘게 살아왔는데……
비가 오면 빗물이 새고, 벽이 금방이라도 무너질 것처럼 집이 한쪽으로 기울어져 있습니다. 새로 하나 지어야 하는데 형편이 안 돼서 그냥 그러고 있습니다.」

「어휴, 20평 집에서 아홉 식구가 어떻게 살지? 무슨 식구가 그렇게 많아?」

구 형사는 제주도 토박이 출신이었다. 넓적한 얼굴에 떡 벌어진 작달막한 몸집을 가진 그는 서른두 살로 말수가 적고 조용한 편이었다. 그래서 그림자라는 별명이 붙어다니고 있었다. 동자가 보이지 않을 정도로 눈이 작아 어떤 경우에도 얼굴에 표정이 거의 나타나지 않는 것이 특징이라면 특징이었다.

「할머니하고 부모님, 아직 결혼하지 않은 동생이 두 명, 그리고 제 처에다 자식이 둘이니까 모두 아홉 식구이죠. 딸만 둘이라 자식을 하나 더 낳고 싶어도 겁이 나서 못 낳고 있습니다.」

「그렇겠는데. 거기다 대면 난 궁궐에서 살고 있는데.」

「반장님은 몇 평에서 살고 계십니까?」

「난 30평 아파트에 식구는 넷이야. 90평 빌라에 단 두 식구가 살면서 그것도 좁다고 하는 집이 있는가 하면…… 20평 집에 아홉식구가 우글거리며 살고 있는 집도 있고……. 하여간 이 세상은 너무 불공평해. 저기, 아줌마, 도대체 이 집 남자는 무슨 일을 하고 있나요? 이런 집에서 사는 걸 보니까 돈을 아주 잘 버나보죠?」

「대학 교수래요.」

눈치가 빠르고 남의 말 하기 좋아하는 가정부는 계단 쪽을 살피면서 재빨리 속삭였다.

「그래요?」

형사들은 다시 한 번 놀랍다는 표정으로 가정부를 쳐다보았다.

「대학 교수치고는 돈을 아주 잘 버나보죠?」

「잘 벌기는요. 사모님이 다 버시지 선생님은 일전 한푼 집에 안 가져 오시나 봐요.」

그때 위에서 가정부를 부르는 앙칼진 목소리가 들려왔다.

「아줌마! 좀 올라와봐요!」

「네, 올라갑니다.」

가정부는 허둥지둥 나무계단을 올라갔다.

「안으로 들어와봐요!」

욕실 안에서 황무화가 말했다.

가정부는 조심스럽게 욕실문을 밀고 안으로 들어갔다.

「이거, 아줌마가 부쉈죠?」

무화는 벌거벗은 채 대형 거울 앞에 서서 헤어드라이어를 쳐들어 보였다. 그녀의 큼직한 젖가슴이 흔들리고 있었다.

「아, 아닌데요.」

「아니긴 뭐가 아니에요! 여기 걸어놨었는데 이게 저절로 깨졌단 말이에요? 말해봐요! 이게 저절로 깨졌어요? 깼으면 깼다고 솔직히 말할 것이지 거짓말은 왜 해요? 어쩌다가 깼어요? 아줌마, 이거 가지고 머리 말리다가 깨먹은 거죠?」

「아, 아니에요. 청소하다가 그만 떨어뜨렸는데…… 그렇게 쉽게 깨질 줄 몰랐어요. 죄송합니다. 앞으로는 조심하겠습니다.」

「참, 미치겠네.」

무화는 쓰레기통 속에 헤어드라이어를 처넣은 다음 두 손을 허리에 걸치면서 가정부 앞에 버티고 섰다.

「아줌마, 도대체 왜 그러세요? 이런 일이 한두 번이에요? 내 물건에 손대지 말라고 몇 번이나 말했어요! 제 말이 말 같지 않아요?」

「아, 아닙니다. 제가 잘못했습니다. 다시는 이런 일이 없도록 조심하

132

겠습니다. 죄송합니다.」

「어휴, 정말 성질 같아서는 당장 새 사람을 쓰고 싶지만 미운정 고운 정 다든 처지에 그럴 수도 없고……. 앞으로는 정말 조심하세요. 한 번만 또 이런 일이 있으면 그때는 아줌마 가만두지 않을 거예요. 알았 죠?」

「네, 알았습니다. 감사합니다.」

「등이나 좀 밀어줘요.」

무화는 조그만 플라스틱 의자 위에 엉덩이를 올려놓았다. 엉덩이가 하도 풍만해서 의자가 거기에 가려 보이지가 않았다.

가정부는 수건에다 비누칠을 한 다음 그것으로 무화의 기름진 등을 정성들여 문지르기 시작했다.

「그 사람들 아직도 있어요?」

「네, 사모님 만나보지 않고는 그냥 돌아갈 것 같지 않아요.」

「어느 경찰서에서 왔대요?」

「모르겠어요.」

「경찰이 확실해요?」

「네, 그런가 봐요. 형사들 같아요.」

가정부는 남편 때문에 지금도 형사들에게 시달리고 있는 처지라 그들 이 어떤 사람들인지를 어느 정도는 알고 있었다.

그녀의 남편은 사기범으로 현재 경찰의 수배를 받고 있었는데, 형사 들이 거의 매일이다시피 집으로 찾아와서는 남편의 행방을 대라고 추궁 하는 바람에 그녀는 형사라고 하면 넌덜머리를 내고 있었다.

「무슨 일로 왔는지 물어봤어요?」

「네, 물어봤는데 알 필요 없다고 하면서 사모님만 자꾸 찾아요.」

「무슨 일이지?」

무화는 혹시 자신이 형사들의 방문을 받을 만한 짓을 하지 않았는지 곰곰 생각해 보았다. 굳이 따진다면 적지않은 부동산 투기가 문제가 될 수도 있겠지만, 그거야 어떻든 합법적으로 처리한 것들이고, 부동산 투기가 유행병처럼 번지고 있는 터에 자신만이 문제가 될 이유는 없다는 생각이 들었다. 설사 문제가 생긴다 해도 배경이 든든하기 때문에 조금도 걱정할 필요는 없다.

「그 사람들 온 지 얼마나 됐지요?」

비누질한 몸에 샤워물을 뿌리며 그녀가 물었다.

「한 시간 넘었어요.」

「아이, 귀찮아. 왜 하필이면 목욕할 때 찾아와 가지고는……. 가운 좀 갖다줘요.」

그녀는 타월로 몸을 닦고 나서 머리를 대강 빗었다. 얼굴에 크림을 바른 다음 가정부가 가져온 가운과 팬티 중에서 가운을 먼저 집어들었다. 가운을 입고 나자 팬티를 입는다는 것이 거추장스럽게 생각되었다. 그래서 팬티는 버려둔 채 짙은 자주색 가운의 허리를 띠로 묶기만 했다.

아래층에서 기다리고 있는 형사들을 만나기 위해 계단을 내려가면서 그녀는 묘한 흥분을 느꼈다. 팬티도 입지 않은 채 가운 차림만으로 남자 손님을 만나보기는 처음 있는 일이었다.

계단을 중간쯤 내려갔을 때 낯선 남자들의 시선이 그녀 쪽으로 쏠리는 것을 보고 그녀는 가운만으로 가려진 자신의 알몸이 그대로 고스란히 비쳐보이는 것만 같아 몸을 조금 움츠렸다. 그러나 이내 가슴을 내밀고 허리를 꼿꼿이 세운 채 안방 마님답게 우아한 걸음걸이로 계단을 내려갔다.

「미안합니다. 목욕중이라서 빨리 못 나왔습니다.」

남자들은 일어서서 무뚝뚝하게 그녀를 맞았다.

광대뼈가 대표로 그녀에게 명함을 건네주었다.

「강력계 조 반장입니다. 」

그녀는 명함을 받아들고 찬찬히 들여다보았다.

「제주도에서 오셨나요?」

「네, 그렇습니다. 」

제주도에서 형사가 파견되어 올 정도라면 심상치 않은 일인 모양이라고 생각하면서 그녀는 소파에 주저앉았다. 형사들도 그녀를 마주 보고 자리에 앉았다.

「아줌마, 차 좀 가져오세요.」

「우리는 먼저 마셨습니다.」

광대뼈가 사양했다.

「다른 차 한 잔 더 하세요. 」

「그럼 주스 같은 거 있으면 한 잔 주십시오.」

「저도 그걸로 주십시오.」

하고 구 형사가 말했다.

무화는 커피를 시킨 다음 오른쪽 다리를 들어서 왼쪽 다리 위에 포개 놓았다.

가운 자락이 양쪽으로 벌어지면서 허연 넓적다리가 드러났다. 그것을 보고 형사들의 시선이 조금 흔들리는 것 같았다.

여자가 가운 차림으로 방문객을 맞은 것을 보고 광대뼈는 속으로 몹시 불쾌하게 생각하고 있었다. 그런 터에 이번에는 보란 듯이 넓적다리까지 보이며 다리를 포개는 것을 보고는 그는 이 여자가 교양 같은 것하고는 담을 쌓은 막돼먹은 여자일지도 모른다는 생각이 들었다. 대학교수의 부인이 이 정도인가 하고 생각하니 한숨이 나오려고 했다.

「담배 태우시죠.」

그녀가 양담배를 꺼내 형사들에게 한 대씩 권했다.

「방금 피웠습니다.」

형사들은 담배를 사양했다.

무화는 혼자서 담배에 불을 붙인 다음 능숙하게 연기를 허공에다 내뿜었다. 그리고 도도한 태도로,

「무슨 일로 오셨나요?」

하고 물었다.

광대뼈는 목이 칼칼해지는 것을 느끼고 헛기침을 몇 번 했다.

「다름이 아니고…… 이 집이 최종오 씨 댁이 맞습니까?」

이미 가정부한테 확인한 사실이었지만 다시 한 번 분명히 확인해 보기 위해 물어보았다.

「네, 그렇습니다.」

그녀는 똑 떨어지는 분명한 어조로 대답했다.

「그럼 아주머니는 어떻게 되십니까?」

「전 그 양반 와이프예요.」

「아, 그렇습니까.」

광대뼈는 고개를 끄덕이면서 속으로 와이프 좋아하네 하고 중얼거렸다. 아내라고 하면 될 걸 왜 꼭 돼먹지 못하게 와이프라고 하는지 모르겠단 말이야. 빌어먹을. 그는 역겨움을 참으면서 가정부가 가져온 주스잔을 집어들었다.

「아주머니 성함은 어떻게 되십니까?」

「저 말인가요? 전…… 황무화라고 해요.」

그림자는 곁에서 그녀의 말을 수첩에다 부지런히 적고 있었다.

「최종오 씨는 무슨 일을 하고 계십니까?」

「프로페서예요.」

136

「네? 뭐라구요?」

형사들은 도대체 무슨 말인지 모르겠다는 듯 눈들을 껌벅거렸다.

무화는 비웃는 듯한 미소를 흘리면서,

「대학 교수예요.」

하고 말했다.

「아, 그게 대학 교수라는 말입니까. 그럼 그렇게 말씀하실 것이지 왜 영어로 말씀하십니까.」

「그건 상식 아니에요.」

그런 상식도 모르느냐는 말투에 광대뼈는 메스꺼움을 느꼈다.

「우린 한국말밖에 모르거든요. 그리고 배운 것이라고는 범인을 색출하는 것밖에 없습니다. 미처 못 알아들어서 미안합니다.」

갑자기 분위기가 냉각되면서 잠시 어색한 침묵이 흘렀다.

그림자가 답답하다는 듯 몸을 움직거리더니,

「어느 대학 교수입니까?」

하고 조심스럽게 물었다.

「Y대 교수예요.」

「그렇습니까.」

형사들의 시선이 뜨겁게 마주쳤다.

「전공이 뭡니까?」

광대뼈의 찢어진 두 눈이 독수리처럼 변하고 있었다.

「불어불문학이에요.」

그녀는 여전히 도도하게 말했다.

「그럼 불문과 교수입니까?」

「네, 그래요. 불문학 박사이구요. 그런데 무슨 일로 그러시는 거죠? 무턱대고 묻기만 하시니까 몹시 궁금한데요.」

그녀는 포개고 있던 다리를 풀었다가 이번에는 그것을 바꾸어서 다시 포갰다. 그 바람에 아까보다 허벅지가 더 드러났다.

「Y대 교수에다 불문학 박사이시라면…… 대단하시군요. 그런 줄 미처 몰랐습니다.」

「우리 최 박사한테 무슨 일이 생겼습니까?」

우리 최 박사라는 말이 형사들의 귀에는 아주 어색하게 들렸다.

「수사중이기 때문에 자세한 것은 말씀드릴 수 없습니다. 차차 알게 될 겁니다. 별것은 아니고…… 최 교수님을 만나 몇 마디 물어볼 게 있어서 그럽니다.」

광대뼈는 그 부분에서 몹시 조심스러운 태도를 보였다. 이런 사건은 아주 미묘한 것인 만큼 잘못 지껄이다가는 한 가정을 파탄시킬 수도 있기 때문이었다.

「그럼 제주도에서 일부러 이렇게 우리 최 박사를 만나러 오신 건가요?」

그녀는 담배를 끄고 나서 팔짱을 끼었다. 형사들을 쳐다보는 그녀의 두 눈은 의혹에 차 있었다.

「네, 그렇습니다. 최 교수님 지금 어디 있습니까?」

「글쎄요. 아마…… 학교에 가셨겠지요.」

「전화 좀 쓰겠습니다.」

광대뼈는 그림자에게 지시했다.

「C조에 전화 좀 걸어.」

그림자는 즉시 C조에게 전화를 걸었다. C조는 유남지를 찾기 위해 Y대학교로 달려간 팀이었다.

「최 교수님 귀가시간은 보통 언제쯤입니까?」

광대뼈가 무화에게 물었다. 그녀는 새 담배에 불을 붙이고 나서 조금

138

뜸을 들이다가 대답했다.

「글쎄요. 일정하지가 않아요.」

「전화 나왔습니다.」

구 형사가 송수화기를 조 반장에게 넘겼다.

「아, 나 반장인데…… 그 학생 어떻게 됐어?」

「오늘 학교에 오지 않았답니다. 물론 어제도 출석하지 않았습니다.」

「나중에 학교에 나올지 모르니까 계속 찾아보라구. 캠퍼스가 좀 넓어.」

「알겠습니다.」

「그리고 말이야, 최종오 씨는 같은 대학 프로페서로 밝혀졌어.」

「네? 뭐라구요?」

「프로페서란 말이야. 프로페서도 몰라?」

「무슨 말씀인지 잘 모르겠는데요. 혹시 프로페셔널 아닙니까?」

광대뼈는 힐끗 무화 쪽을 쳐다보았다.

그녀는 모욕감으로 얼굴 표정이 굳어지고 있었다.

「뭐라구? 프로페셔널은 또 뭐야? 그게 아니고 대학 교수란 말이야. 프로페서도 모르다니 한심하군. 그런 건 상식이야, 상식. 알았어?」

「네, 알겠습니다. 그러니까 최종오가 Y대 교수란 말씀이죠?」

「그래. 불어불문학과 교수야. 그 학생하고 같은 과야. 빨리 최 교수를 찾아봐. 지금 학교에 있을지도 모르니까.」

「알겠습니다. 즉시 찾아보겠습니다.」

「신병 확보하는 대로 연락하라구. 박사시라니까 정중히 모셔.」

「알겠습니다. 지금 학교는 학생들 데모 때문에 난장판입니다.」

「어휴, 그놈의 데모…….」

광대뼈는 송수화기를 내려놓고 나서,

「데모 진압 안 하기 다행이지.」

하고 중얼거렸다.

무화는 굳은 표정으로 입을 앙다물고 있었다. 그녀가 감정을 최대한 억제하고 있음을 알 수가 있었다.

그런 그녀를 관찰하면서 조 반장은 속으로 쾌재를 부르고 있었다.

감정을 잔뜩 흥분시켜 놓은 다음 교란시키면 성질이 급한 사람들은 대부분 자제력을 잃고 해서는 안 될 말도 불쑥 토해 낸다.

「어제 최 교수님…… 어디 있었습니까?」

말수가 적은 그림자가 물었다.

무화는 당황하는 표정이 되었다.

「어제요? 잘 모르겠어요.」

「잘 모르다니요?」

구 형사의 조그만 두 눈이 반짝거렸다.

「최 교수님, 어제 집에 들어오셨나요?」

조 반장이 독수리 같은 눈으로 쏘아보면서 물었다.

무화는 사실대로 말해야 할지 아니면 거짓말을 해야 할지를 몰라 머뭇거리다가 결국,

「아, 안 들어오셨는데요.」

라고 대답했다.

「그랬을 테죠.」

형사들은 이미 알고 있었다는 듯 고개를 끄덕였다.

「그저께는 들어오셨나요?」

「아뇨.」

그녀는 천천히 고개를 흔들었다. 그녀의 얼굴에 분노의 빛이 서서히 드러나고 있었다.

140

그때 인터폰의 부저가 울렸다. 가정부가 재빨리 인터폰을 들자 경비원의 목소리가 들려왔다.

「방금 경찰이 올라갔습니다. 신분증 확인하고 올려보냈습니다.」

조금 있자 차임벨소리가 요란스럽게 들려왔다.

가정부는 재빨리 텔레폰을 통해 누구냐고 물었다. 화면에는 출입문 밖에 서 있는 사람의 얼굴이 뚜렷이 나타나 있었다.

안경을 낀 별로 인상이 좋지 않은 남자가 담배를 꼬나문 채 미간을 찌푸리고 있었다.

「누구세요?」

가정부는 그동안 주인 여자한테서 귀가 따갑도록 교육받은 대로 충실히 이행하고 있었다.

「경찰입니다.」

가정부는 주인 여자한테 다가가 경찰이 왔다고 보고 했고, 무화는 이미 와 있는 형사들을 한 번 쳐다보고 나서 고개를 끄덕였다.

「들어오라고 해요.」

안 형사는 땀냄새를 풍기며 거실로 들어왔다.

「어휴, 무슨 집이 이렇게 크지? 이건 집이 아니라 운동장인데.」

거실을 가로질러 오며 휘둥그런 눈으로 집안을 살펴보는 그를 보고 광대뼈와 그림자는 미소를 지어 보였다.

소파로 다가와 엉덩이를 붙이는 그에게 조 반장이 말했다.

「인사드려. 이 댁 사모님이야.」

「아, 그렇습니까. 제주도에서 온 안 형삽니다. 아주 좋은 집에서 사십니다.」

무화는 고개만 까닥해 보였다.

「이 집 사모님이시면…… 그럼 최종오 씨하고는……?」

「두 분은 부부 사이야.」

하고 광대뼈가 퉁명스럽게 말했다.

「아, 그렇습니까.」

안경은 주머니 속에 들어 있는 사진을 꺼내려다 말고 곤혹스러운 표정을 지었다. 남자가 여대생하고 바람이나 피우고 다니는 것으로 보아 이놈의 집구석도 집만 크다 뿐이지 실속은 없군. 여편네도 글래머에다 미인인데 왜 바람을 피우는 거지. 하긴 뭐 오래 살을 비비다 보면 신물이 나겠지.

「그리고 최종오 씨는 Y대 교수야. 그것도 불어불문학과 교수야. 불문학 박사이시고.」

안경의 입이 절로 벌어졌다. 그는 두 눈을 깜박거리다가 무화 쪽을 한번 힐끗 쳐다보고 나서 흘러내린 안경을 밀어올렸다. 그리고 가라앉은 목소리로,

「그렇습니까. 그게 또 그렇게 되는군요.」

하고 중얼거렸다.

그렇다면 자기가 담당하고 있는 학과의 제자하고 놀아난 게 아닌가. 제길헐. 요지경 속이군. 이 여편네는 그걸 알고 있을까.

「최 교수님은 지금 어디 있습니까?」

「행방이 묘연해. 사모님께서도 모르시는 모양이야. 그 학생은?」

「어제 나가서 아직 안 들어왔습니다. 동생만 만나보고 왔습니다.」

「학교에도 없는 모양이야.」

「두 사람이 아직 붙어다니고 있는 모양이죠?」

그렇게 말해놓고 나서 안경은 아차했다. 아니나 다를까, 무화의 두 눈이 번득이고 있었다. 이상한 말을 듣고 결코 그냥 지나칠 리가 없는 그녀였다.

「두 사람이 붙어다니다니, 그게 무슨 말씀이죠?」

날카로운 물음에 형사들은 입을 다물었다.

「말씀해 주세요. 그게 무슨 말씀이죠?」

무화 쪽에서 오히려 형사들을 추궁하듯 물었다.

「아, 아닙니다. 우리들끼리 그냥 해본 말입니다.」

「방금 말씀하신 두 사람이란'바로 최 박사와 여학생을 가리키는 말이 아닌가요? 최 박사가 여학생하고 붙어다니고 있나 보죠?」

형사들은 얼른 대답하지 않고 그녀의 눈치만 살폈다.

그녀의 얼굴에 다시 표독스러운 표정이 나타나고 있었다. 형사들이 대답하지 않자 그녀는,

「흥, 그건 이미 예상하고 있었던 일이에요.」

하고 말했다.

「그렇습니까.」

안 형사는 고개를 끄덕이다가 그녀에게 잠시 자리를 좀 비켜줄 수 없느냐고 물었다.

그녀가 2층으로 올라가자 안 형사는 사진 몇 장을 꺼내 탁자 위에 펴놓았다.

「남지 양 방에서 가져온 겁니다.」

조 반장은 맨 먼저 비키니 수영복 차림으로 찍은 사진을 집어들었다.

「이 아가씨가 유남지인가?」

「그렇습니다.」

「대단한 미녀인데 그래.」

「네, 상당한 미녀입니다. 이 사진을 한번 보십시오.」

안 형사는 최 교수와 유남지가 겨울 산행 때 찍은 사진을 가리켰다.

「동생 말이 지난 겨울에 언니가 지리산에 갔었다는데…… 거기 가서

찍은 사진 같습니다. 아주 다정해보이지 않습니까? 동생한테 이 남자가 누구냐고 물었더니 잘 모르더군요.」

조 반장은 그 사진을 뚫어지게 들여다보고 있다가,

「이 자가 바로 최 교수 같은데…….」

하고 중얼거렸다.

「또 있습니다.」

조 반장은 안 형사가 집어주는 사진을 받아서 잔뜩 호기심어린 눈으로 들여다보았다. 그 사진 역시 유남지와 그 중년남자가 어느 절 앞에서 찍은 것이었다.

「팔짱을 다정하게 끼고 있는 것이 연인 같지 않습니까.」

「정말 그런데요.」

구 형사가 곁에서 고개를 끄덕였다.

「이 사진들을 저 부인한테 보여서 한 번 확인해 보죠. 최 교수가 맞는지 말입니다.」

「만일 이 자가 최 교수가 맞다면, 저 부인 눈이 뒤집힐 텐데 어쩌지? 잘못하다가는 큰 부부 싸움이 될 텐데 말이야. 가정 파탄을 초래할지도 모른단 말이야.」

조 반장이 선뜻 응하려고 하지 않는 것을 보고 안 형사는 못마땅한 표정을 지었다.

「뭐 그런 것까지 우리가 고려할 필요가 있습니까. 부부 싸움을 하든 가정 파탄이 나든 그건 두 사람이 알아서 할 일이고, 우리는 지금 당장 이 자를 확인해야만 하지 않습니까. 그래야만 수사를 할 수 있지 그렇지 않으면…….」

조 반장이 손을 흔들어 그의 말을 제지했다.

「그래서는 안 된다구. 우리가 수사를 핑계로 해서 남의 가정까지 파

144

탄시켜서는 안 된다구. 가정이란 우리가 어떻게 해서든지 지켜주지 않으면 안 될 보루라구. 이 자가 범인이라면 또 몰라도 그렇지 않을 경우 괜히 남의 가정에 평지 풍파를 일으킬 필요는 없잖아.」

「반장님두 차암, 너무 인도적이시군요. 남자가 바람 피우고 있는 사실을 덮어준다고 해서 그 가정이 온전하게 유지될 것 같습니까. 차라리 까발겨서 따끔한 맛을 보게 하는 게 나을 겁니다.」

「그렇지 않아. 남자가 바람 피우는 건 흔히 있을 수 있는 일이야. 그건 남자의 속성이야. 그렇다고 해서 가정을 버린다거나 하지 않아. 물론 그런 사람도 있긴 하지만, 그건 극소수이고 대부분은 바람을 피우면서도 직장과 가정에 충실해. 최 교수도 아마 그럴 거란 말이야. 그리고 또 하나…… 이 사진만 보고 두 사람이 연인 관계라고 단정하는 것도 무리가 많아. 연인 관계인지 스승과 제자 사이인지 이것만 보고 어떻게 단정을 내리느냐 말이야. 스승과 제자라는 순수한 관계에서도 이런 사진은 얼마든지 찍을 수 있는 거 아니야.」

「그렇다면 두 사람이 제주도까지 날아가서 호텔에 투숙했다는 것은 어떻게 해석할 수 있겠습니까? 이미 그것으로 두 사람의 불륜 관계가 드러난 것 아닐까요?」

「글쎄…….」

조 반장이 곤혹스러운 표정을 짓는 것을 보고 안 형사는 한마디 더 덧붙였다.

「아까 부인 말이 최 교수가 여학생하고 붙어다니는 것은 이미 예상하고 있었던 일이라고 했습니다. 그렇게 말하는 것으로 보아 최 교수가 바람 피우고 있는 걸 어느 정도는 알고 있는 것 같았습니다. 그렇다면 이런 사진을 보인다고 해서 쇼크를 받는다거나 하지는 않을 것 같은데요.」

「집안에 최 교수 사진이 있는지 한번 찾아 보죠. 집에 있는 사진하고 이 사진하고 비교해 보면 부인한테 굳이 물어보지 않아도 확인이 가능하지 않겠습니까.」

구 형사가 슬그머니 자기 생각을 이야기했다.

「그렇지 않아도 나도 그런 생각을 했는데…… 보다시피 남자 사진이 없어. 하나쯤 벽에 걸려 있을 만한데 부인 사진만 보인단 말이야. 앨범에 따로 보관하고 있는지는 몰라도 최 교수로 생각되는 남자 사진은 보이지 않아.」

조 반장은 장식장과 벽면을 가리켜 보였다.

장식장에는 크고 작은 사진 액자들이 세워져 있었는데 황무화와 딸의 사진들뿐이었다. 벽에 걸려 있는 대형 액자에도 무화의 웃는 모습을 찍은 사진이 끼워져 있었다.

「그러고 보니까 남편 되는 사람 사진은 한 장도 없군요. 이상한데요. 방안을 한번 살펴볼까요?」

안 형사가 몸을 일으켰을 때 계단 쪽에서 슬리퍼 끄는 소리가 들려왔다.

「잠깐 기다리세요. 사진은 얼마든지 보여드릴 수 있어요.」

황무화가 계단을 내려오면서 말했다. 위에서 형사들이 주고받은 이야기를 들은 것 같았다.

구 형사가 서둘러 탁자 위에 놓여 있는 사진들을 정리하는 것을 눈여겨보면서 가까이 다가온 그녀는,

「사진 좀 보겠어요.」

하면서 마치 매가 병아리를 채가듯이 구 형사의 손에서 사진을 나꿔채 갔다.

「어? 그거 보시면 안 되는데요.」

146

구 형사가 당황해서 그것을 도로 빼앗으려고 하자 조 반장이 말렸다.

「아, 그만둬. 이왕 이렇게 된 거, 마음대로 보게 해드려.」

무화는 숨을 죽인 채 사진을 하나하나 뚫어지게 들여다보고 있었다.

얼굴은 파랗게 질려 있었고, 사진을 들고 있는 손끝은 바들바들 떨리고 있었다. 이윽고 그 얼굴이 분노와 증오로 일그러지더니 급기야,

「더러운 인간 같으니!」

하는 욕설이 입에서 튀어나왔다.

그녀는 씨근덕거리면서 사진을 노려보고 있었다. 두 눈은 무섭게 번득이고 있었고, 금방 발작이라도 일으킬 듯이 안절부절 못 하고 있었다.

형사들은 어느 정도 각오는 하고 있었지만 그녀의 그 같은 살기어린 표정을 보고는 속으로 적잖게 놀라고 있었다.

「그 사진에 있는 남자 분이 최 교수 맞습니까?」

물어볼 필요도 없는 것이었지만 그녀의 입을 통해 분명히 확인받고 싶었기 때문에 안 형사가 물었다.

「맞아요. 더러운 자식!」

그녀는 발작적으로 사진을 찢어 발겼다. 그것을 보고 조반장이,

「무슨 짓이야!」

하고 소리쳤다.

안 형사와 구 형사가 달려들어 사진을 빼앗았지만 이미 사진은 성한 것 하나 없이 모두 찢겨져 있었다.

그녀는 찢겨진 일부를 입 속에 틀어넣고 씹어대기까지 하고 있었다. 그것은 마치 저주스러운 상대의 살점을 씹어대는 것만 같아 소름이 끼치기까지 했다.

형사들은 최 교수라는 인물한테 문제가 있는 것이 아니라 오히려 이 여자한테 문제가 있을지도 모른다고 생각했다.

「빌려 온 사진인데 이렇게 찢으면 어떡해요! 그리고 이건 중요한 증거물이 될지도 몰라요! 부인이 이렇게 교양없는 줄은 몰랐어요. 정말 형편없구먼.」

조 반장은 화를 벌컥 내면서 몸을 일으켰다. 그리고 분을 삭이려는 듯 실내를 왔다갔다 했다.

「개 같은 년!」

무화의 증오심은 이제 남지 쪽으로 향하고 있었다.

자신이 사진을 찢은데 대해서 형사들이 화를 내고 있는 것 따위에는 전혀 관심도 없는 것 같았다.

「찢어죽일 년! 만나기만 해 봐라! 개 같은 년!」

너무 흥분하고 있었기 때문에 그녀는 가운 자락이 양 옆으로 벌어져 허벅지가 완전히 드러나고 음부까지 아슬아슬하게 보이고 있는 것도 미처 모르고 있었다.

「부인…… 옷이…….」

구 형사가 난처한 표정으로 하체를 가리키자 비로소 그녀는 아래를 내려다보았다. 그러나 별로 부끄러워하지도 않고 옷자락으로 허벅지 사이를 가렸다.

「부인, 이렇게 된 이상 숨기거나 하지 말고 이야기해 주십시오. 최 교수의 여자 관계를 이미 알고 있었습니까?」

조 반장이 진지한 눈으로 그녀를 쳐다보았다. 그러나 그녀는 거기에는 대답하지 않고,

「이 사진 어디서 났어요?」

하고 물었다.

「그 여대생 집에서 발견했습니다. 돌려주기로 하고 잠시 빌려온 겁니다.」

148

안 형사가 말했다.

「그년 집이 어디에요? 그년 이름이 뭐예요? Y대 불문과 학생 맞죠? 그렇지 않아도 그년을 만나려던 참이었어요. 학교로 찾아가서 작살내려던 참이었어요. 개 같은 년!」

그녀는 말끝마다 개 같은 년이니 찢어죽일 년이니 하고 욕을 해댔다. 그것을 보고 형사들은 으리으리한 집에 살고 있다고 해서 결코 인격을 갖추고 있는 것은 아니구나 하고 생각했다.

그녀는 거듭해서 유남지의 이름과 집을 알려 달라고 요구했지만 형사들은 그것만은 거절했다.

「그년하고 동거생활하고 있는 게 틀림없어요! 그러니까 집에 안 들어오는 거예요!」

「최 교수가 집에 안 들어오고 있습니까?」

새로운 사실에 형사들은 똑바로 그녀를 쳐다보았다.

「안 들어온 지 오래 됐어요.」

「언제부터 안 들어왔습니까?」

「석 달 가까이 됐어요. 작년 연말에 집을 나가서는 아직 안 들어오고 있어요. 차라리 죽어버릴 것이지 이런 식으로 사람 속을 뒤집어놓을 게 뭐야. 두 연놈을 간통으로 집어넣겠어요.」

그 말에 형사들은 웃었다.

「집안에 왜 최 교수 사진이 한 장도 걸려 있지 않을까 하고 이상하게 생각했는데…… 이제 어느 정도 그 이유를 알 것 같군요.」

「제가 모두 치웠어요. 꼴도 보기 싫어서 치웠어요. 이제 우린…… 남남이나 같아요. 법적으로 이혼수속만 안 밟았다 뿐이지 실질적인 부부관계는 이미 끝났어요. 치사한 인간! 대학 교수까지 만들어주니까 이제 와서 딸 같은 기집애하고 놀아나고. 간통죄로 두 연놈을 고소하겠어요! 그것들을 지금 당장 잡아넣으세요! 부탁이에요!」

조 반장이 손을 들어 흔들었다.

「우린 간통 같은 것은 관심없습니다. 그런 건 손대지 않습니다.」

「망할 것들! 어디 두고 보자!」

분을 이기지 못해 씩씩거리며 이를 가는 그녀를 보고 최 교수가 과연 이 여자를 감당해낼 수 있었을까 하고 조 반장은 생각했다.

「간통은 간통이고 체포하고 싶어도 행방을 모르니 체포할 수가 없습니다. 최 교수가 갈만한 곳 혹시 모르십니까?」

「몰라요. 알면 제가 지금까지 이러고 있겠어요.」

「그럼 최 교수는 집을 나가서 지금까지 어디서 숙식을 해결했죠?」

「모르겠어요. 겨울방학중이었기 때문에 그동안 학교에도 나가지 않아 찾을 수가 없었어요. 방학도 끝나고 해서 그렇지 않아도 학교에 한 번 찾아가 볼 생각이었는데…… 이젠 다 끝났어요. 사람 같지 않은 인간하고 더 이상 결혼생활해 봐야 뭐 하겠어요. 차라리 혼자 사는 게 낫지.」

「그동안 최 교수한테서 무슨 연락 같은 것은 없었나요?」

「없었어요. 한 번도……. 아주 못된 인간이에요. 그런 인간을 남편이라고 지금까지 받들어온 내가 바보지.」

그녀는 한숨을 푹푹 내쉬었다.

「최 교수께서는 왜 집을 나가셨나요?」

그녀가 자기 남편을 형편없게 취급할수록 형사들은 오히려 최 교수에게 경칭을 사용했다.

「그거야 뻔하잖아요. 젊은 여대생한테 홀딱 빠져서 가출한 거예요.」

「시댁은 어디 있습니까?」

「전라도에서도…… 택시도 안 다니는 산골에 있어요. 지리산 무슨 마을이라는데…… 전 딱 한 번 가봤어요. 화장실에다 돼지를 기르더라구요. 전 이틀 동안 화장실을 못 갔어요. 요즘 세상에 그런 집이 있더라구요. 그런 데서 태어나서 프랑스에 유학까지 다녀오고…… 대학교수까지 됐으니…… 미꾸라지 용 됐죠 뭐.」

그녀는 입을 삐쭉거리면서 말했다.

「정말 그렇군요. 최 교수가 일류 대학 교수까지 되는 데에는 부인의 힘이 컸던 모양이죠?」

그녀는 담배에 불을 붙인 다음 연기를 허공에다 길게 내뿜었다.

「우리가 빠리에서 만났을 때…… 그 인간은 거지나 다름없었어요. 못 먹어서 영양실조에 걸려 있었고…… 피골이 상접해서 차마 마주 바라볼 수가 없을 정도였어요.」

그녀는 파리 유학시절에 만난 최 교수의 참담했던 모습과 그 생활에 대해서 갑자기 장황하게 늘어놓기 시작했다. 그리고 자기와 만남으로써 비로소 최 교수가 안정된 삶을 찾을 수 있게 되었고, 자신의 헌신적인 뒷바라지에 힘입어 그가 마침내 박사학위까지 받게 되었다는 것, 화려한 결혼식과 금의환향, 귀국 후 Y대 강단에 그를 세우기까지의 고충 등을 자세히 이야기했다.

「그야말로 부인이 아니었으면 오늘의 최 교수가 존재하지 않았겠군요.」

「아마…… 그대로 두었으면 유학생활도 마치지 못하고 세느 강에 투신 자살했을 거예요.」

「호오, 그랬었군요. 그렇게 훌륭하게 뒷바라지를 해주셨는데도…… 그걸 모르고 부인의 마음을 아프게 해드리고 있군요. 남자들이란 참…….」

조 반장의 말투 속에는 조소어린 기미가 깃들어 있었지만 그녀는 너무 흥분한 나머지 그것도 모른 채 악에 받친 소리만 쏟아냈다.

「배신자의 말로가 어떤 것인지 보여주고 말겠어요. 개 같은 인간!」

그녀는 사진을 다시 한 번 보자고 말했다. 형사들이 절대 안 된다고 하자 다시는 찢거나 하지 않을 테니 제발 한 번만 더 보여달라고 애걸했다. 그래서 형사들은 다짐을 받고 나서야 사진을 도로 꺼내 주었다.

「이 기집애가 틀림없어요!」

최 교수와 함께 나란히 찍은 사진들을 뚫어지게 노려보면서 그녀가 말했다.

「뭐가 틀림없다는 겁니까?」

「지난 겨울에 호텔에서 한 번 본 적이 있어요. 시청 앞에 있는 P호텔이었는데…….」

그 이야기를 할 때 그녀의 두 눈은 광기로 번득이고 있었다. 형사들은 흥미있게 귀를 기울이고 있었다.

「…… 둘이서 글쎄, 그렇게 반색할 수가 없었어요. 거기에 함께 있다가는 눈치만 보일 것 같아서 난 먼저 집으로 돌아와 버렸어요. 난 최 박사가 금방 뒤따라올 줄 알았는데, 그게 아니고 이튿날 새벽에야 술에 취해서 들어오더라구요. 그때까지 고 기집애하고 어디서 뭘 했는지는 뻔한 거 아니에요.」

「그래서 대판 싸우셨겠군요?」

안 형사가 물었다.

「한바탕했죠.」

그녀는 거칠게 성냥불을 켰다. 그럴 때의 그녀의 모습은 꼭 남자 같아 보였다. 그녀는 허공에다 담배연기를 후우후우 하고 내뿜고 나서 다시 입을 열었다.

「자기 남편이 밤새도록 기집애하고 뒹굴다 왔는데 가만 있을 여편네가 어디 있어요. 그때 한바탕 싸우고 나서 집을 나가더니 아직까지 안 들어왔어요.」

「최 교수께서 이혼을 요구하지 않았나요?」

날카로운 질문에 그녀는 몸을 한 번 가늘게 떨었다.

「뻔뻔스럽게 헤어지자고 하기에 난 하도 억울해서 그럴 수 없다고 했어요. 잘 먹여서 예쁘게 길러 놓은 강아지가 나중에 주인을 배신하고 다른 사람한테 간다면 좋아할 사람이 어디 있겠어요. 차라리 그 강아지를 죽여서 보신탕으로 끓여먹는 게 낫지 두 눈 뜨고 다른 사람한테 가는 거 어떻게 보겠어요. 다른 사람한테 가서 꼬리 흔드는 거 보면 눈깔 나오지 않겠어요.」

「하지만 최 교수님은 강아지가 아니지 않습니까.」

구 형사의 말에 다른 형사들이 킬킬거리고 웃었다.

「강아지는 아니지만 배신한 건 마찬가지 아니에요. 이렇게 된 이상 이혼이 문제가 아니에요. 이왕 끝장난 김에 완전히 이 사회에서 매장시켜버리겠어요. 고 기집애도 사람들 동원해서 작살내버리고 말겠어요. 사람을 뭘로 알고…….」

형사들은 사뭇 놀랍다는 듯이 그녀를 쳐다보았다.

「흥, 나를 잘못 봤지. 내가 이렇게 억울하게 당한 걸 알면 가만 안 있을 사람이 한둘이 아니에요.」

그녀는 은근히 자신의 배경이 보통이 아님을 과시하고 있었다.

「실례지만 친정은 어딥니까?」

「전 대구예요. 대구에서는 우리 친정집 모르는 사람이 없어요.」

그녀는 자랑스럽게 말했다.

「그렇습니까? 대구라면 저도 잘 압니다. 한때 거기서 근무했으니까요.」

안경이 그녀의 눈치를 보면서 말을 이끌어냈다.

「그럼 잘 아시겠네요. M호텔 아시죠? 그거 우리 아빠가 하시는 거예요.」

「아, 그렇습니까?」

안경은 두 눈을 깜박거렸다.

「그럼 황두식 씨가 아버님 되시는가요?」

「네, 그래요.」

그녀는 목에 힘을 주면서 거만하게 형사들을 둘러보았다.

안경은 고개를 끄덕이면서 눈빛을 부드럽게 고쳤다.

「황두식 씨가 아버님 되시는군요. 그런 줄 몰랐습니다.」

「잘 아는 사이야?」

조 반장이 못마땅한 듯 물었다.

「잘 아는 사이라기보다는…… 황두식 씨 집안이라면 대구 일대에서는 알아주는 집안이죠. 호텔뿐만 아니라 백화점, 극장, 슈퍼마켓 등 하시는 사업이 꽤 많죠, 아마? 그렇지 않습니까?」

「네, 맞아요.」

그녀는 다리를 바꾸어 포개면서 새 담배를 꺼냈다. 안경이 재빨리 라이터불을 켜서 거기에다 붙여주었다.

「그럼 황진수 씨하고는 남매지간입니까?」

「제 동생이에요. 잘 아세요?」

「아이구, 대구 바닥에서 진수 씨 모르면 간첩이죠. 저도 몇 번 만나본 적 있습니다.」

「어떻게 아는 사이야?」

조 반장이 튀어나온 광대뼈를 어루만지며 불쾌한 듯 물었다.

「하도 유명하니까요. 나중에 말씀드리겠습니다.」

154

안경은 흐물흐물 웃으면서 주먹을 한 번 쥐었다가 폈다. 그런 다음 갑자기 생각난 듯 다른 사진 한장을 꺼내 그녀에게 보였다.

「이 사진 한번 보시겠습니까? 바로 그 아가씨입니다.」

그것은 유남지가 바닷가에서 비키니 차림으로 찍은 사진이었다.

무화는 잡아먹을 듯이 그것을 노려보더니,

「흥, 남자깨나 잡아먹게 생겼네요. 몸매는 잘 빠졌는데요.」

하면서 탁자 위로 도로 던져 놓았다.

안경은 무화네 친정에 대해서 알고 난 뒤부터는 그녀를 대하는 태도가 사뭇 달라졌다. 빈정거리거나 위압적인 태도가 씻은 듯이 사라지고 그대신 조심스럽고 정중해졌다.

황무화가 더 이상 궁금해서 참을 수 없다는 듯 도대체 무슨 일로 최교수를 찾고 있느냐고 다시 따지듯이 묻자 그는 조 반장의 눈치를 보면서 말하기 난처하다는 표정을 지었다.

「사실은 최 교수님이 현재…… 아주 곤란한 입장에 놓여 있습니다. 말씀드리기가 참 거북하군요. 아주 미묘한 사건이라서…….」

조 반장이 눈을 흘기는 것을 보고 그는 말끝을 흐렸다.

「안 형사, 입 다물지 못해? 함부로 나불대지 말라구.」

조 반장이 눈을 부라리자 안 형사는 찔끔해서 어깨를 움츠렸다.

「네, 알겠습니다. 하지만 어차피 알게 될 텐데…….」

「안 돼! 지금은 수사중이란 말이야!」

조 반장의 태도는 단호했다.

그것을 보고 무화가 발끈해서 나왔다.

「전 아직 법적으로 그 사람의 아내에요. 따라서 배우자한테 무슨 일이 일어났는지 알아야 할 권리가 있어요. 무슨 내용인지는 모르지만 …… 무슨 말씀을 해도 그 사람하고는 이미 끝난 사이니까 전 놀랄 것도 없어요. 하지만 내용은 알아야겠어요. 정 말씀해 주시지 않는다면 다른 사람을 통해 알아볼 수밖에 없어요. 경찰 고위층에 아는 사람이 많으니까 얼마든지 알아볼 수 있어요.」

「그럼 그쪽으로 알아보시죠.」

조 반장이 불쾌한 듯이 말하고는 벌떡 자리에서 일어났다.

「여기서 쓸데없이 시간 끌지 말고 가자구.」

구 형사가 조 반장과 안 형사의 눈치를 보면서 일어서자 안 형사도 하는 수 없다는 듯이 몸을 일으켰다. 그리고 조 반장이 밖으로 나가는 것을 기다렸다가 무화에게 재빨리 속삭였다.

「이따가 제가 다시 오든가, 아니면 전화로 말씀드리겠습니다. 우리 반장님은 쓸데없이 고집을 부릴 때가 많아서 말입니다. 실례 많았습니다. 그리고 최 교수님이 집에 돌아오시든가 연락이 있든가 하면 빨리 저희한테 연락주십시오. 피해다니는 것보다는 하루 빨리 경찰을 만나서 문제를 해결하는 것이 좋을 거라고 말씀해주십시오. 시간을 끌수록 본인한테는 그만큼 불리하다는 것을 말씀해주십시오. 제가 가지고 있는 휴대용 전화번호를 적어드릴 테니까 언제라도 연락을 주십시오.」

전화번호를 적어주고 나서 밖으로 나오자 조 반장은 불쾌한 표정을 짓고 있었다.

「그런 여자 붙들고 꾸물거리지 말라구. 구역질나서 혼났어.」

「보통여자가 아닙니다.」

「그 여자 집안이 그렇게 대단하나?」

「대단하죠. 대구에서는 재벌소리를 듣고 있죠. 남동생은 유명한 깡패입니다.」

156

최 교수는 침대 위에 비스듬히 누운 채로 어둠이 내리고 있는 창 밖을 멀거니 바라보고 있었다.

성당의 첨탑이 점점 검은 빛으로 윤곽을 뚜렷이 드러내기 시작하고 있었고, 그 주위에서 날아다니고 있는 비둘기들도 어느새 검게만 보이고 있었다. 갑자기 첨탑에 걸려 있는 종이 댕그렁댕그렁 하고 울리기 시작하자 비둘기떼는 놀라서 사방으로 흩어져 날아갔다.

남지는 최 교수의 가슴에 머리를 올려놓고 있었다. 그리고 한 손으로 그의 배를 쓰다듬으면서 창 밖에 눈을 주고 있었다.

시간의 흐름이 마치 무게를 지닌 실체처럼 몸을 짓누르고 있는 것을 그녀는 아까부터 느끼고 있었다. 그것이 점점 무거워진 나머지 견딜 수 없게 된다면 과연 자신이 어떤 행동을 취하게 될지 그녀는 알 수가 없었다.

최 교수가 전화를 걸기 위해 상체를 조금 일으키자 남지는 그의 가슴 위에서 머리를 내렸다.

「학교에 전화를 좀 걸어봐야겠어.」

모두 퇴근했을지도 모른다고 생각하면서 그는 전화를 걸었다. 그리고 학장실의 여직원이 전화를 받자 학장을 바꿔달라고 말했다. 학장은 아직 퇴근하지 않고 마침 자리에 있었다.

「아니, 어떻게 된 겁니까?」

최 교수의 목소리를 듣자 학장은 신경질적으로 물었다.

「미안합니다. 당분간 학교에 못 나가게 될 것 같습니다. 그렇게 아시고…….」

「최 박사, 이거 보세요. 그게 문제가 아니에요. 조금 전에 형사들이 다녀갔어요. 형사들이 눈에 불을 켜고 최 박사를 찾았어요. 유남지라는 학생도 찾았어요. 도대체 어떻게 된 겁니까?」

이미 예상하고 있었기 때문에 최 교수는 별로 놀라지 않았다.

「아마 가출신고를 받고 그런가 보죠. 아무것도 아니니까 신경쓰실 거 없습니다.」

「뭐라구요? 학교 명예가 걸려 있을지도 모르는데 신경 안 쓰게 됐습니까? 난 솔직히 말해 최 박사 때문에 골치 아파 죽겠어요. 정말이에요.」

「죄송합니다.」

「아무 연락도 없이 학기 초부터 무단으로 그렇게 강의를 빼먹으면 어떡합니까? 댁에 연락했더니 집에 안 들어온 지가 벌써 석 달이나 되었다고 하더군요. 학생들은 연일 최 교수 규탄집회를 열고 최 교수를 몰아내라고 야단들이에요. 교수회의에서는 문제의 심각성 때문에 최 교수의 입장을 본인의 입으로 직접 들어보고 싶어하는데 도대체 연락이 돼야 말이지요. 내일 징계위원회가 열리는데, 강의는 안 하더라도 거기에는 꼭 참석해서 해명할 것은 해명해야 합니다. 그렇지 않으면 최악의 결정이 내려질지도 모릅니다.」

「학교에는 당분간 나갈 수 없습니다.」

「아니, 지금 진심으로 하시는 말씀입니까?」

「네, 진심입니다. 나갈 수 없습니다. 미안합니다.」

하도 어이가 없어 한숨밖에 안 나온다는 듯이 학장이 한숨을 길게 내쉬는 소리가 수화기를 통해 뚜렷이 들려왔다.

「만일 학생들의 요구대로 학교에서 강제로 물러나게 되면 어떡하려고 그럽니까? 나 최 교수를 진심으로 아껴서 하는 말인데…… 일단 강단을 떠나게 되면 두 번 다시 강단에 선다는 것은 거의 불가능합니다. 지금 외국 유명대학 박사학위 소지자가 대학에 들어오지를 못해서 줄서서 있는 거 잘 아시지 않습니까. 최 교수가 나가기 무섭게 자리가 채워질 겁니다. 나가주기를 기다리고 있었다는 듯 말이에요.」

「잘 알고 있습니다. 걱정해 주셔서 감사합니다. 하지만 어떻게 되든 전 상관하지 않겠습니다. 학교에 악착 같이 늘어붙어 있을 생각은 추호도 없으니까요. 언제라도 학교를 떠날 수 있는 준비는 되어 있으니까 너무 저한테 신경쓰지는 마십시오.」

「최 박사, 어떻게 그렇게 말씀하실 수 있습니까? 최 박사는 정말 상식적으로 이해되지 않는 데가 너무 많아요. 그래서 항상 탈이지만…….」

「이번 학기는 쉬고 싶습니다.」

「휴직이란 게 그렇게 마음대로 되는 겁니까? 갑자기 그러시면 학생들 강의는 어떻게 합니까?」

휴직이 당신의 입장을 더욱 불리하게 만들어줄 것이라고 학장이 말했지만 최 교수는 상관하지 않겠다고 대꾸했다.

「알겠습니다. 난 상식선에서 처리하겠습니다. 하지만 결정은 내가 내리는 게 아닙니다. 마음대로 하십시오.」

「미안합니다.」

「그…… 유남지라는 학생, 혹시 지금 최 교수하고 함께 있는 거 아닙니까?」

「…….」

갑작스런 질문에 최 교수는 얼른 대답을 못 하고 머뭇거렸다.

「형사들 말이…… 두 사람이 같이 있을 거라고 하더군요. 그렇습니까?」

「네, 그렇습니다.」

최 교수는 화가 치밀어 무뚝뚝하게 대답했다. 이제 더 이상 숨길 필요가 없다고 생각하자 오히려 마음이 홀가분해지는 것 같았다.

「최 박사, 마지막으로 충고하는데…… 자기가 가르치는 제자하고 그런 짓하면 정말 안 됩니다. 가정도 버린 채 그러시면 어떡합니까?」

「학장, 당신이 상관할 일이 아닙니다. 그건 개인적인 일이니까 상관하지 마십시오.」

「당신이라니? 누구보고 당신이라는 거야?」

거친 숨소리가 들려왔다. 화가 나서 어쩔 줄 모르는 학장의 모습이 눈앞에 어른거리는 것 같았다.

「개인적인 일이라고 하지만 학교 명예가 실추되니까 하는 말 아니요! 교수가 제자하고 놀아나는 바람에 간통으로 고소당했다는 게 알려지면 우리 학교 명예는 뭐가 됩니까! 학생들은 물론이고 학부형, 동창들이 가만 있을 거 같습니까?」

최 교수는 조금 어리둥절했다.

「지금 무슨 말씀을 하시는 겁니까? 누가 간통으로 고소당했다는 겁니까?」

「누군 누구겠소. 형사가 학교까지 찾아온 이유가 뭐겠어요. 형사가 말하지 않아도 빤한 일 아닙니까. 간통이 아니면 형사가 최 박사를 찾아올 이유가 없잖아요. 간통은 친고죄니까 아마 사모님이 고소를 하셨겠지요.」

「참 멋대로 상상하시는군요. 저보다도 더 잘 아시는군요.」

「최 박사가 댁에 안 들어가고 있는 거…… 사모님한테서 다 들어 잘 알고 있어요. 왜 안 들어가고 있는지 그 이유도 들어서 알고 있어요. 어린 제자를 농락하고 있다는 사실이 총장님한테나 이사장님의 귀에 들어가게 되면 어떻게 되는지 내가 말하지 않아도 잘 알겠지요. 난 학장으로서…… 당연히 이런 사실을 위에 보고해야 할 의무가 있어요. 하지만 그렇게 하지를 못하고 있어요. 최 교수를 아끼기 때문이에요. 나중에 일이 터지면 결국 나도 보고 의무를 다하지 못한 책임을 지게

160

되겠지요. 이런 고충을 도대체 알고나 있습니까?」

「상상력이 워낙 풍부하시기 때문에 제 머리로는 도저히 못 따라가겠
습니다. 현기증까지 나는데요.」

「최 박사의 그 냉소는 결국 자기 자신한테 돌아가게 될 거요. 자기 얼
굴에 침뱉지 말아요.」

「저는 가진 게 아무것도 없으니까요.」

전화는 끊어져 있었다.

최 교수는 시트를 걷어내고 침대에서 나와 창가로 다가갔다.

웃음이 나오려는 것을 참으면서 그는 불빛들을 바라보았다.

성당의 첨탑은 어둠 속에 잠겨 그 윤곽을 차츰 잃어가고 있었다.

남지는 침대 위에 비스듬히 누운 채 최 교수의 벌거벗은 뒷모습을 가
만히 눈여겨 보았다. 그의 벌거벗은 뒷모습을 이렇게 찬찬히 바라보기
는 처음이었다. 조금 마른 듯한 몸매에 여기저기 뼈가 튀어나와 있는 것
이 전체적으로 딱딱한 인상을 주고 있었다. 그의 뒷모습은 언제 보아도
외로워 보인다. 왜 그럴까 하고 그녀는 생각했다. 아무튼 그는 처음 보
았을 때부터 행복한 가정의 가장같아 보이지가 않았었다. 어딘가 쓸쓸
하고 몸에 구멍이 뻥 뚫린 것 같은 그런 분위기를 띠고 있었다.

「간통으로 고소당하셨나요?」

남지가 걱정스러운 듯이 물었다. 통화내용 중에서 간통 운운하는 소
리를 듣고 자기나름대로 생각해본 것이었다.

「아니야. 학교로 형사들이 찾아오니까 간통 때문에 찾아온 줄 알았나
봐. 학장은 상상력이 풍부하신 분이야. 남지하고 함께 있느냐고 하기
에 그렇다고 했어. 더 이상 숨길 것도 없으니까.」

「형사들이 이미 학교에도 나타난 모양이죠?」

그녀가 잔뜩 겁먹은 얼굴로 물었다.

「그런가 봐. 그게 그 사람들 직업이니까.」

최 교수는 마치 남의 일처럼 말했다.

「교수님, 학교 떠나시면 안 돼요. 휴직하시면 안 돼요.」

남지는 눈물이 나오려는 것을 참으면서 말했다. 교수님은 과연 나를 언제까지 지켜주실 수 있을까 하고 그녀는 생각했다.

최 교수는 여전히 창 밖만 바라보고 있었다. 그의 말라보이는 뒷모습은 헤아릴 수 없이 많은 것들을 말없이 보여주고 있는 것 같기도 하고 그것들을 거부하고 있는 것 같기도 했다.

「교수님이 경찰을 피하신다는 것은 말도 안 돼요. 경찰을 만나서 사실대로 말씀하세요. 저도 사실대로 말하겠어요.」

「서두르지 않아도 돼.」

그가 천천히 고개를 돌려 그녀를 바라보았다. 그의 두 눈은 심한 사팔뜨기가 되어 있었다. 그것은 그가 애써 감정을 억제하고 있다는 것을 의미했다.

그가 침대 쪽으로 다가왔다. 침대 밑에 무릎을 꿇고 앉았더니 갑자기 그녀를 끌어안고 그녀의 입술에다 키스를 퍼부었다.

「우리가 여기서 헤어지게 되면…… 두번 다시 못 만날지도 몰라…… 이것이 마지막일지도 몰라…… 마지막일지도 모르는데…….」

그의 목이 잠기고 있었다.

남지의 얼굴은 흐르는 눈물로 질퍽하게 젖어 있었다. 그 때문인지 최 교수의 얼굴도 눈물로 얼룩져 있었다.

「헤어지기 싫어요…… 제가 잘못 생각했어요…… 오래오래 함께 있고 싶어요…… 마지막은 싫어요…… 우리 멀리 도망가요…… 아무도 찾아올 수 없는 곳으로 도망가요…….」

남지는 울면서 그의 목을 끌어안고 얼굴을 부벼댔다.

162

「우리는 이제 단둘이 남았어…… 아무도 우리를 도와줄 수도 없고 …… 도움을 청할 수도 없어…… 도움을 청해서도 안 돼…… 우리는 외로운 도망자일 뿐이야…… 하지만 난 조금도 부담이 되지 않아…… 외롭지도 않고…… 부끄럽지도 않아…… 오히려 지금 이 시간이 가장 행복하고…… 이 시간이 남한테 방해받을 까 봐 두려워…….」

「우리 산으로 들어가요.」

「산에 들어가서 원시인처럼 살아볼까?」

「네, 좋아요. 전 얼마든지 할 수 있어요.」

「이 사랑스러운 것…….」

최 교수는 머리를 움직여 그녀의 아랫배에다 입술을 마구 부벼댔다.

「언니! 어떻게 된 거야?」

금지는 남지의 전화를 받자마자 소리부터 질렀다.

「소리지르지 마. 엄마 오셨니?」

남지의 목소리는 의외로 차분했다.

「그래. 오셨어. 도대체 어떻게 된 거야? 형사들이 와가지고 집안을 발칵 뒤집어놨단 말이야! 지금까지 언니 기다리다가 저녁 먹으러 갔어. 이따가 또 올거야. 엄마는 기절하기 직전이야. 형사들이 왜 언니를 찾는 거야? 도대체 무슨 일을 저질렀어? 형사들 보기만 해도 무서워!」

「무서워 할 거 없어. 형사들이 온 걸 가지고 뭘 그래. 엄마 좀 바꿔.」

평소 때 같으면 목소리가 높고 맑을 텐데 지금은 다른 사람 목소리처럼 착 가라앉아 있다.

허 여사는 마당에서 빨래를 걷고 있다가 금지의 다급한 부름을 듣고 안으로 달려들어와 수화기를 받아들었다.

「경찰이 널 찾고 있는데 어떻게 된 거니?」

방망이질을 해대는 가슴을 진정하면서 허 여사는 가만히 물었다. 그녀는 어려운 일을 당하면 오히려 침착해지고 냉정해지는 데가 있었다. 다시 말해 평소 때보다 오히려 강해지는 일면이 있었다.

「엄마, 걱정하지 마세요.」

그렇게 발랄하기만 하던 남지의 목소리가 기어들어갈 듯 작아지는 것을 보고 그녀는 오싹 전율을 느꼈다.

「걱정은 안 해. 넌 현명하니까. 하지만 무슨 일인지는 어미가 알아야 할 거 아니니? 네가 나타날 때까지 형사들이 여기서 밤샘을 할 모양인데…… 난 도무지 그 사람들이 왜 그러는지 모르겠어. 그 사람들 때문에 집안꼴이 말이 아니다. 네가 어려운 일을 당했으면 나한테 상의를 하는 게 당연하고, 내가 도와줄 수 있으면 도와줘야 하지 않겠니.」

「죄송해요, 엄마. 나중에 말씀드리겠어요. 지금은 말씀드릴 수가 없어요. 정 알고 싶으시면 형사들한테 물어보세요.」

「그 사람들도 말 안 해. 제주도에서 온 형사들이라는데…… 너 제주도에 간다고 하더니, 거기서 무슨 사고 저질렀니? 그러기에 제주도 형사가 서울까지 온 거 아니야.」

「엄마, 너무 걱정하지 마세요. 별일 아니에요.」

「별일 아니라면 다행이다만…… 집에는 왜 안 들어오는 거니?」

「엄마, 저 기다리지 마세요. 전 잘 있으니까 걱정하지 마세요. 들어갈 때 되면 들어가겠어요. 하지만 지금은 들어갈 수 없어요. 죄송해요.」

「그럼 학교에도 못 가겠구나?」

「네, 당분간…….」

허 여사의 표정이 흔들렸다. 금지가 곁에서 그녀의 모습을 빤히 지켜보고 있었다.

「집에도 안 들어오고 학교에도 안 간다면 그건 보통문제가 아니구나. 그렇다면 너 지금 피신하고 있는 거 아니니? 그러니까 그런 거 아니야?」

「아, 엄마, 묻지 마세요. 나중에 자세한 거 말씀드리겠어요.」

그녀가 울먹이는 소리로 말했다. 허 여사는 한숨을 내쉬면서 자신에게는 아직 시련이 끝나지 않은 모양이라고 생각했다.

「난 네가 무슨 말을 해도 놀라지 않아. 이미 최악의 경우도 다 생각하고 있으니까 말이야. 그러니까 내 걱정하지 말고 말해봐. 털어놓으면 고통이 반감될 수도 있고, 좋은 수가 생각날 수도 있는 거야. 전화로 이럴 게 아니라 우리 밖에서 만나는 게 어떻겠니? 장기간 외박을 하려면 갈아입을 옷도 필요할 거고 돈도 필요할 텐데…… 어차피 좀 만나야 하지 않겠니?」

「엄마, 그건 안 돼요. 만나고 싶지만 만날 수가 없어요.」

「뭐가 안 된다는 거니? 이 에미를 못 만날 이유가 도대체 뭐니? 에미를 만나면 너한테 도움이 되면 됐지 해가 되는 건 없을 거다.」

「엄마, 그건 알아요. 하지만 엄마가 너무 괴로워 하실 것 같아서 그래요. 엄마, 걱정하지 마시고 평소 때처럼 아무 일 없는 것처럼 마음 편하게 지내세요. 그리고 제 일은 제가 알아서 처리하겠어요. 제가 충분히 처리할 수 있으니까 걱정하지 마세요. 전 엄마 도움 없이도 해나갈 수 있을 만큼 컸어요. 아무 걱정하지 마세요.」

「그래. 그건 알아. 네 일을 네 혼자 힘으로 해결할 수 있다면 그보다 바람직한 일은 없겠지. 당연히 그래야 하고, 나도 그러기를 바란다. 하지만 그런 것보다도…… 그러기에 앞서 엄마는 못 견디게 네가 보고 싶어서 그러는 거야. 넌 이 엄마가 보고 싶지 않니?」

「엄마…… 보고 싶어요…….」

남지가 끝내 참지 못하고 울음을 터뜨리는 바람에 허 여사도 눈시울이 붉어졌다. 그러나 그녀는 눈물을 흘린다거나 하지는 않았다. 조금 목이 잠긴 목소리로 말을 이었을 뿐이었다.

「아무것도 묻지 않을 테니까 얼굴이나 보자꾸나. 돈도 필요할 거고 옷도 갈아입어야 하지 않겠니. 네가 당분간 피해 있어야 한다면 내 도움이 필요할 거다. 너를 숨겨줄 수 있는 사람은 이 세상에서 이 에미 밖에 없다는 걸 알아야 해. 난 무조건 경찰에 자수하라는 말은 하지 않겠다.」

잠시 침묵이 흘렀다. 남지의 마음이 흔들리고 있음을 감지한 허 여사는 부드러운 어조로 남지를 타일렀다.

「엄마, 저도 엄마가 보고 싶어요. 그런데 엄마, 만일 엄마가 경찰을 데리고 나오시면 어떡해요? 만일 그러면 전 죽어버릴 거예요!」

허 여사는 그런 중에서도 웃음이 나왔다.

「난 네 허락없이는 절대 그런 짓 하지 않아. 약속할 테니까 그런 걱정은 하지 않아도 돼.」

「하지만 만일 형사들이 엄마를 미행하면 어떡해요? 미행할지도 모르잖아요.」

「그래. 나도 그 생각을 했어. 하지만 만일 그 사람들이 나를 미행하면 따돌릴 테니까 그건 걱정하지 않아도 돼. 그것까지 생각 못 하는 에미가 아니니까 그런 건 걱정하지 마.」

「엄마, 형사들은 눈에 띄지 않게 아주 교묘하게 미행해요. 미행을 따돌린다는 게 그렇게 쉬운 일이 아니에요.」

「알고 있다. 그러니까 따돌릴 수 없으면 널 만나는 걸 포기하면 되잖니. 그건 걱정하지 마.」

「엄마, 이 전화 혹시 도청당하는 거 아니에요?」

「글쎄⋯⋯.」

「그거 보세요.」

허 여사는 당황하기 시작했다.

「도청까지 하고 있지는 않을 거야. 그 정도라면⋯⋯ 죄가 무거운 사람이거나⋯⋯.」

「아니에요, 엄마.」

「그럼 어떡하지?」

모녀의 통화는 갑자기 조심스러워졌다.

「엄마, 지금 나올 수 있어요?」

「응, 나갈 수 있어.」

「그럼 엄마, 신촌 H대 앞에서 만나요. H대 앞에 오면 K은행이 있는데, 그 옆에 보면 〈멜랑꼴리〉라는 커피숍이 있어요. 거기서 한 시간 뒤에 만나요. 조심하세요.」

허 여사는 남지가 필요로 하는 것이 무엇인지 물어본 다음 전화를 끊었다.

잠시 멍하니 서 있는 그녀를 빤히 쳐다보고 있던 금지가 날카롭게 캐어물었다.

「엄마, 무슨 일이래요?」

허 여사는 고개를 흔들었다.

「말을 안 해서 무슨 일인지 모르겠어. 만나기로 했으니까⋯⋯ 만나보면 알 수 있겠지. 형사들이 오기 전에 빨리 나가야겠다.」

그녀는 서두르기 시작했다. 그것을 지켜보는 금지는 내내 못마땅한 표정이었다.

「만나러 가지 마세요. 엄마 괴롭히기만 하는 언니를 뭣하러 만나러 가세요. 미워죽겠어.」

「심상치가 않아. 웬만한 일 같으면 이야기를 할 텐데 울기만 하고 말을 안 해. 아무래도 보통 일이 아니야.」

「따끔한 맛을 보여줘야 해요. 시집도 안 간 처녀가 사흘이 멀다 하고 외박이나 하고 다니고…… 담배를 피우지 않나…… 술을 마시지 않나…… 그야말로 제멋대로야. 아빠가 계셨으면 그렇게 엉망이 되지 않았을 거예요.」

허 여사는 멈칫하더니 금지를 무서운 눈으로 쏘아보았다.

「다시 한 번 그 따위 말하면 가만 안 둘 거야!」

「흥, 잘해 보세요. 엄마는 언니라고 하면 사족을 못 써!」

그녀는 방으로 들어가더니 문을 쾅 하고 닫았다.

허 여사는 한숨을 내쉬고 나서 가방에다 팬티며 양말, 셔츠, 화장품 같은 것들을 쓸어담았다. 돈도 세어보지 않고 있는 대로 모두 쓸어넣었다.

집을 나서기 전에 방문을 열고 안을 들여다보면서 금지에게 이렇게 말했다.

「형사들이 날 찾으면 볼일이 있어 친척 집에 잠깐 다니러갔다고 말해라.」

「싫어요! 언니 만나러 갔다고 할 거예요!」

「맘대로 해라.」

집 밖으로 나온 그녀는 조심스럽게 주위를 살폈다.

골목에는 형사들의 모습이 보이지 않았다. 그들은 저녁 식사를 하면서 술이라도 한 잔씩 마시는 모양이라고 그녀는 생각했다.

항상 다니는 쪽과 반대 방향으로 걸어갔다. 멀리 돌게 되어 있지만 도중에 형사들을 만날까봐 일부러 그쪽을 택해서 걸어갔다. 걸어가면서도 혹시 미행당하고 있을까봐 자꾸만 뒤를 돌아보곤 했다.

차도로 나와 택시를 잡아탔을 때는 등으로 식은 땀이 흐르는 것이 느껴졌다. 거친 숨을 몰아쉬며 뒤를 돌아보는데 나이 많은 운전사가 〈어디로 모실까요?〉 하고 물었다. 그녀는 그제서야 목적지를 말해 주었다.

택시가 달리는 동안 계속 뒤를 돌아보았지만 뒤따라오는 차들이 많아 미행이 있는지 없는지 알 수가 없었다.

신촌에 있는 H대는 택시로 이십 분 남짓한 거리에 있었다. 그녀는 H대 앞을 지나면서 간판들을 눈여겨 보았다. 〈멜랑꼴리〉라는 간판이 눈에 들어왔다. 그녀는 일부러 학교 앞을 그대로 지나쳐 이백 미터쯤 더 가서 택시를 내렸다.

학교 쪽으로 가지 않고 길을 건너 골목으로 들어갔다. 지리도 잘 모르면서 인적이 드문 골목을 한참 걸어갔다. 가면서 몇 번이고 뒤를 돌아보았지만 미행자는 보이지 않았다. 그런데도 꼭 누가 따라오는 것만 같아 마음이 놓이지 않았다. 그러면서 한편으로 이 나이에 이게 무슨 꼴인가 하는 생각이 들었다.

이십 분쯤 골목을 헤맸을까. 숨이 가빠오고 이마에 땀이 송글송글 맺혔다. 목이 말라 구멍가게에 들어가 요구르트를 하나 사마시면서 H대에 가려면 어디로 가야 하느냐고 물어보았다. 가게를 지키고 있는 소녀가 밖에까지 따라나와 가는 방향을 친절히 가르쳐주었다.

마침내 미행자가 없음을 확인한 그녀는 더 이상 뒤돌아보지 않고 곧장 앞으로 걸어갔다.

그러나 커피숍 〈멜랑꼴리〉 간판이 보이자 다시 가슴이 쿵쿵 뛰기 시작했다. 그녀는 몇 번씩이나 주위를 살피면서 조심스럽게 커피숍으로 다가갔다.

그 커피숍은 전면이 대형 유리로 되어 있어 내부가 환히 들여다보였다. 그녀는 그 앞을 지나치면서 재빨리 커피숍 안을 훑어보았다. 남지의 모습은 보이지 않았다. 그녀는 정확히 백 걸음을 걸어갔다가 돌아서서 다시 커피숍 쪽으로 다가갔다. 이번에는 머뭇거리거나 하지 않고 곧장 문을 밀고 안으로 들어갔다.

안에는 거의가 대학생으로 보이는 젊은이들뿐이었다. 그녀는 조금 민망한 생각이 들었다. 남지가 밖에서 잘 볼 수 있게 창가에 자리를 잡고 앉은 다음 커피를 주문했다.

실내에는 일본 유행가가 흘러나오고 있었다. 그리고 그것을 따라 부르는 젊은이들이 적지않게 눈에 띄었다. 그들을 바라보는 허 여사의 표정은 몹시 어두워 보였다. 사별한 그녀의 남편은 유난히 일본을 혐오했었다. 그 바람에 그녀도 남편과 같은 감정으로 일본을 바라보게 되었고, 남편이 죽은 뒤에도 그와 같은 감정은 조금도 변하지 않고 있었다.

삼십 분이 지났어도 남지는 모습을 나타내지 않고 있었다. 허 여사는 거리를 오가는 차량들과 사람들을 멀거니 바라보다가 백 속에서 담뱃갑을 꺼냈다. 그녀는 오래전부터 담배를 피워 왔지만 아는 사람들이 있는 곳에서는 절대 자신의 담배 피우는 모습을 보이지 않았다.

남편없이 혼자 자식들을 기르며 견디어 온 지난날들. 그 쓰라린 인고의 세월 속에서 외로움과 슬픔을 남몰래 삭이며 살아오다 보니 자연 마음을 달래줄 그 무엇인가가 필요했고, 그래서 담배를 피우게 되었고 술도 마시게 되었던 것이다. 그러나 담배와 술은 언제나 혼자서 즐겼지 남들 앞에서는 손도 대지 않았기 때문에 그녀를 알고 있는 사람들은 그녀의 그 같은 은밀한 취미를 전혀 모르고 있었다.

담배 한 대를 피우고 났을 때 카운터 쪽에서 그녀의 이름을 부르는 소리가 마이크를 통해서 흘러나왔다.

그녀는 급히 카운터 쪽으로 다가가 수화기를 받아들었다.

「엄마, 저예요!」

남지의 긴장된 목소리가 들려왔다.

「응, 왜 안 오는 거지?」

「별일 없어요?」

「별일 없어.」

「미행당하지 않으셨어요?」

「그런 것 같지는 않아. 아주 조심했거든.」

일본 노랫소리가 너무 컸기 때문에 통화하기가 힘들 정도였다. 그녀는 카운터에 앉아 있는 아가씨에게 음악을 좀 낮춰달라고 요구했다.

「엄마, 거기서 나와서 〈멜랑꼴리〉 앞에 서 계세요. 십 분 후에요. 앞에 서 계시면 제가 택시 타고 가다가 차를 세울 테니까 빨리 타세요. 아셨죠?」

「알았다만…… 뭐 그럴 필요까지 없는데…….」

수화기를 내려놓으면서 그녀는 마치 간첩이 접선하는 것 같다는 생각이 들었다. 하지만 도대체 무슨 짓을 저질렀기에 남지가 경찰을 그렇게도 피하는 것일까 하고 생각하니 자신도 덩달아 아까보다 더 경계심과 두려움이 이는 것이었다.

커피숍을 나온 그녀는 차도 옆에 큰 가방을 내려놓은 채 코트깃을 여몄다. 가게에서 흘러나오는 불빛과 가로등 불빛 때문에 그 주변은 유난히 밝았다. 그녀는 남지의 눈에 잘 띄게 하려고 일부러 가장 밝은 곳에 서서 우두커니 오가는 차량들과 사람들을 쳐다보고 있었다.

잠시 후 그녀 앞에 택시가 굴러와 멎더니, 남지가 차창 밖으로 손을 흔들면서 〈엄마!〉 하고 불렀다. 동시에 문이 열렸다. 허 여사는 가방을 먼저 던져넣은 다음 뒷자리에 올라탔다.

「빨리 가주세요!」

남지가 젊은 운전사에게 소리치자 그는 씨익 웃으면서 악셀을 힘껏 밟았다. 차는 튕기듯이 앞으로 달려나갔다.

「엄마…….」

남지는 가방을 한쪽으로 치우면서 허 여사의 손을 잡았다.

허 여사는 숨이 가라앉을 때까지 딸의 얼굴만 쳐다보았다.

「많이 여위었구나. 어디 아프니?」

그녀는 손을 들어 딸의 뺨을 어루만졌다.

「괜찮아요. 엄마는 괜찮으세요?」

「응, 난 괜찮아.」

그녀는 손수건을 꺼내 남지의 뺨 위로 흘러내리는 눈물을 닦아주었다.

차가 달리는 동안 그들 모녀는 간단한 말들만 주고 받은 채 다시는 떨어지지 않겠다는 듯이 서로 손을 꼭 잡고 있었다.

남지의 손은 몹시 뜨거웠다. 허 여사는 어깨를 통해 남지가 떨고 있음을 느낄 수가 있었다. 그녀는 딸의 손을 더욱 꼭 쥐었다.

「마음을 푹 놓아. 무슨 일인지는 모르지만…… 제일 중요한 것은 마음가짐이야. 마음만 강하게 먹고 있으면 아무리 어려운 일이라도 극복해낼 수가 있어.」

남지는 알겠다는 듯 고개를 끄덕였다.

「이 차 어디로 가는 거지?」

「강남으로 가는 거예요.」

「거긴 왜?」

「이유는 없어요. 아늑한 곳을 한군데 알고 있어요.」

차는 강변도로를 질주하고 있었다. 허 여사는 약간 겁먹은 얼굴로, 속도를 좀 줄여달라고 말했다.

「아가씨는 빨리 가달라 하고 아줌마는 천천히 가달라 하고, 어느 장단에 춤을 춰야 할지 모르겠는데요.」

「요금 더 드릴 테니까 천천히 가주세요.」

운전사는 고개를 끄덕이고 나서 차의 속도를 줄였다.

「엄마, 죄송해요.」

「알면 됐다.」

「그 사람들이 엄마를 괴롭혀요?」

「아니, 그렇지 않아.」

「금지 말로는 집안을 엉망으로 만들었다던데요? 무서워서 혼났다고 그러던데…….」

「아니야. 무섭긴……. 다 같은 사람인데 뭐. 참, 그 사람 고시에 합격했더구나.」

남지는 멈칫해서 그녀를 쳐다보았다.

허 여사는 강 쪽으로 시선을 돌리고 있었다.

「화걸 씨가 말인가요?」

「응, 오늘 석간신문에 발표된 합격자 명단에서 그 사람 이름을 봤어. 이름이 특이하니까…… 동명이인은 아니겠지. 넌 전혀 모르고 있었니?」

남지는 고개를 돌리면서 끄덕였다.

「요즘 그 사람 안 만나니?」

「못 만났어요.」

「연락도 없었니?」

남지는 고개를 흔들었다.

「얼마 전까지만 해도 전화가 많이 걸려왔었는데 요즘은 통 안 오더구나. 그래서 난 너희들이 싸웠거나…… 아니면 헤어진 줄 알았지. 헤어졌니?」

남지는 고개를 천천히 흔들면서 입을 다물고 있다가 한참 만에,

「아직 정리하지는 않았지만…… 헤어진 거나 마찬가지예요.」

하고 말했다.

「아이구, 그런 사람하고 왜 헤어집니까?」

운전사가 갑자기 큰소리로 끼어드는 바람에 그들 모녀는 깜짝 놀라 그를 쳐다보았다.

「사법고시에 합격했으면 최고 아닙니까. 출세는 따놓은 당상 아닙니까.」

운전에 정신을 쏟고 있는 줄 알았는데 뒤통수로 두 사람의 이야기를 모두 엿듣고 있었던 모양이다.

두 모녀가 가만 있자 운전사는 멋대로 지껄이기 시작했다.

「내 친구 중에 가난한 촌놈이 하나 있는데, 다섯 번 떨어지고 여섯 번째에 사법고시에 합격하니까 하루아침에 세상인심이 바뀌더라구요. 그 애 모친은 과부 무당인데, 식구라고는 아들딸 둘하고 자기하고 셋이었지요. 마을에서도 제일 가난해서 밑이 찢어질 정도라 동네 개들도 그 집은 먹을 것이 없으니까 거들떠보지도 않았어요. 그런데 그 친구가 일단 고시에 합격하니까 군수가 찾아오고, 서장이 지서장을 데리고 인사오지를 않나, 마을 사람들은 잔치를 벌이고 쓰러진 돌담을 다시 쌓아주고 마당에 잔뜩 자라 있는 잡초를 뽑아주지 않나…… 하여간 난리가 났어요. 우리 같은 놈들이 볼 때는 눈깔 튀어나올 일이죠. 그 뒤부터 고급 자가용이 들락거리더니, 얼마 있으니까 예쁘게 생긴 서울 아가씨가 나타나더라구요. 서울에서 일류대학을 나온 아가씨라는데 집안도 굉장히 부자라고 합디다. 아니, 그렇게 되면 뒷집에 사는 순이는 어떻게 되는 거제? 그 새끼, 고시 공부할 때 뒷집 순이가

있는 거 없는 거 다 갖다바쳤는디, 몸까지 갖다받쳤는디, 그렇게 되면 어떻게 되는 거제? 결국은 순이만 피봤제. 무당집이 몸만 빼내가지고 서울로 이사가더니 한 달 후에 결국은 그 새끼, 그 서울 아가씨하고 결혼하더라구요. 마을 친척들이 결혼식 보고 와서 하는 말이 무당댁이 아들 덕에 신수가 완전히 달라졌다는 거예요. 목걸이에다 반지를 양쪽 손가락에 다 끼고 나왔는데, 그것만도 시가로 쳐서 수천만 원 어치였대요. 그건 약과고 두 신혼부부가 사는 아파트는 강남에 있는 무슨 아파트인데 50평짜리이고, 신부측에서 사돈네 두 모녀한테도 아파트를 하나 사주었는데 그건 25평짜리, 아파트에는 고급 살림살이가 가득 차 있고, 거기에다 최고급 자가용 승용차까지…… 하여간 일일이 다 말할 수 없을 정도였다니까 고시에 합격했다는 것이 그렇게 대단한 건지 참……. 고시 합격생이 신랑감으로 그렇게 인기가 좋은데 왜 헤어지려고 합니까? 놓치지 말고 꼭 잡으세요.」

모녀는 쓴웃음을 지었다.

「순이는 어떻게 됐어요?」

남지가 궁금한 듯 물었다.

「순이야 뭐 뻔하지 않습니까. 지 신세가 그렇게 됐으니까 나 같은 놈하고나 살아야지요. 지금 내 마누라가 순이에요.」

「네에?」

두 눈을 동그랗게 뜨는 모녀를 백밀러로 쳐다보며 운전사는 한 번 씩 웃고 나서 차를 세웠다.

「자, 다 왔습니다.」

택시에서 내린 모녀는 멀어져 가는 그 택시의 뒤를 잠시 바라보고 있었다.

그 택시 운전사가 거짓말을 했는지, 아니면 사실을 말했는지 아무래도 모르겠다는 표정으로 그렇게 바라보고 있다가 그들은 건널목을 건너 갔다.

길을 건너 모퉁이를 돌아가자 〈다뉴브〉라는 이름의 커피숍이 있었 다. 남지는 어머니를 한 번 돌아보고 나서 문을 밀고 안으로 들어갔다.

그 커피숍은 2층을 터서 사용하고 있었다. 그래서 아래층에서도 이층 에 앉아 있는 사람들을 볼 수가 있었다. 이층에는 벽을 따라 테이블이 놓여 있었다.

남지는 어머니를 데리고 이층으로 올라갔다. 그들은 아래층을 내려다 볼 수 있는 구석진 자리에 자리를 잡고 앉았다.

거기서는 간단한 식사도 제공하고 있었기 때문에 아직 저녁을 먹지 않은 모녀는 우선 식사부터 주문했다.

식사를 하는 동안 그들은 입을 다물고 있었기 때문에 한동안 어색한 침묵이 흘렀다. 허 여사는 남지가 이렇게 부담스럽게 느껴지기는 처음 이었다. 지금까지 함께 살아오는 동안 모녀는 모든 것을 숨김없이 이야 기해 왔고, 친구처럼 지내왔다고 할 수 있었다. 그러나 지금 그녀 앞에 앉아 있는 남지는 어쩐지 통과할 수 없는 두꺼운 벽처럼 느껴지는 것이 었다.

남지는 샌드위치 한 조각을 먹고 나서 더 이상 거기에 손대지 않고 커 피를 시켰다. 허 여사도 반쯤 식사를 하다 물리고 커피를 주문했다.

그녀는 그때까지 아무것도 묻지 않고 남지가 먼저 말해주기를 기다리 고 있었다. 그러나 그녀는 고개만 숙이고 있을 뿐 좀처럼 입을 열려고 하지를 않았다.

「오늘밤은 어디서 잘 거니?」

허 여사가 더 이상 참지 못하고 물었다.

남지는 천천히 고개를 흔들었다.

176

「모르겠어요.」

더없이 나약한 모습으로 고개를 흔드는 딸을 보자 허 여사는 가슴이 미어지는 것 같았다. 그렇게 발랄하고 모든 일에 자신만만해 하던 딸이었다. 지나칠 정도로 도전적이고 모험적이어서 때로는 어머니로서 위험을 느낄 때도 있었다. 그러나 그녀는 딸이 모든 것을 아주 능숙하게 처리해 나갈 수 있다고 믿어 왔었다. 그 믿음이 너무 지나친 것이었을까?

「갈 데가 없다면 내가 잠자리를 마련해 줄게. 안전한 곳에다…….」

「괜찮아요. 잘 데는 있어요.」

「거기가 어딘데?」

남지는 손톱을 물어뜯기 시작했다.

「너…… 혼자가 아니지?」

허 여사는 차가운 눈으로 딸을 쏘아보았다.

찻잔을 만지작거리고 있는 남지의 손끝이 가늘게 떨고 있었다.

「새 남자 생겼니?」

「…….」

「사랑하는 사이니?」

남지는 허 여사를 힐끗 쳐다보고 나서 고개를 끄덕였다.

「그 사람하고 도피생활을 계속 할 거니?」

「아니에요.」

눈물이 탁자 위로 후두둑 떨어졌다.

허 여사는 딸이 측은해서 견딜 수가 없었다. 그래서 손을 뻗어 딸의 손을 꼭 잡아주었다.

「그럼 언제까지 이러고 있을 셈이니?」

「당분간만…….」

울음을 삼키려고 애쓰는 바람에 남지의 어깨는 더욱 떨리고 있었다.

허 여사는 피가 마르는 것 같았다.

「당분간이라면 며칠을 말하는 거니…… 아니면 그보다 더 길다는 뜻이니?」

「저도 잘 모르겠어요…… 그 사람하고 헤어지고 싶지 않아요…… 그 사람하고 같이 있는 지금이 제일 행복해요…… 하지만 우리는 곧 헤어지게 될 거예요……. 경찰이…….」

그녀는 흐느끼느라고 더 이상 말을 잇지 못했다.

허 여사는 손수건을 꺼내 남지의 눈물을 닦아주다가 남의 눈도 있고 해서 그녀의 손에 그것을 쥐어주었다.

「결국 그 사람 때문에 이러는 거니?」

「아니에요. 그렇지 않아요. 오히려 그 반대에요. 그 사람은 저 때문에 입장이 난처해졌어요. 하지만 그 사람은 전보다 더 저를 사랑하고 있어요.」

「누군지 궁금하구나. 누군지는 모르지만 그 사람도 너만큼 어리석은 모양이다.」

허 여사는 화가 나서 말했다.

「그분은 어리석지 않아요.」

「그분이라고 하는 걸 보니까, 나이가 많은 사람인 모양이지?」

재빨리 감지해 내는 어머니를 보고 남지는 부인할 수가 없어 가만히 고개를 끄덕였다.

허 여사는 백 속에서 돈봉투를 꺼내 남지 앞에다 놓았다.

「마침 집에 돈이 있어서 가져왔다. 한 50만 원쯤 될 건데 우선 급한 대로 쓰렴. 도피생활을 하려면 돈이 많이 들 텐데…… 또 마련해 줄께. 사람들이 보는데, 얼른 집어넣으라구.」

「이거면 충분해요. 고마워요, 엄마.」

178

남지는 마치 무거운 것을 집어들 듯 조심스럽게 돈봉투를 집어서 백 속에 넣었다.

「에미가 돼 가지고, 딸이 경찰한테 쫓기고 있는데 무슨 일인지도 모르고 있다니…… 이게 도무지 이래도 되는 건지…….」

「용서해 주세요, 엄마.」

「넌 나를 생각해서 그러는 모양인데…… 그건 오히려 나한테 말할 수 없는 고통을 주는 거야. 아무리 놀라운 일이라 하더라도 그것을 모르기 때문에 피를 말리고 있느니 차라리 그것을 알고 대책을 세우는 편이 훨씬 나은 거야. 영원히 모르게 된다면 또 몰라도 어차피 알 것 같으면 빨리 아는 게 결과적으로 오히려 도움이 되는 거야.」

남지의 고개가 밑으로 다시 꺾어졌다.

「당분간 도피해 있다가 그 다음에는 어떻게 할 셈이지? 도피해 있으면 문제가 해결되는 거니?」

남지는 갑자기 얼어붙은 듯 꼼짝하지 않고 가만 있었다.

그런 그녀를 빤히 쳐다보고 있는 허 여사의 안색도 창백해지고 있었다.

「도피한다고 해서 문제가 해결되는 건 아닌가 보구나. 그럼 당분간 도피해 있다가 경찰을 만날 생각이니?」

남지는 고개를 끄덕였다. 그것은 자수하겠다는 표시였다.

「도대체 얼마나 큰 죄를 지었기에…….」

허 여사는 말끝을 흐리면서, 눈물을 감추려고 창 밖으로 시선을 돌렸다.

밖에는 차들이 잔뜩 밀려 있었다. 잔뜩 취한 듯이 보이는 한 남자가 가로등 밑에 기대서서 몸을 흔들어대고 있었다. 이럴 때 주정이라도 부리는 남편이 옆에 있다면 얼마나 좋을까 하고 그녀는 생각했다.

「네가 죄를 지었다면…… 죗값을 받는 건 당연해.」

허 여사는 고개를 돌려 남지를 똑바로 응시했다. 마음을 모질게 먹으려는 기색이 얼굴에 역력히 나타나 있었다.

「네가 내 딸이라고 해서 죄를 면하게 할 생각은 조금도 없어. 죄를 지었으면 벌을 받아야지. 죄지은 딸을 이 엄마가 감싸줄 생각은 추호도 없어. 모녀지간의 연을 끊더라도…… 난 그럴 수 없어.」

그녀는 고개를 흔들었고, 남지는 알아듣겠다는 듯 끄덕였다.

「알겠어요. 저도 그러시는 게 옳다고 생각해요. 못난 딸을 살려내려고 무모한 짓을 하시면 안 돼요. 앞으로는 저한테 냉정해지셔야 해요. 오빠와 금지를 생각해서라도…….」

허 여사는 섬뜩한 전율을 느끼면서 부릅뜬 눈으로 남지를 쳐다보았다. 그러다가 설마하면서 고개를 흔들었다.

「난 항상 냉정한 마음으로 살아왔다. 그러니까 지금까지 이렇게 버티며 살아올 수 있었던 거야. 사람은 어떤 곤경에 처해도 냉정하게 자신을 돌아보면서 자기 생명의 소중함을 깨달을 줄 알아야 해. 행과 불행은 사람의 마음속에 있는 거야. 아무리 큰 죄를 지은 사람도 깊이 속죄하고 구원을 청하면 결국 구원받을 수가 있어. 그건 그 사람의 생명이 보다 소중하기 때문에 구원해 주는 거야. 자기 생명이라고 해서 그것을 학대하거나 또는 제 손으로 끊어서는 안 돼. 그럴 바에는 자기 생명을 차라리 남들을 위해서 바치는 게 훨씬 가치있는 일이야.」

남지의 머리가 더욱 앞으로 꺾어지고 있었다.

「엄마, 잘 알겠어요……. 앞으로 저를 찾지 마세요……. 버린 자식으로 알고…….」

그녀는 어깨를 들썩이며 울먹이기 시작했다.

「무슨 소릴 하는 거니? 부모는 버린 자식일수록 더 생각이 나는 법이야.」

「엄마, 제발 저를 잊어주세요……. 전 나쁜 자식이에요……. 혼자서 고생하시는 엄마 속만 썩혀 드리고…… 지금까지 제 생각만 해온 나쁜 자식이었어요……. 저 같은 거 없는 걸로 알고 잊어주세요…….」

「넌 뭔가 잘못 생각하고 있구나. 부모와 자식의 연은 이 세상에 살아 있는 한 끊을래야 끊을 수가 없는 거야. 반대로 생각해보라구. 내가 아무리 나쁜 엄마라고 해서 네가 나한테 등을 돌리고 관계를 끊을 수가 있겠니. 혈육이란 그래서 무서운 거다. 자식이 불행에 빠져 있을 때 부모는 그 자식이 더 보고 싶어지고 더 생각나는 거야. 난 지금까지 너를 훌륭한 딸이라고 생각해 왔어. 나한테는 과분할 정도로 말이야. 난 너를 볼 때마다 항상 네 아버지를 보는 듯 했고…… 그래서 니를 대견스럽게 생각해 왔어. 넌 절대 나한테 나쁜 자식도 아니었고, 내 속을 썩혀 주지도 않았어.」

남지는 눈물로 얼룩진 얼굴을 쳐들고 하소연하듯 어머니를 쳐다보았다.

「엄마, 아니에요……. 전 나쁜 자식이에요……. 엄마의 자식이라고 할 수도 없어요……. 전, 전 결코 엄마 앞에 떳떳이 설 수 없을 거예요…….」

허 여사는 흐느끼는 남지를 무너지는 가슴으로 쳐다보고 있다가 그녀 곁으로 자리를 옮겨 그녀를 껴안았다. 남지는 기다렸다는 듯이 어머니의 품에 안기면서 급기야 울음을 터뜨렸다. 그러나 다른 손님들이 들을까봐 소리를 죽여가며 흐느꼈다. 다행히 그들이 앉아 있는 2층 구석 쪽에는 자리가 비어 있었기 때문에 사람들의 눈을 많이 의식하지 않아도 되었다.

허 여사는 딸이 실컷 울도록 내버려두었다.

남지는 어머니의 품속에 안겨 어린애처럼 한참 동안 섧게 울었다. 그리고 그렇게 울고 나자 이제는 더 이상 어머니 앞에 숨긴다는 것이 불가능하다는 것을 깨달았다. 그래서 마음을 다져먹은 다음 어머니의 품에서 빠져나왔다.

「엄마, 제가 무슨 말을 해도 놀라지 마세요.」

그녀의 목소리는 떨리고 있었다. 허 여사는 딸의 손을 꼭 잡으면서 고개를 끄덕였다.

「난 놀라지 않아. 모든 거 다 각오하고 있으니까 말해봐. 그대신 숨김 없이 말해야 해.」

그렇게 말은 했지만 그녀는 긴장으로 몸이 굳어지는 것을 느꼈다. 손은 아프도록 딸의 손을 움켜잡고 있었고, 호흡도 멈춰져 있었다.

이윽고 남지의 입에서 이상한 말이 흘러나왔다.

「그 사람을 죽였어요.」

고개를 푹 꺾으면서 낮은 소리로 중얼거리듯 말하는 남지를 허 여사는 잠시 멍하니 쳐다보았다. 딸의 어깨가 심하게 떨리고 있었다. 허 여사는 자신이 뭔가 잘못 들었다고 생각했다. 그래서,

「뭐라고 했지? 다시 한 번 말해봐.」

하고 말했다.

그녀는 확실하게 듣기 위해 남지 쪽으로 몸을 기울이기까지 했다.

남지의 목이 밑으로 더욱 숙여졌다.

「그, 그 사람을 죽였어요.」

이번에는 확실하게 들었기 때문에 허 여사는 먼저 재빨리 주위부터 살폈다.

다음에 그녀는 멈췄던 숨이 터져나오는 바람에 자기도 모르게 입이 벌어졌다. 두 눈은 부지런히 주위를 살피다가 다시 딸에게로 향했다. 한

182

손을 뻗어 커피잔을 집어들었는데, 손이 너무 떨리는 바람에 잔을 도로 내려놓다가 커피를 그만 엎지르고 말았다. 휴지로 커피를 닦고 나서 재빨리 물을 마신 다음 숨을 몰아쉬다가 이해할 수 없다는 듯이 딸을 쳐다보았다.

「도대체 너…… 무슨 그런 말을 하는 거지? 그, 그게 무슨 말이야?」

남지는 고개를 떨군 채 미동도 하지 않고 있었다.

허 여사는 잔에 남아 있는 물을 얼른 마셨다. 그리고 남지의 어깨를 잡아흔들었다.

「방금 한 말 너, 제정신으로 한 거니?」

허 여사의 안면 근육에 경련이 일고 있었다.

「말해봐! 그 말 정말이니?」

남지는 공포어린 눈으로 어머니를 한 번 쳐다보고 나서 도로 고개를 떨구었다.

허 여사는 남지가 고개를 끄덕이는 것을 보는 순간 몸을 홱 돌려 앉았다. 그리고 마치 전류에 감전된 듯 몸을 바르르 떨었다.

「이럴 수가……. 아니, 이럴 수가……. 네가 사람을……? 아니, 네가 어떻게 사람을……? 아니야. 그럴 리가 없어. 너 지금 거짓말 하고 있는 거지?」

「엄마…….」

이번에는 남지가 허 여사의 팔을 움켜잡았다. 허 여사는 발작적으로 남지의 손을 뿌리쳤다.

「말해봐! 거짓말하고 있는 거지?」

부릅뜬 눈에는 핏발까지 서고 있었다.

「아니에요. 정말이에요.」

「아이구, 이를 어쩌지?」

낮은 신음소리와 함께 그녀는 두 손으로 얼굴을 감쌌다.

푸들푸들 경련을 일으키다가 그녀는 급히 두 손을 내리고 믿을 수 없다는 듯 남지를 쏘아보았다.

그런 그녀를 마주 쳐다보는 남지의 두 눈은 공포에 질려 있었다.

「엄마가 이렇게 놀라실 줄 알고 말씀드리지 않으려고 했는데…….」

「네가 말 안 한다고 해서 끝까지 모를 줄 아니? 결국은 다 알게 될 텐데……. 차라리 네 입을 통해서 듣는 게 더 나아. 만일 다른 경로로 알게 됐다면 난 듣자마자 까무라쳤을 거다. 차라리 잘 됐어. 그 사람이 누구니?」

「선본 남자예요. 김창대라는 남자예요.」

「그 김 사장이라는 사람 말이냐?」

그녀는 김창대가 생전에 뻔질나게 전화를 걸어왔고, 집에까지 방문한 적이 있었기 때문에 그에 대해서는 잘 알고 있었다.

「그렇게 건장한 남자를 네가 죽였다고? 아니, 어떻게? 왜 죽였어? 그 사람하고 제주도에 갔었니?」

한꺼번에 질문이 쏟아지는 바람에 남지는 무엇부터 대답해야 할지를 몰라 당황했다.

「함께 간 게 아니고…… 제주도에서 우연히 만났어요.」

그녀는 처음보다는 조금 분명한 어조로 대답하고 있었다. 이왕 털어놓기 시작한 바에는 어머니가 이해할 수 있도록 분명히 설명을 드려야 한다고 생각했기 때문이었다.

「우연히 만났는데 죽였다는 거냐?」

평소 때는 그렇게 부드럽고 자상하던 말투가 마치 남자가 말하는 것처럼 갑자기 거칠어져 있었다. 남지는 어머니의 새로운 모습을 발견한 것 같아 새삼스럽게 어머니의 표정을 살폈다.

「죽이려고 했던 건 아니었어요. 잘못 맞아가지고…….」

「잘못 맞다니? 그 건장한 남자가 너한테 잘못 맞아가지고 죽었다는 거니?」

신랄하게 추궁해 들어온다. 부드럽게 감싸줄 것으로 기대했던 남지는 자신의 생각이 빗나가고 있음을 알자 당황하기 시작했다.

「엄마, 어쩔 수 없었어요. 이해해 주세요.」

「사람을 죽였는데 이해해 달라는 거니? 도대체 어떻게 이해하라는 거니?」

「결과만을 놓고 보면 이해하실 수 없을 거예요. 하지만…….」

「그 큰 남자를 네가 어떻게 죽였다는 건지 난 도무지 이해가 안 간다. 그 사람한테 쥐약을 먹였다면 또 몰라도……, 내가 보기에는 그 남자는 너 같은 여자애 열 명이 달려들어도 끄덕도 하지 않을 것 같던데, 도대체 네가 어떻게 그 사람을 죽였다는 거니? 말해봐. 그 사람한테 총이라도 쐈다는 거냐?」

남지는 입술을 깨물었다. 갑자기 도로 입을 다물어버리고 싶은 생각이 들었다. 하지만 이미 뱉아낸 말을 주워담을 수는 없었다.

「병으로 때렸어요.」

「병으로? 아니, 어디를?」

허 여사의 두 눈이 경악으로 한없이 커지는 것 같았다.

「머리를 때렸어요. 여기를…….」

남지는 손으로 자신의 뒤통수를 가리켜보이기까지 했다.

허 여사는 자신이 마치 병으로 뒤통수를 한 대 얻어맞은 것 같은 충격을 느꼈다. 병으로 사람의 뒤통수를 때리다니! 내 딸한테 그렇게 잔인한 데가 있었을까? 이 애가 정말 사랑하는 내 딸이란 말인가? 내 딸이 그런 짓을 했단 말인가? 아무리 천하장사라도 뒤통수를 병으로 얻어맞았다면 십중팔구 쓰러질 수밖에 없을 것이다.

마치 처음 보는 사람인 듯 남지의 얼굴을 빤히 들여다보다가 허 여사는 힘없이 고개를 내저었다.

「세상에 어쩌면 사람 머리를 병으로 때릴 수가 있니? 너 제정신이 아니었구나. 너한테 그런 잔인한 면이 있는 줄은 상상도 못 했다.」

「제가 그 자한테 무자비하게 당한 것은 아무렇지도 않은가요?」

남지의 눈에서 분노의 눈물이 흘러내리기 시작했다.

허 여사의 눈이 번쩍하고 빛났다.

「네가 당했다고? 무자비하게 당하다니, 어떻게 당했다는 거니?」

남지는 입술을 깨물면서 거칠어지는 호흡을 가다듬으려고 애를 썼다.

허 여사가 도대체 어떻게 당했느냐고 거듭 물었지만 그녀는 거기에 대해서는 얼른 대답하려고 들지를 않았다.

「어떻게 당했느냐 말이야? 제발 말 좀 해봐!」

「그놈은 나쁜 놈이에요. 죽어 마땅해요.」

남지의 증오에 찬 저주스런 말투에 허 여사는 벌어진 입을 다물 수가 없었다.

김창대에게 어떻게 당했는지, 그 이야기를 하려면 모든 것을 다 털어놓아야 한다. 그렇게 되면 최 교수와의 관계를 빼놓을 수가 없다. 그것을 빼놓으면 이야기가 안 되기 때문이다. 최 교수와의 관계야말로 사실은 이번 사건에서 가장 핵심적인 부분이 아닌가.

제주도에 가게 된 것부터가 최 교수 때문이 아니었는가. 그리고 그 방에 들어간 것도 최 교수가 기다리고 있는 줄 알고 들어갔었던 것이다. 그렇지 않았다면 그 방에 들어가지 않았을 것이고, 창대한테 강간당하지도 않았을 것이다. 그 자의 뒤통수를 병으로 때려 죽이는 그런 끔찍한 일도 일어나지 않았을 것이다.

186

「그 자가 너한테 죽을 만한 짓을 했단 말이냐?」

허 여사가 두 손을 갈고리처럼 구부려 어깨를 움켜잡고 흔드는 바람에 남지는 어깨가 아팠다.

「네, 그래요. 죽일 만한 짓을 했기 때문에 죽인 거예요. 전 그 자를 죽인 거…… 조금도 후회하지 않아요!」

남지의 당돌한 말에 허 여사는 너무 기가 막혀 말이 나오지 않았다.

남지의 어깨를 파고들듯이 움켜잡고 있던 그녀의 두 손이 밑으로 힘없이 미끄러져 내렸다.

「네가 어쩌다가 이렇게 변했지.」

중얼거리는 그녀의 말에 남지는 반발하듯 그녀를 쳐다보았다.

「전 조금도 변하지 않았어요!」

「사람을 죽여놓고 후회하지 않는다니, 어쩌면 그런 말이 네 입에서 나올 수가 있니? 아무리 그 사람이 너한테 몹쓸 짓을 했기로서니, 어떻게 그런 말이 나올 수가 있니? 난 도무지 널 이해할 수가 없고…… 네가 이렇게 낯설어 보일 수가 없다.」

남지는 자리에서 발딱 일어섰다.

「어디 가는 거니?」

허 여사가 불안한 표정으로 물었다.

「화장실에 갔다오겠어요.」

화장실은 아래층에 있었다. 허 여사는 계단 쪽으로 가서 화장실 쪽을 계속 지켜보았다. 남지가 2층으로 올라오지 않고 그대로 가버릴까봐 불안했던 것이다.

화장실에 들어갔다 나온 남지는 2층 쪽을 올려다보다가 계단에 서 있는 허 여사와 시선이 마주치자 잠시 머뭇거렸다.

허 여사가 계속 쳐다보고 있자 그녀는 할 수 없다는 듯 계단을 천천히 올라왔다.

「엄마, 유부남을 사랑하면 안 되나요?」

자리에 앉자마자 느닷없이 묻는 말에 허 여사는 다시 한 번 어리둥절했다.

「유부남을 사랑하고 있니?」

「제 질문에 답해 주세요. 유부남을 사랑하면 안 되나요?」

허 여사는 고개를 천천히 흔들었다.

「글쎄, 뭐라고 말해야 할지 모르겠구나. 난 그런 경험이 없으니까. 사회통념상…… 그리고 도덕적으로 볼 때 그건 분명히 불륜이지. 하지만 개개인의 사정이 다를 테니까 일률적으로 매도할 수야 없겠지. 난 그걸 그렇게 부정적으로 보지만은 않는다. 하지만 어느 부모치고 자기의 사랑하는 딸이 하필이면 유부남을 사랑해서 불행해지는 걸 바라는 사람이 있겠니. 만일 네가 유부남을 사랑하고 있다면…… 난 그것이 비극적으로 끝나지 않기를 바랄 뿐이다.」

「엄마, 술 한 잔 마셔도 돼요?」

「엄마가 지켜줄 테니까 마음대로 마셔라. 나도 한 잔 마시고 싶다.」

남지는 웨이터를 불러 스카치 위스키와 진토닉을 주문했다.

「위스키는 더블로 주세요.」

허 여사는 남지한테 술을 먹임으로써 그녀가 술김에 모든 것을 털어놓기를 기대했던 것이다.

「이성간의 사랑처럼 미묘한 것은 없지. 사랑 앞에서는 법도 도덕도 모두 맥을 못 추지. 그래서 사랑이란 이름으로 저지른 죄악이 얼마나 많니. 난 한 사람밖에 사랑해보지 않았지만…….」

「정말이에요. 엄마 말씀이 맞아요.」

위스키가 오자 남지는 단숨에 반쯤 마셔버렸다. 독한 것을 갑자기 입

속에 부어넣는 바람에 잠시 캑캑거리고 기침했다. 그런 그녀를 가만히 지켜보면서 허 여사는 진토닉이 들어 있는 잔을 만지작거렸다.

「사랑의 미묘함을 법적으로 규제한다는 것은 불가능하고 또 우스운 일이지. 그래서 외국에서는 간통죄라는 게 없지 않니.」

허 여사는 남지가 비밀을 털어놓을 수 있도록 이야기를 끌고 갔다. 유부남과의 사랑은 이해될 수 있다는 쪽으로.

잔을 비우고 난 남지는 웨이터에게 다시 한 잔을 더 부탁했다. 그리고 웨이터가 빈 잔을 들고 사라지자 허 여사를 똑바로 쳐다보면서,

「엄마, 더 이상 이 비밀을 감춰둘 수가 없어요. 엄마한테만 말씀드리는 거예요. 이해해 달라고 하지는 않겠어요.」

「알았어. 말해봐.」

허 여사는 고개를 끄덕이면서 일부러 그녀의 시선을 피해 주었다. 그리고 딴청을 피웠다.

「저, 우리 학교 교수님을 사랑하고 있어요!」

「그러니?」

허 여사는 술잔을 가만히 흔들었다. 잔 속의 얼음 조각들이 달그락거리는 소리를 냈다.

「제자가 스승을 사랑하는 건…… 흔히 있을 수 있는 일이지.」

허 여사는 대수롭지 않다는 듯 고개를 끄덕였다.

「흔히 지나칠 수 있는 그런 게 아니에요. 우리는 아주…… 서로를 깊이 사랑하고 있어요. 교수님은 저를 위해서 모든 것을 희생하고 계세요.」

남지는 초조한 눈으로 어머니를 응시했다. 허 여사는 술잔을 흔들고 있다가 그것을 입으로 가져가 한 모금 마셨다. 그녀는 그것이 쓴지 이맛살을 찌푸렸다.

「그 교수는 물론 부인이 있겠지?」

「네, 하지만 별거하고 있어요. 이혼할 생각이에요.」

「너 때문에 부인하고 별거하고 있는 거니?」

「아니에요. 그렇지 않아요. 우리가 서로 사랑하기 전에 이미 교수님은 부인을 멀리 하고 있었어요. 부부 사이가 아주 나빴어요.」

「그 교수도 네가 김씨를 죽인 걸 알고 있니?」

「네, 알고 있어요.」

「그 교수는 뭐라고 하던?」

「처음에는 경찰에 자수하라고 권했다가 지금은 권하지 않아요. 어떻게든 저하고 함께 있는 시간을 많이 벌려고 하고 계세요.」

「그 사람은 몇 살이지?」

「마흔댓쯤 되셨을 거예요.」

「그 교수하고 같이 제주도에 갔었니?」

「네…….」

「뭐 하러 제주도에 갔었지?」

「그냥 여행갔었어요.」

「지금까지 그 교수하고 함께 있었니?」

「네, 앞으로도 계속 함께 있을 거예요. 경찰에 자수하거나 붙잡힐 때까지…….」

「그 교수는 너한테 뭘 가르치지?」

「불문학과 교수예요. 최종오 교수님이에요.」

남지는 더 이상 숨길 필요가 없다고 생각했기 때문에 최 교수의 이름을 말해버렸다.

허 여사의 얼굴은 핏기 하나없이 굳어져 있었다. 그녀는 허공을 노려보고 있다가 불쑥,

「그 교수…… 아주 나쁜 사람이구나.」

하고 말했다.

「아니에요! 아주 좋으신 분이에요!」

남지는 격한 어조로 말했다.

「그래?」

허 여사는 입가에 냉소를 띄면서 남지를 쳐다보았다.

「그분은 저 때문에 자신의 모든 것을 희생하고 계세요. 교수직까지 버리려고 하세요.」

「바보 같은 것 같으니!」

허 여사는 남아 있는 술을 비우고 나서 한숨을 길게 내쉬었다.

「아직 뭐가 뭔지 난 잘 모르겠다만…… 너를 이 지경으로 만든 게 바로 그 교수라는 작자 아니니? 그 작자가 아니었다면 네가 이렇게 됐겠니?」

「아, 아니에요! 그건 정말 오해에요! 엄마가 잘못 생각하고 계시는 거예요!」

「그래? 내가 잘못 생각하고 있다고? 그럼 제자를 농락한 교수가 좋은 사람이라는 거냐?」

「그분은 절대 나쁜 분이 아니에요.」

「그 교수보다 네가 더 나빠!」

허 여사는 참을 수 없다는 듯 날카롭게 쏘아붙였다.

「네, 그래요. 제가 나쁘다는 건 인정해요. 전 나쁜 애에요. 엄마에게 불효막심하고…… 한 번도 효도를 못 해 드린 못된 딸이에요. 하지만 교수님은 좋은 분이에요. 전 그분을 사랑해요.」

「제발 그 사랑 운운하는 말 그만 좀 할 수 없겠니? 듣기에 역겹다. 말 끝마다 사랑한다니, 그게 도대체 뭔지 모르겠구나. 그게 널 살려주는 것도 아니고……. 이것아! 넌 지금 살인범으로 쫓기고 있어! 정신 차리지 않으면 안 돼!」

허 여사는 갑자기 남지의 팔을 잡아흔들었다.

「살인범은 붙잡히면 사형이든가 평생을 감옥에서 보내야 해! 알고 있어? 대책을 세워야 할 거 아니니? 네가 교수를 사랑해서 어떡하겠다는 거니? 이 철딱서니없는 것아!」

그녀는 주먹으로 그녀의 어깨를 때리려다가 바르르 떨었다.

「그뿐만 아니야. 이제 소문이 다 날 텐데…… 그렇게 되면 우리 집안은 어떻게 되겠니? 난 또 어떻게 고개를 들고 다니니?」

「방법이 하나 있긴 있어요.」

남지는 나직이 말했다.

「무슨 방법 말이니?」

「누구한테도 해를 끼치지 않고 해결하는 방법 말이에요.」

허 여사는 무서운 눈으로 남지를 쏘아보고만 있었다.

남지는 웨이터가 새로 가져온 술잔을 집어들었다.

「조용히 사라지는 거예요. 영원히 찾을 수 없게 사라져버리는 거예요.」

「사라진다는 건 무슨 뜻이니? 네가 영원히 사라져버리면 이 엄마의 가슴에 또 못질을 하는 거라는 거 알고나 하는 소리니? 그 따위 말 같지 않은 소리 하지도 마!」

허 여사는 웨이터를 불러 자신도 술 한 잔을 더 시켰다. 그러고 나서 백 속에서 담배를 꺼내 불을 붙여 물었다.

담배연기를 한숨과 함께 허공으로 날려보내던 그녀는 자세를 고쳐앉으면서 남지를 똑바로 쳐다보았다.

「이러고 있을 때가 아니야. 지금부터 냉정히 문제점들을 살펴보고 대책을 세우지 않으면 안 돼. 옛말에 호랑이한테 물려가도 정신만 차리면 살아날 수 있다는 말이 있잖니. 네가 아무리 죽을 죄를 졌다해도 이 에미는 너를 포기할 수 없어. 네가 인생을 망치는 것을 어떻게 내가 가만 두고 볼 수 있겠니. 절대 그럴 수 없어. 네가 죽으면 나도 같이 죽는 거야. 알았니? 지금부터 대책을 세워야 하니까 어떻게 된 건지 자세히 이야기해봐. 사정을 알아야 변호사라도 구할 거 아니니? 남을 죽였어도…… 정당방위가 인정되면 벌을 받지 않는 걸로 난 알고 있어.」

남지의 눈동자가 움직였다. 살고 싶은 본능이, 지푸라기라도 있으면 붙잡고 싶은 본능이 얼굴에 순간적으로 나타났다가 사라졌다.

허 여사는 웨이터가 새 술잔을 놓고 가자 얼른 그것을 입으로 가져가 목을 축였다.

「사람 죽였다고 해서 너무 지레 겁낼 건 없어. 물론 사람을 죽인 건 잘못한 일이지만, 이미 엎질러진 물인 걸 어떡하니. 무서워서 떨고만 있어봤자 누가 도와주는 것도 아니고…… 결국 우리가 해결할 수밖에 없어. 이럴 때일수록 절대 감정에 사로잡혀 일을 그르쳐서는 안 돼. 냉정히 따져서 어떻게든 살아나야 해. 한 번뿐인 인생인데 그것을 포기한다는 건 말도 안 되고, 망친다는 것도 말이 안 돼.」

남지는 어머니의 표변하는 모습과 그 냉정한 태도에 적잖게 놀랐다.

지금까지 그녀가 알고 있던 어머니의 모습은 이렇지가 않았었다. 어머니는 언제 보아도 항상 교양미가 넘치고 부드럽고 따뜻한 정이 흐르는 모습을 하고 있었다. 그런데 지금의 어머니는 차갑고 타산적이고 치밀한 모습을 보여주고 있었다.

그녀는 어머니의 얼굴에서 더 이상 당황해 하는 모습을 볼 수가 없었다. 어머니는 수동적이 아닌, 공격적인 모습을 보여주고 있었다. 그런 어머니의 모습에서 남지는 새삼 혼자 살아온 여인의 강인한 의지를 보는 듯했다. 그 의지에 그녀는 갑자기 매달리고 싶어졌다.

「엄마, 변호사를 사면 도움이 되나요?」

「너 그걸 말이라고 하니? 돈이 좀 많이 들어서 그렇지…… 변호사가 없으면 안 돼. 변호사는 유죄를 무죄로 만들 수도 있어. 그러니까 내가 변호사를 만나 사건을 의뢰하기 전에 내용을 소상히 알아야 한다구. 도대체 어떻게 해서 네가 사람을 죽이게 됐는지 자초지종을 알아야 변호사한테 설명할 수 있지 않겠니. 유명한 변호사는 아무 사건이나 맡지 않는다구. 이야기를 듣고 나서 가능성이 있으면 사건을 맡는다구.」

「유명한 변호사는 비싸다고 하던데요?」

「지금 그런 것 저런 것 따지게 됐니? 널 구해내는 게 문제지 비싼 게 문제니? 집이라도 팔아서 변호사를 살 테니까 그런 건 걱정하지 않아도 돼. 넌 마음 독하게 먹고 앞으로 닥칠 엄청난 일에 대비해야 해. 네 이야기를 듣고 나면 나도 감이 잡히니까 좋은 방법이 생각날 거야.」

남지는 망설이다가 세 잔째의 술을 마시고 나서야 마침내 술기운을 빌려 사건이 일어나게 된 전후사정을 이야기하기 시작했다.

「최 교수님하고는 갑자기 제주도에 가게 됐어요. 학교 일로 교수님은 몹시 기분이 상해 있었고…… 전 교수님의 그런 기분을 충분히 이해하고 있었어요. 교수님은 학생들과 심하게 다투셨어요. 강의를 받지 않고 데모만 하는 학생들을 심한 말로 꾸짖었는데, 학생들이 그걸 물고 늘어져서 교수님을 학교에서 축출하려고 했어요.」

남지는 어떻게든 어머니에게 최 교수의 인상을 좋게 심어주려고 애를 썼다. 그런 그녀를 보면서 허 여사는 이년이 그 교수란 자에게 반해도 단단히 반했구나 하고 생각했다.

그녀는 걷잡을 수 없이 치밀어오르는 분노와 절망감, 그렇게도 믿었던 딸에 대한 실망과 배신감으로 발작이라도 일으킬 것 같았지만 용케 견디며 남지의 말을 하나도 놓치지 않기 위해 귀를 기울였다.

　　「……그래서 기분도 전환할 겸해서 제주도에 갔던 거예요. 제주도에는 억새풀밭이 파도처럼 끝없이 물결치고 있었어요. 붉은 노을 속에서 억새풀밭은 더없이 아름답게 출렁이고 있었어요. 교수님과 저는 서귀포로 건너갔어요. 그리고 저녁을 먹고 나서 호텔로 갔어요. 〈태양의 집〉이라는 호텔이었어요. 아주 멋지게 지은 호텔이었어요.」

　　억새풀밭이 어떠니 호텔이 멋지느니 하는 사족은 그만 두고 어서 빨리 사건의 핵심부터 이야기해 주면 좋겠다고 허 여사는 생각했다. 그러나 남지가 생각을 바꾸어 입을 다물어버릴까봐 그녀는 잠자코 듣고만 있었다.

　　「……10시 넘어 그 호텔 라운지에 들어갔더니 거기에 김창대가 뚱쟁이 여자하고 앉아 있었어요. 그 뚱쟁이 여자는 바로 김창대를 저한테 소개시켜준 여자예요. 돼지같이 살이 찌고…… 아주 저속한 여자예요. 그 시간에 그들이 제주도까지 날아와 단둘이 호텔에 앉아 있다는 것은 그들 사이가 심상치 않다는 것을 의미하는 것이었어요. 저는 직감적으로 김창대가 그 뚱쟁이의 정부라고 생각했어요. 그러니까 그 뚱쟁이는 자기 정부를 저한테 선보인 거예요. 그리고 좋은 남자니까 결혼하라고 졸라댄 거예요.」

　　「못된 것들 같으니!」

　　허 여사의 두 눈이 금테 안경 너머로 번득였다. 그녀는 분노에 사로잡혀 숨을 몰아쉬었다.

　　남지가 김창대에게 면전에서 창피를 주고, 그 바람에 뚱쟁이 여인과 한바탕 싸움판을 벌인 것을 이야기했을 때는 허 여사는 몸을 부들부들 떨기까지 했다.

「……그 뚱쟁이가 저한테 걸레라고 하기에 전 공중화장실이라고 말
해 줬어요. 그랬더니 길길이 뛰면서 제 빰을 때렸어요. 전 화가 나서
그 여자 얼굴에 술을 끼얹었어요.」

「잘했다. 잘했어!」

허 여사의 얼굴에 순간적으로 화색이 돌았다.

「그 여자는 화가 나서 씩씩거리더니 제 머리칼을 움켜잡고 내리눌렀
어요. 돼지 같은 여자라 힘이 무척 셌어요. 그대로 있다가는 머리가
모두 빠질 것 같아 그 여자 젖가슴을 움켜잡았어요. 그리고 젖꼭지를
사정없이 비틀어버렸어요.」

「하여간 대단하구나.」

허 여사는 입을 벌리고 남지를 쳐다보았다.

「그 여자는 비명을 지르면서 제 머리를 움켜잡고 있던 손을 풀었어
요. 저는 기회를 놓치지 않고 그 여자의 옷을 확 잡아챘어요. 옷이 북
찢어지면서 그 여자의 젖가슴이 드러났어요. 무슨 젖가슴이 그렇게
큰지, 그런 가슴은 처음 봤어요. 사람들은 킥킥 웃고, 그 뚱쟁이는 어
쩔 줄을 모르며 소리소리 질렀어요. 몸부림치는 그 여자를 호텔 직원
들이 끌고 갔어요. 결국 저한테 함부로 굴다가 톡톡히 창피를 당한 거
죠.」

남지는 그때 그 장면을 생각하고는 자기도 모르게 씨익 웃었다.

허 여사도 입가에 미소를 짓다가 말았는데, 그것은 서글픈 미소였다.

「네가 그렇게 싸움을 잘하는지는 미처 몰랐다. 성격이 드센지는 알고
있었지만…….」

「전 누구하고 싸우면 절대 안 져요.」

그녀는 자신만만하게 말했다.

196

「잘했다. 혼을 내준 건 잘했어. 자기 정부를 너한테 중매서다니, 세상에 그런 나쁜 여자가 어딨어. 자기 정부를 너하고 결혼시켜서 도대체 어쩌겠다는 거야? 머리가 좀 이상한 여자 아니니? 정신병자가 아니고는 어떻게 그럴 수가 있어? 내가 그 자리에 있었더라도 가만 안 두었을 거다. 못된 여자 같으니! 그런 여자는 백 번이라도 혼을 내줘야 해. 남의 처녀 신세 망칠 뻔했잖아.」

생각할수록 그것은 치가 떨리는 일이었다.

「문제는 그 다음에 일어났어요.」

마침내 남지의 안색이 다시 굳어지기 시작했다. 이제 가장 말하기 어려운 부분을 설명해야 하기 때문이었다.

「엄마, 나가요. 나가서 걸으면서 이야기해요.」

남지는 어머니의 얼굴을 마주 쳐다보고서는 도저히 입을 뗄 수가 없을 것 같았던 것이다.

밤깊은 거리는 공기가 쌀쌀한 편이었다.

허 여사가 코트깃을 세우면서 어깨를 움츠리자 남지는 그 옆으로 바싹 다가서면서 팔짱을 끼었다. 그러면서 엄마와 팔짱을 긴 채 길을 걸어본지도 참 오랜만이라고 생각했다.

어머니의 얼굴을 마주 보지 않으니, 비로소 굳었던 입이 움직이기 시작했다. 그녀는 자신도 놀랄 정도로 차분하게, 그리고 비교적 자세하게 그때의 일을 털어놓기 시작했다.

그녀가 이야기하는 동안 허 여사는 깜짝깜짝 놀라기도 하고 온몸을 부르르 떨기도 했다. 그리고 김창대가 남지를 강간하는 대목에 이르러서는 〈그 죽일 놈! 그 개 같은 놈!〉하면서 더 이상 말하지 않아도 알겠다는 듯 손을 들어 그녀의 말을 제지했다.

「아니에요! 이왕 나온 말이니까 자세히 들으셔야 해요! 그래야만 제가 왜 그 자를 죽이게 됐는지 이해하시게 될 거예요!」

볼을 타고 흘러내리는 눈물이 가로등 불빛을 받아 반짝이고 있었다.

모퉁이를 돌자 술취한 사내 두 명이 어느 건물의 벽에다 대고 오줌을 누고 있었다. 양복을 차려입은 그럴 듯한 차림의 사내들이었다. 욕지거리를 해대면서 오줌을 갈기고 있던 그들은 여자들이 나타나자 눈을 번득이면서 히히 웃었다. 그 중의 한 명이 잔뜩 발기한 성기를 흔들어 보이면서 〈야, 한 번 하자〉하고 말했다. 그러나 두 모녀는 침착한 모습으로 사내들 앞을 지나쳐갔다.

「이거 기막힌 거야! 잘 해줄께 한 번 하자구!」

「공짜루 해줄께!」

남자들은 그녀들을 향해 소리를 질러댔다.

남지는 자신이 김창대한테 어떻게 당했는지를 하나도 숨기지 않고 이야기했다. 어머니의 마음을 아프게 해드리고 싶지가 않았지만, 어머니가 다른 무엇보다도 김창대한테 당한 내용을 자세히 알아야만 변호사를 만나볼 수가 있다는 말에 숨김없이 털어놓았던 것이다.

「그 자는 완전히 야수로 돌변해 있었어요. 저를 주먹으로 마구 때려 실신시켜 놓았으면 겁이 나서라도 병원으로 데려가야 할 텐데…… 그러지를 않고 좋은 기회라는 듯 그렇게 야욕을 채워나갔어요. 저는 기절해 있었지만…… 그 자에게 당하고 있다는 것을 어렴풋이 느끼고는 있었어요. 하지만 손가락 하나 꼼짝할 수가 없었어요.」

더 이상 듣고 있기가 힘들었기 때문에 허 여사는 걸음을 멈추고 찬 공기를 가슴 깊숙이 들이마셨다. 그녀는 가로수 가지를 움켜잡고 나뭇가지 사이로 달을 올려다보았다. 밤하늘에는 둥근 달이 떠 있었다.

어머니의 어깨가 떨리고 있는 것을 보고 남지는 뒤로 다가서서 어머니의 등에 얼굴을 기댔다.

「엄마, 죄송해요. 더 이상 얘기할 수가 없어요.」

「아니야. 괜찮으니까 이야기해. 난 괜찮아.」

허 여사는 손수건을 꺼내 눈물을 훔치고 나서 다시 걸음을 옮기기 시작했다.

남지는 욕실로 옮겨져 깨어난 일, 그리고 김창대가 건배를 하자면서 샴페인잔을 건네준 것 등을 이야기했다.

「……저는 참을 수가 없었어요. 그래서 술을 그의 얼굴에다 끼얹었어요. 그러자 그놈은 미친 듯이 저를 때리기 시작했어요. 잘못하다가는 맞아 죽을 것 같았기 때문에 저는 더 이상 반항도 못 하고 가만 있었어요. 그러자 그놈은 좋은 생각이 있다면서 그 뚱쟁이를 불러들여 함께 놀자고 했어요. 그 뚱쟁이가 보는 앞에서 너를 강간하겠다고 하면서 뚱쟁이가 기다리고 있는 방에다가 전화를 걸었어요.」

「미친 놈…….」

허 여사는 중얼거리면서 어느 빌딩 앞에 놓여 있는 나무 의자에 털썩 앉았다. 남지는 자신의 모습이 더없이 초라하게 느껴졌기 때문에 어머니의 등뒤로 돌아갔다.

「미친 놈…… 그런 미친 놈이 어딨어…….」

격노한 허 여사는 몸에 경련까지 일으키면서 얼빠진 듯 중얼거렸다.

남지는 어머니의 그런 모습을 지켜보다가 다시 이야기를 계속했다.

「네, 그놈은 미친 놈이었어요. 만일 그 자하고 결혼했다면 하루도 못 살고 뛰쳐나왔을 거예요. 그런 악마하고 사느니 혼자 사는 게 훨씬 나을 거예요. 만일 제가 그때 가만 있었다면 그 악마는 그 뚱쟁이를 불러서 자기가 하고 싶은 대로 저를 농락했을 거예요. 그 여자가 보는 앞에서 말이에요. 그 자는 그 여자까지 불러들여 그룹섹스를 하려고 했어요. 저는 더 이상 참을 수가 없었어요. 앞뒤를 생각해볼 겨를도 없었어요. 오직 그 자를 죽이고 싶은 생각뿐이었어요. 그래서 눈에 보이는 병을 집어들었어요. 샴페인병이었어요. 그런 줄도 모르고 그 자는 전화를 걸고 있었어요. 저는 악마의 머리를 병으로 힘껏 내려쳤어요.」

허 여사는 어깨를 웅크렸다. 바람에 그녀의 머리칼이 헝클어지고 있었다.

「병은 악마의 머리에 맞고 퍽 하는 소리를 내면서 산산이 깨졌어요. 단 한 번 때렸을 뿐인데…… 악마는 힘없이 쓰러지고 말았어요.」

「왜 한 번만 때렸니? 죽을 때까지 때리지 않구. 죽일 놈 같으니! 정말 잘 때렸다! 백 번 잘 했어! 그런 놈은 죽어 마땅해!」

허 여사는 몸을 돌리면서 홱 일어서더니 큰소리로 외치다시피 말했다.

「죽었는지 살았는지 그런 것은 살펴볼 여유도 없었어요. 그 자는 천장을 보고 두 눈을 부릅뜨고 누워 있었는데…… 머리에서는 많은 피가 흘러내리고 있었어요. 그걸 보고 전 놀라서 밖으로 도망쳤어요.」

「죽었는지 살았는지 확인도 하지 않고?」

「네, 하지만 나중에 최 교수님과 함께 다시 방으로 들어가봤어요. 최 교수님이 맥을 짚어 보시더니…… 죽었다고 하셨어요. 전 최 교수님 한테 사실대로 이야기했어요. 그랬더니 최 교수님이 방에 가보자고 하시면서 저를 데리고 간 거예요.」

「네가 그런 짓을 당하고 있을 때 그 교수는 도대체 어디 있었니?」

「그때까지 커피숍에서 저를 기다리고 계셨어요. 교수님이 잠깐 자리를 비운 사이에 전 쪽지를 받고 뭣 모르고 그 방에 찾아갔던 거예요. 커피숍으로 돌아온 최 교수님은 제가 보이지 않으니까 그대로 거기 앉아서 저를 기다리신 거예요.」

200

「그 사람이 그때 자리를 비우지 않고 거기에 그대로 있기만 했어도 아무 일 없었을 텐데…….」

「모두 지나간 얘기에요.」

남지는 다리에서 힘이 빠져 더 이상 서 있기가 힘이 들었다. 그래서 나무 의자에 털썩 앉았다. 그녀가 추워서 몸을 웅크리는 것을 보고 허 여사가 곁으로 다가앉으면서 그녀의 어깨를 안아주었다.

그녀는 딸이 안쓰러워서 견딜 수가 없었다. 그래서 볼을 쓰다듬기도 하고 머리를 쓸어주기도 하다가 감정을 못 이겨 그녀를 꼭 껴안아주었다.

「걱정할 것 없다. 변호사를 대서 어떻게 해볼 테니까 너무 걱정하지 않아도 돼.」

남지는 백 속을 뒤적이더니 종이조각 하나를 꺼내 어머니에게 보였다.

「한 번 보세요.」

「이게 뭐지?」

「웨이터가 저한테 전해주었던 쪽지에요. 전 최 교수님이 쓴 것인 줄 알았어요. 그래서 쪽지를 받자마자 309호실로 달려갔던 거예요.」

허 여사는 〈태양의 집〉이라는 호텔명이 인쇄되어 있는 메모지를 들여다보았다. 가로등 불빛이 약했기 때문에 글자가 잘 보이지 않았다. 남지는 재빨리 라이터불을 켰다. 그리고 어머니와 함께 메모지에 적힌 글을 다시 한 번 읽어보았다.

  네가 이긴 것 같다. 승리를 축하한다. 309호실에서 샴페인을 놓고 기다리고 있겠다.

그것을 보자 픽 하고 웃음이 나왔던 것이 생각났다. 격렬한 싸움 끝에 나온 웃음이었기 때문에 일시에 용광로처럼 끓어오르던 감정이 눈녹듯이 사라져버렸다.

「세상에 이럴 수가…….」

허 여사는 남지를 한 번 쳐다보고 나서 다시 메모지를 들여다본다.

「너무 기가 막혀 말이 안 나온다. 그놈이 어떻게 이런 걸 다 썼지? 그 싸움판에서 말이다.」

「그러니까 아주 교활한 자예요. 제가 너무 흥분해서 정신을 못 차리고 있는 걸 알고 웨이터를 시켜서 전달한 거예요. 아주 교활한 자예요.」

「못된 놈 같으니! 넌 최 교수 글씨하고 그놈 글씨하고 구분도 못 했니?」

「그럴 여유가 없었어요. 한바탕 싸우고 난 데다 사람들이 보고 있었기 때문에 얼른 들여다보고 나서 도망치듯 커피숍을 빠져나갔거든요.」

「그랬을 테지.」

허 여사는 고개를 끄덕이고 나서 메모지를 접었다.

「이건 아주 중요한 증거물이야. 그놈이 널 그 방으로 유인한 것을 말해 주는 중요한 증거물이니까 잘 보관하고 있어야 해. 재판이 시작되면 이걸 증거물로 제시해야 한다구.」

그녀는 그것을 남지에게 돌려주려다가 생각을 고쳐 자신의 백 속에다 집어넣었다.

「네가 가지고 있으면 잃어버릴지도 모르니까 내가 보관하마. 변호사한테도 보여야 하니까 내가 가지고 있는 게 좋겠다. 넌 지금 피신해 있는 입장이기 때문에 이런 거 가지고 다니다가 분실할 가능성이 커.」

어머니의 말에 일리가 있었기 때문에 남지는 자신이 그것을 굳이 보관하고 있겠다고 주장하지는 않았다.

허 여사는 남지의 한 손을 끌어다가 자신의 두 손으로 감싸쥐면서 그녀의 얼굴을 들여다보듯 가만히 쳐다보았다.

「넌 이제부터 걱정할 필요 하나도 없어. 물론 사람을 죽인 건 잘한 일이라고 할 수 없지만…… 너는 죽일 만하니까 죽인 거야. 다시 말해 넌 정당방위로 그 자를 죽인 거야. 알았어?」

남지는 고개를 끄덕이며 다소 안도하는 눈빛으로 어머니를 마주 쳐다보았다.

「정말 제가 그 사람을 죽인 것이 정당방위라고 할 수 있나요? 사람들이 그것을 믿어줄까요?」

「무슨 소리를 하고 있니? 네 이야기를 자세히 듣기 전까지는 나도 긴가민가했는데, 일단 듣고 보니까 그건 완전히 정당방위였어. 틀림없는 정당방위였어. 넌 위험에 처한 자신을 지키기 위해 그 자를 죽인 거야. 그리고 엄밀히 말해 그건 살인이라고 볼 수도 없어. 살인이란 상대방을 죽일 목적으로 계획적으로 준비를 해가지고 상대방을 제거하는 것인데…… 넌 화도 나고 겁도 나서 우발적으로 그 자를 병으로 때린 거야. 그렇지 않았니?」

「네, 그랬어요. 처음부터 죽이려고 했던 건 아니었어요.」

「병으로 한 번만 때렸니 여러 번 때렸니?」

「한 번밖에 때리지 않았어요.」

「그것봐. 죽일 마음이 있었다면 한 번만 때렸겠니? 깨진 병으로 죽을 때까지 마구 찔렀겠지. 그러니까 그건 살인이 아니고 과실치사야.」

「과실치사가 뭐예요?」

「과실치사란 상대방을 죽일 마음은 없었는데, 잘못 때려서 사람을 죽게 한 것을 말하는 거야. 하지만 살인죄에 비해서 과실치사죄는 훨씬 가벼워.」

「정당방위하고 과실치사죄는 어떻게 다른가요?」

「정당방위는 자신의 생명이 위협을 받을 때, 자신을 지키기 위해 상대방을 해쳤을 경우에만 인정되는 거야. 그러니까 정당방위는 죄가 아니야. 정당방위가 인정되면 무죄로 풀려나. 그리고 과실치사죄는 무죄가 아니지만 살인죄보다는 훨씬 가벼우니까 걱정하지 않아도 돼. 넌 정당방위가 틀림없어. 만일 정당방위가 인정되지 않는다 해도 최소한 과실치사죄는 인정되니까 아무 걱정할 필요 없어. 내일 당장 변호사 만나서 상의해봐야겠다.」

「고마워요, 엄마.」

「일단 나하고 집으로 돌아가자. 경찰을 겁낼 건 없어. 경찰에 자수해서 이야기를 하면 그 사람들도 이해해 줄 거야. 며칠만 고생하면 넌 무사히 집으로 돌아올 수 있어.」

허 여사는 남지의 손을 잡고 일어섰다. 남지도 따라일어서면서 어머니의 손에서 자신의 손을 가만히 빼냈다.

「엄마, 하지만 전 지금 집에 갈 수 없어요. 죄송해요.」

허 여사는 금방 안색이 변하면서 남지를 쏘아본다.

「왜 갈 수 없다는 거니? 도대체 어떡하려고 그러는 거니?」

남지는 앞장 서서 걸어가기 시작했다. 허 여사는 남지의 뒷모습을 쏘아보고 있다가 급히 따라붙었다.

「너 지금 그 교수한테 가려고 그러는 거지?」

「네, 가봐야 해요. 절 기다리고 계세요.」

「그런 다음 어떡할 셈이지?」

「서두를 필요 없잖아요.」

「뭐라고?」

허 여사는 남지의 팔을 나꿔채 걸음을 멈추게 했다. 그리고 어처구니 없어 하며 그녀를 노려보았다.

「도대체 너, 그게 무슨 소리니? 그걸 말이라고 하는 거니? 사람이 죽었는데 그렇게 한가한 소리나 하고. 아무리 철딱서니가 없다고, 어떻게 그런 말을 다 할 수가 있니? 이 에미보다 그 교수 만나러가는 게 더 좋으니? 집에서는 지금 형사들이 진을 치고 있어. 너를 붙잡을 때까지 철수하지 않을 거야. 집안을 온통 뒤져서 쑥밭이 됐어. 너는 한가롭게 교수라는 작자하고 데이트나 하고 있는데 집안식구들은 형사들 얼굴이나 쳐다보고 있으라는 거니? 교수라는 자하고 데이트하기 위해 서두를 필요가 없다는 거니? 그 교수 어떻게 생겼는지 내가 좀 만나봐야겠다. 너 혼자 갈 게 아니라 나하고 함께 가자.」

「안 돼요, 엄마.」

남지는 울상이 되어 어머니를 쳐다보았다. 그녀는 두 손으로 어머니의 팔을 꽉 움켜잡고 고개를 흔들었다.

「왜 안 된다는 거니? 너를 이 꼴로 만든 게 누군데 내가 만나면 안 된다는 거니? 만나서 얼굴에 침이라도 뱉어줘야겠어. 교수라는 작자가 자기 제자를 데리고 다니며 농락하더니 결국은 이 꼴로 만들고…… 그것도 부족해서 더 데리고 다니면서 농락하겠다는 거니? 그 자한테는 뭐 하러 가겠다는 거니?」

「아, 엄마, 그분은 그런 분이 아니에요. 제가 사람을 죽였는데도…… 다른 사람 같으면 벌써 저를 멀리 했을 텐데 그분은 그렇지가 않고 계속 제 곁에서 저를 보호해 주고 계세요.」

「홍, 보호? 정말 훌륭한 보호자를 뒀구나. 고양이한테 생선가게 맡긴

꼴이지. 도대체 어떻게 생긴 사람인지 나도 한 번 만나보자.」

「안 돼요, 엄마! 그건 안 돼요. 나중에 만날 기회가 있으면 그때 자연스럽게 만나게 해드리겠어요. 지금은 안 돼요.」

두 모녀의 숨결이 거칠어지고 있었다.

「이 엄마를 혼자 내버려두고 꼭 그 사람한테 가야겠니?」

남지는 어머니의 시선을 마주 쳐다볼 수가 없어 고개를 밑으로 떨구었다.

「죄송해요, 엄마.」

허 여사는 마치 딸한테 버림을 받은 것만 같았다. 그래서 원망어린 눈으로 남지를 쳐다보다가 한숨을 길게 내쉬었다. 끌고 갈 수만 있다면 그렇게 해서라도 데리고 가고 싶지만 다 큰 애를 그렇게 할 수도 없어 절망적인 마음으로 쳐다보기만 했다.

「그 사람한테 전화를 걸어 못 가겠다고 해. 나하고 함께 있다고 말해.」

허 여사가 성난 목소리로 말했지만 남지의 마음은 완강하기만 했다.

「안 돼요. 가봐야 해요.」

「도대체 그 사람한테 가서 어쩌겠다는 거니? 네가 지금 사랑 같은 거 찾을 처지니? 정신 차려! 넌 사람을 죽인 몸이야! 일이 잘못되면 네 인생 망치는 거고, 우리 집안도 망하게 돼.」

「오래 있지는 않을 거예요.」

「만나고 금방 돌아올 거니? 그렇다면 내가 가까운 곳에서 기다리고 있을게.」

「아니에요. 그렇게 빨리 돌아올 수는 없어요. 며칠 걸릴지 몰라요. 연락드리겠어요.」

남지는 뒷걸음질을 치면서 말했고, 허 여사는 딸을 붙잡으려는 듯 다가갔다.

「용서해 주세요. 교수님하고는 마지막이 될 것 같아서…… 며칠 동안 함께 지내려고 그러는 거예요. 교수님은 저 때문에 모든 것을 희생하셨어요. 제가 가지 않으면…….」

「그 사람이 자살하기라도 하니?」

「엄마, 며칠 동안만 기다려주세요.」

그때 경찰관 두 명이 다가오고 있는 것이 보였다.

「잘 됐다. 경찰이 오고 있으니까 여기서 아예 자수를 해라.」

「안 돼요!」

남지는 몸을 홱 돌리더니 재빨리 어둠 속으로 걸어가버렸다.

「남지야!」

허 여사는 허둥지둥 뒤따라가면서 딸의 이름을 불렀지만 그녀는 뒤도 안 돌아보고 골목 안으로 사라져버렸다. 허 여사는 골목 안에까지 가보았지만 남지의 모습은 보이지 않았다.

「무슨 일입니까?」

골목 밖으로 나오자 경찰관들이 서 있다가 그녀에게 물었다.

「아, 아무것도 아니에요.」

그녀가 돌아서서 손수건으로 눈물을 훔치는 것을 보고 젊은 경찰관들은 조심스러운 태도를 취했다.

「아주머니, 무슨 일입니까?」

「…….」

허 여사는 어깨를 떨며 흐느끼기만 했다.

「아주머니, 괜찮겠습니까?」

허 여사가 고개를 끄덕이자 그들은 밤도 깊었으니 조심해서 집으로 돌아가라고 이른 다음 길을 건너갔다.

허 여사는 아까 앉았던 자리로 돌아가 다시 의자에 앉았다.

울고 났더니 격했던 감정이 조금 가라앉는 것 같았다.

피붙이라도 다 소용없다는 생각이 들었다. 그녀는 밤하늘에 떠 있는 달을 물끄러미 바라보다가 담배를 꺼내 불을 붙였다.

소외감과 외로움이 엄습해 왔다. 그렇게 사랑하는 딸인데도 자기가 사랑하는 남자를 찾아 이 어미에게 등을 돌리고 가버린다. 못된 것 같으니! 그런데도 어미는 딸을 포기하지 못한다. 이게 운명이라는 걸까. 피붙이라는 게 도대체 뭘까.

한참 후에 그녀는 자리에서 일어나 비틀거리며 걸어가다가 택시를 집어탔다.

택시를 타고 집으로 가는 동안 그녀는 내내 그 최 교수라는 자에 대해 생각해보았다. 생각할수록 나쁜 사람이라는 생각을 지울 수가 없었다. 같은 교육자 입장에서 그녀는 그 교수의 행동을 도저히 좋게 해석할 수가 없었다. 자기 제자를 제주도 등지로 데리고 돌아다니며 농락한 행위는 교육자로서의 양심이 전혀 없는 자의 소행이라고 할 수밖에 없었다. 결국 남지가 김창대를 죽이게 된 것도 그 원인은 최 교수한테 있다고 보아야 할 것이다. 그는 이번 사건에 어느 정도 책임을 져야 할 것이다. 도덕적인 책임과 함께…….

어떻게 생겨먹은 자인지 한 번 만나보고 싶다. 어떤 사람이기에 남지가 저토록 깊이 빠져들어 헤어나지를 못하는 것일까. 그녀는 질투 비슷한 감정까지 느끼고 있었다.

그녀가 집에 도착했을 때 예상했던 대로 형사들은 성난 모습으로 거실에 죽치고 앉아 있었다. 그 바람에 애꿎은 금지만 겁에 질려 어쩔 줄 모르고 있었다.

「허 선생님, 이래도 되는 겁니까?」

안경 낀 형사가 안으로 들어서는 허 여사를 보고 불쾌한 얼굴로 물었
다.

뚱보 형사는 곁눈질로 그녀를 흘겨보고 있었다.

「죄송합니다.」

허 여사는 형사들의 시선을 피해 손목시계를 들여다보았다.

자정도 훨씬 지난 1시 가까운 시간이었다.

「남지 양 만나고 오셨나요?」

허 여사는 잠시 생각을 정리하고 나서 무겁게 입을 열었다.

「만나자고 해서 갔었는데…… 만나지를 못했어요. 약속장소에 나타
나지를 않았어요.」

「그럼 지금까지 어디서 무얼 하시다가 오신 겁니까?」

「약속장소에서 그 애 기다리다가 그냥 돌아오는 길이에요.」

형사들은 미심쩍다는 듯이 그녀를 쳐다보았다.

「그럼 가시기 전에 저희한테 먼저 말씀을 하셔야지 혼자 몰래 다녀오
시면 저희는 어떡합니까? 제주도에서부터 올라와가지고 잠도 못 자
고 이러고 있는 거 아시면서 그런 짓을 하시면 어떡합니까?」

안경이 볼멘 목소리로 말하자 허 여사는 고개를 숙였다.

「죄송합니다. 빨리 만나고 싶은 생각에 그만…….」

「우리는 핫바지가 아니에요.」

뚱보가 담배를 꼬나문 채 이맛살을 찌푸리며 말했다.

허 여사는 거듭 죄송하다고 말했다.

「허 선생님, 우리 경찰한테 협조해서 손해보실 건 하나도 없습니다.
만나고 오셨으면 오셨다고 솔직히 말씀하시지 왜 거짓말을 하십니
까? 그래서 득이 되는 게 뭐가 있습니까?」

「정말 만나지 못했습니다. 만났으면 만났다고 말씀드리지 제가 왜 형

사님들한테 거짓말을 하겠습니까. 정말 만나지 못했습니다.」

「허 여사님은 교육자이십니다. 교육자이시기 때문에 거짓말은 안 하실 거라고 생각합니다만 혹시나 해서…….」

안경 낀 형사의 말에 이어 뚱보 형사가 거친 어조로,

「교육자로서 양심에 꺼림칙한 것 없이 맹세하실 수 있나요? 남지 양을 만나지 않았다고?」

「네, 맹세할 수 있습니다. 맹세합니다.」

허 여사는 얼굴빛 하나 변하지 않고 대답했다. 이왕 거짓말할 바에는 철저히 해야 한다고 그녀는 생각했다. 그렇다고 양심에 가책이 된다거나 그런 생각은 조금도 없었다.

그녀가 그렇게 나오자 형사들은 비로소 그녀의 말을 믿는 것 같았고, 거기에 대해 더 이상 추궁하지 않았다.

형사들은 남지네 집에다 도청 장치를 해놓지 않은 것을 후회하고 있었다. 그녀를 곧 체포할 수 있을 것 같았기 때문에 굳이 그런 장치를 하지 않았던 것인데, 사태가 돌아가는 꼴을 보니 그녀는 쉬이 붙잡힐 것 같지가 않았다.

「아까 따님한테서 전화가 왔을 때 무슨 이야기를 나누셨나요?」

「경찰에서 널 찾고 있는데 무슨 일이냐고 물었습니다. 그랬더니 한참 동안 말을 못 하고 울기만 했어요. 그래서 전 그랬어요. 잘못한 것이 있으면 도망다닐 게 아니라 경찰에 자수해서 해결할 생각을 하라구요. 그 애는 무서워서 자수를 못 하겠다고 했어요. 겨우 구슬러서 밖에서 만나기로 하고 약속장소로 나갔었죠.」

「약속장소가 어디였나요?」

「M성당 입구에 있는 마리아성모상 앞이었어요.」

「약속장소에 나타나지 않았다면…… 집으로 다시 전화가 오겠군요?」

210

「글쎄요. 전화가 왔으면 좋겠는데…….」

그녀는 진심으로 딸의 전화를 기다리고 있다는 듯 전화기가 놓여 있는 쪽을 쳐다보기까지 했다.

「허 여사님!」

안 형사가 심각한 표정으로 그녀를 불렀다.

그녀는 조심스럽게 그를 쳐다보았다.

「남지 양이 무슨 짓을 저질렀는지 아직 모르고 계시죠?」

「네, 아직 모르고 있습니다. 말씀을 안 해주시니까…….」

「어차피 아시게 될 테니까 미리 말씀드리죠. 일단 말씀을 드리고 나서 도움을 청하는 게 오히려 나을 것 같군요.」

안 형사가 금지를 쳐다보자 허 여사는 그녀에게 방에 들어가 있으라고 말했다. 그리고 자세를 고쳐앉고 귀를 기울였다.

「남지 양은 현재 용의자일 뿐 범인은 아닙니다. 그 점을 염두에 두시고 제 말을 들어주십시오.」

「범인으로 단정된 건 아니지만, 유력한 용의자란 걸 아셔야 합니다.」

염 형사가 퉁명스럽게 말했다.

어머니와 딸

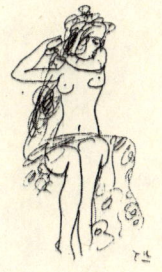

어머니와 딸

남지가 어떻게 해서 김창대 살인사건의 유력한 용의자로 지목받게 되었는지를 형사들로부터 자세히 듣고 난 허 여사는 마치 처음 그 사실을 알고 충격을 받은 것처럼 가장하면서 한동안 얼빠진 표정으로 허공을 바라보고 있다가 실없이 미소를 지으면서 천천히 고개를 흔들었다.

「그럴 리가 없어요. 뭔가 잘못 아신 거예요. 그 애가 사람을…… 그것도 남자를 죽이다니…… 그게 어디 말이나 되나요. 그럴 리가 없어요. 그건 오해에요.」

얼빠진 표정으로 중얼거리듯 말하는 그녀를 보고 형사들은 서로 얼굴을 쳐다보았다.

「믿지 못하실 겁니다. 하지만…….」

「저는 가난하지만…… 우리 애를 그렇게 기르지 않았어요. 사람을 죽이다니, 말도 안 돼요.」

갑자기 그녀는 바들바들 떨기 시작했다. 사나운 눈으로 형사들을 쏘아보면서 그녀는 터져나오는 고성을 억누르려고 애쓰는 표정을 얼굴에 역력히 드러내고 있었다.

「사실은 우리도 믿고 싶지 않습니다. 그래서 본인을 직접 만나 이야기를 들어보려고 하는 겁니다.」

「경찰이 생사람을 잘 잡는다는 말은 많이 들어서 알고 있어요. 그 애한테 만일 억울한 누명을 씌우면 전 가만 있지 않을 거예요.」

이번에는 형사들이 실소했다.

「그런 걱정은 하지 마십시오. 직업을 그만두면 됐지 생사람을 잡지는 않습니다. 우리를 뭘로 알고…….」

염 형사가 불쾌한 듯이 투덜거리자 안 형사가 팔꿈치로 그의 옆구리를 쿡 찔렀다.

「우리 생각으로는…… 그 최 교수라는 사람한테 문제가 있는 것 같습니다. 솔직히 말씀드리면 남지 양보다는 최 교수 쪽에 더 혐의점을 두고 싶습니다. 검시관의 말에 따르면 아주 힘센 사람이 머리를 내려치지 않으면 그렇게 건장한 남자가 한 번에 즉사하지는 않는답니다. 그러니까 최 교수가 병으로 그 사람 머리를 내려쳤을 가능성이 크다고 우리는 보고 있습니다. 남지 양은 공범이든가, 아니면 그 옆에서 최 교수가 피살자를 병으로 때리는 것을 구경하고 있었던가, 뭐 그 정도였으리라고 생각합니다만…… 당사자들을 만나보지 않은 이상 아직 단정은 내릴 수가 없습니다.」

안 형사의 말에 허 여사의 눈빛이 번득였다. 그녀는 새로운 사실을 발견한 듯 눈을 빛내며 말했다.

「잘 보셨어요! 그 최 교수라는 자가 죽인 거예요! 저도 이야기를 듣고 그런 생각이 들었어요. 우리 애가 그럴 리가 없어요! 그 애는 정말이지 파리새끼 한 마리 못 죽이는 애예요. 그 최 교수라는 자, 정말 나쁜 사람이에요. 도덕적으로도 용납할 수 없는 패륜아예요!」

「네, 저희도 그렇게 생각하고 있습니다. 명색이 대학 교수라는 자가

자기 제자를 데리고 다니면서 그런 짓을 하다니…….」

「그런 자식은 작살을 내버려야 해. 잡히기만 해봐라.」

염 형사가 이를 갈면서 말하는 것을 보고 허 여사는 조금 힘이 솟는 것 같았다.

「빨리 좀 잡아서 사실을 밝혀 주세요. 그런 사람은 교단에서 추방해야 해요. 철없는 것이 부도덕한 교수한테 말려들어 제정신이 아닌 것 같은데, 잘 좀 부탁합니다. 그 애가 살인혐의를 받는다는 건 정말 억울합니다.」

「최 교수와 남지 양은 현재로서는 행방이 묘연합니다. 학교에도 가지 않았고…… 똑같이 집에도 없어요. 두 사람은 현재 함께 은신해 있는 것 같은데, 그래봤자 붙잡히는 건 시간문제입니다. 자수하면 정상참작이 되지만, 그렇지 않고 피신하고 있다가 체포되면 재판에서 전혀 정상참작이 안 됩니다. 교수라면 그만한 것은 알 텐데…….」

안 형사는 고개를 갸우뚱하다가,

「학교에서도 문제 교수로 낙인이 찍혔더군요.」

하고 말했다.

「어떤 문제인가요?」

허 여사는 최 교수라는 인물에 대해 궁금하기 짝이 없었다.

「학생들이 추방운동을 벌이고 있답니다. 학생들에게 폭언과 폭행을 다반사로 하고 있는 데다 스캔들까지 일으키고 있기 때문에 학생들이 내쫓으려 하고 있답니다. 교수회의에서도 그를 문제삼을 모양입니다. 허 여사께서는 두 사람 관계를 알고 계셨나요?」

「아뇨. 전혀…….」

「최 교수라는 사람을 한 번이라도 보신 적이 있습니까?」

「없습니다.」

「사진도 못 보셨나요?」

「못 봤습니다.」

「따님 앨범에 최 교수와 함께 찍은 사진이 있었습니다.」

「전 보지 못했어요. 안 형사님이 그 애 사진을 몇 장 가져가셨다고 우리 애가 그러던데……?」

「네, 제가 가져갔습니다. 그 중에는 남지 양이 최 교수와 함께 찍은 사진도 들어 있습니다.」

「좀 보여주시겠어요?」

「지금은 제가 가지고 있지 않습니다. 다른 형사가 수사에 필요해서 가지고 있는데…… 잘 보관하고 있다가 돌려드리겠습니다. 그 사진을 보면 두 사람 사이가 보통이 아니라는 것을 금방 알 수 있을 겁니다.」

어머니와 헤어져 도망치다시피 골목을 빠져나온 남지는 계속 울면서 밤거리를 걸어갔다. 얼마 후에 택시를 잡아탔지만, 차 안에서도 걷잡을 수 없이 눈물이 흘러내리는 바람에 운전사가 그녀를 위로하기까지 했다.

이윽고 택시에서 내렸을 때 그녀는 더 이상 울고 있지 않았다.

그녀는 생각에 잠겨 밤길을 터벅터벅 걸어갔다.

참담한 마음으로 걸음을 옮기고 있는데 갑자기 강화걸이 생각났다.

그렇게도 학수고대하던 것을 쟁취했으니 얼마나 기쁠까. 그런데 나는 이게 뭔가. 그렇다고 그에게 매달리거나 그럴 생각은 추호도 없다. 한때 서로 좋아지낸 사이였을 뿐이다. 그가 계속 결혼을 요구한다 해도 들어줄 수 없는 입장이다. 최 교수와의 관계, 그리고 김창대를 죽인 것을 알게 되면 그는 놀라서 도망쳐버릴 것이다. 이제부터 그의 앞에는 좋은 규수들이 한 줄로 설 텐데 왜 말썽 많은 나 같은 것을 그가 택하겠는가.

그래도 마지막으로 축하전화라도 걸어주어야겠다고 그녀는 생각했다.

자정이 지난 시간이라 남의 집에 전화를 건다는 것이 망설여졌지만 얼른 전화를 받지 않으면 끊어버릴 생각으로 그녀는 공중전화 부스 안으로 들어가 시외전화를 걸었다.

벨이 울리자마자 신호가 떨어지면서 귀에 익은 주인 여자의 목소리가 들려왔다. 시끌벅적한 소음까지 들려오고 있는 것으로 보아 아직 잠들을 자고 있지 않는 것 같았다.

인사말을 건넨 다음 화걸을 바꿔달라고 하자 주인 여자는 반색을 하면서 이렇게 말했다.

「아이구, 아가씨, 왜 안 오는 거야? 애인이 고시에 합격한 거 알고 있어요?」

서슴없이 애인이라고 부르는 말에 남지는 얼굴이 붉어졌다.

「네, 알고 있어요.」

「그럼 왜 안 왔어? 지금 우리 집에서 잔치가 벌어졌어요. 우리 집에서만 이번에 자그마치 세 명이나 합격했어요! 우리 집터가 좋은가봐. 날 새면 빨리 와요! 아까 여러 번 전화하던데. 잠깐 기다려요. 전화 바꿔줄께.」

잠시 후 화걸의 목소리가 들려왔다.

그는 소리부터 질러댔다. 그것은 너무 좋아서 어쩔 줄 모르는 괴성이었다.

「축하해요. 진심으로…….」

남지는 조그만 목소리로 말했다.

「목소리가 왜 그래? 하나도 기뻐하지 않는 것 같은데?」

「아니에요. 정말 축하해요.」

「집에 여러 번 전화했어. 어디를 그렇게 돌아다니는 거야?」

「미안해요.」

「사랑해! 이젠 됐어! 그동안 남지가 잘 돌봐준 덕분에 합격했어. 은혜는 잊지 않을 거야.」

「그런 말 하지 마세요.」

「아침에 집으로 가겠어. 어머니 출근하시기 전에 가서 인사드리겠어. 기다리고 있어. 거기 가서 아침 얻어먹어야겠어.」

「안 돼요! 그건 안 돼요!」

갑자기 그녀가 단호하게 말하는 바람에 화걸은 조금 놀란 것 같았다.

「왜 안 된다는 거야? 왜 그래?」

「약속이 있어서 일찍 나가봐야 해요. 미안해요.」

「그럼 점심때 갈까? 점심때 가서 어머님 퇴근하실 때까지 기다릴까? 아니면 저녁때 만날까? 어떻게 하는 게 좋겠어? 왜 가만 있는 거야? 말해봐.」

「미안해요. 오늘은 안 돼요.」

「왜 안 된다는 거야? 남들은 소식 듣자마자 달려와서 축하해 주는데 넌 왜 그러는 거야? 내가 합격한 거 하나도 기쁘지 않은가보지.」

「아니에요. 기뻐요. 누구보다도 기뻐요.」

「기뻐하는 목소리가 아니야. 축하해 달라고 하지 않겠어. 단지 나는 보고 싶으니까 만나자는 거야. 우리, 너무 오래 안 만났잖아. 당장 만나잔 말이야.」

화걸의 들뜬 목소리는 점점 노기를 띠어가고 있었다.

「난 너하고 결혼하고 말 거야!」

남지는 그가 쏟아내는 말들을 가만히 듣고 있다가 미안하다고 거듭

말하고 나서 전화를 먼저 끊었다. 이것으로 그와도 마지막이라고 생각하자 눈물이 왈칵 쏟아졌다.

그녀는 전화 부스 안에서 두 손으로 얼굴을 가린 채 흐느껴 울었다.

한참 흐느끼고 나서 부스 밖으로 나오려는데 젊은 남녀 한 쌍이 밖에서서 기다리고 있는 것이 보였다. 그녀가 안에서 하도 서럽게 울고 있자차마 안으로 들어오지 못하고 밖에서 잠자코 기다리고 있었던 모양이다. 남지는 고개를 숙인 채 얼른 그곳을 빠져나왔다.

최 교수는 하숙방에서 등산 준비를 하고 있었다. 날이 새자마자 남지와 함께 서울을 떠나기로 되어 있었기 때문에 미리 짐을 챙기고 있는 중이었다.

배낭을 챙기면서도 그의 머리 속은 줄곧 남지 생각으로 가득 차 있었다. 어머니를 만나고 오겠다고 하면서 나간 것이 초저녁 때였는데, 자정이 지나고 1시가 되었는데도 돌아오지 않고 있었다. 아마 경찰에 체포되었을지도 모른다고 생각하자 배낭을 챙기고 싶은 마음도 없어지고 말았다.

그녀가 경찰에 체포되는 것은 시간문제라는 것을 그는 잘 알고 있었다. 그녀와 함께 자신도 일단은 경찰에 연행될 수밖에 없다는 것도 알고있었다. 만일 경찰에 연행되면 사실대로 말할 수밖에 없을 것이고, 그것은 곧 남지에게 불리한 증언으로 작용하게 될 것이다. 그러나 그럴 수는없다. 좋은 방법이 없을까.

잘만 하면 남지는 정당방위로 풀려날 수가 있다. 하지만 꼭 그렇게 될것이라고 장담할 수는 없다. 재판관이 어떻게 문제를 보느냐에 따라 그녀는 무죄도 될 수 있고 유죄판결을 받을 수도 있다. 변수는 얼마든지있을 수 있다. 현재로서는 남지의 정당방위를 인정할 수 있는 증거나 증인이 없지 않은가. 재판관이 과연 그녀의 진술만을 믿고 그녀에게 무죄를 선고할 수 있을까.

남지는 골목으로 나 있는 조그만 창문 앞에 이르자 걸음을 멈추었다.

거의 모든 창들이 어둠 속에 잠겨 있었지만 최 교수의 하숙방 창문에만은 불이 밝혀져 있었다. 그는 아직 자지 않고 그녀를 기다리고 있었다.

남지는 창문을 물끄러미 바라보고 있었다. 하숙방에서 흘러나오는 불빛은 더없이 따뜻하고 평화로운 느낌을 주고 있었다. 교수님은 지금 무엇을 하고 계실까. 만일 내가 돌아오지 않으면 밤새 주무시지 않고 나를 기다리시겠지.

그녀는 발돋음을 하고 창문을 조심스럽게 두드렸다. 그러자 기다렸다는 듯이 그림자가 어른거리더니 문이 삐걱거리며 열렸다. 창문은 워낙 낡을 대로 낡아서 잘 열리지가 않았다.

억지로 열린 창문 사이로 최 교수의 얼굴이 보였다.

「저예요.」

「늦었구나.」

두 사람은 서로 깊은 눈길로 상대방을 쳐다보았다.

이윽고 최 교수가 대문을 열어주려고 창가에서 물러나려고 하자 남지는 그를 불러세웠다.

「왜 그래?」

최 교수가 의아한 듯 그녀를 내려다보았다.

「아니에요. 여기서 이렇게 쳐다보고 싶어요. 좀 있다가 열어주세요.」

최 교수의 얼굴에 미소가 감돌았다.

「춥지 않아?」

「괜찮아요.」

「자, 이걸 걸치고 밤새도록 거기에 서 있어봐.」

최 교수는 자신의 오리털 파카를 그녀에게 내주었다. 남지는 위에다 그것을 걸친 다음 최 교수를 올려다보며,

「어때요?」

하고 물었다.

「꼭 곰 같은데.」

그녀는 몸을 흔들며 얼굴 가득히 미소를 지었다. 그렇게 최 교수를 올려다보다가 손을 위로 올렸다. 최 교수도 손을 내려 그녀의 손을 잡아주었다.

「왜 이렇게 손이 차갑지?」

「조금 있으면 따뜻해질 거예요. 지금까지 뭐 하고 계셨어요?」

「배낭 챙기고 있었어. 난 등산 가기 전날은 흥분해서 잠이 안 와.」

두 사람은 정작 필요한 대화는 일부러 피하고 있었다.

「로미오와 줄리엣 같아요.」

「음, 그런데…….」

최 교수는 그녀의 머리를 쓰다듬어 주었다.

「짐 다 챙기셨어요?」

「아니, 아직……. 챙기다 말다 했어.」

「저도 짐 챙겨야 하는데…….」

「여자 짐은 못 챙기겠어. 어떻게 챙겨야 할지 모르겠어.」

그들은 너무 오랜만에 보는 것처럼 또 서로를 뚫어지게 쳐다보았다.

「여자 짐은 까다로울 걸요.」

「왜 이렇게 늦었지?」

「엄마를 만났어요.」

그녀는 시선을 밑으로 떨어뜨렸다.

「이제 그만 들어와.」

최 교수가 창에서 물러나는 것을 보고 그녀는 대문 쪽으로 다가갔다.

방으로 들어서자 그녀는 최 교수의 품에 안겼다. 마치 다시는 떨어지지 않겠다는 듯이 매달리는 바람에 최 교수의 등이 활처럼 휘어졌다.

「보고 싶었어요. 다시는 못 만나는 줄 알았어요.」

불과 몇 시간 떨어져 있었을 뿐인데 그런 말을 한다. 그러나 최 교수 역시 같은 말을 하고 싶었다.

그녀를 안아서 아랫목에 앉힌 다음 그는 무슨 일이 있었느냐고 물어보았다.

그녀는 어머니를 만나서 나누었던 이야기를 그에게 대강 말해 주었다.

「충격이 크셨겠구나.」

「엄마는 침착하신 분이에요. 아주 냉정할 정도로 침착하세요. 저도 놀랄 정도로 침착하셨어요. 교수님 이야기도 해드렸어요. 말씀드리지 않을 수 없었어요.」

충분히 이해한다는 듯 최 교수는 고개를 끄덕여주었다.

「잘했어. 내 이야기를 안 할 수 없었겠지. 나를 빼놓고는 이야기가 안 될 테니까. 내 이야기를 했더니 어머님이 뭐라고 하셔? 많이 욕하셨겠지?」

「아니에요. 제가 잘 이해시켜 드렸어요. 엄마는 생각이 깊으시기 때문에 충분히 이해하고 계세요. 제가 진심으로 교수님을 사랑한다면 엄마는 상관하지 않겠다고 하셨어요.」

남지는 그렇게 말하면서 빤히 자기를 쳐다보는 최 교수의 눈길을 피해 딴 곳으로 시선을 돌렸다.

최 교수는 그녀가 거짓말을 하고 있음을 알 수가 있었다. 그와 함께

224

그녀의 입장에서는 거짓말을 하는 것이 당연하다는 생각이 들었다.

「어머님은 경찰에 자수하라고 하시지 않았나?」

「말씀하셨어요. 전 좀 있다가 하겠다고 했어요. 엄마는 정당방위이기 때문에 무죄로 풀려날 거라고 하시면서 좋은 변호사를 대겠다고 하셨어요. 만일 정당방위가 인정되지 않더라도 최소한 과실치사 정도밖에 안되니까 걱정하지 말라고 말씀하셨어요. 집에는 계속 형사들이 지키고 있는데…… 그들이 식사하러 간 사이에 몰래 빠져나오셨나봐요. 엄마는…… 제 이야기를 듣고 나시더니 김창대 같은 놈은 죽어도 싸다고 하셨어요. 저보고 잘 죽였다고 하셨어요. 진심으로 하신 말씀은 아니겠지만, 아무튼 김창대가 죽은 것은 당연하다는 듯 말씀하셨어요.」

「어머님은 아주 훌륭하신 분 같아. 정말이지 만나서 사죄를 드려야 할 텐데……」

「두 분이 만나시면 안 돼요. 절대 안 돼요. 서로 피하시는 게 서로를 위해서 좋잖아요.」

「꼭 그렇지만도 않아. 하지만 내가 무슨 염치로 어머님을 만날 수가 있겠어.」

최 교수가 죄의식에 사로잡힌 나머지 표정이 어두워지는 것을 보고 남지는 가슴이 아려왔다.

「교수님, 우리 다른 거 생각하지 말아요. 이렇게 함께 있는 것만으로도 전 말할 수 없이 행복해요. 죄의식 같은 거 느끼시면 안 돼요. 전 조금도 그런 거 느끼지 않아요. 우리가 죄의식을 느껴야 할 이유가 어딨어요?」

남지의 당돌한 말에 최 교수는 빙그레 웃다가 고개를 끄덕였다.

「그래. 앞으로는 죄의식을 느끼지 않겠어.」

최 교수는 남지가 사랑스러워 못 견디겠다는 듯 그녀의 입술과 두 눈, 코, 이마, 빰 등에 닥치는 대로 키스를 퍼부었다.

남지는 그의 키스 세례에 황홀한 듯 눈을 감은 채 몸을 뒤틀다가 격정을 이기지 못해 스스로 옷을 벗기 시작했다.

옷을 모두 벗고 난 그녀는 최 교수의 품속으로 파고들면서 그의 옷을 벗기기 시작했다.

언제 헤어질지 모른다는 생각이 그들을 초조하게 만들어주고 있었다. 알몸이 되자 그들은 지체없이 한몸이 되어 그들만의 세계 속으로 깊이 빠져들어갔다.

그들은 거의 뜬눈으로 밤을 지샜다.

한 차례 격렬한 사랑을 나누고 난 그들은 새벽에 떠날 것에 대비해서 배낭을 챙겼다. 이번에는 얼마 동안 산속에 있을지 알 수 없었으므로 준비할 것이 꽤 많았다.

동이 트기 시작했을 때 두 사람이 배낭을 지고 방을 나서자 하숙집 여주인이 부엌에서 나오면서 잔뜩 호기심어린 표정으로 최 교수에게 물었다.

「산에 가시는가 보죠?」

사십대의 그녀는 잔소리가 많고 쓸데없는 일에 참견하기를 좋아했다.

「네, 며칠 산에 좀 다녀오겠습니다.」

「어느 산에 가세요?」

「지리산에 갑니다.」

「아이구, 멀리도 가시네요. 전 처녀 때 한 번 가보고 지금까지 못 가봤는데. 잘 다녀오세요.」

혼자 독방을 쓰면서 적지않은 하숙비를 제 날짜에 꼬박꼬박 내주는 최 교수 같은 하숙 손님은 하숙 치는 사람 입장에서는 귀한 손님일 수밖

226

에 없었다.

최 교수는 하숙집을 나서면서 문득 여주인에게 공연히 행선지를 알려주었다는 생각이 들었다. 그러나 이미 뱉아낸 말을 도로 주워담을 수는 없는 일이었다. 그래서 행선지를 바꿀까도 생각해보았지만, 너무 지나친 신경과민인 것 같아 예정대로 지리산에 가기로 했다.

골목에 세워둔 최 교수의 낡은 승용차에 짐을 실은 다음 그들은 앞자리에 나란히 앉아 골목을 빠져나왔다. 이번에는 여러 곳을 돌아다니게 될지도 모르기 때문에 열차 대신 자가용을 가져가기로 했던 것이다.

지리산은 석 달 만에 다시 가는 것이었다.

고속도로에 접어들자 날은 완전히 밝아 있었다.

남지는 테이프를 카세트에 밀어넣은 다음 음량을 조절하고 나서 상체를 뒤로 젖혔다.

광대뼈가 튀어나온 조 반장은 화가 잔뜩 나 있었다.

이틀째 되는 날에도 유남지와 최종오 교수의 행방을 알 수 없었기 때문에 초조한 나머지 신경이 몹시 날카로워져 있었다.

남지네 집에 잠복해 있는 형사 두 명을 제외한 여섯 명이 아침부터 Y대학교 캠퍼스 안에서 탐문수사를 벌이고 있었지만 점심때가 지나도록 용의자 두 명의 행방을 추적할 수 있는 단서 하나 얻을 수가 없었다.

교수들과 학생들을 붙잡고 물어보았지만 약속이나 한 듯 하나같이 고개를 흔들며 모른다고만 대답했다. 특히 교수들은 매우 냉정했고, 사람을 무시하는 듯한 태도를 취하는 바람에 조 반장은 거기에 더욱 비위가 상해 있었다.

「이 새끼들, 걸려들기만 해봐라. 드러워서 교수면 교수지 사람을 뭘로 알고…….」

조 반장의 두 눈이 독수리 눈처럼 날카롭게 변해 있었다.

그는 구 형사를 데리고 마지막으로 학장실로 들어갔다.

학장은 아침때 만나보려고 했었는데 중요한 회의가 있다면서 오후에 보자고 했었다.

학장실에는 학장 외에 두 명의 교수가 더 있었다.

학장은 용건을 듣고 나서야 형사들에게 자리를 권했다.

형사들은 땀냄새를 풍기면서 한쪽에 얌전하게 앉았다.

「이거 사실…… 이런 말 들으면 기분상하시겠지만, 캠퍼스 안에서 수사활동을 하는 것은 곤란합니다. 여기는 어디까지나 신성한 학원이기 때문에…….」

조 반장은 학장의 말이 끝나기를 잠자코 기다리고 있다가 미안하다고 말했다.

「아, 됐습니다. 이왕 제주도에서 오셨으니까 일을 끝내셔야죠. 경찰이 유남지라는 학생과 최종오 교수를 찾고 있다는 걸 알고 있습니다. 그런데 무슨 일로 그 두 사람을 찾고 있나요?」

「그건 말씀드릴 수 없습니다. 수사상 내용을 밝히는 건 아직 곤란합니다. 최 교수와 유남지 양을 빨리 만나고 돌아가야겠는데 만날 수가 없습니다.」

조 반장은 애로사항을 이야기한 다음 협조를 부탁했다.

이야기를 듣고 난 학장은 미간을 찌푸렸고, 다른 교수 두 명은 한심하다는 표정으로 고개만 끄덕였다.

「우리도 최 교수 때문에 골치를 썩히고 있습니다.」

하고 학장이 말했다.

「최 교수가 잘 나가는 술집 같은 데, 혹시 모르십니까?」

말수가 적은 구 형사가 물었다. 그 말에 담배에 불을 붙이던 비쩍 마른 교수가 고개를 쳐들었다.

「학교 앞에 〈목마른 나무들〉이라는 카페가 있는데…… 거기에 단골
로 드나든다는 말이 있던데…… 지금도 드나드는지는 잘 모르겠어
요.」

구 형사는 혼자 가만히 학장실을 빠져나왔다. 그리고 다른 형사 한
명과 함께 〈목마른 나무들〉을 찾아갔다.

그동안 조 반장 혼자서 학장을 상대하고 있었다.

학장과 그 옆에서 가끔씩 말을 거들고 있는 두 명의 교수와 이야기를
나누는 동안 조 반장은 그들이 최 교수를 아주 좋지 않게 보고 있음을
알았다. 그들은 최 교수가 언젠가는 사고를 저지를 줄 알았다는 듯이 말
했다. 그러나 자세한 것은 이야기하기를 꺼려하고 있었다. 최 교수를 위
해서라기보다는 학교 명예를 생각해서 입조심을 하는 것 같았다.

그러나 그들이 말해 주지 않더라도 경찰은 이미 탐문수사를 통해 최
교수 문제를 어느 정도는 파악하고 있었다. 그리고 게시판을 비롯해서
여기저기에 나붙어 있는 학생들의 글만 읽어보아도 최 교수가 현재 학
교에서 어떤 문제에 봉착해 있는지 충분히 짐작이 가고도 남았다. 학생
들은 최 교수가 학교에서 떠날 것을 강력히 요구하고 있었고, 그와 함께
그의 강의를 일제히 거부하고 있었다.

〈목마른 나무들〉의 문은 안으로 잠겨 있었다. 한참 문을 두드리자 웨
이터로 보이는 청년이 잠에서 깬 듯한 얼굴로 내다보았다.

「낮에는 영업 안 합니다.」

술 마시러 온 손님들로 알았던지 짜증섞인 목소리로 말했다.

말상처럼 생긴 고 형사가 가짜 기자증을 꺼내 보였다. 그것을 보고 웨
이터가 두 눈을 깜박거렸다.

「Y대에 나가는 최종오 교수 말인데…… 요즘도 여기 자주 오나요?」

「요즘은 잘 안 오십니다.」

「그래요? 급히 좀 만나야겠는데…… 혹시 주소나 전화번호 몰라요?」

「모르겠는데요.」

「야단났는데. 어떡하지?」

가짜 기자들이 난처한 표정을 짓자 웨이터가 무슨 일로 그러느냐고 물었다.

「인터뷰를 해야 하거든요. 한 페이지 크기로 나가는 아주 중요한 인터뷰인데 도대체 연락이 안 돼요. 학교에도 안 나오시고 댁에도 안 들어오신대요. 오늘 중으로 인터뷰 해서 내일 아침 신문에 내야 하는데 만날 수가 없으니, 큰일인데요. 집을 나와서 혼자 따로 살고 있다고 하던데…… 혹시 주소 알아볼 수 있는 방법이 없을까요? 자, 이건 담뱃값이나 해요.」

만원짜리 지폐 하나를 쥐어주자 웨이터는 계면쩍게 웃었다.

「그럼 저녁때 나와보세요. 미스 문하고 최 교수님하고 가까운 사이니까…… 주소를 알고 있을지도 모르거든요. 7시쯤 오시면 미스 문을 만날 수 있을 거예요.」

「지금 좀 미스 문을 만날 수 없을까?」

「지금은 만날 수 없어요. 미스 문한테 연락이 안 되거든요.」

두 명의 형사가 〈목마른 나무들〉을 다시 찾아온 것은 저녁 7시가 조금 지나서였다.

마담으로 보이는 여자가 술손님으로 알고 그들을 반갑게 맞아들였다.

그들이 첫손님인 듯 홀 안은 휑하니 비어 있었다.

맥주 두 병과 간단한 안주를 시키고 나서 마담과 몇 마디 잡담을 나누고 있는데 화장실 쪽에서 낮에 보았던 웨이터가 나타났다.

230

웨이터는 그들을 알아보고 고개를 꾸벅했다. 마담이 웨이터에게 눈으로 잘 아는 사이냐고 묻자 그는 마담에게 신문사 기자들이라고 소개했다. 그러자 마담은 손님들에게 어느 신문사 기자냐고 물었고, 고 형사는 적당히 얼버무렸다.

「미스 문 아직 출근하지 않았나?」

마담이 자리를 뜨자 고 형사는 웨이터에게 재빨리 물었다.

「네, 아직 안 왔습니다. 보통 6시에서 7시 사이에는 출근하는데, 오늘은 좀 늦는가 본데요.」

미스 문은 8시가 지나서야 나타났다.

「왜 이렇게 늦었어? 손님들이 아까부터 기다리고 있어.」

웨이터는 그녀를 만나러 온 손님들에 대해 아는 대로 그녀에게 설명해 주었고, 이야기를 듣고 난 미스 문은 고개를 갸우뚱하면서 손님들이 앉아 있는 테이블 쪽으로 다가갔다.

삼십 분쯤 지나 형사들은 긴장된 모습으로 카페를 나섰다.

구 형사가 휴대용 전화로 조 반장에게 최 교수의 하숙집을 알아냈다고 보고하자 부근에서 부하들과 함께 대기하고 있던 조 반장은 즉시 달려왔다.

손님들이 가고난 뒤 안경쟁이 미스 문은 어쩐지 자신이 실수를 저지른 것만 같아 웨이터에게 그 손님들에 대해 묻기도 하고 고개를 갸우뚱거리기도 하다가 최 교수의 집으로 전화를 걸었다.

최 교수의 하숙방에는 따로 전화가 한 대 설치되어 있었다. 벨이 울려대는 것을 듣고 있다가 전화를 받지 않자 그녀는 수화기를 도로 내려놓았다.

그녀는 최 교수를 몹시 좋아했다. 사귀면 사귈수록 최 교수는 신사라는 생각이 들었고, 지적인 매력이 풍기는 남자였다. 그동안 그녀는 최교수와 몇 번 깊은 관계를 맺기도 했지만 그것을 빙자해서 그를 괴롭히거나 하지는 않았다. 다만 좀더 그와 자주 접촉을 하고 싶었지만, 그에게 여대생 애인이 있는 것을 알고부터는 만나는 것이 뜸해지고 있었다. 그러나 그가 몹시 그리운 것은 숨길 수 없는 사실이었다.

미스 문이 대강 그려준 지도는 형사들을 거의 한 시간 동안이나 헤매게 만들었다. 그녀가 적어준 전화번호에다 전화를 걸어보기도 했지만 아무도 전화를 받지 않았다.

그들이 마침내 그 하숙집을 찾아낸 것은 10시가 지나서였다.

낯선 남자들이 씩씩거리며 들이닥치자 하숙집 여주인은 놀란 얼굴로 그들을 쳐다보았다.

「Y대 최 교수가 이 댁에서 하숙하고 있죠?」

형사 한 명이 소리를 죽여 물었다.

「네, 그런데 어디서 오셨는데요?」

「경찰입니다. 그 사람 지금 방에 있습니까?」

경찰이라는 말에 그녀는 한 걸음 물러서면서 고개를 흔들었다.

「지금 안 계시는데요.」

「언제 나갔나요?」

「아, 아침에 나가셨는데요. 그분 아주 착한 분이세요.」

그녀는 묻지도 않은 말을 했다.

「그 사람 방은 어디 있습니까?」

여주인이 형사들을 최 교수의 방으로 안내해 주었다.

그 문은 잠겨 있었다. 조 반장은 문의 손잡이를 비틀어보고 나서,

「이 방 열쇠 없나요?」

하고 물었다.

여주인은 하숙 손님들 모르게 각 방의 열쇠를 하나씩 가지고 있었다.

안 형사가 열쇠를 받아, 최 교수의 방문을 열었다. 안 형사와 염 형사
는 남지네 집에 잠복해 있다가 다른 조와 교대한 뒤 조 반장 일행과 합
류했던 것이다.

최 교수의 방은 어둠 속에 잠겨 있었다. 불을 켜자 조그만 방안이 모
습을 드러냈다. 대학 교수의 방 치고는 너무도 초라한데 형사들은 내심
놀랐다. 거기에는 책상 하나 없었고, 윗목에 놓여 있는 낡은 트렁크 위
에 책들이 몇 권 쌓여 있을 뿐이었다. 그리고 아랫목에는 요와 이불이
그대로 펼쳐져 있었다.

형사들은 좁은 방안으로 몰려들어갔다.

「어디 간다고 하면서 나갔나요?」

「등산가신다고 하면서 배낭지고 나가셨는데요.」

하숙집 여주인은 사뭇 근심어린 표정이었다.

「등산 갔다구요?」

「네, 산에 간다고 하시면서…….」

「어느 산에 간다고 하던가요?」

「지리산에 가신다고 하셨어요.」

「지리산에요?」

형사들은 낭패한 얼굴이 되어 서로를 쳐다보았다.

「혼자 갔나요?」

날카로운 질문에 그녀는 머뭇거리며 시선을 피했다.

「혹시 어떤 아가씨하고 함께 가지 않았나요?」

「네, 그런 것 같았어요.」

안 형사가 재빨리 유남지의 사진을 그녀에게 보여주었다.

「이 아가씨 아니었나요?」

그녀는 사진을 찬찬히 들여다보고 나서 고개를 끄덕였다.

「네, 맞아요. 이 아가씨였어요.」

방안에는 갑자기 담배연기가 피어오르기 시작했다. 여기저기서 한숨소리도 들려왔다.

「몇 시쯤에 여기서 나갔나요?」

「날도 새기 전에 떠나셨어요. 아마 5시쯤 됐을 거예요. 그런데 무슨 일로 그러시는 거예요?」

그들은 그녀의 질문 같은 것은 아예 묵살해버렸다.

「무슨 차편으로 갔나요? 기차편으로 갔나요, 아니면 자가용 몰고 갔나요?」

「차 몰고 가시던데요.」

「누구 차 몰고 갔나요?」

「교수님 차로 가셨어요.」

「언제 돌아온다고 하던가요?」

「며칠 걸릴 거라고 하시던데요.」

「차 번호 알고 계십니까?」

「전 그런 거 잘 몰라요.」

방안에는 담배연기가 가득 찼지만 아무도 문을 열려고 하지 않았다.

형사들은 찬물을 뒤집어쓴 것 같은 얼굴로 한동안 침묵을 지키고 있다가 생각난 듯 방안을 뒤지기 시작했다.

안 형사는 방안에 있는 전화로 최 교수의 부인에게 전화를 걸었다. 황무화한테는 그가 사건내용을 자세히 설명해 주었기 때문에 어느새 다른 형사들보다는 쉽게 그녀와 통할 수 있는 사이가 되어 있었다.

황무화는 집에 있었다. 안 형사의 전화를 받자마자 그녀는 대뜸,

「그 인간 어떻게 됐어요? 아직 못 잡았어요?」

234

하고 물었다.

여자치고는 말투가 여간 거칠고 상스럽지가 않았다.

「네, 아직…… 그러고 있습니다.」

「경찰은 도대체 뭣 하고 있는 거예요?」

「죄송합니다.」

안 형사가 굽실거리는 것을 보고 조 반장이 못마땅한 표정을 지었다.

「그 기집애도 못 잡았나요?」

「네, 아직……. 하지만 조만간 체포될 겁니다. 저기, 다름이 아니고 최 교수 자가용번호 좀 가르쳐 주십시오. 차량수배를 좀 해야 하기 때문에 그럽니다.」

「아니, 아직까지 차량수배도 안 했다는 거예요?」

「죄송합니다.」

안 형사는 굽실거리면서, 그녀가 불러주는 차량번호를 적었다.

「도대체 누구한테 그렇게 쩔쩔매는 거야? 그 여편네한테 그런 거야?」

안 형사가 통화를 끝내자 조 반장이 핀잔을 주었다.

「여편네가 어떻게나 딱딱거리는지…….」

안 형사는 멋쩍은 듯 혀로 입술을 핥았다.

「자기가 뭔데 딱딱거리는 거야? 자기 남편이 수배됐으면 창피한 줄이나 알아야지. 되레 성을 내다니 적반하장 아니야.」

「여간내기가 아닙니다.」

「앞으로는 묵살해 버리라구! 상대하지 마!」

최 교수의 방안은 어느새 난장판이 되어 있었다. 그것을 보고 하숙집 여주인은 울상이 되어 있었다.

형사들은 방안에 있는 여자용 옷가지와 화장품 따위를 보고는 여주인에게 또 질문을 던졌다.

「그 아가씨하고 교수하고 여기서 동거했나요?」

「동거까지는 하지 않았지만…… 자주 놀러왔어요. 교수님 제자인 것 같던데요.」

「분명히 지리산으로 간다고 했나요?」

「네, 제가 어느 산에 가느냐고 물었더니 지리산에 가신다고 말씀하셨어요.」

「그 아가씨 말고 또 다른 여자는 여기 오지 않았나요?」

「안경 낀 아가씨가 하나 가끔 오더니 요즘은 안 보이네요.」

「대학 교수가 아가씨들이나 방안으로 끌어들이고……. 망할 자식 같으니!」

여주인이 형사의 욕지거리에 놀란 표정을 짓자 다른 형사가 한마디 더 보탰다.

「그 교수 아주 형편없는 놈이에요. 아주머니가 잘못 알고 있는 거예요.」

최 교수의 하숙집을 나온 형사들은 최 교수와 유남지를 놓친 것에 화가 난 데다 속이 출출했기 때문에 시장통에 있는 곱창집으로 몰려가 곱창찌개를 안주로 소주를 마셨다.

「어떻게 하지?」

술이 한 잔씩 돌아가자 조 반장이 찢어진 두 눈을 더욱 가늘게 뜨면서 부하들을 둘러보았다.

그러나 부하들은 안주만 집어먹고 대답이 없다.

「누구 등산 잘 하는 사람 없어?」

「등산이라고 하면 구 형사가 전문입니다.」

말상처럼 생긴 고 형사가 구 형사를 가리켰다.

236

구 형사는 잠자코 소주를 입 속에 털어넣었다.

「구 형사, 지리산에 가봤어?」

「네, 몇 번 가봤습니다.」

사실은 몇 번 정도가 아니라 수십 번은 갔을 것이라고 생각하면서 그는 광대뼈를 바라보았다.

「또 누구 가본 사람 없어?」

「저도 몇 번 가봤습니다.」

제일 나이가 어린 서 형사가 말했다. 아직 앳된 기가 가시지 않은 데다 여자처럼 예쁘게 생긴 그는 생긴 것과는 달리 당찬 데가 있고 배짱도 센 편이어서 위험한 일에 곧잘 앞장서곤 했다.

「그럼 잘 됐어. 밤차로 내려가서 날 새는 대로 지리산에 올라가보라구. 그쪽에 지원을 부탁해서 길을 차단해놓으면 독안에 든 쥐야.」

아주 간단하게 말해버리는 조 반장을 보고 구 형사와 서 형사는 잠시 어이없어 하는 표정을 지었다.

「지리산은 간단한 산이 아닙니다. 하도 크고 넓어서…….」

말수가 적은 구 형사가 무겁게 내뱉는 말이라 모두가 그를 주목했다.

「크면 얼마나 크겠어.」

안 형사가 대수롭지 않다는 듯 말했다.

「지리산에 가보셨습니까?」

「아니, 가보지는 않았지만 크면 얼마나 크겠어. 남한에 이천 미터 넘는 산이 없잖아.」

「네, 하지만 높은 게 문제가 아닙니다. 지리산은 광활합니다. 둘레가 팔백 리에다 삼 개 도에 걸쳐 있고, 코스도 거미줄처럼 얽혀 있습니다. 그리고 골짜기도 아주 깊습니다. 그래서 빨치산 토벌 때 그렇게 몇 년 동안 애를 먹은 겁니다. 일단 한 번 안으로 들어가 숨어버리면

찾기가 힘듭니다.」

「그래서 지리산으로 도망친 거 아니야?」

염 형사가 벌건 얼굴을 손바닥으로 문지르며 말했다.

「어느 코스로 올라갔는지만 알아도 가능성은 있는데 지금으로서는 지리산에 갔다는 것만 알지 그 밖에는 아는 게 하나도 없지 않습니까.」

「그렇다고 앉아 있을 거야? 일단 지리산까지 가는 거야. 자세한 것은 현지에 가서 검토하자구. 우선 차량수배부터 해놓아야겠어.」

곱창집에서 소주 한 잔씩을 걸치고 난 그들은 서울역으로 몰려갔다.

혹시 모르기 때문에 남지네 집에 잠복하고 있는 두 명은 그대로 서울에 남아 있게 했다.

「왜 하필이면 지리산이야. 못된 놈 같으니.」

전라선 밤열차가 출발하자 조 반장이 투덜거렸다.

「지리산 빨치산이 될 모양이죠.」

안 형사가 잽싸게 대꾸했다.

염 형사는 어느새 술잔을 돌리고 있었다.

「일곱 시간 동안 가려면 술 한 잔하고 푹 자고 가는 게 제일입니다. 구례역까지는 여섯 시간쯤 걸리는데 밤열차는 한 시간 더 걸린답니다.」

이미 소주 한 잔씩을 걸쳤기 때문에 모두가 술냄새를 풍기고 있었지만 그들은 지루함을 달래려고 다시 술을 마시기 시작했다.

「지리산은 고도가 높기 때문에 산에는 아직 눈이 많이 남아 있을 겁니다. 등산장비도 없이 산에 오른다는 것은 위험합니다.」

술이 두어 잔씩 돌아갔을 때 구 형사가 말했다.

「그런 건 걱정하지 마. 얼마든지 구해줄 테니까.」

238

안 형사가 못마땅한 듯 말했다.

구 형사는 무슨 말인가 할 듯하다가 그만두고 흰 종이를 한 장 꺼내더니 거기에다 그림을 그리기 시작했다. 한참 후에 그는 그것을 동료들에게 보였다.

「이게 뭐지?」

「지리산 지도입니다.」

놀라울 정도로 자세하게 그려진 지도를 보고 모두가 놀라는 표정을 지었다. 지도를 보고 그려도 그렇게는 그릴 수 없을 것 같았다.

「솜씨가 대단한데 그래. 직업을 잘못 선택한 거 아니야?」

조 반장이 신기하다는 듯 그것과 구 형사를 번갈아 쳐다보면서 말했다.

「보지도 않고 이렇게 그려내는 걸 보면 기억력이 아주 비상한가 봅니다.」

말상처럼 생긴 고 형사가 말했다. 그 말에 구 형사는 희미하게 웃었다.

「지도를 보면서 자주 지리산에 오르다보니까 이젠 지도를 보지 않아도 대강은 그릴 수가 있습니다. 경찰에 들어오기 전까지는 산에 오르는 것이 유일한 낙이었습니다. 산 중에서도 지리산에 자주 갔거든요.」

구 형사의 겸손한 말에 동료들은 고개를 갸우뚱한다.

「아무리 자주 갔기로서니 이렇게 자세하게 그릴 수가 있어? 이거 어느 정도 정확한 거야?」

「정확하다고 볼 수는 없습니다. 대충 생각나는 대로 그렸으니까 틀린 게 많을 겁니다. 현지에 가면 등산 지도를 구할 수 있을 겁니다. 그럼 제가 지리산에 대해 대강 설명을 드리겠습니다.」

구 형사는 그림을 펴놓고 그것을 볼펜으로 짚어가며 설명하기 시작했
다.

형사들은 머리를 맞대고 볼펜 끝을 눈으로 따라가면서 숨소리를 죽였
다.

「보시다시피 지리산은 전라남북도와 경상남도 등 삼 개 도에 걸쳐 있
습니다. 그리고 이 둘레가 팔백 리나 되는 아주 장대한 산입니다.」

「음, 지리산이 크다는 것은 알고 있지.」

조 반장이 끄덕였다.

「좀더 자세히 말씀드리면 행정구역상으로 다섯 개 군 열다섯 개 면에
걸쳐 있습니다. 지리산의 능선은 서쪽에서 동쪽으로 길게 뻗어 있는
데, 여기 맨 서쪽 봉우리인 노고단에서 최고봉인 천왕봉까지는 장장
백 여리나 됩니다. 이 주능선이 그러니까 지리산의 등뼈에 해당되는
셈이죠. 천왕봉의 높이는 1,915미터로, 천왕봉을 포함해서 지리산에
는 노고단, 반야봉, 토끼봉 등 1,500미터 이상의 준봉이 십여 좌나 버
티고 있어 웅장하기 이를데 없습니다. 높은 준봉이 많기 때문에 주능
선 외에도 크고 작은 지능선들이 첩첩이 둘러싸고 있어 깊은 골짜기
가 많고 코스도 다양하게 나 있습니다. 이런 것들이 주능선을 중심으
로 백여 리에 걸쳐 단일 산맥을 형성하고 있기 때문에 웅장하고 깊고
무궁무진한 산이라는 느낌을 주는 것입니다.」

평소에 워낙 말이 없어 그림자라는 별명까지 얻어들은 구 형사가 차
분한 목소리로 마치 강의하듯 말하자 형사들은 적이 놀란 듯한 얼굴로
그를 쳐다보면서 다소곳이 귀를 기울였다.

「주능선 코스를 중심으로 해서 지리산에는 열여덟 개 정도의 코스가
산재해 있습니다. 주능선을 중심으로 마치 갈비뼈처럼 양쪽으로 코스
가 나 있는데, 열여덟 개의 주된 코스 말고도 일반 등산객들이 미처

모르는 숨은 코스들이 또 많이 있습니다. 그래서 한 번 정도 올라가봐서는 지리산의 규모가 어느 정도인지 알 수가 없습니다. 적어도 열 번 정도는 가봐야 지리산에 가봤다고 말할 수 있습니다. 산이 이렇게 크다보니까 한번 안으로 들어가버리면 찾아내기가 여간 어렵지가 않습니다. 코스가 단순하다면 몰라도 너무 다양하게 나 있으니까 어디로 갔는지, 그리고 입산 코스를 알아내도 어디로 하산할지를 예측할 수가 없습니다.」

「골치 아프게 됐군.」

안 형사가 하품을 하면서 상체를 뒤로 젖혔다.

「구례역에서 내리면 어디로 올라갈 수 있지?」

조 반장이 물었다.

「제일 가까운 코스는 여기 화엄사에서 노고단으로 올라가는 길입니다. 하지만 이건 시작에 불과합니다. 화엄사에서 노고단을 거쳐 천왕봉까지는 꼬박 삼 일이 걸립니다. 만일 최 교수와 유남지가 이쪽으로 올라갔다면 오늘밤은 노고단산장에서 잘 가능성이 많습니다. 하지만 이쪽으로 올라갔다는 증거가 없지 않습니까?」

「목격자를 찾아야지. 아마 목격자가 틀림없이 있을 거야.」

「최 교수 차만 발견할 수 있으면 어디로 올라갔는지 코스를 알아낼 수 있을 텐데요.」

서 형사가 조심스럽게 말했다.

「꼭 산에 올라갔다고 볼 수도 없잖아.」

염 형사가 눈을 흘깃거리며 말했다.

「그렇지. 내가 하고 싶은 말이 바로 그거야. 지리산에 간다고 했지만, 도중에 다른 데로 샜을 수도 있고…… 산행은 집어치우고 일반 가정집에 틀어박혀 민박하고 있을지도 모르잖아. 계집애 데리고 갔으니까 산에 오르는 것보다는 뜨뜻한 방안에서 계집애 배 위에 올라가는 게 훨씬 더 나을 테니까 말이야.」

안 형사가 맞장구를 치자 조 반장이 눈을 흘겼다.

「쓸데없는 소리. 지리산에 갔다고 했으니까 일단 지리산을 뒤질 수밖에 없어. 구 형사가 책임지고 찾아내. 지리산을 손바닥 보듯 환하게 알고 있으니까 한번 머리를 써서 찾아봐. 우린 지금부터 구 형사 지시에 따를 테니까 명령만 내리라구. 최 교수가 얼마나 지리산에 갔는지는 몰라도 구 형사에 비하면 아무것도 아닐 거야. 책임지고 찾아내.」

구 형사는 잠자코 자기가 그린 지리산 지도만 한참 동안 들여다보고 있었다. 그러다가 이런 말을 했다.

「산에는 아직 눈이 녹지 않은 데가 많을 겁니다. 그래서 빠른 속도로 걸어갈 수는 없을 겁니다.」

「그래서?」

「먼저 최 교수의 차량을 수배해 주십시오. 주요 입산 코스 입구를 중심으로 차량을 수배해야 합니다. 전문적인 산악인이 아니라면 사람들이 흔히 가는 코스를 택했을 겁니다. 여기 화엄사 입구, 피아골 입구, 쌍계사 입구, 청학동 입구, 거림 입구, 대원사 입구, 벽송사 입구, 백무동 입구, 뱀사골 입구…….」

그는 각 입산 코스 입구에다 동그라미 표시를 했다.

「만일 최 교수 일행이 지리산에 들어갔다면 이 아홉 개의 코스 가운데 한 곳을 통해서 올라갔을 가능성이 큽니다. 나머지 다른 코스는 일반적으로 알려진 코스가 아니고 길이 험해서 전문가가 아니고는 가기가 힘듭니다.」

「아홉 개 입구에 주차해 둔 차량들을 모두 조사해봐야겠군.」

「네, 관할서에 부탁해서…….」

242

「알았어. 그 정도야 어렵지 않지.」

「형식적으로 조사하면 안 됩니다. 샅샅이 조사해야 합니다.」

「그야 물론이지.」

「그리고 국립공원이기 때문에 어느 곳이나 매표소가 있습니다. 매표소 직원들에게 사진을 주고 최 교수 일행을 보지 않았는지 물어보는 것도 필요합니다. 보지 못했다면 앞으로 입산하는 사람은 물론이고 하산하는 사람들도 눈여겨 봐달라고 부탁해야 합니다. 산에 올라갔다면 언젠가는 하산할 테니까요.」

「산에 올라가는 사람이 한둘이 아닐 텐데 일일이 기억하고 있을까?」

「많은 사람들을 상대하는 사람은 흔히 사람들을 눈여겨보지 않을 거라고들 생각하는데 사실은 그렇지가 않습니다. 그냥 스쳐지나가는 사람도 강렬하게 인상에 남는 수가 있습니다.」

「알았어.」

조 반장이 고개만 끄덕이는 것을 보고 구 형사가 진지하게 말했다.

「메모를 해두십시오. 지시사항이 많기 때문에 메모를 해두지 않으면 잊어먹는 수가 있습니다.」

조 반장과 선배 형사들이 어이없다는 듯 그를 쳐다보았다. 그러나 구 형사의 표정은 진지하기만 했다.

조 반장은 미소를 짓고 나서 수첩을 꺼내들었다. 그리고 구 형사의 지시사항을 수첩에다 적어넣었다.

「멍청히 쳐다보고만 있지 말고 너희들도 모두 적어.」

형사들은 서로 얼굴을 쳐다보고 나서 꾸물거리며 제각기 수첩을 꺼내들었다.

「또 없나?」

「있습니다. 각 등산로 입구에 있는 모든 여관과 민박집들을 뒤져서 탐문 수사를 벌여야 합니다. 차량수배와 함께 탐문수사도 함께 벌이면 효과적이라고 생각합니다. 모든 여관과 민박집들의 전화번호도 필요합니다. 매표소 전화번호도 알아두면 도움이 될 겁니다. 그리고 지리산에는 노고단산장, 피아골산장, 뱀사골산장, 연하천산장, 세석산장, 장터목산장, 로타리산장, 치밭목산장 등 여덟 개의 산장이 있는데…….」

구 형사는 지도에다 삼각표시를 했다.

「……연하천산장과 치밭목산장을 제외한 여섯 군데 산장에는 전화가 설치되어 있습니다. 산장 주인한테 전화를 걸어 협조를 부탁하면 큰 도움이 될 겁니다. 지리산에 오르면 어차피 어느 산장엔가는 들르기 마련이니까요.」

「그럼 도착하는 대로 노고단산장부터 전화 걸어봐.」

하고 안 형사가 성급하게 말했다.

「그렇지 않아도 그럴 생각입니다.」

「비가 오고 있잖아.」

빗방울이 차창에 하나둘씩 부딪치고 있는 것이 보였다.

「비가 오면 어떻게 되는 거지?」

조 반장이 걱정스러운 듯 물었다.

「비가 오면 노출을 피하고 방안에 틀어박힐 가능성이 많기 때문에 오히려 찾아내기가 어렵게 됩니다. 산장 같은 데 틀어박혀 있으면 몰라도…….」

「더 이상 지시사항은 없나?」

「좀더 생각해보고 나서 말씀드리겠습니다.」

그들은 남은 술을 마저 마시고 나서야 마침내 졸음을 이기지 못해 눈을 붙였다.

244

밤열차는 새벽 5시 조금 지나서야 구례역에 도착했다.

밖은 아직 캄캄한 밤이었다.

역 앞에서는 택시 운전사들이 손님을 부르고 있었다.

광장 맞은편에는 가게들이 늘어서 있었는데 벌써 불이 환하게 켜져 있었다.

강변이라 새벽 공기가 싸늘했다. 형사들은 어깨를 움츠리며 해장국집으로 몰려들어갔다.

선짓국으로 만든 뜨거운 해장국이 몸 속으로 들어가자 형사들은 그제서야 어깨를 펴면서 콧물을 훔쳤다.

모두가 해장국 한 그릇을 맛있게 먹어치웠고, 그것이 부족해서 더 시키는 사람도 있었다.

「역시 시골이 좋아. 우선 시골 음식은 입에 맞는단 말이야.」

조 반장이 물로 입을 헹구고 나서 말했다.

「말씀드릴 게 생각났습니다.」

구 형사가 눈을 깜박거리며 그를 쳐다보았다.

「음, 또 뭐야?」

「각 지역에는 산악회가 있습니다. 산행 안내도 하고 조난자 구조활동도 하는 모임이죠. 그 산악회들을 모두 동원해서 각 코스에 투입시키는 겁니다. 무전기를 줘서 수시로 연락을 취하면서 전 코스를 훑게 하면 큰 성과가 있을지도 모릅니다. 그들은 적극적이니까요.」

「그거 괜찮은 방법인데……. 그렇게 되면 우리가 산속을 헤매지 않아도 되는 거 아니야?」

안 형사가 잔뜩 기대를 걸며 말했다. 사실 그는 산속에까지 들어가 수색활동을 벌여야 한다는 사실에 잔뜩 기가 질려 있었던 것이다.

「사실 산행 경험도 별로 없는 수사관들이 잔설이 남아 있는 지리산을 오르내리면서 범인을 찾아다닌다는 것은 보통 힘든 일이 아닙니다. 잘못하다가는 조난당할지도 모릅니다. 하지만 산악회원들은 장비도 좋고 경험도 풍부하니까 별로 어렵지 않게 그 일을 해낼 수 있을 겁니다.」

젊은 서 형사가 구 형사의 말을 거들고 나오자 조 반장은 손을 쳐들었다.

「알았어. 알았어. 이 인원으로 산속을 뒤진다는 것은 어림없는 일이야. 결국 경찰의 지원을 받을 수밖에 없는데 그 지원이라는 게 잘 알다시피 마지못해 하는 겉핥기식이라 별로 시원찮단 말이야. 만일 각지역 산악회가 나서준다면 차라리 그 편이 훨씬 기대를 걸어볼 만하겠지.」

「하지만 그들한테는 수사권이 없지 않습니까?」

하고 염 형사가 물었다.

「그들이 최 교수 일행을 발견해서 연락만 취해줘도 큰 소득이야. 우리가 얻고 싶은 것은 최 교수 일행이 지리산에 들어갔는가 하는 점, 그리고 들어갔다면 지금 어디쯤에 있는가 하는 거야. 그것만 알면 체포는 시간문제 아니야?」

「그렇죠.」

그때 구 형사가 또 한 가지 말할 것이 있다고 하는 바람에 모두가 심각한 표정으로 그를 주목했다.

「가장 간단하고 효과적인 방법이 있긴 합니다만…… 가능할런지 모르겠습니다.」

「음, 뭔데 그래?」

「헬리콥터를 동원시키는 겁니다. 헬리콥터를 타고 산에 올라가 필요한 곳에 잠복해 있거나, 아니면 최 교수 일행을 발견하는 대로 바로

246

덮치는 겁니다.」

모두가 눈이 휘둥그래져서 그를 쳐다보았다.

「그걸 동원하면 힘들게 산에 오르지 않아도 되고, 시간도 절약할 수 있습니다.」

잠시 침묵이 흘렀다. 지금까지 형사사건을 수사하면서 헬리콥터까지 동원해본 적이 없었기 때문에 그들은 자못 흥분된 표정을 감추지 못했다. 어느새 그들의 얼굴에는 조금 전의 그 암담해 하던 표정은 사라지고 그대신 자신에 찬 기대감이 나타나 있었다.

「헬리콥터를 동원하자 이 말이지?」

조 반장이 열심히 머리를 굴리면서 중얼거렸다.

「아주 멋진 아이디어인데요.」

염 형사가 능글거리며 말했다.

「사실 저 같은 놈은 산에 올라가기도 전에 뻗어버릴 겁니다. 지난번에 모처럼 한라산에 따라갔다가 죽을 뻔했습니다. 헬리콥터를 동원할 수만 있다면 어려울 거 하나도 없겠는데요. 한 번 연락해 보시죠.」

부하들이 일제히 맞장구를 치자 조 반장은 고개를 끄덕였다.

「알았어. 한 번 알아보지. 여기 현지 헬기를 동원할 수 있으면 좋은데, 안 되면 제주도에 있는 거 가지고 오라고 하지. 헬기로 제주도에서 여기까지 한 시간도 안 걸릴 거야.」

해장국으로 배를 채운 그들은 밖으로 나가 다리 쪽으로 걸어갔다. 부슬비가 내리고 있었지만 그들은 상관하지 않고 다리 위에 서서 어둠에 잠겨 있는 강물을 내려다보기도 하고 지리산 쪽을 쳐다보기도 했다.

머리와 옷이 축축히 젖어들자 그들은 그제서야 광장 쪽으로 걸어가 거기에 몰려 있는 택시를 잡아타고 읍으로 향했다.

제주도 형사들이 몰려들어오자 현지의 당직 경찰관들은 어리둥절해했다.

그곳은 일년 내내 강력사건 하나 없는 무풍지대이기 때문에 경찰서 분위기는 차분하게 가라앉아 있었고 외지인들이 보기에는 모두가 더없이 한가로워 보였다.

조 반장은 제주도에 있는 계장에게 전화부터 걸었다.

계장은 아직 잠자리에 들어 있다가 전화를 받았다.

「지금 지리산 밑에 와 있습니다.」

「지리산? 거기는 왜?」

「두 연놈이 지리산에 간다고 하면서 어제 새벽에 떠났거든요. 그래서 저희도 밤열차로 여기까지 온 겁니다. 여긴 구례 경찰서입니다.」

조 반장은 그동안의 일을 상관에게 자세히 보고했다.

「……그래서 말씀인데요…… 헬리콥터를 한 대 동원해 주셨으면 합니다. 헬기만 있으면 지금 당장이라도 올라가볼 수 있습니다. 사실 걸어 올라가려면 장비도 준비해야 하고, 여기서 올라가는 데만 여섯 시간이 걸립니다. 그리고 올라가도 문제입니다. 이쪽 끝에서 저쪽 끝까지 장장 백여 리 길이나 되는데 산에는 아직 눈이 쌓여 있고…… 연놈들이 도대체 어디로 해서 산에 올라갔는지 종잡을 수도 없습니다. 코스가 하도 많아서 어디서부터 시작해야 할지 막막하기만 합니다.」

조 반장은 헬기를 동원하지 않으면 안 될 이유를 장황하게 설명했고, 이야기를 듣고 난 우 계장은,

「알았어. 헬기를 동원해 보도록 할 테니까 좀 기다려.」

하고 말했다.

「감사합니다.」

조 반장은 얼굴빛이 환해지면서 고개를 꾸벅했다.

「그리고 말이야, 지문조회 결과가 나왔는데, 309호실에서 채취한 지

248

문 가운데 최 교수의 지문과 유남지의 지문이 있었어. 두 사람이 피살자의 방안에 있었던 게 틀림없어. 의심할 여지가 없어. 서둘러서 체포해!」

「알겠습니다. 두 사람은 공범이 틀림없군요.」

「그래. 깨진 유리 주둥이에서 최 교수의 지문이 나왔어. 그 자가 병으로 김창대를 후려친 거야. 여대생은 옆에서 구경만 했겠지.」

「이문자의 지문은 없었습니까?」

「그 여자 지문은 발견되지 않았어. 그 여자는 혐의가 없는 것 같아.」

경찰이 최 교수와 유남지의 지문을 대조해 볼 수 있었던 것은 경찰이 이미 확보하고 있는 수천만 개의 방대한 지문들 가운데 그들 두 사람의 지문이 들어 있었기 때문이었다. 누구나 일단 주민등록상에 신상명세가 기록이 되면 그와 함께 그의 지문도 경찰기록에 오르게 되는 것이다. 그래서 경찰은 두 사람의 지문을 쉽게 찾아낼 수가 있었고, 그것을 사건현장에서 채취한 지문들과 대조해 보았던 것이다.

통화를 끝낸 조 반장은 현지 경찰서에다 임시수사본부를 차리기로 하고, 현지 경찰의 배려로 별실에서 수사회의를 열었다.

「계장님이 헬기를 동원해 보도록 하겠다고 했으니까 잘 됐어. 헬기가 올 때까지 기다리면 돼. 힘들게 올라갈 필요는 없어.」

「하지만 헬기로 올라가더라도 헬기장에서 내려야 하기 때문에 산길을 좀 걸어야 합니다. 그럴려면 운동화라도 신어야 합니다.」

구 형사가 조심스럽게 말했다. 그러자 안 형사가,

「그럼 구 형사가 가서 운동화를 좀 사오라구.」

하고 말했다.

「발 크기도 모르는데 어떻게 가서 사옵니까? 직접 가서 신어보는 게 제일 빠른 방법입니다.」

「자자, 신발은 이따가 모두 나가서 신어보기로 하고 내 말을 잘 들으라구. 계장님 말씀이 지문조회가 끝났는데…… 309호실에서 최 교수와 유남지의 지문이 발견됐다는 거야. 이문자의 지문은 발견되지 않았대. 그리고 깨진 유리 주둥이 말인데…… 거기서 발견된 지문이 바로 최 교수 지문이라는 거야.」

「그 자식이 병을 휘둘렀군요?」

안 형사의 안경이 번득였다.

「그 자식이 죽인 줄 알았어요. 아가씨가 남자를 어떻게 병으로 때려 죽이겠어요. 전 처음부터 최 교수를 점찍었었어요.」

안 형사가 수다를 떠는 것을 다른 형사들은 가만히 지켜보기만 했다.

이윽고 그의 말이 끝나자 말상처럼 생긴 얼굴을 가진 고 형사가,

「두 사람, 동반자살할지도 모르겠는데요.」

하고 뚱딴지 같은 말을 했다.

「자살?」

모두가 두 사람의 행방을 쫓는 데만 혈안이 되어 있었기 때문에 자살이라는 한마디는 새로운 의미로 다가왔다.

「자살하지는 않을 거야.」

안 형사가 고개를 흔들자 염 형사가 반대의견을 제시했다.

「아니야. 두 사람이 지극히 사랑하는 사이라면 떨어지기 싫을 것이고 …… 경찰의 추적에 쫓기다 보면 막판에 가서 무슨 짓을 할지도 모른다구. 자살 가능성이 전혀 없다고 볼 수 없어. 오히려 그 가능성이 클지도 몰라.」

「대학 교수가 그런 짓을 할 수 있을까?」

「대학 교수가 살인을 했어. 그런 판에 무슨 짓을 못 하겠어. 그리고 유남지 말인데, 최 교수를 따르는 여대생이라면, 최 교수가 하자는 대

250

로 따를 거야. 여자는 감정에 충실하잖아.」

바람에 창문이 흔들리고 있었다. 점점 거칠어지는 날씨를 보고 조 반
장은 헬기가 뜨지 못할까봐 걱정했다.

「이런 날씨라면 등산도 하지 못할 겁니다. 만일 산에 올라갔다면 산
장에 대피해 있을 겁니다.」

구 형사의 말에 조 반장은 빨리 각 산장에 전화를 걸어보라고 재촉했
다.

다행히 현지 경찰에는 산악경찰대가 편성되어 있었기 때문에 지리산
에 관한 각종 정보와 자료들이 많이 비치되어 있었다. 산장 전화번호는
물론 숙박업소와 민박집, 식당, 산악회, 매표소 등의 전화번호도 모두
확보해 놓고 있었다.

외지에서 온 경찰이 알아보는 것보다는 현지 경찰이 전화를 걸어보는
것이 훨씬 효과적일 것이라는 판단이 섰기 때문에 산악경찰대의 대장에
게 협조를 부탁하자 그는 그렇지 않아도 이야기를 들었다고 하면서 쾌
활한 어조로 지리산에 관한 것이라면 자기한테 부탁하라고 말했다.

그는 서른댓 살 정도 되어 보이는 사내로 건장한 체격에 얼굴이 구리
빛으로 번들거리고 있는 것이 얼른 보기에도 정력적인 인상을 풍기고
있었다.

「지리산 산장 주인들은 저하고 잘 압니다. 제 말이라고 하면 발벗고
나서줍니다.」

배 대장은 각 산장으로 전화를 걸기 시작했다. 그가 제일 먼저 전화를
건 곳은 노고단산장이었다.

「안녕하시오? 나 배 대장이오. 거기 날씨 어떻습니까?」

날씨 이야기로부터 시작해서 이런 저런 이야기를 나눈 다음 그는 본
론에 들어갔다.

어머니와 딸 251

「거기, 손님 많습니까?」

「별로 없습니다. 날씨도 안 좋고, 평일이라 텅 비었습니다.」

「혹시 거기, 손님 중에 사십대 남자하고 젊은 여자 없나요? 여자는 스물두셋 정도 된 여대생인데……?」

「여자는 없습니다.」

「어제 오후에 도착해서 숙박한 사람들 가운데 그런 사람 없었나요?」

「그런 사람은 없었습니다. 어젯밤에는 남자들만 다섯 명이 잤습니다.」

「오늘 아침에 도착한 사람은 없었나요?」

「없는 걸로 알고 있습니다.」

「거기 오는 등산객들 가운데 사십대 남자와 젊은 여자가 없는지 잘 좀 봐주시오. 한 쌍인데, 그런 쌍을 발견하면 즉시 좀 연락해 주시오. 그 사람들한테는 비밀로 해야 해요. 눈치 채면 안 되니까. 잘 좀 부탁합시다.」

「알겠습니다.」

「이름을 알려줄 테니까 좀 적으시오. 남자는 최종오, 여자는 유남지 …….」

배 대장은 통화를 끝내고 나서 조 반장에게 노고단산장에는 최 교수 일행이 아직 나타나지 않았다고 보고했다.

다음에 그는 뱀사골산장에다 전화를 걸었다. 그러나 그쪽에서도 그런 남녀는 나타나지 않았다는 대답이었다.

전화가 없는 연하천산장과 치밭목산장을 제외한 여섯 군데 산장에 모두 전화를 걸어보았지만 결과는 어디나 다 마찬가지였다.

「지리산에는 아직 입산하지 않은 것 같습니다. 어느 산장에도 나타나지 않은 걸 보니까 다른 데로 샌 모양인데요.」

배 대장이 고개를 갸우뚱거리며 말하자 구 형사가 즉각 반박하고 나섰다.

「그렇게 단정할 수는 없습니다. 산장은 추우니까 민박을 했을지도 모릅니다. 그리고 산행을 하다보면, 산장에 들르지 않고 바로 지나칠 수도 있습니다. 뱀사골산장 같은·곳은 능선의 아래쪽에 위치해 있기 때문에 그곳에 들르지 않고 지나쳐 가는 경우가 허다합니다. 또 산장을 거치지 않고 가는 코스는 얼마든지 있습니다.」

배 대장은 머쓱해져서 구 형사를 쳐다보았다.

「지리산에 대해서 잘 아시는군요?」

「잘 안다고 할 수는 없고, 몇 번 올라가봤습니다. 제 생각에는 각 매표소, 민박집, 음식점 등에 전화를 걸어 알아보고, 또 부탁을 해두는 게 좋을 것 같습니다. 각 지역의 산악회원들을 동원해서 알아보는 방법도 있을 겁니다. 두 사람의 인상 착의와 자동차번호도 알려주고, 가능한 한 빨리 사진을 돌렸으면 합니다. 차를 한 대 빌려주시면 제가 한 바퀴 돌아보고 싶습니다.」

배 대장은 구 형사의 이야기를 듣고 나더니, 상대가 만만치 않다고 생각했는지 고개를 끄덕였다.

「그렇게 하면야 완벽하죠. 이렇게 합시다. 일단 필요한 곳에 전화를 걸어놓고 나서 나하고 함께 한 바퀴 돌아봅시다.」

그 시간에 최 교수는 어느 민가의 마당에 나와 아침 식사를 짓고 있었고, 남지는 그때까지 잠자리에서 빠져나오지를 못하고 있었다.

두 사람은 거의 뜬눈으로 밤을 지샜기 때문에 새벽녘에야 잠이 들었는데, 최 교수는 두 시간쯤 눈을 붙였다가 깨어나 먼저 커피를 한 잔 끓여 마신 다음 아침 식사를 준비하기 시작했고, 남지는 그런 줄도 모르고 여전히 잠에 떨어져 있었다. 사건이 발생한 이후 두 사람은 거의 잠을 자지 못하고 있었는데, 멀리 지리산 자락에 들어와서야 그녀가 비로소 깊은 잠에 빠진 것을 보고 최 교수는 다소 마음이 놓였다. 그래서 그녀가 깨어나지 않도록 몹시 조심하면서 움직였다.

잠을 조금밖에 자지 못했지만 밖으로 나와 산속의 차고 맑은 공기를 마시자 피곤이 가시면서 새로운 힘이 솟는 것을 느낄 수가 있었다. 그는 커피를 두 잔이나 마셨다.

남지는 잠자리 속에서 최 교수가 아침 식사를 준비하고 있는 것을 어렴풋이 알고 있었다. 그러나 지난밤의 감미로운 사랑이 깨어질까봐 차마 눈을 뜨지 못하고 있었다. 마지막일지도 모르는 격렬한 정사와 끝없이 이어지던 다정한 속삭임……. 눈을 뜨는 순간 그런 것들이 모두 사라져버릴까봐 그녀는 침낭 속으로 더욱 파고들고 있었다.

그들이 묵고 있는 민박집은 등산객들이 주로 이용하는 집으로, 영업 허가를 내고 손님을 받는 전문적인 숙박업소가 아니기 때문에 간판 같은 것이 있을 리 없었다.

지리산 주능선에 자리잡고 있는 세석평전에서 능선을 버리고 북쪽으로 나 있는 골짜기를 타고 내려가면 한신계곡을 만나게 된다. 그 계곡은 백무동계곡으로 이어지는데, 그 두 계곡이 이어지는 곳에 민가가 몇 채 있어 등산객을 상대로 방도 빌려주고 자질구레한 물건도 팔면서 생계를 꾸려가고 있다. 최 교수와 남지가 묵고 있는 집은 그 마을에서도 가장 가까이 계곡과 인접해 있어 계곡의 물 흐르는 소리가 항상 들려오고 있었다.

지리산 주능선에서 백무동계곡으로 빠지는 코스는 세석평전 말고도 두 군데가 더 있다. 천왕봉이 지척에 올려다보이는 장터목산장과 제석단에서 출발해도 결국은 백무동계곡에서 모두 만나게 된다. 그러니까 역으로 백무동계곡에서 출발하게 되면 세석평전으로 오를 수도 있고,

장터목산장과 제석단으로 빠질 수도 있다.

최 교수는 처마 밑에 쭈그리고 앉아 담배를 피우면서 걱정스러운 눈으로 하늘을 올려다보았다. 조금 전만 해도 비가 내리고 있더니 어느새 그것은 눈으로 변해 있었다. 계절은 분명히 봄인데도 지대가 높고 계곡이 깊어 봄이 늦게 찾아오고 있었고, 북쪽 계곡이라 겨울에 내린 눈이 아직 녹지 않고 많이 남아 있었다.

이런 날씨에 산에 오르면 지난 겨울의 종주 때처럼 눈에 갇혀 조난당할지도 모른다.

그는 〈곰보네 집〉으로 알려진 그 민박집에서 두어 번 묵은 적이 있었다. 수년 전 마지막으로 왔을 때는 집주인인 곰보 영감이 있어 산토끼 찌개를 얻어먹기도 했는데, 이번에 와보니 영감은 이미 세상을 떠나 없고 그 아들이라는 젊은 사내가 집주인 노릇을 하고 있었다. 그는 곰보 영감 내외가 그곳 집을 지키며 외롭게 살아가고 있을 때 도회지에 나가 살고 있었는데 부친이 세상을 뜨자 시원찮은 도회지 생활을 청산하고 가솔을 이끌고 이곳 지리산 골짜기로 들어왔던 것이다. 그는 현재 노모와 처자식 셋을 부양하고 있었다. 수입은 주로 등산객을 상대로 한 민박과 식사 제공 같은 것에 의지하고 있었는데, 겨울 한철을 제외하고는 주말마다 등산객이 몰리는 바람에 의외로 짭짤하게 수입을 올리고 있었다. 그래서 그는 진입로를 확장해서 집 마당에까지 차가 들어올 수 있게 하고, 집을 대대적으로 확장 수리해서 본격적으로 등산객들을 받아들이고 있었기 때문에 부친이 혼자 하고 있을 때보다는 훨씬 많은 수입을 올리고 있었다.

최 교수는 그 젊은 집주인이 별로 마음에 들지 않았다. 곰보 영감하고는 술잔도 나누면서 격의없이 지내곤 했는데, 그 아들이라는 사내는 냉랭한 표정에 의심스러운 눈으로 사람을 쳐다보곤 하는 것이 불쾌한 느낌마저 들게 하고 있었다. 그는 무엇보다도 최 교수와 남지 사이를 의혹의 눈으로 보고 있는 것 같았고, 남지를 쳐다보는 눈길이 예사롭지가 않아 보였다.

최 교수는 날씨도 궂은 데다 몸이 풀릴 대로 풀려 하루쯤 그 집에서 더 묵고 싶었지만 집주인이 마음에 안 들어 아침 식사가 끝나는 대로 떠나야겠다고 마음 먹었다.

코펠에 앉혀놓은 밥이 끓는 것을 보고 그는 버너불을 조그맣게 줄인 다음 계곡으로 내려갔다.

계곡의 그늘진 바위틈에는 아직 얼음이 녹지 않고 그대로 남아 있었다. 그는 바위 밑에 길게 붙어 있는 고드름을 하나 꺾어 입 속에 넣고 꽉 깨물었다. 얼음조각이 입 속에서 우두둑 하고 잘게 부서지면서 아리도록 차가운 감촉이 입 안에 가득 번졌다. 그는 그것을 계속 씹으면서 계곡물로 얼굴을 적셨다.

옥이 구르는 것 같은 새 울음소리에 그는 고개를 쳐들었다.

바로 앞 바위 위에 이름 모를 새 한 마리가 앉아 꼬리를 떨며 울고 있었는데 손바닥만한 크기의 그 새는 짙은 회색 몸뚱이에 주둥이가 빨갛고 두 다리가 노란 것이 일반 잡새와 달리 몹시 아름답고 귀족적으로 보였다. 울음소리도 맑고 아름다웠다. 그 울음소리는 차가운 공기를 타고 멀리까지 퍼지고 있었다. 돌멩이가 하나 날아와 계곡의 물 속에 떨어지자 새는 놀라서 날아가버렸다. 그는 고개를 돌려 돌멩이가 날아온 쪽을 쳐다보았다.

남지가 마당 끝에 서서 그를 내려다보며 웃고 있었다.

「눈이 오고 있어요!」

그녀가 날아오를 것 같은 몸짓을 해보이며 소리쳤다.

최 교수는 몸을 일으켜 하늘을 올려다보다가 남지 쪽으로 시선을 돌렸다.

「너무 멋있어요!」

밝은 표정과 맑은 목소리로 말하면서 눈송이를 받으려고 두 손을 벌리고 있는 그녀의 모습은 걱정거리라고는 하나도 없는 천진스러운 모습 바로 그것이었다. 그 모습을 바라보고 있는 최 교수의 표정도 덩달아 밝아졌다.

「잘 잤어?」

「네, 정신없이 잤어요.」

그녀는 돌계단을 조심스럽게 내려와 최 교수가 서 있는 평평한 바위 쪽으로 건너오더니 그의 팔짱을 끼면서 그의 어깨에다 볼을 비벼댔다.

최 교수는 팔을 뻗어 그녀의 어깨를 감싸안았다.

「춥지?」

「아뇨. 코끝이 조금 시릴 뿐이에요.」

최 교수는 그녀의 코끝을 만져주었다. 그녀가 간지러운지 고개를 돌리면서 웃었다.

「눈이 좀 올 것 같아. 저기 산 위를 보라구. 보이지도 않아.」

그는 앞을 가로막고 있는 높은 산을 가리켰다.

눈은 마치 산 위에서부터 몰려오는 것 같았다. 소용돌이 치는 눈 때문에 산의 정상 부분은 보이지도 않았다.

「이렇게 눈이 내리면 올라가기 힘들겠어.」

「전 그래도 올라가고 싶어요.」

그녀는 한달음에 올라갈 것처럼 말했다.

「그때처럼 주저앉아버리면 여기서는 구해줄 사람도 없어.」

「눈에 파묻혀 잠들죠 뭐.」

그녀의 얼굴 위로 긴장감이 스쳐지나갔다.

「다섯 시간 정도만 올라가면 산장이 있으니까 그렇게 위험하지는 않
아. 가다가 오른쪽 길로 올라가면 세석산장이 나오고 왼쪽으로 올라
가면 장터목산장이 있어. 등산객이 별로 없으니까 잠자리는 많이 있
을 거야.」

「다섯 시간 정도면 얼마든지 갈 수 있어요. 우리, 빨리 올라가요.」

최 교수와 남지가 계곡의 바위 위에서 다정하게 이야기를 나누고 있
을 때 곰보 영감 아들은 하필이면 화장실 안에서 조그만 통풍구를 통해
그들의 하는 수작을 유심히 관찰하고 있었다.

화장실은 수세식이 아니고 재래식이기 때문에 악취가 진동하고 있었
다. 그러나 그는 담배를 연달아 피워대면서 계곡에 서 있는 남녀한테서
눈을 떼지 않고 있었다.

나이로 보아 두 사람은 정상적인 관계는 아닌 것 같았다. 마당에 세워
둔 승용차의 번호판이 서울 번호판인 것으로 보아 서울에서 내려온 불
륜관계의 연인들 같았다. 계집애는 눈에 박아도 아프지 않을 정도의 아
름다운 미모를 지니고 있었다. 몸매도 늘씬하고 목소리도 고왔다. 그녀
가 집안에 들어오자 그동안 우중충하던 집안이 갑자기 밝아진 듯했다.

자연 아내와 비교가 되었다. 자식을 그것도 딸만 셋을 낳고 돼지처럼
살만 찐 아내는 아직까지 잠자리에서 일어나지 않고 있다. 너무 살이 쪄
서 관계를 맺기도 여간 힘들지가 않고, 매력도 없어서 별로 잠자리를 같
이 하고 싶은 마음도 없다.

삼십대 후반의 그는 아내와는 달리 바짝 마른 모습을 하고 있었다. 저
런 아가씨를 한 번만 안아볼 수 있다면 소원이 없겠다고 생각하면서 그
는 화장실을 나왔다.

최 교수와 남지가 계곡에서 돌계단을 따라 올라오다가 그들 앞을 지
나쳐 가는 주인 남자를 올려다보았다. 최 교수는 눈인사를 보냈고, 남지

는 맑은 목소리로 〈안녕하세요?〉하고 인사했다. 곰보 영감 아들은 고개를 까닥하고는 그대로 지나쳐 갔다.

방안에서 식사를 끝낸 최 교수는 주인 남자를 직접 상대하기 싫었기 때문에 남지에게 돈을 주어 방값을 치르게 했다.

남지는 마당에서 서성거리고 있는 주인 남자에게 다가가 방값을 치른 다음 집마당에다 차를 좀 주차해 둘 수 없겠느냐고 물었다.

「주차비는 충분히 드리겠어요.」

「언제 오실 건가요?」

「글쎄, 잘 모르겠어요. 아마 이삼 일, 아니면 삼사 일 걸릴지도 몰라요.」

「지리산 종주할 건가요? 이렇게 눈이 많이 오는데?」

곰보 영감 아들은 약간 놀라는 표정으로 하늘을 올려다보았다.

「잘 모르겠어요. 일단 산장까지 가서 거기서 다시 생각해 보겠어요.」

주인 남자는 잠시 생각해 보더니 자동차 열쇠를 맡겨두라고 말했다.

남지는 사내의 퀭한 두 눈이 옷 속을 꿰뚫어보는 것 같아 자기도 모르게 몸을 움츠렸다.

최 교수와 남지는 출발하기 전에 준비를 단단히 했다. 등산화 끈을 여미고, 털모자를 머리에 덮어쓰고, 파카를 입었다. 배낭의 멜빵을 조이고 나서 그것을 등에 진 다음 마침내 그 집을 나섰다.

주인 남자는 그들의 모습이 눈 속으로 사라질 때까지 마당에 우두커니 서 있다가 몸을 홱 돌려 그들이 묵었던 방안으로 뛰어들어갔다.

방안은 깨끗이 정돈되어 있었다.

그는 정사의 흔적을 찾으려는 듯 킁킁거리며 냄새를 맡고 구석구석을 살펴보았지만, 그런 것은 조금도 보이지가 않았다. 이윽고 두리번거리던 그의 두 눈이 무엇인가를 발견하고는 번쩍하고 빛났다. 그는 허리를 구부려 그것을 집어들었다. 그것은 꽤 길어보이는 털이었다. 부드럽고 곱슬거리는 것이 여자의 음모임이 분명했다. 그는 그것을 코에다 대고 숨을 깊이 들이마셨다. 몇 번이고 그렇게 숨을 들이마시다가 또 한 개를 발견하고는 얼른 또 집어들었다.

그때 전화벨소리가 요란스럽게 울리기 시작했다.

「여보세요.」

「안녕하시오? 김 순경입니다.」

그것은 파출소에서 걸려온 전화였다. 파출소에서는 걸핏하면 전화가 걸려온다. 할 이야기가 있으니 파출소로 9시 30분까지 나와달라고 말한 다음 김 순경은 전화를 끊었다.

곰보 영감 아들은 벽시계를 올려다보았다. 8시가 막 지나고 있었다.

그는 최 교수와 남지가 묵었던 방에 붙어 있는 방문을 열쇠로 따고 안으로 들어갔다.

등산객들이 몰려들 때에는 방이 부족해 아쉬울 때가 많지만, 그는 그 방만은 누구한테도 절대 내주지 않고 있었다. 아내와 자식들한테도 그 방에 들어오는 것을 금하고 있었다. 그 방은 말하자면 그의 유일한 사색의 공간이자 서재라고 할 수 있었다.

방안의 분위기는 그런 방 치고는 음침하고 어두웠다. 창문을 모두 검은 종이로 발라버렸기 때문에 어두울 수밖에 없었다. 그는 전기 대신 촛불을 켰다. 그 방의 전등은 일부러 모두 없애버렸고, 그대신 촛불을 사용하고 있었다.

불빛에, 박제된 곰의 머리와 사슴머리가 나타났다. 매의 모습도 보였다. 여자들의 나체 사진들이 한쪽 벽에 어지럽게 붙어 있었다. 전집류들이 먼지를 뒤집어쓴 채 조그만 서가에 꽂혀 있었다. 낡은 책상 위에는

260

목이 잘린 불상의 머리가 한 개 놓여 있었다. 쇠로 만든 것인 듯 녹이 벌겋게 슬어 있었다. 다른 쪽 벽면에는 각종 도검류들이 가지런히 걸려 있었다.

그는 열쇠로 책상 서랍을 연 다음 안에서 조그만 병을 한 개 꺼냈다. 그 안에는 음모가 뒤엉켜 있었다. 그동안 손님이 자고 갈 때마다 방안에 들어가 수집해온 것들이었다. 그는 뚜껑을 열고 안에다 새 음모를 집어넣었다. 그런 다음 거기에다 코를 대고 냄새를 맡았다. 눈을 지그시 감고 숨을 깊이 들이켤 때마다 그는 그 야릇한 냄새에 취하는 것 같았다.

병을 도로 서랍 속에 집어넣고 열쇠로 잠근 다음 그는 의자 위로 올라섰다. 벽에 걸려 있는 그림을 치우자 손가락 굵기의 구멍이 하나 나타났다. 그 구멍에다 눈을 갖다대자 옆방이 잘 내려다보였다. 그 구멍이 나 있는 옆방에는 그것을 가리기 위해 호랑이 그림 액자가 한 개 걸려 있었다. 그 액자가 떨어지지 않게 그는 거기에다 못질까지 단단히 해두었다. 호랑이 그림에는 고양이 눈같은 노란 눈이 두 개 박혀 있었는데, 그 중 한 개의 눈 가운데에는 줌렌즈가 끼여 있었고, 그것은 바로 구멍과 통해 있었다. 그러니까 구멍에다 눈을 갖다대면 줌렌즈를 통해 옆방이 한눈에 들어오는 것이었다.

지난밤에도 그는 거기에 붙어서서 옆방을 들여다보았지만 그들이 불을 끄고 정사를 가지는 바람에 구경을 제대로 못 하고 말았다.

곰보 영감 아들은 10시가 거의 되어서 집을 나와, 매표소 옆에 있는 파출소 문을 밀고 안으로 들어갔다.

파출소에는 경찰관 세 명이 있었다. 한 명은 전화를 걸고 있었고, 다른 두 명은 석유난로 옆에 앉아 잡담을 나누고 있었다. 벽 쪽에 놓여 있는 긴 나무의자에는 마을 사람들 몇 명이 앉아 있었다.

곰보 영감 아들이 무슨 일이냐고 묻자 젊은 김 순경은 본서에서 사람이 올 것이니까 조금만 기다려달라고 말하고 나서 다시 어디론가 전화를 걸었다.

「무슨 일인지 우리도 잘 모르겠어요. 본서에서 연락이 왔는데…… 민박집 주인, 식당 주인, 가게 주인, 매표소 직원, 주차장 주인, 산악회 회장이나 또는 산행 안내자 등등을 빠짐없이 모두 한자리에 불러달라고 했어요. 중요한 일이 있다고 하면서 말이에요.」

파출소 소장은 무표정하게 말하고 나서 난로불에 붉어진 얼굴을 두 손으로 쓰다듬었다.

문이 열리더니 빨간 운동모를 쓴 청년 두 명이 등산복 차림으로 들어섰다. 그들은 모자를 벗고 자기들보다 나이가 많은 사람들에게 꾸벅꾸벅 고개를 숙인 다음 도로 모자를 눌러썼다. 그들은 산악회 회장과 부회장직을 맡고 있는 청년들이었다.

매년 등산객수가 기하급수적으로 늘어나고, 지리산이 관광지로 각광을 받게 되자 백무동 계곡 일대에 띄엄띄엄 자리잡고 있는 수개 마을 출신 청년들이 모여서 수년 전에 산악회를 하나 결성했는데, 현재 회원수는 이십여 명으로 자연보호와 산행 안내, 조난자 구조 등 활발한 활동을 벌이고 있었다.

「이제 오는군.」

창문을 통해 밖을 내다보고 있던 소장이 중얼거리자 모두가 일어서서 밖을 내다본다.

계곡을 따라 꼬불꼬불 이어진 포장도로 위로 경찰 순찰차와 소형 승합차가 느릿느릿 올라오고 있는 것이 눈발 사이로 흐릿하게 보였다.

파출소장은 미리 앞으로 나가 대기하고 있다가 순찰차에서 내리는 사복 차림의 형사계장을 보고 거수경례를 했다. 뒤따라온 승합차에서 전투복 차림과 사복 차림의 사내들이 내려섰다. 관할서의 계장이 소장에게 그들을 소개하자 소장은 그들과 악수를 나누었다.

이윽고 그들은 파출소 안으로 몰려들어갔다. 그 바람에 실내는 어수선한 분위기로 바뀌었다.

파출소의 김 순경이 맞은편 가게로 달려가 사람 수에 맞게 커피를 주문하자 잠시 후에 가게집 처녀가 쟁반에다 커피가 든 종이컵들을 받쳐가지고 들어왔다. 컵에서는 허연 김이 무럭무럭 피어오르고 있었다.

가게집 처녀는 볼을 붉힌 채 책상 위에 쟁반을 내려놓았다. 그녀는 안으로 들어와서 나갈 때까지 내내 눈을 밑으로 깔고 있었고, 남자들은 그녀의 얼굴과 가슴, 엉덩이를 훔쳐보느라고 부지런히 눈들을 굴리고 있었다.

「자, 커피 한 잔씩 드시면서 제 말을 잘 들어주셨으면 합니다.」

관할서의 계장이 커피잔을 집어들면서 입을 열었다.

사람들은 종이컵을 하나씩 집어들면서 계장을 주목했다.

계장은 커피를 입에 갖다댔다가 뜨거운 지 후후 불었다. 다른 사람들도 똑같이 후후 하고 불었다.

「바쁘신데 이렇게 나와주셔서 감사합니다. 모이라고 한 것은 다름이 아니고…… 에또, 현재 지리산에 살인 용의자 두 명이 입산했다는 정보가 들어와서, 여러분들의 협조를 구하기 위해 이렇게 모이라고 한 겁니다. 잘 아시다시피 지리산은 워낙 광대하기 때문에 소수의 인원으로 용의자를 찾는다는 것은 거의 불가능합니다. 그래서 각 지역 단위별로 협조를 구하고 있는 겁니다. 각 지역 단위별로 협조를 해준다면 지리산을 포위하는 것은 그다지 어려운 일이 아니라고 생각합니다.」

「저는 구례경찰서 산악대 배 대장이라고 합니다. 지금 저는 지리산 주요 입산코스를 한 바퀴 돌고 있는데, 마을 주민들과 현지 산악회 회원들이 모두 적극 나서주고 있어서 별 어려움은 없을 거라고 생각합니다. 서로 유기적으로 연락해 가면서 몰아가면 범인 체포는 시간 문제라고 생각합니다. 이 분은 제주도에서 범인을 잡기 위해 여기까지 오신 강력반장님이신데, 범인에 대해서 자세한 설명을 해주실 거니까 잘 들어보시기 바랍니다.」

전투복 차림의 배 대장이 조 반장을 가리키자 그는 고개를 끄덕하고 나서 옆에 있는 구 형사에게 눈짓을 보냈다.

「자네가 설명하지 그래.」

구 형사는 커피잔을 내려놓고 나서 먼저 사진을 몇 장 돌렸다. 그것은 최 교수와 남지의 사진으로, 수십 장을 복사한 것 가운데 일부였다.

「그 사진은 살인용의자로 현재 경찰의 수배를 받고 있는 인물들입니다. 그들의 인적사항은 사진 밑에 나와 있는 그대로입니다.」

구 형사는 차분하게 이야기했다.

곰보 영감 아들은 옆에서 건네준 남지의 사진을 받아보고는 그만 손에서 떨어뜨리고 말았다. 그는 경찰이 눈치 채지 않게 얼른 허리를 굽히면서 숨을 깊이 몰아쉬었다. 그리고 사진을 집어들고 천천히 상체를 일으켰다.

「그들이 지리산에 들어갔는지, 아직 산 밑에 있는지 그건 아직 알 수가 없습니다. 만일 이미 지리산에 들어갔다면 어차피 우리도 그들을 찾아 산에 오를 수밖에 없습니다. 그리고 아직 산에 들어가지 않았다면, 입구에서 그들을 차단해야 합니다.」

곰보 영감 아들의 귀에는 구 형사의 말이 잘 들리지가 않았다. 그는 두 번째로 최 교수 사진을 들여다보고는 마치 못 볼 것을 보기나 한 듯 얼른 그것을 책상 위에 내려놓았다.

「매표소에 근무하시는 분 계십니까?」

「네, 접니다.」

비쩍 마른 중년 사내가 손을 쳐들었다.

「어제 오후부터 산에 들어간 사람들 가운데 혹시 이런 남녀를 보지 못하셨나요?」

「글쎄요. 어제 오후에 몇 사람 올라가긴 했는데…… 눈여겨 보지를 않아서…….」

그는 시력이 몹시 나쁜 사람이었다.

구 형사는 매표소 직원으로부터 눈을 돌려 다른 사람들을 쳐다보았다.

곰보 영감 아들은 형사의 시선을 피해 고개를 숙인 채 남지의 사진을 만지작거리고 있었다.

「남자는 사십대 중반이고 여자는 대학생입니다. 나이로 보아 어울리지 않기 때문에 이 마을에 왔다면 눈에 띄었을 겁니다. 자가용을 몰고 왔을 텐데…… 차 번호는 서울 번호판으로 서울3 무 519X번입니다. 여기 오신 분들 가운데 혹시 두 사람을 목격했거나 서울 번호판을 단 자가용 승용차를 보신 분은 안 계십니까?」

구 형사는 백지를 잘게 찢어 거기에다 최 교수의 자가용 차 번호를 일일이 적어서 사람들에게 나누어주었다.

그가 그것을 모두 적을 때까지 마을 사람들은 아무 말도 하지 않고 있었다.

「아무도 보신 분이 안 계신가보군요. 그렇다면 이제부터 이곳을 찾아 오는 등산객을 주의 깊게 살펴봐 주십시오. 그리고 만일 이 두 사람과 닮은 사람이 나타나면 즉시 경찰에 연락해 주십시오. 이 두 남녀는 사람을 죽이고 현재 도주중인데, 어제 아침 지리산에 간다고 하면서 집을 떠난 사실이 밝혀졌습니다.」

「저기 잠깐······.」

곰보 영감 아들이 마침내 고개를 쳐들고 구 형사를 쳐다보았다.

「네, 말씀하십시오.」

모든 사람들의 시선이 일제히 곰보 영감 아들에게 쏠렸다.

「현상금은 없습니까?」

느닷없는 질문에 사람들은 어리둥절해 하다가 이내 어이없어 하는 표정들을 지었다. 그러나 곰보 영감 아들의 표정은 진지하기만 했다.

「현상금 같은 것은 아직 없습니다. 앞으로 어떻게 될지 모르지만, 현재로서는 그런 거 없습니다.」

「현상금이 탐이 나나보죠?」

조 반장이 아니꼽다는 듯이 말하자 곰보 영감 아들은 조금 민망해 하면서 조심스럽게 입을 열었다.

「그게 아니고······ 이 두 사람, 어젯밤에 저희 집에서 묵은 손님들하고 비슷하게 생겨서 그렇습니다. 저는 요 위에서 민박을 치고 있는데 ······.」

그 다음 말은 들어보나마나 했다.

형사들은 파출소를 나와 곰보 영감 아들을 따라가면서 질문을 퍼부어댔다.

「몇 시에 출발했어요?」

「8시경에 출발했습니다.」

「어느 코스로 간다고 하던가요?」

「그건 말하지 않고, 일단 산장까지 올라간 다음 거기서 다시 생각해보겠다고 했습니다.」

「어느 산장이라고 했나요?」

「산장 이름은 말하지 않았습니다.」

266

그들은 집마당으로 들어가 거기에 세워둔 승용차를 에워쌌다.

구 형사는 번호판부터 확인해 보았다. 조 반장도 번호판을 확인했고, 두 사람은 잠시 흥분을 누르려는 듯 서로 얼굴만 쳐다보았다.

「이 차가 틀림없구먼.」

관할서의 계장이 손바닥으로 보닛을 두드리면서 말하자 배 대장도 군화발로 타이어를 차면서 맞장구를 쳤다.

「차를 여기다 두고 간 걸 보니까 오늘중으로 돌아올 모양이죠?」

「아마 오늘은 돌아오지 않을 겁니다. 아가씨 말이 이삼 일 아니면 삼사 일 걸릴 거라고 했습니다. 그러면서 자동차 열쇠까지 맡기고 갔습니다. 종주할 거냐고 물었더니 가봐야 알겠다고 했습니다. 일단 산장까지 가보고 나서, 거기서 종주할 건지 아닌지 생각해 보겠다고 했습니다.」

「남자는 뭐라고 하던가요?」

「남자하고는 이야기해 볼 기회가 없었습니다.」

구 형사는 주인 남자가 내주는 열쇠를 받아 차문을 열고 안으로 들어가보았다.

차 속은 비교적 깨끗한 편이었다. 내용을 알 수 없는 외국 원서와 남녀 옷가지가 몇 벌 뒷좌석에 놓여 있는 것 외에는 이렇다하게 특별한 것은 없었다.

구 형사는 박스 속에서 차량등록증과 보험관계서류를 발견하고는 그것들을 꺼내보았다. 거기에는 최종오라는 이름이 분명히 적혀 있었다.

「이걸 보십시오. 틀림없습니다.」

구 형사가 내주는 서류를 들여다본 조 반장은 고개를 끄덕이고 나서 산악회장 쪽을 돌아보았다.

「8시에 출발했으면 지금쯤 어디에 있을까요?」

「글쎄요. 정확한 코스를 알아야 하는데…… 어느 코스를 택하든 아직 산장에는 도착하지 못했을 겁니다.」

산악회장은 주머니에서 빨간 손수건을 꺼내 그것을 보닛 위에 펼쳐놓았다. 손수건 위에는 지리산 등산지도가 그려져 있었다.

「여기서 출발하면 세석산장이나 장터목산장에 도착할 수가 있습니다. 이 지점에서 갈라지는데, 아무튼 산장까지 가기로 했다면 두 산장 가운데 한 곳으로 갈 수밖에 없습니다. 세석산장은 장터목산장보다 거리가 조금 더 멀지만, 그래봐야 이삼십 분 정도 더 걸립니다. 우리 걸음으로는 세 시간 반 정도면 세석산장에 도착할 수가 있습니다. 그리고 장터목은 세 시간이면 올라갈 수 있습니다. 하지만 보통걸음으로는 네 시간 이상은 잡아야 할 겁니다. 더구나 이렇게 눈이 오고 있으면 어느 곳이나 다섯 시간 정도는 걸릴 겁니다. 길이 상당히 급하거든요. 지금 11시니까 삼분지 이쯤 갔겠는데요.」

「지금 우리가 출발하면 따라잡을 수 있을까요?」

조 반장이 눈을 빛내며 물었다.

산악회장은 평상복 차림의 조 반장 모습을 살펴보더니 고개를 설레설레 흔들었다.

「그건 불가능합니다. 일단 산장으로 전화를 걸어보죠.」

그들은 다시 파출소로 우르르 몰려갔다.

조 반장과 구 형사는 의외로 쉽게 최 교수와 유남지의 행방이 포착되는 바람에 잔뜩 흥분되어 있었다.

「여기서 바짝 추격해야지, 그렇지 않고 느슨하게 풀어놓으면 어디로 새버릴지 알 수가 없습니다.」

구 형사의 말에 조 반장은 힘있게 고개를 끄덕였다.

「알았어. 헬리콥터를 빨리 동원시켜야겠어.」

268

산장으로 먼저 전화를 건 사람은 산악회장이었다. 그는 세석산장으로 먼저 전화를 걸어 산장 관리인을 찾았다. 두 사람은 잘 아는 사이인 듯 산악회장은 웃으며 친밀하게 말을 나누었다.

「산장에 사람 많아요?」

「서너 명 있어. 묵을 사람들은 아니고 지나가는 사람들이야.」

「거기 눈 많이 오고 있습니까?」

「응, 많이 오고 있어. 이러다가는 길이 끊기겠는데.」

「봄인데요 뭐. 다름이 아니고…… 거기 혹시 중년남자하고 젊은 여자 나타나지 않았나요?」

「여자 본 지 오래야.」

「여기서 8시에 출발했다니까 아직 도착하지는 않았을 겁니다.」

「왜? 아는 사람들이야?」

「아니, 그게 아니고…… 경찰에서 찾는 사람들인데…… 장터목 아니면 그쪽으로 올라가고 있거든요.」

「여긴 수배자들이 한번쯤 다 거치는 길목이야. 그게 어쨌다는 거야?」

대수롭지 않다는 듯 상대방이 말했다.

「그 사람들이 거기 나타나면 파출소로 연락을 좀 해주십시오. 지금 경찰이 기다리고 있거든요.」

「나보고 고자질하라는 거야? 난 그런 짓은 할 수 없어. 그건 내가 제일 싫어하는 거야.」

「알고 있어요. 하지만 그 사람들은 살인범들이에요.」

「뭐라고?」

살인범이라는 말에 관리인은 긴장하는 것 같았다.

그때서야 조 반장이 산악회장을 밀어내고 대신 관리인을 상대하기 시작했다.

경찰 수사관의 말은 다분히 위압적이었다. 이야기를 듣고 난 관리인은 조금 전과는 사뭇 다른 태도로 나왔다.

「네네, 알겠습니다. 즉시 연락드리겠습니다.」

「그리고 만일 나타나거든 거기에 좀 붙잡아둬요.」

「그건 좀 곤란하지 않을까요? 전 경찰도 아닌데, 사람을 강제로 붙잡아 둔다는 것이 아무래도…….」

「그러니까 강제로 붙잡아두라는 게 아니고 시간을 좀 끌어보란 말이에요. 가지 못하게 구실을 붙여서 어떻게든 붙잡아봐요.」

「알겠습니다. 해보긴 하겠습니다만, 자신할 수는 없습니다. 그러다가 그 사람들이 떠나버리면 어떡하죠?」

「에또…… 그럴 경우에는 어느 방향으로 갔는지 그걸 잘 눈여겨봐 뒀다가 연락해 줘요.」

「알겠습니다.」

「우리도 수시로 연락하겠지만, 잘 감시하고 있다가 경찰에 연락해 줘요. 협조 부탁합니다. 우리가 거기 도착할 때까지만 붙잡아두면 돼요.」

「알겠습니다. 한 번 해보겠습니다.」

「그리고 주의할 것은 절대 상대방에게 이상한 눈치를 보여서는 안 돼요. 알겠죠?」

「네, 알겠습니다.」

장터목산장에는 구 형사가 직접 전화를 걸었다.

그곳에도 한쌍의 중년남자와 젊은 여자는 아직 나타나지 않았다는 대답이었다. 구 형사는 내용을 설명하고 필요한 조치가 무엇인가를 이야기해 준 다음 협조해 줄 것을 부탁했다. 산장 관리인은 흔쾌히 적극 협조해 주겠다고 대답했다.

「양쪽 산장에는 헬기가 착륙할 만한 장소가 있나요?」

구 형사가 통화를 끝내자 조 반장이 산악회장에게 물었다.

「네, 있습니다. 어느 산장이나 헬기 착륙장이 있습니다. 산장뿐이 아니고 능선 곳곳에 헬기 착륙장이 만들어져 있습니다.」

산악회장의 말에 이어 관할서의 형사계장이 입을 열었다.

「여러 가지 목적이 있긴 하지만…… 주목적은 군사용이지요. 따라서 앞으로는 국내 산에서 빨치산 활동을 한다는 것은 거의 불가능합니다. 6·25때는 헬기가 없어서 빨치산 토벌이 힘들었지만, 앞으로는 헬기로 공수부대를 산 위에 투입시켜 위에서부터 훑어내릴 거니까 산에서 빨치산 활동을 한다는 것은 거의 불가능하고 어리석은 짓이죠.」

「그렇겠군요.」

조 반장은 고개를 끄덕이고 나서 제주도로 전화를 걸었다.

잠시 후 우 계장이 나오자 그는 상황설명을 해주었다.

「…… 지금 행선지가 밝혀진 이상, 지금 바로 헬기로 출발해 주시면 산장에서 그들을 만날 수가 있습니다. 걸어서 올라가기에는 시간이 너무 걸리고…… 그리고 지리산에는 현재 많은 눈이 내리고 있습니다.」

「알았어. 그렇지 않아도 지금 막 출발하려든 참이야.」

헬기의 착륙 장소에 대해서는 관할서의 형사계장이 대신 우계장에게 설명해 주었다.

「자, 출발!」

우 계장이 소리치자 경찰 헬기는 흙바람을 일으키며 공중으로 날아오르기 시작했다.

순식간에 시가지가 시야에서 멀어지기 시작하더니, 헬기는 어느새 바다 한가운데 떠 있었다.

「날씨가 안 좋아서 제대로 착륙할 수 있을지 모르겠습니다.」

헬기 조종사가 사뭇 걱정스러운 투로 말했다.

눈앞이 보이지 않을 정도로 눈보라가 치고 있었다.

최 교수는 바위 위에 걸터앉아 헐떡거리며 올라오고 있는 남지의 모습을 가만히 지켜보고 있었다.

「아직 멀었나요?」

그가 앉아 있는 곳까지 힘겹게 올라온 남지가 등에 지고 있는 배낭을 내던지듯 내려놓으며 물었다.

최 교수는 손목시계를 들여다보고 나서 고개를 끄덕였다.

「음, 좀더 올라가야 해.」

「얼마나 올라가야 해요?」

남지는 최 교수가 내미는 수통을 받아들면서 끝이 없어보이는 위쪽으로 시선을 던졌다.

「아직 세 시간 정도는 더 걸릴 거야. 눈 때문에 시간이 많이 걸리고 있어. 힘들지?」

「아뇨.」

그녀는 땀을 닦으면서 고개를 흔들었다.

「전보다 힘이 덜 들어요. 그럼 아직 반도 못 왔나요?」

「음…….」

최 교수는 미소를 지으면서 고개를 끄덕였다.

한 시간 전쯤 세 명의 젊은 남자들이 그들을 앞질러 올라간 이후 등산객이라고는 전혀 보이지 않았다. 앞서 올라간 젊은이들은 엄청나게 큰 배낭들을 지고서도 성큼성큼 올라갔는데, 차림새나 행동거지로 보아 등산에는 전문가들 같았다.

272

최 교수 일행이 경찰이 예상하고 있는 것보다 더 늦어진 것은 조금도 서두르지 않고 아주 천천히 올라왔기 때문이었다. 그들은 도중에 커피까지 끓여 마셨던 것이다.

「여기가 갈림길이야.」

　최 교수는 양쪽으로 갈라진 길을 가리켜보였다.

「저기, 폭포 보이지? 저게 가내소 폭포야.」

　폭포는 조금 위쪽에서 요란스러운 소리를 내면서 쏟아지고 있었다.

　남지는 털모자를 벗어 눈을 털었다. 그리고 최 교수의 모자와 어깨에 쌓인 눈도 털어주었다.

　최 교수는 등산지도를 꺼내 현재 위치를 보여주었다.

「여기가 현재 우리가 앉아 있는 곳이야.」

「어머! 저기 보세요!」

　남지가 낮은 소리로 다급하게 속삭이면서 폭포 쪽을 가리켰다.

「산토끼에요! 폭포 위에 앉아 있어요!」

　최 교수는 안경에 붙은 눈을 재빨리 털어낸 다음 다시 안경을 끼고 폭포 쪽을 쳐다보았다.

「야, 저놈 봐라!」

「아주 귀엽게 생겼어요.」

　잿빛의 산토끼 한 마리가 폭포 위 눈이 하얗게 쌓인 바위 위에 앉아서 귀를 쫑긋거리고 있었다.

　남지는 상체를 조금 굽힌 채 폭포 쪽으로 살금살금 다가갔다. 최 교수도 일어나 남지 뒤를 따라가보았다.

「또 한 마리 나타났어요!」

　남지가 흥분해서 소리쳤다.

　새로 나타난 토끼는 회색과 흰색이 뒤섞인 놈으로 잿빛보다는 조금 작아보였다.

「암놈인가봐요!」

그녀가 최 교수의 손을 잡아끌면서 말했다.

「음, 그런가본데…….」

두 마리 토끼는 나란히 앉아 무엇인가 먹고 있다가 이윽고 그들을 발견하자 움직임을 멈추고 놀란 듯이 귀를 쫑긋 세웠다. 남지와 최 교수도 그 자리에 서서 더 이상 움직이지 않았다. 그때 나뭇가지 위에 쌓여 있던 눈이 바람에 우수수 떨어졌다. 목덜미에 눈뭉치가 떨어지는 바람에 남지가 고개를 숙이고 급히 눈을 털어내는 사이 놀란 토끼들은 잡목숲 사이로 재빨리 사라져버렸다.

남지는 두리번거리다가 토끼가 보이지 않자 서운한 표정을 지었다.

「가버렸어.」

최 교수는 토끼가 사라진 쪽을 가리킨 다음 폭포 쪽으로 걸어내려갔다.

남지는 그의 뒷모습을 가만히 지켜보다가 잠자코 뒤따라갔다.

최 교수는 바위에서 쏟아져내리고 있는 폭포수를 바라보고 있다가 웅크리고 앉아 얼굴을 씻었다.

남지도 그 곁에 쭈그리고 앉아 그가 얼굴을 씻고 있는 모습을 쳐다보고 있다가 그가 얼굴을 돌리면서 웃자 그의 어깨에 얼굴을 묻었다. 그는 몸을 돌려 그녀의 얼굴을 가까이 응시했다. 그녀의 두 눈에 맺힌 이슬 같은 눈물이 크고 검은 눈동자 때문인지 유난히 반짝이고 있었다. 최 교수는 그녀에게 왜 울고 있느냐고 묻지는 않았다.

「지금이 너무 행복해요.」

중얼거리면서 그녀는 최 교수의 젖은 얼굴에 자신의 뺨을 가만히 갖다댔다. 최 교수는 그녀의 손을 잡고 몸을 일으켰다.

274

「여기다 통나무집 짓고 살고 싶어요.」

그녀가 최 교수의 품에 안겨 말했다. 그러나 그 다음 말은 그의 입속에 갇혀 맴돌았다.

그들은 폭포소리를 들으며 한참 동안 포옹하고 있었다. 그들은 조그만 움직임이나 말도 두려운 듯 그렇게 서로를 껴안고 있었다.

「전 이제 죽어도 원이 없어요.」

그가 포옹을 풀려고 했을 때 그녀가 말했다. 그녀는 어느새 창백한 표정으로 돌아가 있었다.

그는 말없이 배낭을 놓아둔 곳으로 걸어가 배낭 주머니에서 조그만 양주병을 꺼냈다. 그리고 뚜껑에다 술을 따른 다음 그것을 내밀었다.

「자, 이걸 마셔. 힘이 날 거야.」

남지는 그것을 두 손으로 받아 단숨에 마셔버렸다.

최 교수도 뚜껑에다 술을 받아 마시고 나서 갈림길을 쳐다보았다.

「왼쪽으로 가는 게 좋겠어. 일단 장터목 산장까지 갔다가 점심을 먹고 나서 시간이 있으면 세석으로 가자구. 장터목에서 세석까지는 두세 시간밖에 안 걸리니까.」

드넓은 세석평전 위로 눈이 내리고 있었다.

고원에 자라고 있는 철쭉나무들은 눈에 덮여 있었고, 산장에서 마주보이는 촛대봉도 눈 때문에 보이지가 않았다. 해마다 봄이 오면 고원의 철쭉밭은 붉은 꽃으로 뒤덮이기 때문에 그것을 보려고 등산객들이 많이 몰려온다. 사람들의 발길에 채이고 텐트 자리로 파헤쳐지는 바람에 철쭉은 갈수록 줄어들고 있었고, 고원은 많이 황폐해져 있었다. 그러나 그런 것은 아랑곳없이 사람들은 끊임없이 그곳을 찾아오고 있었다.

산장 관리인은 촛대봉 쪽에서 내려오고 있는 등산객들을 처마 밑에서서 바라보고 있었다. 천왕봉에 올랐다가 장터목산장을 거쳐오는 중일 것이라고 그는 생각했다.

일행은 모두 다섯 명이었다. 그들은 빠른 속도로 능선을 타고 내려오다가 산장 쪽으로 방향을 잡고 한 줄로 나란히 내려왔다. 가까이 다가왔을 때 보니 여자가 두 명 끼여 있었다. 모두가 이십대에서 삼십대 사이의 젊은이들이었다. 그들은 산장 앞에 놓여 있는 통나무 탁자 주위에 짐을 부리고 나서 즉시 점심 식사를 준비하기 시작했다.

여자들이 쌀을 씻으러간 사이 남자들은 캔맥주를 하나씩 사서 목을 축였다.

「천왕봉에서 오시나 보죠?」

관리인은 그들 쪽으로 슬슬 다가가 말을 걸었다. 눈여겨보았지만 그들 가운데 중년 남자는 없었다.

「아니에요. 장터목에서 자고 오는 거예요.」

빨간색 파카를 입은 청년이 말했다.

「장터목에서 혹시 중년남자와 젊은 여자 보지 못했어요? 백무동 쪽에서 올라왔을 텐데?」

「아뇨. 보지 못했는데요.」

노란 털모자를 귀까지 덮고 있는 청년이 빈 캔을 우그러뜨리며 말했다.

「혹시 저 사람들 아니에요?」

파란 파카 차림의 청년이 능선 쪽을 가리켜 보였다.

멀리 능선 쪽에 두 사람이 서 있는 것이 보였다. 눈보라에 가려 그들의 모습은 희미하게 드러나 있었다. 그들은 능선 위에서 서성거리고 있었다.

관리인은 안으로 들어가 망원경을 가지고 나왔다. 망원경으로 보니 그들의 모습이 분명히 보였다. 두 사람 다 남자들이었다. 잠시 후 능선

276

너머로부터 또 한 명이 나타났는데, 그 사람 역시 남자였다. 먼저 능선에 올라온 두 명은 그를 기다리느라고 능선 위에서 지체하고 있었던 것 같았다.

이윽고 그들은 산장 쪽으로 내려오고 있었다.

그들이 가까이 다가왔을 때 보니, 그 중 한 명은 산장에 몇 번 왔던 청년으로 안면이 많아 보였다.

「안녕하세요.」

안경을 벗으면서 그 청년이 관리인에게 반갑게 인사했다. 관리인은 손을 내밀어 그와 악수했다.

「연초에 왔었지 않나?」

「네 그렇죠. 신정 연휴 때 왔었죠.」

청년은 씨익 웃고 나서 안경에 붙어 있는 눈을 닦아냈다.

「노고단 갈 건가?」

「네, 오늘은 연하천에 가서 자고 내일 갈 겁니다.」

화장실 쪽으로 가려는 그를 관리인은 붙들었다.

「어느 쪽으로 올라왔어?」

「백무동에서 올라왔는데요.」

「올라오다가 혹시 젊은 아가씨하고 중년남자 못 봤어? 남자는 안경을 낀 사팔뜨기고 아가씨는 꽤 미인일 텐데?」

「봤습니다. 뒤에 올라오고 있을 겁니다.」

「어디서 봤어?」

관리인은 눈을 빛내고 물었다.

「가내소 폭포 있는 데서 봤습니다.」

「아니야. 그 전에 첫나들이 폭포 있는 데서 봤어. 거기서 커피 끓이고 있었잖아. 커피 한 잔 얻어마시고 싶었는데, 자기들만 마시고 권하지도 않더라구요.」

키가 작은 청년이 옆에서 안경의 말을 수정해 주었다.

「이쪽으로 올라오고 있는 게 확실해?」

「그건 잘 모르겠는데요. 가내소 폭포에서 장터목으로 빠졌는지 이쪽
으로 오고 있는지 그건 잘 모르겠는데요. 왜 그러세요?」

「아니, 좀 알아볼 일이 있어서…….」

관리인은 말끝을 흐리면서 능선 쪽을 바라보았다.

「이쪽으로 오고 있다면…… 한참 걸릴 걸요. 커피까지 끓여마시면서
오는 걸 보니까 노닥거리면서 슬슬 올 사람들이에요. 안 올라올지도
모르죠.」

관리인은 고개를 끄덕거리고 있다가 방안으로 들어가 백무동 파출소
로 전화를 걸었다.

그 시간에 남지의 어머니 허 여사는 학교에 결근계를 내고 서울 시내
의 어느 커피숍에서 변호사를 만나고 있었다.

손 변호사는 사십대 중반으로 검사 출신이었다. 깡마른·체구에 빈틈
하나 없이 깔끔하게 차려입은 그의 모습은 그의 성격을 잘 말해 주고 있
는 듯했다. 그는 허 여사의 동생 남편의 친구 되는 사람이었다. 허 여사
가 변호사 선임 문제로 고민하는 것을 보고 그녀의 동생이 남편에게 이
야기했고, 그 남편이 실력있는 변호사로 평판이 자자한 자기 친구를 허
여사에게 소개해 주었던 것이다.

동생의 남편은 손 변호사를 그녀에게 소개해 주고는 바쁜 일이 있다
면서 먼저 자리를 떴고, 그래서 지금은 두 사람만이 서로 마주 대하며
자리에 앉아 있었던 것이다.

「바쁘신데 이렇게 나와주셔서 고맙습니다.」

그녀가 공손히 고개를 숙이자 손 변호사는 고개를 끄덕했다.

「괜찮습니다.」

재빨리 말하고 나서 그는 손목시계를 들여다보았다.

허 여사는 금테안경 너머로 번득이는 그의 눈빛이 너무 부담스러웠다.

「무슨 일인지 말씀해 보시죠.」

「너무 부끄러워서 말씀드리기가 민망스럽습니다.」

「상관없습니다. 그런 거 상관 마시고 기탄없이 말씀해 주십시오. 저를 병원 의사라 생각하시고……」

사건 의뢰를 문의해 오는 경우 변호사가 직접 의뢰인을 만나 이러쿵저러쿵 이야기를 나누는 경우는 거의 없다. 그런 것은 골치만 아프고 따분하기 짝이 없는 일이기 때문에 사무장이 도맡아 처리하기 마련이다. 변호사는 마지막에 가서 사무장이 정리해놓은 것을 훑어보고 필요하면 피의자를 한두 번 만나본 후 법정에 나가 변호를 하면 된다. 이번같이 의뢰인을 변호사가 직접 만나보는 것은 아주 특별한 경우에 속한다. 더구나 그처럼 평판이 높은 변호사의 경우에는 거의 없는 일이다. 친구가 부탁하지 않았으면 바쁜 일 젖혀두고 이렇게 직접 나오지 않았을 것이다.

「다름이 아니고…… 제 딸아이가 현재 살인혐의로 경찰한테 쫓기고 있습니다. 제가 보기에는 사람을 죽일 애가 아닌데…….」

그녀는 눈물부터 보이기 시작했다.

손 변호사는 나이 든 여교사를 딱한 눈으로 쳐다보았다. 삼십 분 내에 끝내지 않으면 약속시간에 늦을 것이라고 그는 생각했다.

「미안합니다. 제가 좀 있다가 중요한 약속이 있기 때문에 그러는데, 요점만 간단히 말씀해 주시면 고맙겠습니다. 자세한 것은 우리 사무장하고 말씀해 주십시오. 사무장한테 말씀하시는 것이나 저한테 말씀하시는 것이나 같으니까요.」

허 여사는 재빨리 눈물을 훔쳤다. 울고 있을 겨를이 없다는 것을 비로소 깨달은 것이다.

이윽고 손수건을 접어서 백 속에 집어넣고 난 그녀는 지금까지와는 다른 태도로 요령있게 이야기를 해나갔다.

손 변호사는 갑자기 태도를 바꾸어 절제된 표현으로 정연하게 사건내용을 이야기하는 그녀를 가만히 지켜보면서 어느새 그녀의 이야기에 흥미를 느끼고 있는 자신을 발견했다.

「……그 애는 지금 그 최 교수라는 사람한테 말려들고 있는 것 같아요. 저한테 말은 하지 않았지만…… 최 교수가 죽인 것을 가지고 그 애가 뒤집어쓰려고 하고 있는 것 같아요. 그것이 마치 지고지순한 사랑이기나 한 것처럼 말이에요, 맹세코!」

그녀는 결론처럼 말하고 나서 변호사의 표정을 살폈다.

손 변호사는 무겁게 고개를 끄덕였다.

「유양이 살해했다 해도…… 강간당한 끝에 그랬다면…… 그건 무죄로 풀려날 가능성이 많습니다. 풀려날 가능성은 구십 프로 이상입니다.」

「그 애는 죽이지 않았어요. 최 교수란 자가 살해한 게 분명해요! 하늘에 맹세코 제 딸아이는 사람을 죽일 애가 아닙니다! 절대 아니에요!」

그녀는 확신에 찬 어조로 말했다.

「알겠습니다. 죽이지 않았다면 더욱 문제 될 것이 없습니다. 걱정하실 거 없습니다.」

「정말 무죄로 풀려날 수 있을까요?」

「강간당한 끝에 그렇게 됐다면…… 그건 정당방위로서 당연히 무죄로 풀려납니다.」

허 여사는 다소 안도하는 표정이 되었다.

「우리 애는 일방적으로 당하기만 한 겁니다. 벌을 받아야 한다면, 죽은 그 인간이 받아야 합니다.」

손 변호사는 몸을 일으킬 듯이, 포개고 있던 다리를 풀었다.

「하지만 한쪽의 말만 듣고 일방적으로 무죄를 선고하지는 않습니다. 정당방위가 입증되어야만 무죄를 선고합니다. 그러니까 유양은 증거를 제시할 수 있어야 합니다. 증거는 확보되어 있겠죠?」

「글쎄요.」

그런 것에 미처 생각이 미치지 못했던 그녀는 적이 당황했다.

「거기에 대해서는 미처 생각해 보지를 못해서…….」

「그러시겠죠. 강간사건이란 사실 증거를 제시하기가 쉽지가 않습니다. 한쪽이 잡아떼면 입증하기가 난처하죠. 이 사건은 범행 당사자가 죽었기 때문에 더욱 문제가 복잡해질 수도 있습니다. 결국 검사와 변호사의 싸움인데…… 그건 저한테 맡겨두십시오.」

「잘 좀 부탁합니다.」

그녀는 고개를 깊이 숙였다. 마치 딸의 목숨이 그의 손에 달려 있기나 한 듯.

「걱정하지 마세요. 잘 될 겁니다. 자, 그럼 이만 실례하겠습니다. 제가 사무장한테 잘 이야기해 둘 테니까 앞으로 사무장하고 상의하시면 됩니다.」

허 여사는 다시 고맙다는 말을 반복하고 나서 변호사보다 먼저 카운터로 달려나가 차값을 치렀다.

「저기…… 저희 딸애는 어떻게 하는 게 좋을까요? 연락이 오면 자수를 시킬까요?」

로비를 가로질러 성큼성큼 걸어가는 변호사를 따라붙으며 그녀가 물었다. 손 변호사는 고개를 끄덕였다.

「그야 물론이죠. 하루바삐 자수를 해서 사실을 밝혀야 합니다. 그래야 저도 준비를 할 수 있으니까요. 피의자가 입건되지 않은 상태에서는 아무것도 할 수 없지 않습니까.」

그가 밖으로 나가서자 기다렸다는 듯이 검정색 고급 승용차가 굴러와 멎었다.

허 여사는 손 변호사를 태운 그 승용차가 출발하자 상체를 90도 각도로 구부렸다.

불과 삼십 분 정도 만났는데도 그녀는 큰 짐을 던듯 맥이 풀렸고, 이마에는 땀까지 배어 있었다.

그녀는 차를 탈 생각도 하지 않은 채 천천히 걸음을 옮겼다.

하늘에는 검은구름이 잔뜩 끼어 있었고, 그래서 거리는 우중충하고 을씨년스러워 보이기까지 했다.

그녀는 사람들이 많이 다니는 보도를 벗어나 골목으로 들어섰다. 그리고 벽 쪽으로 돌아서서 손수건으로 얼른 눈물을 닦았다.

배반의 계절

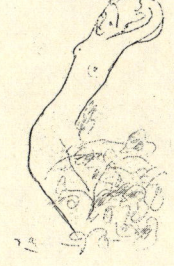

배반의 계절

최교수와 남지가 마침내 지리산 주능선 위에 올라서서 거친 숨을 몰아쉬며 땀을 식히고 있을 때 남쪽으로부터 헬리콥터 한 대가 낮게 떠서 날아왔다. 헬기에 타고 있는 사람이 보일 정도로 그것은 낮게 날아오고 있었다.

남지는 헬기를 향해 두 손을 마구 흔들었다. 헬기에 타고 있는 사람도 손을 흔드는 것 같았다. 북쪽으로 날아가던 헬기는 방향을 돌리더니 그들 쪽으로 날아왔다. 그리고 머리 위에서 원을 그리며 한 바퀴 돌고 나더니 북쪽으로 날아가버렸다.

저만치 산장이 보였다. 남지는 갑자기 힘이 솟는지 산장을 향해 뛰어갔다.

산장 관리인은 산장 앞에 서서, 숨을 헐떡이며 달려오는 늘씬한 아가씨를 눈여겨보다가 뒤에 처져서 걸어오는 사내 쪽으로 시선을 던졌다.

「안녕하세요?」

늘씬한 아가씨가 말했다.

「네, 안녕하세요.」

관리인은 고개를 끄덕했다.

「여기가 장터목산장인가요?」

「네, 그렇습니다. 저분하고 일행입니까?」

관리인은 최 교수를 턱으로 가리켰다. 최 교수는 천천히 걸어오고 있었다.

「네, 그래요.」

「두 분이서 오시는 겁니까?」

남지가 그렇다고 대답하자 관리인은 백무동에서 오는 길이냐고 또 물었고, 그녀는 〈네〉하고 고개를 끄덕였다.

최 교수가 마침내 산장 앞에 이르자 관리인은 〈어서 오십시오〉라고 인사하면서 그의 모습을 찬찬히 살폈다. 최 교수는 배낭을 내려놓은 다음 모자를 벗어 눈을 털었고, 남지는 산장 안으로 들어가 캔맥주 두 개를 사가지고 나왔다.

그들은 능선에 서서 맥주를 마시며 그들이 올라온 골짜기를 내려다보았다.

「너무너무 기분이 좋아요. 이렇게 기분이 상쾌할 수가 없어요.」

「이런 상쾌함과 만족감은 다른 데서는 느낄 수가 없지.」

「여섯 시간 반 걸렸어요.」

손목시계가 오후 2시 30분을 가리키고 있었다.

산장관리실로 들어간 관리인은 백무동 파출소로 전화를 걸었다. 기다렸다는 듯이 신호가 떨어지자 그는,

「여기 장터목산장인데요…… 그 사람들이 나타났어요! 방금 도착했어요!」

하고 낮은 소리로 속삭였다.

「틀림없어요?」

「네, 틀림없어요!」

286

「가지 못하게 어떻게든 붙잡고 시간을 끌어요! 헬기 타고 올라갈 테니까!」

우 계장은 골짜기에서 피어오르는 하얀 연기를 발견하자 조종사의 어깨를 툭 쳤다.

「저기야!」

골짜기 한쪽으로 차도가 보였고, 민가가 몇 채 옹기종기 모여 있는 마을이 시아에 들어왔다. 연기는 그 마을 앞 공터 옆에서 피어오르고 있었다.

모닥불 옆에는 사람들이 잔뜩 모여서 있고, 헬기를 향해 손을 흔들고 있었다.

「자, 내려가자구!」

우 계장이 소리치자 조종사는 고개를 끄덕하고 나서 운전대의 조종간을 잡아당겼다.

헬기는 마을 상공을 한 바퀴 돌고 나서 천천히 빈터를 향해 수직으로 하강하기 시작했다.

헬기의 프로펠러가 일으키는 세찬 바람에 빈터에 쌓여 있던 눈과 흙먼지가 흡사 연막처럼 뿌옇게 일어났다.

마침내 헬기가 땅 위에 내려앉자 문이 열리면서 우 계장이 밖으로 나왔다. 그는 상체를 굽힌 채 달려오더니, 그를 기다리고 있는 사람들과 악수를 나누었다.

「어떻게 됐어?」

「방금 산장에서 전화가 왔는데, 그 두 사람이 조금 전에 산장에 도착했답니다. 바로 이 산장입니다.」

조 반장이 등산지도를 펴놓고 장터목산장을 짚어 보였다.

「나도 그들을 봤어. 헬기에서 망원경으로 내려다봤는데, 남녀 한 쌍이 산장 가까이 다가가고 있었어. 여자가 우리를 보고 손을 흔들기까지 했는데, 아마 최 교수와 유남지일 거야.」

「지금 바로 장터목산장으로 가죠. 바로 가면 잡을 수 있을 겁니다.」

조 반장의 말에 우 계장은 도로 헬기 쪽으로 앞장서서 걸어갔다.

그 헬리콥터의 최대 탑승인원은 일곱 명이었다. 우 계장과 조 반장, 구 형사 외에 산악경찰대의 배 대장, 산악회 회장과 부회장이 헬기에 오르자 더 이상 자리가 없어 관할서의 계장은 탑승을 포기했다.

헬기는 다시 눈과 흙먼지를 뿌우옇게 일으키며 공중으로 떠올랐다.

「날씨가 나빠서 곡예비행을 했다구! 하마터면 못 올 뻔했어!」

우 계장이 뒤를 돌아보고 소리쳤지만 엔진소리와 프로펠러소리에 잘 들리지가 않았다.

관리인은 두 사람이 배낭을 챙기는 것을 가만히 지켜보고 있다가 말을 걸었다.

「벌써 가실려구요?」

「이제 가야죠.」

늘씬하게 생긴 아가씨가 밝은 얼굴로 말했다.

두 사람은 라면으로 점심을 때우고 나서 서둘러 짐을 챙기고 있었다.

「어디로 가실려구요?」

「세석산장 쪽으로 갈 거예요.」

나이 든 남자는 잠자코 짐만 챙기고 있었고, 아가씨가 관리인의 말 상대가 되어 가고 있었다.

「세석산장까지는 잠깐이면 가니까 좀 쉬었다 가세요. 지금 수제비 끓이고 있으니까 한 그릇 들고 가세요.」

288

수제비라는 말에 남지는 귀가 번쩍 뜨이는지 반색을 하며 관리인을 쳐다본다.

「수제비 먹어본 지 정말 오래에요. 저희가 먹을 거 있어요?」

「그럼요. 한 그릇 드릴려고 많이 끓이고 있어요. 잠깐만 기다리세요.」

관리인의 눈이 번득이고 있었다.

남지는 고맙다고 말한 다음 최 교수에게 수제비를 먹고 가자고 졸랐다. 그녀는 정말 뜨거운 수제비를 한 그릇 먹고 싶었다. 그러나 최 교수는 관리인을 힐끗 쳐다보고 나서 배낭을 등에 지고 돌아섰다.

「가야 해. 서둘지 않으면 도중에 어두워져. 가자구.」

「세석산장까지는 어두워지기 전에 충분히 도착할 수 있어요. 십 분이면 되니까 한 그릇 드시고 가세요.」

관리인이 간곡히 말했지만 최 교수는 〈고맙습니다〉하고 한마디 하고는 그대로 걸어가기 시작했다.

남지도 하는 수 없다는 듯 배낭을 지고 최 교수를 따라붙었다. 그녀는 아쉬운 듯 관리인을 향해,

「다음에 올 때 수제비 끓여주세요.」

하고 말했다.

능선 위로 칼날 같은 바람이 불어대고 있었다. 바람에 날리듯 몸이 휘청거리곤 했다.

능선을 따라 서쪽으로 작아져가는 두 사람의 모습을 바라보고 있다가 관리인은 얼른 산장 안으로 뛰어들어갔다.

「여기 장터목입니다! 방금 두 사람이 세석 쪽으로 출발했어요! 붙잡아도 듣지 않고 가버렸어요! 어떡하죠?」

전화를 받은 백무동 파출소 소장은 느긋한 목소리로 이렇게 말했다.

「방금 헬기가 출발했으니까 기다려봐요. 곧 도착할 거요.」

관리인이 수화기를 내려놓자 헬리콥터소리가 들려왔다. 그는 허둥지둥 밖으로 달려나가 보았다.

헬리콥터 한 대가 산장 쪽으로 낮게 날아오고 있는 것이 보였다. 관리인은 헬기를 향해 두 손을 마구 흔들어 보였다.

헬기는 산장 위를 한 바퀴 돌고 나서 능선 위에 평평하게 조성되어 있는 헬기장 위로 조심스럽게 내려앉았다.

이윽고 헬기에서 몇 사람이 뛰쳐내리더니 고개를 숙인 채 산장 쪽으로 달려왔다. 그 중의 두 명은 그도 잘 알고 있는 백무동 산악회원들이었다.

「두 사람 어디 있어요?」

조 반장이 두리번거리며 관리인에게 물었다.

산장 앞에는 남자들만 몇 명 서 있을 뿐이었다.

「조금 전에 막 떠났습니다.」

「어느 쪽으로?」

「저쪽으로요.」

「시간이 얼마나 됐어요?」

「한 십 분 정도밖에 안 됐습니다. 지금 부지런히 따라가면 따라잡을 수 있을 겁니다. 아마 보일 겁니다.」

관리인은 경찰이 가지고 있는 망원경을 빌려 두 사람이 사라진 쪽을 바라보더니 고개를 흔들었다.

「눈 때문에 안 보이는데요.」

「저쪽으로 간 게 분명해요?」

「네, 분명합니다. 제가 수제비 좀 먹고 가라고 하니까 남자가 싫다고 하면서 서둘러 떠났습니다. 아가씨 말이 세석산장으로 간다고 했습니

290

다.」

그들은 잠시 두 사람이 사라진 쪽을 쳐다보았다. 눈보라만 어지럽게 휘날리고 있을 뿐 사람의 모습은 보이지 않았다.

「빨리 따라가보지.」

하고 우 계장이 말했다.

「그런 차림으로는 안 됩니다. 능선길이지만 눈이 많이 쌓여 있고, 오르내리는 길이 험해서 그런 차림으로는 안 됩니다. 운동화는 금방 눈에 젖어버립니다. 동상걸리기 딱 알맞죠.」

산악회장이 형사들의 신발을 가리키며 말했다. 조 반장과 구 형사는 아침에 일부러 운동화를 구입해서 신었는데, 이렇게 되면 그것도 아무 쓸모 없게 되었다.

「더구나 따라잡으려면 속력이 빨라야 합니다. 저는 걸어서 갈 테니까 나머지 분들은 헬기로 먼저 가서 기다리십시오. 산장까지 가실 필요는 없고, 두 사람 발견하는 대로 먼저 앞질러가서 적당한 곳에 대기하고 있으면 만나게 될 겁니다.」

산행 경험이 풍부한 구 형사가 말했다. 그러자 산악회원 두 명이 구 형사와 함께 가겠다고 자청했다.

결국 세 사람이 걸어서 최 교수 일행을 뒤쫓기로 하고, 나머지 사람들은 모두 헬기 쪽으로 몰려갔다.

구 형사는 산장 관리인으로부터 가죽 등산화를 빌려 신고 서둘러 출발했다.

귀를 때리는 헬리콥터소리에 최 교수와 남지는 고개를 쳐들었다.

그들의 머리 위로 헬리콥터 한 대가 낮게 떠서 날아갔다.

「아까 그 헬리콥터예요!」

하고 남지가 소리쳤고, 최 교수는 조금 불안한 눈으로 멀리 사라져가는 헬기의 뒷모습을 바라보았다.

남지는 벌써 지친 모습을 보여주고 있었다. 두 사람 다 눈을 허옇게 뒤집어쓰고 있었기 때문에 눈사람처럼 우스꽝스러운 모습들을 하고 있었다.

그들은 바람을 막아주고 있는 큰 바위 밑에서 잠시 휴식을 취했다. 불쑥 튀어나온 봉우리 하나가 앞을 가로막고 있었고, 가파른 길이 봉우리 쪽으로 향하고 있는 것이 보였다. 충분히 휴식을 취한 다음 저 봉우리를 단숨에 넘어야겠다고 최 교수는 생각했다.

그때 갑자기 세 명의 남자가 나타났다. 두 명은 나무랄 데 없는 등산 차림이었고, 다른 한 명은 점퍼 차림에 등산화만 신고 있었다. 두 명의 등산 차림과 그 점퍼 차림은 어쩐지 어울리지가 않아 보였다.

「수고하십니다.」

빨간 모자를 귀밑까지 내려쓴 등산 차림이 말했다.

「안녕하세요.」

남지가 반갑게 인사를 받았고, 최 교수는 고개만 까닥해 보였다.

세 명의 남자는 지나쳐가지 않고 거기서 휴식을 취했다.

점퍼 차림의 사내가 자꾸만 눈여겨보는 것이 싫어 남지는 다른 남자들 쪽으로 시선을 돌렸다. 그들은 촌스럽고 순박해 보이는 청년들 같았다.

「어디까지 가십니까?」

하고 빨간 모자가 물었다.

「세석산장까지요.」

남지는 스스럼없이 대답했다.

「우리도 세석까지 갑니다. 여기서 얼마 안 되니까 천천히 가져도 됩니다. 귤 하나 드실래요?」

그가 노란 귤 한 개를 내밀었다.

「감사합니다.」

남지는 그것을 받아 껍질을 벗겨낸 다음 반으로 나누어 한 조각을 최 교수에게 주었다.

「어디서 오셨나요?」

점퍼 차림이 물었다. 그는 눈이 너무 작아 얼굴에 표정이 거의 나타나지 않고 있었다.

「서울서 왔어요.」

「먼 데서 오셨군요.」

최 교수는 남지와 그들이 주고 받는 말을 들으며 담배를 피우고 있었다. 그들이 어쩐지 꺼림칙한 느낌이 들었기 때문에 그는 대화에 끼어들지 않고 잠자코 귀만 기울이고 있었다.

「아저씨, 담뱃불 조심하셔야 합니다.」

검정색 운동모를 쓴 등산 차림이 최 교수의 담배 피우는 모습을 지켜보다가 말을 걸었다. 최 교수는 미소를 지으면서 고개를 끄덕였다.

세 명의 남자들은 먼저 일어서지 않았다. 남지가 일어서면서 〈안 가세요?〉하고 묻자 그제서야 마지못한 척 천천히 엉덩이들을 일으켰다.

그들은 충분히 빨리 걸어갈 수 있을 것 같은데도 최 교수와 남지를 먼저 앞질러 가지 않고 그들을 앞서거니 뒤서거니 하면서 걸어갔다. 점퍼는 맨 뒤에 처져서 걸어오고 있었다.

빨간 모자는 귀찮을 정도로 남지에게 말을 걸면서 따라오더니, 남지가 힘들어하는 것을 보고 배낭을 빼앗다시피 빼내서는 자기 가슴 쪽에다 얹었다. 그는 앞뒤에 배낭을 메고서도 조금도 힘들어하는 것 같지가 않았다.

그들이 봉우리를 넘은 다음 오른쪽으로 모퉁이길을 돌아나가자 다시
밋밋한 능선이 나타났고, 능선의 여기저기에 고사목들이 서 있는 것이
보였다. 그와 함께 평퍼짐한 능선 위에 내려앉아 있는 헬리콥터의 모습
도 시야에 들어왔다.

「그 헬리콥터예요!」

　남지가 최 교수 곁으로 다가서면서 소리쳤다.

　최 교수는 걸음을 멈추고 서서 헬기 앞에 서 있는 사람들을 잠시 바라
보았다. 그들과의 거리는 삼백여 미터쯤 되는 것 같았는데, 그들은 모두
네 명으로, 일제히 이쪽을 바라보며 서 있었다.

「웬 헬기가 저기 서 있지? 사고가 났나?」

　빨간 모자가 서둘러 헬기 쪽을 향해 걸어갔다. 뒤이어 검정 운동모도
빠른 걸음으로 그 뒤를 따라갔다. 최 교수는 얼른 뒤를 돌아보았다. 점
퍼 차림의 사내도 멈춰서서 그를 쏘아보고 있었다.

　최 교수가 다시 앞을 쳐다보았을 때 남지는 이미 헬기 쪽을 향해 부지
런히 걸어가고 있었다.

　헬기에서 내린 사내들은 앞장서서 뛰다시피 걸어오고 있는 유남지와
그 뒤에 저만치 떨어져서 다가오고 있는 최 교수를 마치 맹수가 먹이를
노리듯 가만히 쳐다보고 있었다.

「아직 아무것도 모르고 있습니다.」

　먼저 도착한 빨간 모자의 산악회장이 형사들에게 말했다.

　이윽고 남지가 그들 앞으로 숨을 헐떡이며 다가왔다.

「안녕하세요?」

　그녀는 밝게 웃으며 그들에게 인사했다.

「어서 오십시오.」

　우 계장도 웃으며 말했다.

294

사내들은 그녀의 미소에 적이 혼란스러운 느낌을 맛보고 있었다. 살인 용의자로 쫓기는 사람의 미소치고는 너무 밝고 천진스럽기까지 했던 것이다.

　눈은 능선 위로 소용돌이 치며 내리고 있었다. 능선의 한쪽에서는 사람들이 몰려 서 있고, 그 반대쪽에서는 두 사내가 어깨를 나란히 하고 걸어가고 있었다. 몰려 서 있는 사람들과 두 사내의 거리는 점점 좁혀지고 있었고, 그들의 머리 위에서는 미친 듯 눈보라가 소용돌이 치고 있었다.

　「이렇게 빨리…… 여기까지 나타날 줄은 몰랐습니다. 수고를 끼쳐드려 미안하군요.」

　최 교수는 먼 하늘을 쳐다보며 말했다.

　「우리도 여기까지 오리라고는 생각지 못했습니다. 어쩌다 보니까 여기까지 오게 됐습니다.」

　구 형사는 최 교수의 창백한 옆모습을 힐끗 쳐다보았다.

　「저 애가 놀라지 말아야 할 텐데…….」

　「조심해서 다루겠습니다.」

　구 형사는 헬기에 도착하기 전에 사건의 핵심을 먼저 알고 싶었다. 그래서,

　「왜 김창대를 죽였습니까?」

하고 조심스럽게 물었다.

　「제가요?」

　최 교수는 멈칫하다가 그대로 걸어갔다. 이해할 수 없는 뜻밖의 질문이라는 듯 그 표정은 당혹감을 그대로 드러내고 있었다.

　「교수님이 김창대를 죽이지 않았습니까?」

　이제 헬기와의 거리는 오십 미터쯤 남아 있었다.

최 교수는 대답 대신 고개를 천천히 가로저었다.

「그럼 유남지 양이 죽었나요?」

최 교수는 멈춰서서 구 형사를 쳐다보았다. 구 형사는 얼음장처럼 차가운 그의 두 눈을 보는 순간 자신의 몸이 얼어붙는 것을 느꼈다.

「아뇨.」

최 교수는 고개를 흔들고 나서 등산화에 붙어 있는 눈을 털기 위해 발로 땅을 몇 번 쿵쿵 찼다.

「그럼 누가 김씨를 죽였나요?」

최 교수는 그 질문에 대답하지 않았고, 이윽고 그들은 몰려 서 있는 사람들 앞에 도착했다.

「교수님, 이분들이 헬기 태워주시겠다고 했어요.」

남지가 들뜬 목소리로 말했다.

「이 사람이 바로 최종오 교수입니다.」

구 형사가 최 교수의 팔을 잡으면서 우 계장에게 말했다.

「경찰입니다. 이런 데서 만나다니 안 됐군요.」

조 반장이 수갑을 꺼내들면서 말했다.

남지는 소스라치게 놀라면서 남자들을 둘러보다가 비로소 사태를 알아차리고는 재빨리 최 교수 곁으로 붙어서면서 그의 팔짱을 꼭 끼었다.

「안 돼요!」

그녀는 힘없이 부르짖다가 최 교수를 쳐다보았다. 최 교수는 떨고 있는 그녀의 어깨를 감싸주면서 고개를 끄덕였다.

「겁낼 필요 없어. 어차피 피할 수 없는 일이니까 침착하게 받아들이도록 해.」

「싫어요!」

그녀는 소리치면서 최 교수의 어깨에 얼굴을 묻고는 울음을 터뜨렸다.

「유남지 양 맞지요?」

조 반장이 사나운 눈으로 남지를 쏘아보면서 최 교수에게 물었다. 그리고 그가 가만히 있자 우 계장 쪽으로 시선을 돌렸다.

「어떻게 할까요?」

「수갑 채워!」

우 계장은 무뚝뚝하게 말했다.

조 반장은 먼저 남지의 한쪽 손을 잡았다. 그러자 그녀는 기겁하듯 그의 손을 뿌리쳤다.

「가만 있어!」

조 반장은 날카롭게 쏘아붙이고 나서 그녀의 손목을 우악스럽게 잡아채서는 거기에다 수갑을 철컥 하고 채웠다. 그러자 남지는 더욱 서럽게 울어대기 시작했다.

「꼭 이래야만 합니까? 도망치지 않을 테니까 수갑만은 채우지 마십시오.」

최 교수가 항의했지만 조 반장은 그런 소리 말라는 듯 그를 흘겨본 다음 남지의 손목에 채워져 있는 수갑의 한쪽을 최 교수의 오른쪽 손목에다 걸었다.

「당신들 때문에 우리가 얼마나 고생한 줄 알아요? 제주도에서 서울까지 갔다가 밤차로 내려온 거라구요.」

「미안합니다. 제 손목에만 수갑을 채우고 이 학생은 풀어주십시오.」

「당신들은 살인 용의자들이야! 일반 잡범이 아니란 말이야!」

최 교수는 말문이 막혀 능선 아래로 시선을 던졌다.

눈보라에 가려 산 아래는 보이지가 않았다.

「담배 한 대 피우시겠습니까?」

구 형사가 담배를 내밀었다. 최 교수가 고개를 끄덕이자 그는 그의 입에다 담배 한 개비를 꽂아준 다음 라이터불을 붙여주었다.

「이왕 이렇게 된 거…… 법의 심판을 받으십시오.」

구 형사의 말에 최 교수는 끄덕이면서 담배를 깊이 빨았다.

남지는 울음을 가라앉히고 있었지만 그의 어깨에서 여전히 얼굴을 떼지 않고 있었다.

「뭐 하고 있어! 빨리들 타라구!」

헬기에 먼저 오른 우 계장이 소리치자 그제서야 사람들은 움직이기 시작했다.

최 교수와 남지는 수갑에 손목이 연결된 채 헬기에 올랐다. 수갑을 차고 경찰에 연행되는 기분은 말할 수 없이 참담한 것이었다.

산악회장이 달려오더니 노란 귤을 한 개 남지에게 내밀었다. 그리고 미안한 표정으로,

「난 경찰이 아닙니다. 다만 안내를 해주었을 뿐입니다.」

라고 말했다.

「고마워요.」

남지는 젖은 눈으로 그를 가만히 쳐다보았다.

능선에 남은 사람은 산악회원 두 명이었다.

구 형사는 그들과 인사를 나눈 다음 마지막으로 헬기에 올랐다.

「봄에 한번 오십시오!」

산악회원들의 외치는 소리를 집어삼키며 헬기는 하늘로 날아올랐다.

산악회원들은 능선 위에 서서 보이지 않을 때까지 손을 흔들고 있었다.

남지는 노란 귤을 내려다보고 있다가 쓰러질 듯이 최 교수의 어깨에 머리를 기대면서 울음을 삼켰다.

「걱정하지 마. 아무 일 없을 거야.」

최 교수는 남지의 귀에다 입을 대고 속삭여주었다.

헬기에서 내려다보이는 거대한 지리산은 온통 눈보라에 휩싸여 있었다.

바람에 헬기가 나뭇잎처럼 흔들리자 남지는 겁에 질린 얼굴로 최 교수의 가슴을 파고들었다.

조 반장이 고개를 돌려 아니꼽다는 듯이 그들을 힐끗 쳐다보더니,

「왜 김창대를 죽였어요?」

하고 고함치듯 큰소리로 물었다.

그것은 누구를 지칭하고 물은 게 아니었다.

최 교수와 남지는 그대로 가만히 있었다.

「왜 김창대를 죽였느냐 말이야? 내 말 안 들려요!」

프로펠러 돌아가는 소리와 엔진소리 때문에 고함치듯 말하지 않으면 상대방에게 들리지가 않았다.

두 사람은 여전히 얼어붙은 표정으로 앉아 있었다. 조 반장은 아예 상체를 뒤로 돌리더니 손가락으로 최 교수의 무릎을 쿡 찔렀다.

「이봐! 교수 양반! 내 말 안 들려요! 왜 김창대를 죽였어!」

남지는 광대뼈가 튀어나온 그 형사가 갑자기 무서워졌다.

「나중에 말하겠습니다.」

「뭐라고 했어요? 좀 큰소리로 말해봐요!」

최 교수의 말소리는 너무 작아서 알아들을 수가 없었다.

「나중에 말하겠습니다!」

최 교수는 조금 큰소리로 말했다.

조 반장은 그를 노려보다가,

「대학 교수가 말이야, 어린 제자 데리고 다니면서 농락하고…… 거기

다가 사람까지 죽이고 말이야…… 이래서 되겠어? 도대체 세상이 어떻게 될려고 이 모양이야?」

하고 말했다.

「죄송합니다.」

최 교수는 고개를 밑으로 힘없이 떨구었다.

그것을 보고 그때까지 잠자코 있던 남지가 갑자기 성난 목소리로 쏘아붙였다.

「교수님은 아무 잘못이 없어요! 그 사람을 죽인 건 교수님이 아니고 저예요!」

조 반장은 그럴 줄 알았다는 듯이 얼굴에 잔뜩 비웃음을 띤 채 그녀를 응시했다.

「아가씨가 죽였다고? 어떻게 죽였지?」

「병으로 화가 나서 머리를 때렸어요! 죽일 생각은 없었어요!」

「아이구, 대단한 아가씨구먼. 그렇게 건장한 남자를 병으로 단번에 때려 죽이다니 말이야. 아주 대단한 아가씨야. 힘이 장사인 모양이지? 어디, 손 한번 볼까?」

조 반장이 수갑을 차지 않은 그녀의 오른손을 잡으려고 하자 그녀는 거세게 그의 손을 뿌리쳤다. 조 반장은 흥 하고 코웃음을 치면서 고개를 끄덕였다.

「제자가 스승의 죄를 대신 덮어쓰는 것은 갸륵한 일이지. 죽음으로 스승과의 사랑을 지키겠다 이 말인가?」

「덮어쓰려고 그러는 게 아니에요! 제가 그 남자를 진짜로 죽였단 말이에요!」

남지는 눈물까지 글썽이면서 소리쳤다.

「호오, 그래? 교수님, 정말입니까? 이 갸냘픈 여대생이 과연 병으로

300

그 건장한 남자를 단번에 죽일 수 있다고 생각하십니까? 현명하신 교
　　수님은 어떻게 생각하십니까?」
　　그때 헬리콥터가 심하게 요동치면서 곤두박질 치듯 밑으로 떨어지는
바람에 남지가 비명을 질렀고, 남자들은 겁에 질려 몸을 웅크렸다. 그러
나 우 계장만은 뒤로 상체를 잔뜩 젖힌 채 두 눈을 감고 있었다.

　　잠시 후 구례경찰서에 도착한 그들은 점심부터 시켜 먹었다. 최 교수
와 남지는 경찰이 제공하는 식사를 거절했다.
　　경찰서에 대기하고 있던 제주도 형사들은 의외로 빨리 두 사람이 붙
잡혀오자 축제분위기에 휩싸여 현지 경찰관들에게 술값까지 내놓았다.
　　「두 사람이 그렇게도 사랑하는 사이에요?」
　　제일 먼저 설렁탕 그릇을 비우고 난 뚱보 형사가 최 교수와　남지를
번갈아 쳐다보면서 물었다.
　　「서로 자기가 죽였다는 거야. 너무 사랑하기 때문에 상대방의 죄를
　　자기가 덮어쓰겠다는 거야. 갸륵한 일이지, 쯔쯧…….」
　　조 반장이 손등으로 입술을 훔치며 말했다. 그러자 말 많은 안 형사가
잽싸게 끼어들었다.
　　「교수님, 우린 댁에 가서 사모님도 만나봤어요. 사모님 대단하시던데
　　요. 아마 교수님 만나면 가만 두지 않을 겁니다.」
　　「작살내겠던데 그래.」
하고 뚱보가 맞장구쳤다.
　　그때 서장실에 들어갔던 우 계장이 나타났다. 그 뒤를 따라 서장이 나
왔다. 아주 젊어보이는 서장이었다.
　　서장은 수갑을 차고 앉아 있는 두 사람 앞에서 잠시 걸음을 멈추더니,
　　「이 사람들이에요?」

하고 물었다.

「네, 그렇습니다.」

우 계장이 대답했다.

젊은 서장은 두 사람을 머리끝에서부터 발끝까지 내려다보더니 입가에 냉소를 흘리면서 밖으로 휑하니 나가버렸다.

「자, 출발해. 세 사람은 서울에 올라가 뒤처리를 하고, 별도 지시가 있을 때까지 대기하고 있으라구. 헬기 정원은 일곱 명이기 때문에 어차피 세 명은 빠져야 해.」

우 계장의 말에 조 반장이 염 형사와 고 형사, 그리고 서 형사를 가리키면서 서울로 올라가라고 말했다. 그런 다음 그는 최 교수의 어깨를 툭 쳤다.

「자, 갑시다.」

남지는 최 교수를 따라 일어서면서 겁먹은 얼굴로,

「어디로 가는 거예요?」

하고 물었다.

「제주도로 돌아가는 거야. 제주도에서 사람을 죽였으니까 거기 가서 조사를 받고 재판을 받아야 해.」

조 반장은 냉정하게 말하고 나서 그녀의 팔을 잡아끌었다.

「저기, 집에 전화 좀 걸면 안 되나요?」

그녀가 울상이 되어 묻는 것을 보고 안 형사가 싹싹하게 응해주었다.

「안 될 건 없으니까 걸어요. 그대신 오래 끌지 말고 간단하게 걸어요. 내가 걸어줄까? 전화번호 말해봐요.」

안 형사는 그녀가 불러주는 번호를 차례차례 눌렀다.

전화를 받은 사람은 허 여사였다.

「아이구, 사모님이십니까? 안 형삽니다. 댁에 계시는군요.」

302

「네, 오늘은 학교에 나가지 않았어요.」

「사모님, 이제 걱정하지 않으셔도 됩니다. 남지 양은 지금 저희와 함께 있습니다. 경찰의 보호를 받고 있으니까 걱정하지 마십시오.」

「그 애가 체포됐나요?」

놀라는 목소리가 다급하게 들려왔다.

「아이구, 말도 마십시오. 지리산 꼭대기까지 올라가서 헬리콥터로 데리고 왔습니다.」

안 형사는 자신이 지리산에 올라가 그녀를 체포한 것처럼 말했다.

「최, 최 교수는 어떻게 됐나요? 그 사람도 붙잡혔나요?」

「네, 지금 함께 있습니다.」

「지, 지금 있는 데가 어딥니까?」

「여긴 서울서 멀리 떨어진 전라도 구례라는 곳입니다. 지리산 밑에 있는 시골입니다.」

「저, 지금 그쪽으로 내려가겠습니다!」

「아, 그건 안 됩니다. 저흰 지금 제주도로 갈 겁니다. 헬기 편으로 가니까 따님을 만나고 싶으면 제주도로 오십시오.」

「뭐 하는 거야? 빨리 전화 바꿔주지 않고.」

조 반장이 핀잔을 주자 그제서야 안 형사는 〈잠깐 기다리십시오〉한 다음 전화기를 남지에게 넘겼다.

남지는 〈엄마!〉 하고 부르더니 울기부터 했다.

허 여사는 딸의 울음을 그치게 하려고 여러 가지 위로의 말로 그녀를 달랬다. 잠시 후 그녀가 울음을 그치자 허 여사는 이렇게 말했다.

「오늘 변호사를 만났어. 아무 일 없을 거라고 했으니까 걱정하지 마. 넌 시키는 대로만 하면 걱정할 거 하나도 없어.」

「엄마, 무서워요.」

「무서워 할 거 하나도 없어. 손동민 변호사라고, 아주 유명한 변호사인데, 내 이야기를 듣더니, 그건 정당방위이기 때문에 문제될 게 하나도 없다고 했어. 변호사가 무죄로 석방된다고 자신있게 말했으니까 걱정하지 말고 마음 편하게 먹어. 곧 따라 내려갈 테니까 제주도에서 만나서 이야기하자.」

「엄마, 죄송해요.」

「울지 마. 마음을 굳게 먹어야 해. 네가 울면 내 마음도 약해져. 넌 죄지은 거 하나도 없어. 부끄러워 할 것도 없고 겁먹을 것도 없어. 몸 상하면 안 되니까 끼니 거르지 말고 먹어야 해. 그리고 최 교수 말인데 …… 넌 이제 그 사람 생각해 줄 필요 하나도 없어. 그 사람이 널 석방시켜주는 것도 아니고, 그 사람 때문에 네가 손해를 보아야 할 이유도 없어. 이젠 완전히 갈라서게 됐으니까 각자가 자기 살 길을 택해야 해.」

남지는 울음을 그치고 가만히 귀를 기울이고 있었다. 어머니의 말은 이상한 쪽으로 흐르고 있었다.

허 여사는 안 형사를 다시 바꿔달라고 한 다음 제주도에 가면 어디로 찾아가야 하느냐고 물었다.

「S경찰서 형사계로 오십시오.」

서귀포 S경찰서 앞에서 대기하고 있던 기자들은 두 남녀가 수갑을 찬 채 안으로 들어서자 무슨 구경거리라도 생긴 듯 우 하니 몰려들면서 열심히 셔터를 눌러댔다. 형사들이 그들을 뚫고 안으로 들어가려고 했지만 그들은 오히려 형사들을 밀쳐내면서 최 교수와 남지에게 고개를 쳐들라고 소리쳐댔다.

최 교수는 담담한 모습으로 고개를 쳐들고 있었지만, 남지는 고개를 숙인 채 최 교수 뒤로 자꾸만 몸을 숨기려고 들었다. 그러자 형사가 그녀의 팔을 나꿔채서는 그녀를 최 교수 뒤에서 끌어냈다.

대충 촬영이 끝나자 이어서 질문이 쏟아졌다. 형사들에게 이끌려 형사계 사무실 안으로 들어서자 기자들은 거기까지 따라들어와 끈질기게 질문을 던졌다.

「십 분간 시간을 줄 테니까 십 분 안에 질문을 끝내세요.」

조 반장은 책상 앞에 최 교수와 남지를 앉힌 다음 뒤로 물러섰다.

기자들은 주로 최 교수한테 집중적으로 질문을 던졌다.

「왜 김창대 씨를 살해했습니까?」

그들의 질문은 이 한 가지에 쏠리고 있었다. 왜냐하면 최 교수가 거기에 일절 대답하지 않고 있었기 때문이었다.

「계획적으로 죽인 겁니까, 아니면 우발적으로 살해한 겁니까?」

「교수님은 죽이지 않았어요! 제발 교수님을 괴롭히지 마세요! 그 사람을 죽인 건 저예요! 제가 그 악마를 죽였어요!」

옆에서 보다 못한 남지가 소리쳤다.

「사건 현장에 최 교수와 함께 있었습니까?」

한 기자가 남지에게 물었다.

「아니에요! 교수님은 거기에 계시지 않았어요! 교수님은 아무 죄도 없어요!」

「최 교수, 이 학생 말이 맞습니까? 최 교수는 현장에 없었습니까?」

「…….」

「왜 대답을 못 합니까? 현장에 있었습니까, 없었습니까?」

「있었습니다.」

최 교수는 고개를 끄덕이면서 낮게 중얼거렸다.

「아니에요! 교수님은 현장에 계시지 않았어요! 교수님, 왜 거짓말하시는 거예요?」

남지는 눈물을 글썽이며 최 교수를 바라보았다. 최 교수는 고개를 흔들었다.

「난 현장에 있었습니다.」

「최 교수 지문이 방안에서 발견됐다고 경찰이 발표했어요. 현장에서 지문이 발견됐다는 것은 최 교수가 거기에 있었다는 증거가 아닌가요?」

「그, 그건 나중에 생긴 거예요. 나중에 제가 교수님을 현장에 모시고 간 거예요.」

남지는 필사적으로 최 교수를 변호했다.

「최 교수, 그럼 누가 김씨를 죽였습니까? 이 학생이 죽였나요?」

「아니요. 그 학생은 죽이지 않았습니다.」

「교수님은 지금 거짓말하고 계시는 거예요!」

남지가 소리쳤지만 기자들은 그녀를 묵살한 채 최 교수에게 질문을 퍼부었다.

「이 학생이 죽이지 않았다면, 그럼 최 교수가 살해한 겁니까?」

「그렇소.」

최 교수는 기자들을 보지 않고 허공으로 시선을 던졌다.

「왜 죽였습니까?」

「잘못해서 죽은 겁니다. 일부러 살해한 건 아닙니다.」

「김씨와 유양의 정사현장을 목격하고 질투 끝에 살해한 거 아닙니까?」

「대단한 창작이군요.」

「지금, 소감은 어떻습니까?」

「인간에 대한 혐오감이랄까…… 그런 감정밖에 없습니다.」

306

십 분이 지나자 형사들은 최 교수와 남지를 데리고 취조실로 갔다.

잠시 후 그들은 최 교수 혼자만 그곳에 남겨두고 남지를 다른 방으로 데리고 갔다. 따로따로 신문을 벌이기 위해 그런 것 같았다.

최 교수의 담당은 광대뼈가 튀어나온 조 반장과 안경을 낀 안 형사였다.

「이렇게 마주앉게 되어 반갑습니다. 전 안 형사입니다.」

먼저 안 형사가 책상 앞에 앉아 두 손을 깍지 끼면서 입을 열었다.

조 반장은 바지에 두 손을 찌른 채 최 교수의 뒤를 뚜벅뚜벅 걸어다녔다. 바닥이 마루이기 때문에 구둣발소리는 유난히 크게 울리고 있었고, 그것은 차츰 위협적인 소리로 다가오고 있었다.

최 교수는 쇠창살로 막혀 있는 창문을 통해 검은 바다를 바라보았다.

하늘은 검은 구름으로 뒤덮여 있었고, 그래서 바다 역시 검은 빛으로 넘실대고 있었다. 조그만 어선을 따라 갈매기들이 떼를 지어 날아가고 있는 것이 보였다.

「우리 신사적으로 끝냅시다. 뻔한 걸 가지고 거짓말하고 그러면 서로 피곤하니까 얼른얼른 끝내버립시다. 교수님이시니까 일반 잡범들하고는 다르시겠지요. 점잖은 분이니까 수갑을 풀어드리겠습니다.」

안 형사는 최 교수의 수갑찬 손을 책상 위에 올려놓게 한 다음 열쇠로 한 쪽 수갑만 풀어주었다.

「담배 피우시죠.」

최 교수는 형사가 내미는 담배를 받아 입으로 가져갔다. 안 형사는 자기도 담배를 한 대 빼어 문 다음 라이터불을 내밀었다.

최 교수는 담배에 불을 붙인 다음 만사가 귀찮다는 표정으로 후 하고 연기를 내뿜었다. 안 형사는 그의 담배 피우는 모습을 가만히 지켜보고 있다가 소형 녹음기의 작동버튼을 눌렀다.

「우리도 최 교수가 일부러 계획적으로 김씨를 죽였다고 생각지는 않습니다. 일부러 죽이려고 작정했다면 흉기 같은 것을 미리 준비했겠지요. 피살체를 부검해 보니까 샴페인병으로 뒤통수를 때린 것 외에는 상처가 없었습니다.」

「네, 일부러 죽이려고 계획했던 건 아닙니다. 하지만 죽이고 싶은 충동에 사로잡혀 때렸습니다.」

구둣발소리가 뚝 멎었다.

실내에는 잠시 동안 침묵이 흘렀다. 형사들은 최 교수의 말이 의외라고 생각한 것 같았다.

「죽이고 싶은 충동을 느꼈다는 것은 죄가 되지 않아요. 그런 느낌이나 생각보다는 사실이 중요해요. 보다 구체적인 사실 말이요.」

뒤에서 구둣발소리를 내면서 조 반장이 말했다.

「사실대로 말해 주면 되는 겁니다. 어떻게 김씨를 죽이게 되었는지 처음부터 말해 주십시오. 커피 한 잔 하시겠습니까?」

안 형사가 최 교수의 얼굴 위로 담배연기를 내뿜으면서 말했다. 최 교수는 끄덕였다.

「네, 한 잔 주십시오.」

안 형사는 인터폰으로 커피 세 잔을 시키고 나서 〈자, 말씀하십시오〉하고 재촉했다.

최 교수는 부지런히 머리를 굴렸다. 그러나 그럴 듯한 스토리가 잘 떠오르지를 않았다. 형사들을 납득시킬 만한 스토리를 만들어내려면 아무래도 시간을 두고 생각해보아야 할 것 같았다. 아니면 형사들이 멋대로 꾸며놓은 것을 일단 들어보고 나서 확인해주던가.

「김이라는 사람은 〈태양의 집〉에서 처음 만났습니다. 남지 양이 말해줘서 그 사람에 대해서 알게 된 겁니다. 그런데 사람이 난폭하고 무

308

례해보였습니다.」

최 교수는 머뭇거렸다. 그것을 보고 계속하라고 안 형사가 재촉했다.

「사건이 일어나던 날…… 저는 남지 양과 함께 비행기로 제주도로 왔습니다. 오후 4시쯤에 비행기를 탔을 겁니다. 제주도에 도착한 우리는 서귀포 시내에서 시간을 보내다가 10시경에 〈태양의 집〉에 갔습니다. 415호실에 방을 정한 다음 우리는 커피숍으로 가서 음악을 들으면서 시간을 보내고 있었습니다. 그런데 김씨가 나타나서는 시비를 걸었습니다. 알고 보니, 그 사람은 남지 양과 선을 본 적이 있는 노총각으로, 남지 양한테 끈질기게 결혼을 요구하고 있었습니다. 그 사람은 두 사람을 중매해 준 여인과 함께 그 호텔에 왔다가 우연히 남지를 발견하고는 질투가 나서 우리 자리로 와서 시비를 건 겁니다.」

여기까지는 사실이라고 최 교수는 생각했다. 그러나 이 다음부터가 문제였다.

여직원이 커피를 가져왔기 때문에 이야기는 잠시 중단되었다. 최 교수는 천천히 커피를 음미하면서 생각하고 또 생각했다.

「중매쟁이의 말로는, 남지 양이 김씨와 결혼하려고 기를 썼다고 하던데?」

조 반장이 멈춰서서 최 교수를 내려다보며 물었다.

「그렇지 않습니다. 남지 양 말로는, 그 사람이 집요하게 결혼하자고 요구하면서 따라다녔다고 했습니다.」

「남지 양한테 물어보면 알겠지. 그건 별로 중요한 게 아니니까, 하던 이야기나 계속하시오.」

최 교수는 남은 커피를 마저 마시고 나서 다시 입을 열었다.

「그 사내가 우리 자리로 와서 시비를 걸면서 남지 양을 데리고 가려고 하자 남지 양은 싫은 소리를 했습니다. 그 자한테 모욕을 주는 걸

보고 그 중매쟁이 여인이 다가와서는 남지 양한테 퍼부어댔고, 그래
서 두 여자는 커피숍에서 대판 싸웠습니다. 저는 창피하고 해서 먼저
방으로 돌아가 기다리고 있었습니다. 그런데 아무리 기다려도 남지
양이 오지 않았습니다. 한참 지나서 전화가 걸려왔는데, 남지 양 전화
였습니다. 남지 양은 말도 하지 않고 울기만 했습니다. 그때 그 사내
목소리가 들려왔습니다. 309호실에서 재미 보고 있으니까 저보고 와
서 구경하라는 것이었습니다. 저는 놀라서 309호실로 달려갔습니
다.」

최 교수는 스스로도 놀랄 정도로 그럴 듯하게 꾸며대고 있었다.

그때 남지는 다른 방에서 계속 흐느끼고 있었다. 그녀는 우느라고 제
대로 진술도 못 하고 있었다.

구 형사는 그런 그녀를 딱한 듯이 쳐다보고 있었고, 그녀에게 주로 질
문을 던지고 있던 임 형사는 그녀가 울 때마다 호통만 쳐대곤 했다.

임 형사는 오십이 넘은 고참으로 진급도 못 한 채 만년 일선 형사로
뛰고 있는 사람이었다. 가뜩이나 주름이 많은 얼굴은 모든 것이 못마땅
한 듯 항상 찌푸려져 있었다.

그는 담배연기가 눈으로 들어가자 한 쪽 눈을 찡그리며 남지를 째려
보았다.

「이 아가씨, 뱃속이 온통 울음보인 모양이지? 왜 이렇게 울어대는 거
야? 혼 좀 나야 울음을 그칠 건가? 혼 좀 나봐야 알겠어? 빨가벗겨서
거꾸로 매달면 울음을 그치겠지. 구 형사, 옷 벗겨서 천장에 달아매.」

그 말에 남지는 얼른 울음을 삼키면서 젖은 손수건으로 눈물을 닦았
다.

「계집애가 하라는 공부는 안 하고 교수하고 붙어다니면서 호텔 출입

310

이나 하고, 도대체 말이 되느냐 말이야? 그러다가 공모해서 사람까지 죽였으니, 정상 참작의 여지가 없어. 극형에 처해 마땅해!」

남지는 공포와 모욕감으로 숨이 막히는 것 같았다.

늙은 형사는 그녀에게 손을 대지는 않았지만 갖은 위협과 함께 참을 수 없는 모욕감을 계속 안겨주고 있었다. 일부러 주눅이 들게 하려고 그러는 것 같았다.

「몇 번 했어?」

불쑥 묻는 말에 그녀는 얼른 무슨 뜻인지를 몰라 그를 쳐다보았고, 곁에 앉아 있는 젊은 형사가 오히려 얼굴을 붉혔다.

「몇 번 했느냐 말이야? 무슨 말인지 모르겠어? 최 교수하고 침대에서 그걸 몇 번 했느냐 말이야? 지금까지 통틀어 몇 번 했는지 말해봐.」

「……」

남지는 고개를 숙이면서 손수건을 잡아비틀었다.

죽으면 죽었지 그것만은 대답할 수 없을 것 같았다. 한두 번 했다면 몰라도 수없이 관계를 맺었는데 어떻게 그것을 일일이 기억할 수 있단 말인가.

「너무 많이 해서 기억할 수가 없나? 그렇지? 안 그래?」

그녀가 고개를 숙인 채 미동도 하지 않자 임 형사는 계속 빈정거렸다.

남지는 더 이상 침묵만 지키고 있을 수가 없어 고개를 천천히 들었다. 알 수 없는 분노와 반발심이 솟구치고 있었다.

「그건 이번 사건하고는 아무 관계도 없잖아요? 필요한 질문만 해주세요.」

「뭐라구?」

임 형사는 어이없다는 듯 그녀를 째려보다가,

「너 말 한번 잘 했다.」

하면서 상체를 앞으로 기울여 그녀의 어깨를 움켜잡았다.

그때 택시 한 대가 서귀포 S경찰서 앞에 굴러와 멎더니 차 안에서 바바리 코트 차림의 여인이 한 사람 급히 내렸다. 서울에서 비행기 편으로 내려온 허 여사였다.

급한 걸음걸이로 다가오는 그녀를 정문을 지키는 경비경찰이 막았다.

그녀가 용건을 이야기하자 경찰관은 형사계 위치를 자세히 알려 주었다.

그녀는 건물 안으로 들어가, 긴 복도 위에 돌출되어 있는 각 부서 이름을 눈여겨보면서 조심스럽게 걸어갔다.

마침내 형사계 이름이 보였다.

그 앞에 이른 그녀는 뛰는 가슴을 진정하면서 호흡을 가다듬은 다음 조심스럽게 문을 두드렸다. 문 위에는 〈노크하지 말고 들어오시오〉라는 글귀가 적혀 있었다. 그녀는 문을 밀고 안으로 들어갔다.

형사계 사무실은 흡사 복마전처럼 시끄러웠다. 고함을 치는 형사, 술 취해서 비틀거리며 조사를 받는 피의자, 울고 있는 여인, 계속 울려대는 전화벨소리 등 정신을 차릴 수 없을 지경이었다. 무엇보다도 한쪽 벽에 설치되어 있는 철책 안에 갇혀 있는 사람들의 모습이 사무실 분위기를 살벌하게 만들어주고 있었다.

허 여사는 그런 분위기에 익숙해지려고 애쓰면서 철책 안에 갇혀 있는 사람들 가운데 남지가 있는지 살펴보았다. 남지는 보이지 않았다. 그녀는 적당한 사람을 물색하다가 여순경 쪽으로 다가가 조심스럽게 말을 붙였다.

여순경은 무표정하게 그녀의 말을 듣고 있다가 인터폰으로 여기저기 알아보더니 2층 9호실로 가보라고 말했다.

형사계 사무실을 나온 그녀는 2층으로 올라갔다.

마침내 209호실 앞에 이르자 안에서 고함치는 소리가 들려왔다.

「거짓말하지 마! 쬐끄만 기집애가 겁도 없이 까불어! 한번 혼나봐야 알겠어! 거꾸로 달아매! 안 되겠어!」

허 여사는 떨리는 손으로 문을 두드렸다.

안에서 〈네!〉하는 소리가 거칠게 들려왔다.

그녀는 마치 호랑이굴 속에 들어가는 것 같은 심정으로 문을 열고 안으로 들어갔다.

제일 먼저 고개를 밑으로 떨어뜨린 채 어깨를 떨고 있는 남지의 모습이 눈에 들어왔다. 이어서 두 명의 남자가 보였다. 한 명은 책상을 사이에 두고 남지를 마주 보며 앉아 있었고, 다른 한 명은 창가에 기대서 있었다.

허 여사는 책상 앞에 앉아 담배를 꼬나물고 있는 나이 든 형사 쪽으로 다가가 고개를 깊이 숙였다.

「수고하십니다. 저기, 이 애 어머니 되는 사람입니다.」

손으로 남지를 가리키며 공손히 말하자 그때까지 고개를 숙이고 있던 남지가 고개를 쳐들고 그녀를 바라보더니 몸을 발딱 일으키며 〈엄마!〉하고 불렀다. 그러고는 울음을 터뜨렸다. 허 여사도 눈시울을 붉히면서 남지 쪽으로 다가갔다. 그러자 남지는 어머니의 품에 와락 안기면서 더욱 서럽게 울기 시작했다. 그것을 보고 늙은 형사는 못마땅한 듯 눈살을 찌푸리면서 몸을 일으켰다.

허 여사는 재빨리 남지를 다독거려 밀어낸 다음 늙은 형사에게 다시 고개를 깊이 숙여 인사했다.

「시끄럽게 해서 죄송합니다.」

「어머니 되신다구요?」

「네, 그렇습니다. 부끄럽습니다. 모든 게 제 잘못입니다.」

당연한 말이라는 듯 늙은 형사는 고개를 끄덕거렸다.

「따님한테 하실 말씀 있습니까?」

「네, 죄송합니다.」

허 여사는 몇 번이고 고개를 숙였다.

「그럼 자리를 비켜드려야겠군.」

임 형사는 허 여사를 아래위로 훑어보고 나서 구 형사와 함께 밖으로 나가다 말고 그녀에게 잠깐 좀 보자고 말했다.

허 여사가 복도로 나오자 그는 낮은 소리로 진지하게 말했다.

「따님 고집이 여간 아니더군요. 우리는 좋은 방향으로 해결하려고 하는데 영 말을 듣지 않아요.」

「죄송합니다. 그 애가 아빠 없이 자라서 고집이 세고 버릇이 좀 없습니다. 제가 잘 타이르겠습니다. 죽을 죄를 지었는데 시키는 대로 해야죠. 어떤 방향으로 타이르면 되겠습니까?」

「최 교수가, 자기가 김씨를 병으로 때려서 살해했다고 시인했어요. 그런데 남지 양이, 그게 아니고 자기가 병으로 때렸다는 겁니다. 자기가 김씨를 죽였다고 우기는 바람에 우리 입장이 아주 난처합니다. 깨진 병꼭지에서 최 교수의 지문이 뚜렷이 발견되었고, 그 밖의 여러 가지 정황으로 봐서 그 교수가 김씨를 살해한 게 분명한데 남지 양이 자기 짓이라고 우기고 있단 말입니다.」

허 여사의 눈빛이 순간적으로 번득였다.

「병꼭지에서 정말로 최 교수의 지문이 발견되었나요?」

「네, 아직은 공개할 사항이 아니니까 그렇게 알고 계십시오.」

「감사합니다.」

지나친 흥분으로 그녀의 목소리는 떨리고 있었다.

314

「남지 양은 그러니까 교수를 위해서 자신을 희생시키려고 하는 것 같아요. 마치 그것이 지순한 사랑인 것처럼 말입니다.」

「너무 순진하고 뭘 몰라서 그러는 거니까 제가 잘 타이르겠습니다.」

실내로 들어간 허 여사는 책상을 사이에 두고 맞은편 자리에 앉았다. 그리고 눈물로 얼룩져 있는 딸의 얼굴을 안타까운 눈으로 응시하다가 손수건을 꺼내 얼굴을 닦아주었다.

「형사들이 자백하라고 때리던?」

「때리지는 않았어요. 하지만…….」

남지는 가만히 입술을 깨물었다.

「하지만 뭐니?」

「말로 때려요. 모욕적인 말을 함부로 지껄여요. 그래서 굴욕을 견뎌내기가 힘들어요. 혀를 깨물고 싶을 때가 한두 번이 아니에요.」

「그런 거야 뭐 각오해야지. 얻어맞지 않은 것만도 다행으로 알아야지. 네가 협조적으로 나오면 그 사람들도 널 괴롭히지 않을 거 아니니?」

「전 묻는 대로 모든 걸 솔직히 말해 줬어요. 그런데도 믿지를 않아요.」

「네가 그 사람을 죽였다고 말했니?」

「네, 하지만 믿지를 않아요. 제가 그 사람을 죽인 게 아니고, 교수님이 죽였다는 거예요. 그러니까 제가 유일한 증인이라는 거예요.」

「최 교수는 자기가 그 사람을 죽였다고 자백했다던데?」

「아니에요. 제가 죽였어요. 교수님은 저를 구하시려고 그렇게 말씀하신 거예요. 제 대신 죄를 뒤집어쓰려고 그러신 거예요.」

허 여사는 숨을 죽인 채 남지를 뚫어지게 응시했다.

「이건 보통 중요한 일이 아니야. 네 운명을 좌우하는 거야. 말 한마디 잘못했다가는 넌 평생 불행 속에서 살게 돼. 너 정말 그 사람 죽였니?」

이번에는 남지가 허 여사를 뚫어지게 쳐다보았다.

「제가 거짓말하고 있는 줄 아세요?」

「난 믿을 수가 없다. 도저히 네가 사람을 죽였다는 걸 믿을 수가 없어.」

「분명히 말씀드리지만, 제가 그 자를 죽였어요!」

「어쩌면 넌 그렇게 자기가 죽였다는 것을 노골적으로 주장하니? 죄를 지은 사람은 그것을 감추고 부인하는 것이 정상인데, 넌 어쩌면 그렇게 자기가 살인했다고 주장하고 나서니? 그것부터가 이상해.」

허 여사는 흥분으로 마구 뛰는 가슴을 진정하기 위해 숨을 몰아쉬었다.

남지는 안타까운 눈으로 허 여사를 쳐다보고 있었다.

「넌 젊어. 지금부터 아름다운 인생이 시작된다고 볼 수 있는 나이야. 그런데 뭣 때문에 늙은 교수를 대신해서 죄를 뒤집어쓰려고 하는 거니? 그 알량한 사랑 때문이니? 제발 정신차려! 사랑을 위해서 희생되고 싶으면 이 엄마를 위해서 한번 희생해봐! 그 교수가 이 엄마보다 중요하니? 네가 죄를 뒤집어쓰고 감옥에 갇히면 이 엄마도 너하고 똑같이 감옥살이 하는 거야. 네가 감옥살이 하고 있는데 이 엄마가 따뜻한 밥 먹고 따뜻한 방에서 두 다리 뻗고 편안하게 잘 수 있을 것 같니? 네가 불행해지면 난 제명에 못살아. 너보다 일찍 죽고 말 거야.」

허 여사는 끝내 눈물을 흘리기 시작했다. 그녀는 남지가 입을 열려고 하는 것을 가로막으면서 계속해서 말했다.

「난 너희 세 남매를 키우느라고 지금까지 수절하면서 갖은 고생을 다 해왔어. 무슨 목적이 있었던 것도, 내가 행복해지기 위해 그랬던 것도

316

아니고 오로지 너희들을 사랑하고, 너희들이 행복해지기를 바랐기 때문에 온갖 고통을 참으면서 지금까지 너희들을 길러온 거야. 그런데 이게 뭐니? 이건 엄마에 대한 배신이야. 그리고 내 가슴에 못질하는 거야!」

「죄송해요, 엄마! 용서해 주세요. 엄마!」

남지는 다시 울음을 터뜨렸고, 허 여사도 딸의 손을 잡고 흐느껴 울었다. 그러나 허 여사는 시간을 아껴야 했기 때문에 금방 울음을 삼키고 잠긴 목소리로 남지를 다시 타일렀다.

「경찰은 최 교수가 그 사람을 죽였다는 명백한 증거를 가지고 있어. 그러니까 공연히 죄를 덮어쓰려고 하지 마. 경찰은 그 사람을 때린 병 꼭지에서 최 교수의 지문을 발견했다고 했어.」

그때 문이 열리면서 형사들이 들어왔고, 허 여사는 자리에서 몸을 일으켰다.

「어리석은 짓 하지 마. 난 네가 그런 짓 하지 않았다는 거 다 알고 있어. 넌 아무 죄도 없어.」

허 여사는 형사들이 들으라는 듯이 말했다.

「아니에요. 엄마!」

남지는 흐느끼며 부인했고, 허 여사는 차갑게 쏘아붙였다.

「아니긴 뭐가 아니야! 정신 똑똑히 차려! 죄를 덮어쓴다고 해서 누가 널 알아줄지 아니? 요즘 세상이 어떤 세상이라고 그런 어리석은 짓을 하는 거야!」

허 여사는 지금까지와는 달리 사납게 남지를 질책하고 나서 형사들에게 공손하면서도 호소력있는 목소리로 말했다.

「이 애는 그 사람을 죽이지 않았습니다. 교수가 처벌받을까봐 대신 벌을 받으려고 거짓말을 한 겁니다.」

「흥, 갸륵한 마음씨를 가졌군요.」

늙은 형사가 냉소적인 표정으로 말했고, 젊은 형사는 말없이 고개만 끄덕였다.

허 여사는 남지에게 조금도 걱정할 것 없다고 타이른 다음 밖으로 나갔고, 남지는 다시 책상 앞에 앉아 형사들의 질문 공세를 받아야 했다.

밖으로 나온 허 여사는 안 형사를 찾아갔다.

그때 안 형사는 최 교수의 이야기에 귀를 기울이고 있었다.

「……그 자는 사람이라고 할 수 없었습니다. 저를 방안으로 불러들인 것부터 정상적인 짓이라고 할 수 없었죠. 수치심도 전혀 없는 것 같았고…… 흐물흐물 웃고만 있는 것이 약 같은 것을 먹은 것 같았습니다. 마약 같은 거나 환각제 같은 것을 복용했기 때문에 벌거벗고도 그렇게 수치심 하나 없이 웃을 수가 있었을 겁니다. 남지는 벌거벗은 채 침대 위에 쓰러져 울고 있었습니다. 그놈은 자기가 남지를 강간했다고 했습니다. 그러면서 남지는 이제 자기 여자가 되었기 때문에 자기와 결혼할 거라고 했습니다. 나보고는 손을 떼라고 했습니다. 축하해 달라고 하면서 샴페인잔에 술을 따라주기까지 했습니다. 남지가 술을 받지 않자 술을 그 애 몸에다 쏟았습니다. 저는 더 이상 참을 수가 없었습니다. 더 이상 참는다는 것이 역겹기만 했습니다. 그래서 병을 집어들어…….」

그때 노크소리가 들려왔다.

안 형사는 잠긴 문을 열고 밖을 내다보았다. 문 앞에는 허 여사가 서 있었다. 그녀는 안쪽을 힐끗 들여다보고 나서 한쪽으로 비켜섰다.

「아, 오셨군요.」

안 형사는 밖으로 나와 허 여사를 데리고 옆방으로 들어갔다.

옆방은 긴 장방형의 탁자가 방 가운데에 놓여 있었고, 의자가 여기저기 아무렇게나 뒹굴어 있었다.

그들은 자리에 앉지도 않고 선 채로 이야기를 나누었다.

「남지 양 만나보셨습니까?」

「네, 지금 만나고 오는 길입니다.」

그녀는 두 손을 모아잡은 채 공손히 말했다.

「뭐라고 그러던가요? 자기가 김씨를 죽였다고 주장하지 않던가요?」

「네, 그래서 그러지 말라고 타일렀습니다. 스승을 대신해서 죄를 덮어쓰려고 하는 마음은 훌륭하지만, 넌 아직 젊고 앞길이 창창한데 그렇게까지 해서 자신을 희생시킬 필요는 없다고 했습니다. 사람을 죽이지도 않았으면서 죽였다고 주장하면 결국 진짜 범인은 처벌도 받지 않게 되고, 그것은 결국 또 하나의 범죄가 되는 것이라고 타일렀습니다.」

「말씀 잘 하셨습니다. 사실 남지 양이 자기가 범인이라고 주장하는 바람에 우리도 몹시 난처합니다. 그 주장을 철회하기만 하면 최 교수가 범행을 순순히 시인하고 있기 때문에, 증거도 있겠다, 법정에 세우는 것은 아무 문제가 없는데, 남지 양이 자기가 죽였다고 우기고 있는 바람에 이러지도 저러지도 못하고 있습니다. 사실 최 교수란 자는 형편없는 놈입니다. 그런 놈을 스승이랍시고, 몸까지 망쳐가면서 나중에는 살인죄까지 대신 덮어쓰려고 하다니, 난 도무지 남지 양을 이해할 수가 없습니다. 최 교수의 어떤 점이 그렇게 남지 양을 꼼짝 못 하게 만들어놓았는지 알 수가 없습니다.」

「너무 순진해서 그럽니다. 제가 잘 설득시키겠습니다. 지금은 저렇지만 시간이 좀 흐르면 자기가 잘못 판단했다는 것을 알게 될 겁니다. 이름 있는 변호사한테 부탁해 놨으니까 우리 애를 설득시키는 것은 그다지 어렵지 않습니다.」

안 형사는 의자 위에 한쪽 다리를 올려놓고 나서 어깨를 주무르며 말했다.

「뭐 변호사까지 동원할 필요가 있겠습니까. 남지 양이 정말로 살인을 했다면 비용이 많이 들더라도 이름 있는 변호사를 구해야겠지만, 현재로 봐서는 그럴 필요가 없습니다. 최 교수의 범죄가 확인되고 남지 양의 무혐의가 인정되면 남지 양은 지금 당장이라도 석방될 수 있으니까요.」

「정말 그럴 수 있는가요?」

허 여사는 눈을 크게 뜨고 물었다.

안 형사는 무슨 큰 비밀이라도 알려주는 듯 고개를 끄덕였다.

「그럼요. 혐의가 없는데 구속해둘 필요가 없지 않습니까.」

허 여사는 안 형사에게 남지를 석방시켜 달라고 애걸했다. 그녀가 애원하듯 말하자 안 형사는 남지가 범행을 부인만 하면 어려울 게 없으니 조금 기다려보라고 그녀를 달래듯 말했다.

「요는 남지 양의 한마디가 중요합니다. 남지 양이 한마디 부인만 해주면 간단히 끝나는 건데…….」

「제가 다시 만나서 설득시키겠습니다. 저기…… 그 전에 최 교수를 제가 한번 만나볼 수 없을까요?」

조심스럽게 묻는 말에 안 형사는 조금 놀란 표정이다가,

「괜찮겠습니까?」

하고 조금은 걱정스럽다는 듯 물었다.

최 교수는 창 밖에서 흔들거리고 있는 나뭇가지를 보면서 담배를 피우고 있다가 안 형사를 따라 안으로 들어서는 여인을 보고는 가만히 담배를 재떨이에 비벼 껐다.

여인은 가까이 다가오지 않고 중간쯤에 서서 창백한 얼굴로 최 교수를 바라보고 있었다. 최 교수도 굳은 표정으로 그녀를 쳐다보고 있었다.

「두 분 서로 모르십니까? 그렇다면 서로 인사하시죠. 이쪽은 최종오 교수님이고…….」

최 교수는 얼결에 몸을 일으켰다.

「……이쪽은 남지 양의 모친이십니다.」

최 교수는 정중하게 고개를 숙였다. 숙인 고개를 들고 싶지 않았지만, 하는 수 없이 고개를 조금 쳐들고 여인을 바라보았다.

「처음 뵙겠습니다.」

그녀의 목소리는 떨리고 있었지만 또렷이 들려왔다.

「허 여사님께서 최 교수를 한번 만나보고 싶다고 해서 모시고 왔으니까 두 분끼리 이야기를 나눠보세요. 우리가 있으면 방해가 될 테니까 자리를 비켜드리겠습니다.」

「이래도 되는 거야?」

조 반장이 자기 허락도 없이 허 여사를 데리고 들어온 것을 불쾌하게 여기며 말하자 안 형사가 그를 끌고 밖으로 나갔다.

실내에는 한동안 무거운 침묵이 흘렀다.

최 교수는 책상 앞에 엉거주춤 서 있었고, 허 여사 역시 중간쯤에 못 박힌 듯 움직이지 않고 있었다.

두 사람 가운데 먼저 움직인 쪽은 허 여사 쪽이었다. 그녀는 갑자기 또박또박 걸어오더니,

「시간이 없으니까 요점만 물어보겠어요.」

하고 말한 다음 의자에 앉아 싸늘한 눈으로 최 교수를 쏘아보았다. 최 교수도 자리에 앉았다. 그러나 그는 아무 말도 할 수가 없었다.

「우리 딸을 이 지경으로 만들어놓은 데 대해…… 댁은 책임을 지셔야

해요.」

최 교수는 얼음장처럼 차가운 말투에 온몸이 얼어붙는 것 같았다.

「죄송합니다.」

말라붙은 목소리로 중얼거리듯 그가 말하자 허 여사는 저주스러운 눈길로 그를 노려보았다.

「나도 지금 교직에 있지만…… 난 하찮은 국민학교 교사밖에 안 되지만…… 대학 교수라는 사람이 어떻게 그런 짓을 할 수가 있어요?」

「…….」

「댁은 재미로 그 애를 농락했겠지만, 우리 애는 댁 때문에 인생을 망쳤어요. 이제 스물세 살밖에 안 되는데 인생을 망쳤어요. 댁은 세상을 살 만큼 살았지만, 우리 애는 이제 시작이나 다름 없어요. 당신은 책임을 져야 해요.」

「뭐라고 드릴 말씀이 없습니다. 용서하십시오.」

「애비 없는 그 애를 어떻게 기른 줄 알기나 하세요?」

그녀는 급기야 흐느끼기 시작했다.

「죄송합니다.」

최 교수는 기어들어가는 목소리로 사죄하면서 고개를 떨구었다.

그의 말이 끝나기 무섭게 허 여사는 격렬한 어조로 쏘아붙였다.

「이제 와서 사과하면 무슨 소용이 있나요! 그 애는 지금 살인혐의로 경찰에 끌려와 조사를 받고 있어요! 우리 애가 이렇게 된 건 순전히 당신 때문이에요! 알고나 있어요?」

허 여사는 최 교수를 결코 교수라고 부르지 않았다.

「잘 알고 있습니다. 모든 게 제 잘못입니다.」

최 교수는 고개를 숙인 채 나직이 말했다.

「잘못한 것을 알았으면 책임을 지세요! 그 애한테 떠넘길 생각하지 말고 모든 책임을 혼자 지도록 하세요!」

「네, 그렇지 않아도 그럴 생각입니다.」

「우리 애는 지금 자기 무덤을 자기가 파고 있어요. 이 에미 생각은 조금도 안 하고, 오직 당신만을 위해서 자기가 죄를 덮어쓰려고 하고 있어요. 아무리 말 해도 듣지 않고 막무가내에요. 전 그 애가 사람을 죽일 수 없다는 것을 누구보다도 잘 알고 있어요. 그 애는 집에서 기르는 새가 죽어도 우는 애에요. 그런 애가 어떻게 병으로 사람을 때려죽이겠어요.」

최 교수는 고개를 숙인 채 가만히 있었다.

허 여사는 그의 표정을 살피다가,

「형사들이 그러는데…… 댁이 그 남자를 죽였다면서요?」

하고 물었다.

최 교수는 천천히 고개를 들고 그녀를 쳐다보았다. 그러나 심하게 엇갈리는 사시 때문에 그녀를 보는 것 같지가 않았다.

「네, 제가 그 자를 죽였습니다. 남지 양은 아무런 잘못도 없습니다.」

「틀림없죠?」

그녀는 다짐을 받기라도 하려는 듯 물었다.

「네, 틀림없습니다.」

「다행이군요.」

중얼거리면서 그녀는 한숨 놓았다는 듯이 안도의 한숨을 길게 내쉬었다.

「교수님한테 제가 너무 한 것 같군요.」

그녀의 목소리가 갑자기 부드러워지면서 처음으로 그녀의 입에서 교수님이라는 말이 굴러나왔다.

「교수님도 딸을 가지셨다면, 제 심정을 이해하실 수 있을 거예요.」

「네, 충분히 이해합니다.」

「형사가 그러는데…… 우리 애가 범행을 부인하기만 하면 지금 당장이라도 석방이 된다고 했어요. 그런데 자기가 했다고 주장하는 바람에 석방하지 못하고 있다는 거예요.」

「제가 남지 양을 설득시켜 보겠습니다. 남지 양은 결국 석방될 테니까 너무 걱정하지 마십시오.」

허 여사는 그의 눈치를 살피며 머뭇거리다가 급기야 가장 하기 어려운 말을 꺼냈다.

「사람들은 궁지에 몰리면 자기가 살아나기 위해 처음 했던 말을 마음대로 뒤짚고 그러더군요.」

최 교수는 그녀가 무슨 말을 하려는 것인지 충분히 알 수가 있었다.

그가 고개를 숙인 채 가만 있자 그녀가 다시 말했다.

「교수님도 궁지에 몰리면 나중에 가서 말을 바꾸시겠어요? 김씨를 죽인 건 교수님이 아니고 남지라고 말이에요?」

최 교수는 뚫어질 듯 그녀를 잠시 쳐다보았다. 충혈된 두 눈의 시선은 심하게 서로 엇갈리고 있었다. 이윽고 그는 도로 고개를 숙이면서,

「그런 짓은 하지 않을 테니까 안심하십시오.」

라고 말했다.

「믿어도 될까요?」

허 여사의 두 눈이 안경 너머로 번득였다.

「네, 믿어도 됩니다.」

최 교수는 나직히 말했다.

잠시 어색한 침묵이 흐른 뒤 허 여사가 다시 입을 열었다.

「그래도 책임을 지시겠다니까 다행이에요. 하지만 우리 애가 입은 상처와 피해는 무엇으로도 보상받을 수 없어요.」

324

「죄송합니다.」

「소문이 모두 퍼져서 학교도 더 이상 다닐 수 없게 되었고…… 가장 중요한 결혼도 할 수 없게 됐어요.」

「죄송합니다.」

「하지만 어쩌겠어요. 제 운명이 그런 걸……. 전 그저 그 애가 무사히 석방되어 집으로 돌아올 수 있기만을 바랄 뿐이에요. 다른 욕심은 부리지 않아요.」

「남지 양이 무사히 집으로 돌아갈 수 있도록 최선을 다해 보겠습니다.」

「고맙습니다. 잘 부탁합니다.」

허 여사가 뜻밖에도 고맙다는 말과 함께 고개를 숙여 인사하자 최 교수는 당황해서 어쩔 줄을 몰라했다. 처음의 그 살기등등하던 모습은 어디 가고, 그녀는 딸을 구하려는 지극한 모정에 자신을 송두리째 내던지고 있는 듯했다.

그녀는 쓰러질 듯 비틀거리며 몸을 일으키다가 도로 주저앉았다. 그러고는 진지한 표정으로 최 교수를 바라보았다.

「한 가지만 더 물어보겠습니다. 만일 이런 사건이 일어나지 않았다면 …… 우리 딸애를 어떻게 하실 생각이었나요?」

최 교수는 곤혹스러운 표정으로 그녀의 시선을 피했다.

「구체적으로 생각해보지 못했습니다. 죄송합니다.」

「우리 애를 사랑하셨나요?」

최 교수는 가만히 고개를 끄덕이다가 일어나 창가로 다가갔다.

한참 후 그가 돌아섰을 때 허 여사는 거기에 없었다.

그는 지친 모습으로 책상 앞으로 다가가 앉더니 그 위에 허물어지듯 엎어졌다. 조금 후 그는 행복한 꿈속으로 걸어들어갔다.

그러나 행복한 꿈도 잠깐이었다. 형사들이 들어와 거칠게 흔들어 깨우는 바람에 그는 눈을 떠야 했다.

　구치소의 미결수들은 아직 판결이 나지 않았는데도 스스로를 죄수라고 생각하고 있는 것 같다.

　구치소 미결감에 갇힌 최 교수는 다른 죄수들 틈에 끼여 웅크리고 앉아 있었다. 안경을 압수당하는 바람에 시야가 안개가 낀 듯 흐려보이고 있었다.

　「어이, 교수, 여대생 제자 먹은 이야기 해봐. 숫처녀였어?」

　어깨가 떡벌어진 이십대의 감방장이 턱을 치켜들고 물었다. 그는 폭력전과가 다섯 번이나 있는 포악하기로 소문난 주먹이었다. 새로 죄수가 들어올 때마다 잔인한 신고식으로 신입자를 괴롭히는 바람에 모두가 그를 두려워하고 있었는데, 최 교수에 대해서만은 그가 교수라는 것을 알고는 신고식을 생략하는 대신 이것저것 귀찮게 캐묻고 있었다. 최 교수가 사람을 죽였다는 사실도 그를 함부로 대할 수 없게 만드는 원인 가운데 하나가 되고 있었다.

　최 교수는 아무 대꾸도 하지 않은 채 미소만 짓고 있었다.

　「교수, 말 안 하면 신고받을 거야. 여기서 신고 안 받은 사람은 교수뿐이야. 제자 먹을 때 기분이 어땠어? 좋았어? 앞으로 먹었어, 뒤로 먹었어?」

　다른 죄수들이 낄낄거리고 웃었다.

　그때 교도관들이 나타났다.

　「215번, 최종오 나와!」

　최 교수는 엉거주춤 일어나 밖으로 나갔다.

　교도관들은 그의 손목에 수갑을 채운 다음 포승줄로 그를 묶었다.

　「검사한테 조사받으러 가는 거니까 묻는 대로 고분고분하게 대답해요. 담당검사가 악질이니까 조심하는 게 좋아요.」

교도관이 뒤에서 그의 어깨를 탁 쳤다.

최 교수는 담당검사 앞에서 거의 삼십 분 가까이 서 있었다. 새파랗게 젊은 검사는 그를 거들떠보지도 않은 채 두툼한 조서를 대충 훑어보더니, 두어 군데 전화를 걸고 나서 상체를 뒤로 젖히고 그를 올려다보았다. 두 눈이 동그랗고 볼이 통통한 동안의 귀공자 같은 얼굴이었다.

「당신이 최종오 교수야?」

「네…….」

「부끄럽지도 않아?」

최 교수는 수갑 찬 손목을 내려다보고 있었다.

「당신 같은 사람이 있기 때문에 전체 교수들이 욕을 먹고 교권이 땅에 떨어지는 거야. 어떻게 교수를 믿고 딸을 대학에 보낼 수 있겠어?」

「죄송합니다.」

「거기 앉아요.」

최 교수는 조심스럽게 의자 위에 앉았다.

「이 조서에 적힌 내용은 모두 사실이에요?」

「네, 그렇습니다.」

「처벌받아도 이의 없겠죠?」

「네, 이의 없습니다.」

「너무 쉽게 인정하는데, 혹시 자학적인 기분에 빠져 그러는 거 아니야?」

「아, 아닙니다.」

「나중에 법정에 나가 말을 바꾸는 거 아니야?」

「그렇지는 않을 겁니다.」

「그렇지는 않을 거라고? 무슨 말이 그래. 분명히 말해봐.」

「그런 짓은 하지 않을 겁니다.」

젊은 검사는 그를 노려보다가 다시 다짐하듯 물었다.

「하지 않을 거라는 건…… 그럴 수도 있다는 거 아니야?」

「그렇지 않습니다.」

「다시 한 번 묻겠는데, 여기서 진술한 것을 번복하지 않고 일관되게 진술하겠다고 약속할 수 있어요?」

「네, 약속합니다.」

검사는 그를 지그시 바라보다가,

「커피 한 잔 하겠어요?」

하고 물었다.

「네, 한 잔 주십시오.」

출입구 쪽에 앉아 있는 여직원이 밖으로 나가더니 종이컵에다 커피를 담아가지고 들어왔다. 자판기에서 뽑아가지고 온 것 같았다.

최 교수가 수갑 찬 손으로 불편하게 커피잔을 집는 것을 보고 검사는 교도관에게 수갑을 풀어주라고 지시했다. 교도관이 수갑을 풀어주자 검사는 최 교수에게 담배까지 권했다.

「유남지라는 여학생하고는 어떤 관계였어요? 단순히 데리고 논 거예요, 아니면 장래를 약속한 사이에요?」

최 교수는 곤혹스러운 표정으로 담배를 두어 모금 빨고 나서 내뱉듯이 말했다.

「장래 약속 같은 것은 없었습니다.」

「그럼 심심해서 데리고 논 거예요?」

「네, 그런 셈입니다.」

328

「당신은 아주 퇴폐적인 교수이군?」

최 교수는 커피잔을 만지작거렸다.

「유남지 양은 사건 현장에 있었던 유일한 증인이에요. 유양은 당신이 김창대 씨를 살해하는 것을 보았다고 증언할 거예요. 검찰측 증인으로 증언하기로 약속했어요. 유양을 한 번 만나보겠어요?」

잔을 쳐드는 손이 떨리는 바람에 뜨거운 커피가 손등으로 흘러내렸다. 최 교수는 죄수복에다 손등을 문지르고 나서 고개를 흔들었다.

「만나지 않겠습니다.」

「그게 좋을 거예요.」

검사는 끄덕이고 나서 조서를 뒤적였다.

「최 교수 진술 가운데 한 가지 고쳤으면 하는 게 있어요. 강요하는 건 아니고…… 이왕 유양은 무혐의로 석방키로 했으니까 앞으로 이것 때문에 불행해지지 않게 지저분한 부분은 아예 없었던 것으로 덮어두었으면 해요.」

최 교수는 움직임을 멈추고 검사의 말에 조용히 귀를 기울였다.

「진술 가운데…… 최 교수가 309호실에 들어갔을 때 남지 양은 벌거벗은 채 침대 위에 엎드려 울고 있었고, 김씨는 자기가 남지 양을 강간했다고 말했다는 이 부분이 문제인데…… 이 부분이 공개될 경우 남지 양은 앞으로의 생활에 치명적인 영향을 끼칠 거란 말이에요. 그래서 내 생각에는 이 부분을 다르게 고쳤으면 해요. 그렇다고 해서 사건이 조작되는 것은 아니고…… 남지 양도 피해자라면 피해자니까 같은 값이면 앞으로의 생활에 피해가 없게 해주자는 거예요. 최 교수 생각은 어때요?」

「네, 좋은 생각입니다. 그렇게 하십시오.」

최 교수는 선선히 말했다.

검사는 그의 표정을 살피면서 다시 말했다.

「이건 강요하는 게 아니고…… 그 학생을 생각해서 하는 말이니까 싫다면 싫다고 말하세요. 난 사건을 조작했다는 말 듣기 싫으니까.」

「아닙니다. 마음대로 고치십시오. 남지 양한테 피해가 가지 않는 쪽으로 고쳐주십시오. 담배 한 대 더 피워도 되겠습니까?」

「얼마든지 피우세요.」

검사는 담뱃갑과 라이터를 아예 최 교수 앞으로 밀어놓았다. 최 교수는 담배를 꺼내 거기에 불을 붙였다. 검사가 다시 입을 열었다.

「조서를 고치려면, 보다 구체적으로 고쳐야 해요. 어떻게 고치는 게 좋겠어요?」

「남지 양을 사이에 두고 그 자와 말다툼을 벌이다가 그 자가 모욕적인 말을 하는 바람에 화가 나서 병으로 때렸다고 하죠.」

최 교수가 거침없이 말하는 바람에 검사 쪽에서 오히려 머뭇거리는 것 같았다.

「남지 양이 강간당해서 울고 있었다느니 하는 말은 아예 빼버리고 그냥 세 사람이 방안에 앉아서 술을 마시다가 김씨가 모욕적인 말을 해서 병으로 때렸다…… 이렇게 하자는 거죠?」

「네, 그렇습니다.」

「좀더 구체적인 게 필요해요. 김씨가 어떻게 모욕을 가했는지 그 점이 구체적으로 나와야 해요.」

최 교수는 고개를 끄덕이면서 담배를 빨다가 생각이 난 듯 입을 열었다.

「그 자는 저한테 이렇게 말했습니다. 남지는 나하고 결혼 약속을 했고, 그래서 이미 깊은 관계까지 맺은 사이다. 그런데 교수라는 자가 딸 같은 제자를 데리고 다니며 농락하다니, 그야말로 형편없는 놈 아

330

니냐. 너 같은 놈은 맞아야 해. 그러면서 그 자는 저에게 침을 뱉고, 저를 주먹으로 때리고 발로 짓밟습니다. 그리고 제가 보는 앞에서 남지를 희롱하고 옷을 벗기려고 합니다. 저는 그만 참지 못해 병으로 그 자의 머리통을 내려칩니다. 이렇게 하면 되겠습니까?」

검사의 입가로 미소가 스쳐갔다.

「그만하면 되겠어요. 부족한 부분은 보완할 테니까 한번 읽어보고 나서 마음에 들면 지장을 찍어요.」

검사는 조서를 덮고 나서 고개를 끄덕였다.

남지는 더 이상 눈물이 나오지 않았다. 눈물은커녕 엉뚱한 쪽으로 사건이 조작되어 가고 있는 것을 지켜보면서 자신이 더없이 비참한 존재로 전락하고 있음을 깨닫고 있었다.

어느새 그녀는 살 길을 찾아 꿈틀거리고 있는 한 마리 벌레 같은 존재로 변해 있었다. 지금 그녀에게 제일 두려운 존재는 다른 사람도 아닌, 바로 최 교수 그 사람이었다. 그녀에게 있어서 그는 더 이상 연인도 아니었고, 오직 멀리 피하고 싶은 두려운 존재일 따름이었다.

허 여사는 두 눈을 반짝이면서 계속 남지를 구슬리고 있었다. 남지가 처음의 완강하던 태도를 고쳐 그녀의 말에 수긍하는 빛을 보이자 그녀는 더욱 적극적으로 남지를 설득해 나갔다.

「네가 그놈을 죽였다 해도 넌 정당방위로 그런 거니까 어차피 풀려나긴 해. 하지만 그렇게 되면 재판을 거쳐야 하기 때문에 석방되기까지는 한참이 걸려. 그때까지 넌 감옥살이를 해야 해. 그리고 네가 그놈한테 당했다는 것을 세상 사람들이 모두 알게 돼. 그렇게 되면 넌 얼굴을 들고 다닐 수도 없게 돼. 평생 말이야. 그리고 무엇보다도……
아무리 정당방위로 그놈을 죽였다 해도 너한테는 평생 사람을 죽인 여자라는 딱지가 붙어다니게 돼. 그 유가족들은 너를 평생 원수로 생각하고 저주를 퍼부을 거고…… 너한테 복수를 할지도 몰라. 사람을 죽였다는 사실이 얼마나 무서운 결과를 가져오는지 아니?」

남지는 공포에 사로잡혀 몸을 떨었다.

「다른 죄라면 몰라도 살인죄만은 남을 위해서 대신 뒤집어쓸 게 못돼. 넌 지금 자신을 가지고 자신의 무죄를 주장해야 돼. 주장하고 말고 할 것도 없어. 최 교수가 자신이 죽였다고 자백했으니까 넌 그것을 인정만 해주면 되는 거야. 그러면 넌 지금 당장이라도 석방돼서 나하고 집으로 돌아갈 수가 있어. 넌 누구한테 원망을 사지도 않고, 사람을 죽인 여자라는 딱지 같은 것도 없이 좋은 남자 만나서 행복한 결혼 생활을 해나갈 수가 있어.」

「엄마, 어떻게 그럴 수가……. 제가 그 자를 죽였는데 어떻게 교수님한테…….」

허 여사는 남지의 입을 손으로 틀어막았다. 그리고 무서운 눈으로 그녀를 쏘아보면서 속삭였다.

「앞으로 절대 그런 말 해서는 안 돼! 절대 안 돼! 특히 검사 앞에 가서는 확신을 가지고 분명히 말해야 돼! 넌 사람을 죽이지 않았어! 네 자신한테 죽이지 않았다고 인식시키라구! 몇 번이고 되풀이해서 인식시키란 말이야! 알았지?」

남지는 허 여사를 힐끗 쳐다보고 나서 가만히 고개를 끄덕였다.

「앞으로 교수님을 어떻게 봐요?」

「만나야 할 필요가 없잖아! 두번 다시 보지 못하게 될 테니까 그런 걱정은 하지 않아도 돼. 사람은 냉정할 때 가서는 냉정해야 돼.」

문이 소리없이 열리더니 구 형사가 들어왔다. 언제 보아도 그림자처럼 조용히 움직이고 별로 말이 없는 형사였다.

「우리 애가 마침내 사실대로 말하겠답니다!」

허 여사가 자리에서 일어나며 밝은 목소리로 말했다. 구 형사는 무표정하게 그녀를 쳐다보았다.

「우리 애는 그 사람을 죽이지 않았답니다!」

구 형사는 남지를 가만히 바라보다가 고개를 끄덕였다.

「나하고 이야기 좀 할까요?」

구 형사는 그녀를 데리고 구내에 있는 휴게실로 자리를 옮겼다.

남지는 별로 질문도 없이 그녀를 쳐다보기만 하던 구 형사가 웬지 두려웠다. 그는 다른 형사들처럼 소리를 지르지도 않았고 반말로 말하지도 않았지만 어쩐지 더 두렵기만 했다.

「정말 김씨를 죽이지 않았나요?」

그는 커피 두 잔을 시키고 나서 낮은 소리로 진지하게 물었다.

남지는 그의 시선을 피하면서 고개를 끄덕였다.

「그럼 지금까지 그 사람을 죽였다고 주장한 것은 최 교수를 위해서 그런 것이었나요?」

그녀는 또 끄덕였다.

「그런데 왜 이제 와서 마음이 변했나요? 주장할 바에는 끝까지 주장할 것이지 왜 갑자기 그것을 철회했나요?」

「경찰이 사실대로 말하라고 해서……」

그녀는 자신의 비겁함에 제대로 말을 잇지 못하고 더듬거렸다.

커피가 왔지만 그녀는 잔에 손도 대지 않았다.

「정말 사실대로 말한 건가요?」

구 형사는 스푼으로 커피를 저으면서 의혹에 찬 눈으로 그녀를 응시했다.

「정말 김씨를 죽이지 않았나요?」

「네, 정말이에요.」

그녀는 숨을 죽인 채 가만히 기다렸다. 마치 가시방석 위에 앉아 있는 것만 같았다.

「그럼 최 교수가 죽였나요?」

그녀는 대답하는 대신 손가락을 비틀고 있다고 구 형사가 다시 한 번 반복해서 묻자 마지못해 고개를 끄덕였다.

구 형사는 미간을 찌푸린 채 창 밖으로 시선을 돌려 잠시 바다를 바라보았다.

바다는 눈이 시리도록 파란 빛을 띠고 있었다. 수평선 위로는 흰 색의 여객선이 지나가고 있었다. 바다는 마치 빙판처럼 잠잠해 보였다.

「최 교수가 불쌍하군요.」

구 형사는 고개를 돌려 차가운 눈으로 남지를 바라보았다.

「최 교수는 아가씨를 끔찍히 생각해 주고 있어요. 아가씨가 강간당한 부분도, 장래를 생각해서 진술에 없던 것으로 하기로 했어요. 모든 걸 자기한테 불리한 쪽으로만 몰아가고 있어요. 하지만 최 교수는 김씨를 안 죽였는지도 몰라요.」

남지는 그를 흘끔 쳐다보고 나서 식은 커피잔을 집어들었다.

「아가씨는 진술을 번복했는데…… 내가 보기에는 번복하기 전의 진술이 정말인 것 같아요.」

남지는 손이 떨려, 입으로 가져가던 커피잔을 도로 내려놓았다.

「안 그런가요?」

구 형사는 뚫어지게 그녀를 응시했다. 그럴수록 그녀는 그의 시선을 피하려고만 하다가 막판에 몰리자 안 되겠다고 생각했는지 갑자기 고개를 들어 정면으로 형사를 쳐다보았다.

「전 죽이지 않았어요! 처음 진술은 거짓말이었어요!」

그녀는 낮게, 그러나 외치듯 말하고는 커피를 단숨에 마셔버렸다.

한 달쯤 지난 어느 날 마침내 최종오 교수는 김창대 살해사건의 피의자로 재판정에 세워졌다.

최 교수는 변호인 선임을 거부했기 때문에 나이 많은 국선 변호인이 형식상 재판정에 나와 앉았다.

검사측에서는 유남지를 현장을 목격한 유일한 증인으로 채택하여 재판정에 내세웠다.

이 사건은 다분히 흥미거리로 다루어졌기 때문에 기자들은 물론 교직자들과 대학생들까지 몰려들어 방청석은 빈자리 하나 없이 사람들로 가득 찼고, 자리에 앉지 못한 사람들은 통로에까지 나와 있었다.

재판은 최 교수가 검사의 물음에 부인하거나 하는 일 없이 모든 것을 순순히 인정했기 때문에 일사천리로 진행되었다.

최 교수는 검사의 질문이 있을 때마다 대답하기도 귀찮다는 표정으로 간단히 말하곤 했다.

마침내 검사의 증인 출석 요구가 있자 장내는 술렁이기 시작했다.

유남지는 흰 블라우스 위에 검정 투피스 차림으로 나왔는데 그 때문인지 얼굴빛이 유난히 창백해 보였다.

그녀가 얼굴을 든 것은 증인선서를 할 때뿐이었고, 증언을 하는 동안에는 내내 고개를 숙이고 있었다.

「증인은 무슨 일로 피의자와 제주도에 오게 되었나요?」

「교수님은 학생들과 몹시 다투셨습니다. 학생들은 교수님 배척운동을 벌였고, 교수님을 존경하던 저는 교수님을 위로해 드리려고 따라나섰습니다. 그래서 즉흥적으로 제주도에 오게 된 겁니다.」

「잘 안 들리니까 좀더 큰소리로 말씀해 주세요.」

검사의 질문이 점점 날카로워지자 남지는 급기야 눈물을 보이기 시작했다.

검사는 빈틈없이 짚어나갔다.

「309호실에는 어떻게 해서 가게 되었나요?」

여기서 남지는 한참 동안 대답을 못 한 채 꾸물거리다가 검사가 재촉하자 마침내 떨리는 목소리로 입을 열었다.

「김씨는 제가 교수님과 함께 있는 것을 보고 몹시 화가 났나봐요. 교수님과 함께 있는데, 방으로 전화가 걸려왔어요. 자기 방으로 오지 않으면 쳐들어오겠다고 했어요. 할 이야기가 있으니까 자기 방으로 오라는 거였어요. 자꾸만 귀찮게 굴어 제가 만나러 가겠다고 하니까 교수님도 걱정이 되어서 따라오셨어요. 309호실로 들어가니까 방안에는 그 사람 혼자 있었는데, 몹시 취해 있었어요. 술에 취한 게 아니고, 약 같은 것을 복용했는지 거의 제정신이 아니었어요. 우리가 안으로 들어가니까 타월로 아랫도리만 가리고 있었어요. 교수님한테 온갖 욕설을 다 하면서 손찌검까지 하고 나더니 타월도 걷어내고 알몸으로 이상한 짓을 했어요.」

「이년아, 거짓말하지 마!」

날카로운 여자 목소리에 남지의 증언은 중단되고 말았다.

모든 사람들의 시선이 일제히 소리를 지른 여인 쪽으로 쏠렸다.

「이년아, 뭐가 어째? 알몸으로 이상한 짓을 했다고? 네가 이상한 짓을 해놓고 누구한테 덮어씌우는 거야? 대가리에 피도 안 마른 것이 유부남하고 돌아다니면서 바람이나 피우고…….」

소리를 지르고 있는 여인은 마담뚜인 이문자였다.

「뭐 하고 있는 거야? 빨리 끌어내! 구속시켜!」

재판장이 마이크에다 대고 소리치자 경비원들이 달려들어 그녀를 밖으로 끌고갔다. 그녀는 끌려가면서도 소리소리 질렀다.

한바탕 휘저어 놓은 소란이 가라앉기까지는 한참이 걸렸다.

검사가 다시 남지에게 질문을 던지자 그때서야 실내는 다시 조용해졌다.

「아까 피살자가 알몸으로 이상한 짓을 했다고 했는데, 구체적으로 말해보세요. 어떤 이상한 짓을 했나요?」

남지의 고개가 더욱 밑으로 떨어졌다. 검사는 다시 다그쳐 물었고, 세 번째 물었을 때에야 그녀는 기어들어가는 목소리로 입을 열었다.

「그, 그것을 흔들면서…… 제 입에다 대려고 했습니다.」

그녀는 또 울기 시작했다.

「울지 말고 똑똑히 말해봐요. 그 다음에 어떻게 했어요?」

「제가 도망치니까 붙잡고는 옷을 찢고 강간하려고 했습니다…… 교수님이 말리니까…… 교수님을 마구 때렸습니다…… 교수님이 쓰러지니까 발로 잔인하게 짓밟아댔습니다…… 교수님이 움직이지 않자 다시 저한테 달려들었습니다…… 그때 교수님이 일어나 병으로 그 사람 머리를 때렸습니다…… 교수님은 아무 죄가 없습니다…… 그때 그 사람을 그대로 두었다면 무슨 일이 벌어졌는지 모릅니다…… 교수님은 저를 구해 주신 겁니다…… 교수님이 아니었다면…….」

그녀는 흐느껴 우느라고 더 이상 말을 잇지 못했다.

방청석에 앉아 있는 허 여사도 손수건을 꺼내 부지런히 눈물을 닦아내고 있었다.

최 교수는 남지를 한 번도 쳐다보지 않은 채 고개를 밑으로 숙이고 있었다.

남지의 증언이 끝나고 검사가 그를 불렀을 때에야 그는 몸을 일으켰는데, 그의 두 눈은 졸리운 듯 거의 감겨 있다시피 했다. 그는 잠을 쫓으려는 듯 두 눈을 끔벅거리며 검사의 말에 귀를 기울였다.

「증인의 말을 들었나요?」

「네…….」

「증언 가운데 틀린 점이 있으면 지적해 보세요.」

「별로 틀린 게 없는 것 같은데요. 빨리 좀 끝낼 수 없을까요?」

검사와 재판장은 어이없다는 듯이 그를 쳐다보았다.

「왜? 빨리 끝내고 싶어요?」

「네, 피곤해서 잠 좀 자고 싶습니다. 화장실에도 가야겠고…….」

여기저기서 킬킬거리는 소리가 들려왔다.

재판장은 법대를 두드린 다은 삼십 분간 휴정을 선언했다.

삼십 분간의 휴정이 끝난 뒤 변호인측의 증인으로 최 교수의 부인인 황무화가 등장했다. 그녀는 마치 파티에 나온 듯 요란스럽게 치장한 모습으로 증인석에 올라섰다.

방청객들은 그녀가 피의자의 부인인 데다 변호인측의 증인인 만큼 피의자의 입장을 두둔하는 말을 할 줄 알았다. 그러나 그녀는 피의자를 노려보더니 격한 어조로 최 교수에게 저주를 퍼부었다.

「더러운 인간 같으니! 저런 더러운 인간은 엄벌에 처해야 해요! 젊은 계집하고 놀아나서 집에도 안 들어오더니 결국 사람까지 죽였어요! 저런 인간은 당장 사형에 처해야 해요!」

그녀는 남지 쪽에도 욕설을 퍼부어댔다.

「저 계집애도 감옥에 처넣어야 해요! 머리에 피도 안 마른 것들이 꼬리를 치고 다니니까 유부남이 바람이 난다구! 너도 살인자야! 두 사람 다 똑같아!」

변호인과 재판장은 아연실색해서 그녀의 말을 멈추려고 했지만 그녀는 듣지 않고 고래고래 악을 써댔다. 경비원들이 달려들어 끌어내려고 하자 그녀는 핸드백으로 그들을 후려치기까지 했다.

338

그녀가 끌려나가자 머리가 벗겨진 국선 변호인은 자리에서 일어나 재판장에게 사과한 다음 이번 사건은 살인죄가 아닌 상해치사로 다루어져야 하며, 정상을 참작해서 관대한 처분을 바란다고, 맥없는 목소리로 중얼거리듯 말하고 나서 자리에 앉았다.

  다시 삼십 분간의 휴정이 있고 나서 검사의 논고가 있었다. 검사가 논고를 읽어 내려가는 동안 최 교수는 일어서서 창 밖에서 흔들리고 있는 파란 플라타너스 잎을 바라보고 있었다.

  검사는 상해치사가 아닌 살인죄를 적용, 정상참작의 여지가 없다고 하면서 최 교수에게 징역 20년을 구형했다.

  그로부터 보름쯤 지나 1심 선고공판이 열렸다.

  재판장은 최 교수를 질책하는 투로 선고문을 읽어내려갔다.

  「……대학교수의 본분을 망각한 채 가정을 버리고 딸 같은 제자와 애정행각을 벌이던 끝에 인명을 살상한 행위는 용서할 수 없는 죄이나 제자를 보호하기 위해 상대방을 치사한 점이 인정되어…… 살인죄를 적용함에 무리가 있다고 판단, 상해치사죄를 적용…… 최종오 피고인에게 징역 5년을 선고한다.」

  징역 20년의 구형에 비해 징역 5년의 선고는 뜻밖일 정도로 가벼운 판결이었기 때문에 재판정은 잠시 술렁거렸다. 검사는 판결에 불복, 즉각 항소했으나 피고인은 무덤덤한 표정으로 그것을 받아들였고, 항소도 포기했다. 재판장이 최후의 진술을 하라고 하자 그는 이렇게 말했다.

  「별로 할 말이 없습니다.」

  봄도 거의 지나 여름이 시작될 무렵 최 교수는 교도소에서 누군가의 방문을 받았다. 그동안 아무도 면회오는 사람이 없었기 때문에 그는 의

아해 하면서 면회실로 나가보았다.

거기에는 뜻밖에도 남지가 와 있었다.

두 사람은 한참 동안 뚫어지게 서로를 응시하다가 남지가 먼저 고개를 숙였고, 최 교수는 슬픈 듯한 미소를 입가에 떠올렸다.

「잘 있었어?」

그의 담담한 물음에 남지는 고개를 흔들면서 흐느껴 울었다.

「죄송해요……. 견딜 수 없었어요……. 용서해 주세요…….」

「남지는 잘못한 거 없어.」

그는 천천히 고개를 흔들었다.

「난 잘 지내고 있으니까 걱정하지 말고 돌아가.」

그녀는 더욱 서럽게 흐느끼다가 겨우 마음을 가라앉히고 나서 갈라지는 목소리로 이렇게 말했다.

「저…… 며칠 후에 결혼할 거예요.」

최 교수는 멈칫하다가 무겁게 끄덕였다.

「결혼해야 되겠지. 참석해서 축하해야 하는 건데 미안해. 아무튼 축하해.」

그녀는 최 교수가 결혼할 상대가 누구냐고 물어보았다면 고시에 합격한 강화걸이라는 남자라고 대답했을 것이다. 그러나 그가 더 이상 묻지 않았기 때문에 굳이 자진해서 그의 이름을 밝히지는 않았다.

그러나 그녀는 보다 중요한 사실을 그에게 알려 주었다.

「저기…… 저, 아기를 가졌어요.」

최 교수의 입가에 떠돌고 있던 서글픈 미소가 사라졌다.

「교수님 아기에요.」

그녀는 나직이 속삭였다.

최 교수는 눈을 크게 뜨면서 쇠창살을 움켜잡았다.

340

「어떡하지? 결혼하기 전에……?」

「아니에요. 전 아기를 낳을 거예요. 낳아서 기를 거예요.」

그녀는 고개를 흔들면서 단호하게 말했다.

「안 돼! 그건 안 돼! 남자가 알면 큰일 나!」

「모를 거예요. 비슷한 시기였으니까요.」

최 교수는 더욱 놀란 눈으로 그녀를 뚫어지게 쳐다보았다.

「안 돼! 그래도 안 돼!」

「걱정하지 마세요.」

「이유가 뭐야?」

「교수님 아기를 낳고 싶어서 그래요. 이유는 그것뿐이에요. 벌써부터 낳고 싶었어요. 낳아서 훌륭하게 기르겠어요. 교수님 나오시면 보여 드리겠어요.」

「안 돼, 제발 그러지 마. 그래서는 안 돼.」

남지의 눈에 눈물이 가득 고이고 있었다.

「제가 교수님을 얼마나 사랑하는지 모르실 거예요.」

그녀의 눈에서 눈물이 후두둑 떨어졌다.

최 교수는 고개를 천천히 흔들었다.

「난 널 사랑하지 않아.」

마치 몸을 지탱해 주고 있던 기둥이 무너진 듯 그는 비틀거리며 면회실 밖으로 사라졌다. 〈끝〉

비밀의 연인
초판1쇄발행 /1993년 4월 26일
초판4쇄발행 /1993년 8월 1 일

저자 /김성종
발행인 /송영석
발행처 /도서출판 해냄

등록번호/제10-229호
등록일자/1988년 5월 11일

서울시 마포구 대흥동 325-76, 성진빌딩 2층
전화 701-6801, 714-8684, 704-5301
팩스 701-6819

파본은 본사나 구입하신 서점에서 교환하여 드립니다.

값 5,500원

ISBN 89-7337-033-2